中铀故事

——讲述我国核工业地质矿冶的奋斗历程

徐开云　主编

中国原子能出版社

图书在版编目（CIP）数据

中铀故事 / 徐开云主编. —北京：中国原子能出版社，2019.12

ISBN 978-7-5221-0294-8

Ⅰ.①中… Ⅱ.①徐… Ⅲ.①纪实文学—作品集—中国—当代 Ⅳ.①I25

中国版本图书馆 CIP 数据核字（2019）第 297602 号

中铀故事——讲述我国核工业地质矿冶的奋斗历程

出版发行	中国原子能出版社（北京市海淀区阜成路 43 号 100048）
责任编辑	白 佳 张 磊
责任校对	冯莲凤
装帧设计	赵 杰
印　　刷	河北文盛印刷有限公司
经　　销	全国新华书店
开　　本	720×1020 1/16
印　　张	32.25
字　　数	359 千字
版　　次	2019 年 12 月第 1 版 2019 年 12 月第 1 次印刷
书　　号	ISBN 978-7-5221-0294-8 **定　价** 98.00 元

网址：http://www.aep.com.cn **E-mail：atomep123@126.com**

发行电话：010-68452845

《中铀故事》

主要撰稿人

（按发文排序）

何　瑜	何中华	张伟星	姚泽军	胡飞跃	刘　颖
李德甫	易胜清	肖启斌	廖得攀	张玉茂	周　文
邓文辉	苏佛辉	辛殿华	陈国清	牛洪伟	刘　宇
王忠一	路　宽	李松析	周义凡	刘　昱	李克东
武向善	王英稳	李复斌	钟金山	碗永川	白福威
梁金龙	杨学忠	唐春耕	李　平	徐永光	巩　勇
江小生	夏　旭	刘安成	王世勇	王泉松	李水养
方向华	汪锡山	王　友	黄初晨	王跃辉	鲜永林
卢安军	黄秋香	樊晋江	郑作环	黎　阳	陈少丹
李文杰	刘　波	徐　军	冯必达	陈正球	朱　婷
张子轩	闻振乾	周意如	齐　龙	张玲娟	盛安陵
雷　阳	孙明坤	卢天军	吕文军	牛金宝	王广婷
王领柱	邓　兰	罗　威	盖明堂	李贵亭	王战永
胡　圆	李先明	张功剑	左伟利	朱　颖	贺明银
杜　晖	师志龙				

前　言

文化是一个国家、一个民族的血脉，是人民的精神家园。文化自信是一个国家、一个民族发展中更基本、更深沉、更持久的力量。习近平总书记多次强调要“讲好中国故事”，让世界听到中国的声音。60多年前我国核地矿事业创建，在最艰苦的环境中磨砺成长、历经沧桑，虽然几经更名、整合，但是核地矿人肩负的初心和使命未曾改变，核地矿人谱写了一部可歌可泣、惊天动地的故事，描绘了一幅生动悲壮、气势磅礴的画卷，是中国核工业历史中闪耀璀璨的明珠。

核工业是综合国力和大国地位的标志，是国家安全的重要基石。天然铀是核工业发展的重要基石。20世纪50年代，面对西方大国的核威胁与核讹诈，党中央审时度势，从容应对，高瞻远瞩地作出发展原子能工业的重大战略决策，中国的天然铀产业就此起步。1955年4月，我国铀矿勘查专门机构成立，中央亲自抽调中华民族最优秀的儿女，奔赴祖国各地，拉开了中国历史上找铀矿的序幕。1958年，我国铀矿采冶专门机构成立，在铀矿地质队伍提交第一批铀矿储量的基础上，第一批铀矿冶“三矿一厂”陆续开工建设，奏响了铀矿采冶建设的序曲。可以说，为了国家的强盛和安全，一代又一代核地矿人不懈奋斗，无私奉献，以“许身为国、舍生忘死”的精神，奔赴深山老林、荒漠戈壁，跋山涉水、风餐露宿、风雨兼程，在极为恶劣的自然条件下，依靠简单原始的物资手段和保障条件，克服了今天难以想象的艰难困苦，谱写了一曲荡气回肠的奋斗之歌，创造了可以永载史册的伟大业绩，为我国的核工业发展和强大作出了不可磨灭的重大历史贡献。

没有核地矿工作，就没有核工业的今天，更没有强盛的国家和强大的国防。60 多年的风雨兼程、薪火传承，饱含着理想和信念，浸染着热血和悲壮，铸就和承载了“特别能吃苦、特别能战斗、特别能奉献”的光荣传统，这种精神是我国核地矿事业生生不息、奋斗不止的不竭动力，也为“事业高于一切、责任重于一切、严细融入一切、进取成就一切”的核工业精神提供了源头活水。

如今，新中国成立 70 周年，国家早已摆脱了贫穷落后的面貌，一举成为世界第二大经济实体，我们经历着祖国岁月静好的黄金时代。但是共和国那段光辉历程还在，核工业创业精神还在，核地矿光荣传统还在，这些依然值得我们铭记和学习，值得我们传承和弘扬，更值得我们从中吸取奋勇前行的智慧和力量。

习近平总书记指出：走得再远也不能忘了来时的路。为纪念我国核地矿 60 多年的历史，中国铀业党委决定编辑出版《中铀故事》和《中铀风采》。《中铀故事》主要是以故事的形式，核地矿人讲自己的创业初心、家国情怀和发展历程。《中铀风采》主要以照片的形式，真实反映了核地矿不同时期的人和事，集中反映了核地矿的建设发展，展示了核地矿人的精神面貌。

我们要讲好核地矿人自己的故事，着力提升干部职工干事创业的自豪感和归属感。因国家需要而创，为国家需要而行。奋进新时代，勇攀新高峰，新时代、新气象、新作为，我们核地矿人要践行“责任、安全、创新、协同”的核心价值观，秉承“铀矿报国、服务社会”的宗旨，发扬“特别能吃苦、特别能战斗、特别能奉献”的光荣传统，不忘初心，牢记使命，为建成以铀为本、国际一流的科技型矿业公司而不懈奋斗！

中国铀业有限公司党委书记、董事长：徐千云

2019 年 12 月

目　录

第一章　“铀”核而立

第二章　地矿启程

第三章　光辉岁月

第四章　家国情怀

第五章　继往开来

第一章 『铀』核而立

“开业之石”的发掘，奠定了中国核武基石。1955 年至 1958 年，11 个省 20 个地质队成立，从此拉开了寻找铀矿的帷幕，奏响了铀矿冶建设的序曲，有了第一功勋铀矿，有了中国铀都；有了“龙头”二七二，有了“小一线”生产，从梦想到现实，助推我国第一颗原子弹研制成功。

在那挥汗如雨的年代，没有谁可以动摇地矿人慷慨豪迈走向沙场的决心。他们抛却物欲，远离尘嚣，背井离乡，风餐露宿，以身许国，不论是狂风暴雨、电闪雷鸣，还是烈日如焰、酷暑难耐，潜心工作，修身养性，自是一种境界、一种修炼、一种品位。

在工作中找到自尊、自信、自强、自爱、自己；寻回真情、真意、真志、真理、真心；使人生得其所、生活充实、生长快乐、生命美丽。用劳动之美，书写默契，创造奇迹；用劳动之力，改变生活，改变自己。于是，工作生活成为他们的生存方式、生活追求、生命状态。

他们白手起家，不畏艰难，攻克一道道难关，跨越一座座高峰……“铀”核而立，他们用青春与热血，用实干加巧才，实现了自己的人生价值和梦想。

“开业之石”

古人云：“民以食为天。”铀，就是核工业的“粮食”。它是一种特殊的“粮食”，是核工业生存和发展的基石，是一种关系到国家安全的战略性资源。

苏联专家说：“中国缺少铀矿，迫切需要找到铀矿资源，这是他们援助中国的首要条件。”

按苏联专家的理论，中国花岗岩层中没有铀矿。

如今，被深埋在核工业北京地质研究院院子里的“奠基石”和曾经两次被带进中南海展出的“开业之石”，打破了苏联专家的论说。

“开业之石”

大家知道，原子弹是非常重要的战略性武器，制造这样战略性武器关键的元素就是铀，没有这种矿产资源你即便有原子弹制造技术也没用。

我国的铀矿勘查工作可以上溯到1934年，地质学家张定钊用光谱分析法鉴定了赣南钨、锡、铋和钼矿样品，由此发现了铀的踪迹。

1938年，另一位地质学家张更生在广西的冲积砂内找到了铀的生成物。

1943年，杨士文、曾卓荣两位科学家在广西钟山首次发现了真正的铀矿物。杨士文和曾卓荣从查阅的资料中找到两份有放射性信息的报道：一份是伪满时期日本人富田达记述的辽宁海城晶岩石矿中发现有铀；另一份是南延宗、吴磊伯记述的在广西富钟县①进行铀的寻踪，在黄羌坪发现有放射性矿物。

中华人民共和国诞生之初，百废待兴，中央还一时顾不过来考虑国家整个原子能事业的布局，也没有铀矿勘查的专门队伍。但面对美国的核讹诈，毛泽东主席早有搞原子弹的战略思想，1950年他在莫斯科看了苏联首次核试验的纪录片时就说：看来原子弹能吓唬不少人，美国有了，苏联也有了，我们也可以搞一点嘛！但是，一时还不知道我们国家有没有铀矿，也没有立即作出决策。到了1953年，中央确定从苏联聘请铀矿地质专家，指导中国进行铀矿勘查。

---

① 今钟山县和富川县。据记载，富钟县在贺州历史上存在的时间仅有8年，1953年，经政务院批准，撤销富川、钟山2个县，合并置富钟县。1961年，富川与钟山分治，恢复设置富川县和钟山县，富钟县的称号消失。

1954 年 2 月，在地质部普查委员会内成立第二办公室（后文简称普委二办），开始着手筹备我国铀矿资源勘查工作，负责人是高之杕、安桐馥，从苏联请来了地质专家帮助探勘寻找，聘请的第一位苏联铀矿地质专家是 Ф. И. 拉祖特金。1954 年 6 月 13 日，Ф. И. 拉祖特金来到中国，他从不向众人介绍自己的情况。后来，人们才慢慢知道，这位“大胡子”专家叫 Ф. И. 拉祖特金。

1954 年 7 月，根据 20 世纪 40 年代发现的一些线索，由高之杕带队，杨士文、曾卓荣等陪同 Ф. И. 拉祖特金和警卫、翻译等组成的工作队赴辽宁海城县大房身村实地查看。当时，他们所带的仪器是中国科学院近代物理所组装的中国第一台放射性探测仪——盖革计数器。

地质人员在海城发现铀矿带，苏联专家 Ф. И. 拉祖特金拉非常重视。他和几位年轻人一起圈定这个矿体，计算储量。发现矿化规模太小，无工业价值，没有继续调查取样。尽管大家非常失望，但对杨士文和曾卓荣两位年轻的科学家来讲，从找点到圈定矿体，直至计算储量，这的确是一次很好的实践。

1954 年 10 月上旬，在 Ф. И. 拉祖特金和高之杕率领下，吕志敏、曾卓荣等 20 余人（包括警卫）组成花山工作队，携带苏制辐射仪，从北国到南疆，踏遍千山万水，来到广西富钟县花山黄羌坪做放射性地质调查。

调查工作分两个阶段，10 月 19 日至 27 日进行地表观察、探测和局部剥土工作，10 月 29 日至 11 月 7 日进行 0.5 平方公里范围的地质、物探测量，也做少量剥土。之前的 8 月份平桂矿务局锡矿勘探队提前做了大量剥土、槽探、井探等工作，为花山工作队的工作提供了很好的支持。这是1943年5月我国地质学家南延宗首次发现铀矿的地方，工作队最终在花山岩体杉木冲的云英岩化锡石脉中发现铀矿化，属热液型，局部很富集，次生矿很发育，局部见原生铀矿物，随即采集了一部分铀矿石标本送回北京。工作队于11月7日提交了《广西富钟县花山区杉木冲铀矿报告》。

为了亲临“开业之石”的发掘现场考察，我[①]专程去了一趟钟山县，在村民廖富庭和何金庭的带领下，沿着茂密的灌木丛和人迹罕至的山间小涧，披荆斩棘，一路攀爬，拨开丛生的杂草，最终找到了当年地质队在黄羌坪和杉木冲挖矿时留下的窿口。沿着幽深的坑道，借助手电筒微弱的灯光，发现开凿的洞内的石壁不断有滴水渗透，坑道内有许多积水，形成水流流出洞口，石壁上有泛着荧光的物质。

在一份已经解密的中国核工业总公司档案里，有这样的记载：“而这个‘南方’的矿山，指的就是现在的贺州市钟山县花山瑶族乡三叉村一带。”

一位80多岁的老人向我讲述了当年发掘“开业之石”的情景：1954年10月，广西富钟县西北部花山乡的深山里来了一支队伍，在离交通干线约30公里的西法山上，他们找到了一处云英岩锡石脉中的铀矿带，当时确定的那个点并不高，最后他们在勘探过程中，在隐伏的地方发现了一条矿带。这条矿带全是次生矿，黄的里面包着原生矿，那就是黑的。这个矿的强度很高，所以他们连忙给它挖

① 指作者何中华。

了几个大坑，把一些好矿石取出来。在这支队伍中，有几个外国人，人高马大的。开始到花山乡找矿的只有几十个人。

老人说得没错，工作人员在那里采集了一块最好的标本，也就是中国第一块铀矿石，后来核工业人把它称作——开业之石。

Ф. И. 拉祖特金非常兴奋，一再向高之杕他们竖起大拇指，多次夸奖这是一次难得的发现，高兴之下，Ф. И. 拉祖特金当晚就带领大家上山进行荧光探测，还亲自参加编录、详细记录全过程。

Ф. И. 拉祖特金一再叮咛队员，这是非常重要的实物资料，要把最好的标本送回北京，作为中国富存铀矿的见证。

1954 年 10 月下旬，Ф. И. 拉祖特金亲自把这块铀矿石标本带回北京，Ф. И. 拉祖特金请时任地质部党组书记、副部长刘杰及苏联专家组组长库索奇金观看了铀矿石标本，并汇报了调查的情况。

刘杰看到广西铀资源调查的初步结果，异常兴奋，马上打电话向周恩来总理汇报。

中南海西花厅电话铃声响了，周恩来随手拿起话筒，说：“我是周恩来。”

“总理，我是刘杰。”。

“刘杰同志，有什么事情吗？”

“总理，好消息，好消息呀！”

“什么好消息。”

“总理，我们在广西发现铀矿了。”

“刘杰同志，请你重复一遍。”

……

周总理在电话里询问了“开业之石”的勘探情况后，表示要亲自看一看铀矿石。

1955 年 1 月 15 日，“开业之石”带进了中南海，毛主席等老一辈革命家“接见”了它，由此作出了创建我国原子能事业的战略决策。原本普通的一块石头，成为了我国原子能事业的“开业之石”!

奠定核武基石的中国铀矿

众所周知，要将核事业顺利起步并不断向前推进，必须要有完整的核燃料循环体系作保障，而作为这一体系的“先行者”就是铀矿资源的勘查及其有效开发。

中华人民共和国成立以后，我国就着手筹备核事业。1950 年成立了近代物理研究所。1954 年，年轻的地质工作者在广西发现并采集了新中国第一块铀矿石“开业之石”，由此为中国核事业的创建提供了人才和资源。

1955 年 1 月 15 日召开中央书记处扩大会议，党中央毛主席作出了中国也要发展原子能事业的英明决策，从此在世界东方这块大地上开始了突破原子能科学技术禁区的征程。

1955 年 4 月，成立了我国铀矿地质工作的专门管理机构——地质部第三局，首任局长雷荣天。三局成立不久，随即调集队伍，首先在长沙和乌鲁木齐组建了三〇九队和五一九队两个地区性的管理机构，管辖 10 个地质队，共 1000 余人。同年下半年，为加速铀矿普查工作，专门组建了二〇九检查队。随后，铀矿地质系统加紧普查找矿，在我国新疆及湘赣地区取得突破。

人民日报 号外

加强国防建设的重大成就 对保卫世界和平的重大贡献

我国第一颗原子弹爆炸成功

我国政府发表声明，郑重建议召开世界各国首脑会议，讨论全面禁止和彻底销毁核武器问题

我国第一颗原子弹爆炸成功

1956年，中央又从37个部门和15个省（自治区）抽调管理干部、技术干部和技术工人共4754人，分配高等院校毕业生1791人和中学毕业生4200人，充实铀矿地质队伍。同时，在太原建立了负责华北和西北地区铀矿地质工作管理机构；在长沙、乌鲁木齐和太原创办了3所中等地质学校，在开封等地创办了工业计划经济学校和技工学校。之后，又陆续集结队伍在山西太原建立了一八二铀矿地质勘探队，在四川重庆建立了二〇九铀矿地质勘探队，在辽宁沈阳建立了四〇六铀矿地质勘探队，在江西南昌建立了六〇八铀矿地质勘探队。到1956年年底，从事铀矿地质工作的职工总数已增加到2万余人。

1958年，三机部三局向国家正式提交了第一批可供开采的铀矿工业储量，到1960年已提供8个铀矿开采基地，为铀资源开发提供了先决条件；另一方面，我国的铀同位素分离工厂、核燃料元件厂、反应堆工厂以及核武器研制基地正如火如荼地建设，对原料的需求已经提上日程。所有这些，对核事业“先行”环节的“三矿一厂”提出了极为严峻的挑战，事业的需要为“三矿一厂”开启了起步的大门。

从1955年到1960年，中国核工业的创建曾得到苏联的技术援助。很多苏联科学工作者和专家来到中国，热情地帮助中国，体现了国际主义精神。

从此，大面积的地面和航空铀矿地质普查工作在中国大地上逐步展开。在铀矿资源勘察中，广大地质队员出没于深山老林、大漠戈壁，跋山涉水，风餐露宿，工作和生活条件极其艰苦。但是，一种开创新兴事业的责任感和使命感，激励着大家以苦为乐，以难为荣，奋不顾身，忘我工作。地质队员们在勘察中，对一条线、一个点、一个露头都不放弃，从不忽视。

近代中国积弱积贫，由于没有强大的国防，成了任人撕咬的肥肉，要使新中国成为谁也啃不动的硬核桃，真正站立起来，不受人欺负，就要有尖端武器。

1958年8月，二机部党组在呈送中共中央的《关于发展原子能事业的方针和规划的意见》中明确提出了“军事利用为主，和平利用为辅”的方针，并得到周总理和中共中央的批复。

在原子弹研制方面，苏联不仅提供设备、图纸和技术资料，而且派遣大批专家来到中国。从工厂、矿山的选址、设计，到设备安装、调试，特别是在帮助中国技术专家理解文献和资料，培训中国技术工人掌握操作技能等方面，苏联专家发挥了重要作用。二机部副部长钱三强回忆说：“当年，在我国决心发展核工业生产，拥有自己的原子弹时，苏联对我们是支持的，先后派来二机部工作的苏联专家有上千名之多。”

当时，按照原子弹的研制工序，中国共有6类厂（场）。在苏联专家的帮助下，这些企业或基地于1957年年底陆续进入设计（苏联专家负责初步和主工艺设计，中方负责施工和辅助设计）和施工阶段，标志着中国核武器研制工作全面铺开。

1956年8月至1958年夏，先后确定了第一批建设的项目和厂址，三矿：湖南郴县铀矿（七一一矿）、湖南衡山大浦铀矿（七一二矿）和江西上饶铀矿（七一三矿）；一厂：湖南衡阳铀水冶厂（二七二厂）。根据中苏协议，苏方负责上述厂矿和铀矿冶科学研究实验室（即后来的北京铀矿冶研究所）的初步设计，中方负责施工设计。

1958年秋，苏联专家拉斯切卡耶夫等人从湖南衡阳、郴州和江西坑口考察返京后，向二机部领导提出了三项建议：一是建设七一〇机修厂，初期可为水冶厂加工施工、安装中需要的设备，后期为厂、矿进行设备的大、中修，建成区域性修理厂。二是建议在远离衡阳的矿区就地建厂处理矿石，衡阳二七二厂作为一个区域性的中心厂，处理七一一和七一二的矿石，以减少矿石的运输，降低成本。七一三矿由于矿石含磷高，而单独建水冶厂。三是建议建立四一五医院，以便井下出现严重人身事故时能够及时治疗伤患。同时，进行放射性（矽肺）的防治工作和放射性的辐射防疫教育。鉴于苏联专家对铀矿冶工业布局的建议，在部局领导重视下，我国先后在湖南和江西建成了完整的铀工业基地。

实践证明，苏联专家提出的这些举措，有效地提升了我国铀矿冶工程的建设速度与规模，达到了预期成效。

二机部对铀矿冶十分重视，指定副部长刘伟主管铀矿冶的第一批工程，即"三矿一厂"的建设。从1958年开始，就陆续调入配备强有力的领导干部，主持各单位工作：当年12月，将李克东从全国石油工会调入铀矿冶设计院担任院长；1959年11月，将苏华由军委总干部动员部调入二机部，担任十二局局长兼党委书记；1960年12月，从上海将刘坤调往衡阳铀水冶厂担任厂长；1961年4月，将放射化学专家杨承宗从中国科技大学调入铀矿选冶研究所担任顾问、副所长。由此将科研、设计、生产、建设有机地结合起来，组成了领导"三矿一厂"的干部队伍，使工程建设有条不紊地向前推进。

随着"三矿一厂"的开工建设，二机部还先后调进一批专家，包括采矿专家张天保、沈炳炎，湿法冶金专家王金堂，化工专家杜宝德，建筑专家金家杰等。与此同时，二机部从冶金、煤炭、化工等部门和地方以及军队调入干部、工程技术人员以及工人共一万多名，迅速组成了铀矿冶从科研到生产的完整队伍。

1958年5月31日，包括铀矿冶"三矿一厂"在内的核工业第一批厂矿由中共中央批复选址报告。此后，这些厂矿企业在红色丘陵和绿色植被的掩映下，开启了秘密的历程。

第一支找铀矿队伍

中国为了研制原子弹，曾经有一段曲折的寻找铀矿的经历。当年，中国动用了20 000人，其中三〇九大队就达8000余人。

1955年1月20日，中苏签订《关于在中华人民共和国进行放射性元素的寻找、鉴定和地质勘察工作的议定书》。

2月15日，根据该《议定书》的第三条，组成中苏委员会，决定在长沙组建三〇九队，主要负责中国中南地区的铀矿勘查工作。在国务院第三办公室的领导和中苏委员会的具体操作下，三〇九队的筹建工作在北京展开。

刚毕业的大学生奔赴全国各地

2月18日，中苏委员会第二次会议专题研究了三〇九队1955年的工作计划。会议决议，由中国政府请苏联政府配备专用飞机，用于三〇九队开展航空地球物理勘探工作。

2月下旬，刘鸿业带领三〇九队筹备组和中苏双方技术人员共39人秘密抵达长沙。这时，我国已在南方相继发现大型铀矿床，也想从苏联引进先进技术和仪器设备，以便进一步全面开展铀矿普查勘探工作。为了迅速建立起铀矿地质队伍，中共中央、国务院先后发出通知，从中央各部和各省、市、自治区抽调了近500名管理干部和专业技术干部，从抗美援朝归来的中国人民志愿军中抽调了500多名无线电通信兵和50多名长沙中学生。与此同时，刘少奇签署了一道调干通知，令湖南、江西、广东、广西四省区选调干部193名，限3月底调齐，到湖南省合作干部管理学校报到（今长沙窖岭）。受调党员的党组织关系转移介绍信写的是转往中央国家机关党委组织部，也就是中央直属的三〇九队。50多名长沙中学生从此在人们的视野中消失，一去就是两年。当时这50多个家庭唯一知道的信息就是，他们是由湖南省地质部门招去的，任务不明。

3月25日，中国第一支铀矿地质队伍——湖南省核工业地质局的前身三〇九队，在极其保密的状态下，于湖南省交际处举行成立大会。会上宣布组建所属一分队（广西富钟县花山）、二分队（湖南宜章县）、三分队（专门勘查江南地区其他矿产地的铀分布情况），三〇九队办公地点选定在长沙市窖岭附近，省合作干部管理学校新址及相邻的几个小单位，其土地、房产均转让给三〇九队。

5月，苏联派出航空测量AH-2型飞机和机组人员到达湖南，三〇九队组建了航空普查分队——四分队，基地设在衡阳。到1958年年底，三〇九队组建了18个分队，职工总数达8669人，工作区涉及南方11个省份。

1955年的8月，长沙中学生陈金陵与50名中学生一道，登上了一趟目的地不明的列车，颠了半天到达郴州，然后换乘汽车，天黑时才在一个老汽车站下了车。当晚，大家参加了一个特别的仪式：保密宣誓。“保守国家秘密，不向亲人说工作上的任何一件事情……通信保密，地址只能写邮箱号，不能写具体地址。”宣誓归宣誓，但大家并不知道要做什么。

接着，陈金陵有了一位带他的师傅王世臣，从朝鲜战场上转业下来的通信兵，他已经来到这片山区 4 个多月。

他们到达的地点，实际上就是三〇九队的二分队所在地——湖南宜章的大山。学生们到达之后，很快接受了苏联专家的放射性仪器操作培训。他们要学习使用这种仪器，以测量伽马射线强度，并记录探测到的数据。遇到强度高时就地编录，再向分队和在长沙的三〇九队汇报。

三天后培训结束，陈金陵跟着师傅王世臣上了山。

队长跟他们说，一台设备是中国一火车皮鸡蛋跟苏联换的，很贵，要保护好。每天一早起床号吹响后，大家装上盒饭，拿着标有测线的军用地形图分头出发。每天过着“天当被、地当床”的艰苦生活。

陈金陵每天和队员们拿着仪器在山中穿行，以 250 平方米为单位进行网格化搜寻。不管山坳还是山坡，不管是荆棘还是草地，必须把每一寸地仔细地“篦”一遍。有时碰上地势陡峭、无法落脚的位置也必须想办法上去。勘测完了晚上回来报告数据，绘图后报告苏联专家。在山里进行勘测时，队员如果带着“计数管”是不容许从老乡家门口经过的，也不容许旁观。

找矿员工作时旁边有全副武装的解放军战士护卫，战士不仅配备枪支，而且身上还挂了 4 个手榴弹——随时防范敌人破坏和窃取信息。找矿员每天带着“标配”——一台仪器、一个笔记本、一个饭盒、一张日本人留下的5万分之一的地图，在大山中寻找。衣服被刮破、脚底磨起泡是常事。那个时候的大山基本上是原生态，植被很好，有一次陈金陵在树丛中还发现了瞪着眼睛的老虎！

苏联专家态度严厉，而且从不解释。根据地图规定的路线找矿，中国地质队员必须分毫不差。地图并不准确，很多地方是几乎无法逾越的悬崖峭壁、激流河谷、密林灌木。有时候地图上是一个点，其实中间是深达几百米的河沟，一翻就是一天。地质队员为此全身湿透，寒冷刺骨，但苏联专家认为这是理所当然的。

除了报告苏联专家，工作性质是高度保密的，“上不告父母，下不传妻儿”。因为，中国发展核武器是国家最高机密，务必高度保密。就是找矿队员的老婆孩子、父母亲友，也一律不知道他们是干什么的。

据说，除了三〇九地质队队长和苏联专家以外，只有当时的湖南省委书记周小舟一个人知道真相。

1955年9月5日，陈金陵所在分队接到指令：迅速转移到郴县（今郴州市苏仙区）马坡岭，在天上航测的AH-2飞机发现了异常！

等到陈金陵他们赶到马坡岭时，进山的马路边搭起了好多个帐篷，不时有嘎斯车送来外地人员，还有苏联人和武装战士，一派战时气氛！二分队队长指着前面的大山告诉他们：这就是金银寨，是我们要工作的地方。没有停顿、没有迟疑，陈金陵和他的队友一头钻进山里面。进入金银寨只有一条当地人放牛的小路，走着走着就没有路了。队员们找到一处相对平缓的地方，把荆棘砍倒，把杂草刨开，扎起了帐篷，搬来几块石头垒成灶，一个宿营地就成了。

10月14日，陈金陵带着警卫李九斤步入自己的工作路线。趟过一条小河时，仪器突然叫了起来，陈金陵拿仪器仔细测试，靠近石头时仪器反应明显，“伽马值”到了1000以上，举起仪器，仪器反应就弱了。陈金陵反复举起放落仪器的动作，把护卫的战士搞蒙了。陈金陵按捺不住心中的激动，对李九斤说：“你帮我记住这块石头，说不定我们回去的时候要带走它。我们先上山找找，石头应该是山上滚下来的。”两人再往前走，是一处近乎垂直的陡坡。两个人一个顶一个拉，终于爬进更深处的那片林子里。

没走多远，手中的仪器又剧烈地叫起来了。在一片连续五六十米长的地带，仪器一直保持着稳定的反应。没错，河中的那块石头应该就是从这里掉下去的。经过反复的测试判断，陈金陵没有继续后面的工作，而是迅速返回驻地，径直赶往队长伍锡祥的帐篷，向他报告了这一重要发现。第二天，伍锡祥队长带领两名警卫直往山上跑。找到地方后，队长亲自拿着仪器测试，得到了与陈金陵一样的结果。看样子，找对地方了。采样的石头非常坚硬，几个人拿锤子敲都敲不下来。自认力气大的警卫战士李九斤拿过锤子使劲一砸，石头没开，锤柄却断了。伍队长拿过带来的石灰桶，在反应集中的区域划上一个圆圈。

第二天，苏联专家来了，最终确定金银寨发现了他们要找的铀矿。

晚上，在警卫战士的“包围圈”中，全体队员聚集在帐篷，倾听伍锡祥队长一个激动人心的宣布：“我们找到了制造原子弹的原料——铀矿！”哗——帐篷内一片欢呼。

包括陈金陵在内的队员直到这时候才知道，原来他们这么久的工作是为了找这个！伍队长马上强调：“这是国家重要机密，我说的这句话不能再传了，包括父母都不能透露。”

当第一列装满矿石的牵引车驶出坑道时，已经到了五年后的1960年。用最快的速度造出原子弹，这成了当时采矿工的精神动力，原本处于极度机密的铀矿提炼，在大跃进年代演变成了一场土法炼铀和全民炼铀运动。

在湖南其他地方，也陆续发现了一些铀矿点。在宁乡县的流沙河，三〇九队的探测仪也发现了铀矿的踪迹。流沙河的铀储量并不大，不需要使用钻机，不需要挖坑道就可以开采，很容易冶炼，用稀硫酸浸泡就能提炼出来。当时老百姓给铀产品取了一个形象的名字，叫“黄饼”。尽管这样的黄饼极其粗糙，但国家当时定出的价钱却很高，每吨达到了20多万元。

在到达流沙河之前，大家只从书本上见过土法炼铀的介绍，实际操作起来心里没有底。先将矿石砸碎，再筛出粉末，酸浸泡、碱中和、过滤、烘干，这就是土法炼铀的基本流程。使用的工具是大锤、筛子、瓦罐、竹竿和铁锅。当地的老百姓戏称，三〇九队在做豆腐。

正如人们耳熟能详的那样，后来，苏联撤走了专家，带走了图纸，中国的军事科技人员顶住压力，独立自主地完成了科技攻关，最后在罗布泊地区成功爆炸了我国第一颗原子弹。而最初的探矿、选矿主要在湖南完成。在湖南开采的铀矿原料不仅为第一颗原子弹爆炸，还为第一颗氢弹爆炸、第一艘核潜艇下水提供了第一批主要的核原料。这是湖南为祖国的核工业事业做出的不可磨灭的贡献，这也是一段浸泡着苦难和奋斗，饱含着理想与信念的历史。

60多年来，湘核人用热血和汗水，创造了令人难忘的辉煌历史，用青春和生命谱写了荡气回肠的英雄赞歌。湘核人肩负着祖国的重托，满怀着人民的期盼，在崇山峻岭中挥洒汗水，在悬崖峭壁上镌刻足迹，铸就了中国核军工史上一座座丰碑。

追寻核工业人的光辉足迹

1958年5月31日，中共中央总书记邓小平批准二机部起步建设湖南郴县铀矿、大浦铀矿、江西上饶铀矿和湖南衡阳铀水冶厂（以下简称“三矿一厂”），至今已经整整走过了60年的光辉历程。60年前，在这片曾经是革命老区的湘赣边区大地上，来自祖国四面八方的骄子们，唱响了一曲回荡在山谷里的凯歌，为中国核事业的建立与发展留下了闪光的足迹。

资源保障事业需要开启起步大门

众所周知，要将核事业顺利起步并不断向前推进，必须要有完整的核燃料循环体系作保障，而作为这一体系的“先行者”就是铀矿资源的勘查及其有效开发。

第一代核工业人创业图景

中华人民共和国成立以后，我国就着手筹备核事业的建立和发展，1950年成立了中国科学院近代物理研究所。1954年，年轻的地质工作者在广西发现并采集了新中国第一块铀矿石，由此为中国核事业的创建提供了人才和资源。1955 年 1 月召开的中央书记处扩大会议，作出了中国也要发展原子能事业的英明决策，从此在世界东方这块大地上开始了突破原子能科学技术禁区的征程。随后，铀矿地质系统加紧普查找矿，在我国新疆及湘赣地区取得突破，1956 年提交了可供开采的铀矿床，1958 年向国家正式提交了第一批铀储量，到 1960 年已提供 8 个铀矿开采基地，为铀资源开发提供了条件。另一方面，我国的铀同位素分离工厂、核燃料元件厂、反应堆工厂以及核武器研制基地，正如火如荼地建设，对原料的需求已经提上议事日程。所有这些，对核事业“先行”环节的“三矿一厂”提出了极为严峻的挑战，事业的需要为“三矿一厂”开启了起步的大门。

在“三矿一厂”的起步阶段，一是组建了强有力的专门管理机构；二是配备了敢于担当的领导团队；三是选调了具有开拓创新精神的技术专家和工人队伍。

干群一心共同奋斗绘就辉煌蓝图

在“三矿一厂”的建设过程中，二机部和十二局以及厂矿的领导干部以身作则，自始至终到第一线指挥，使建设工作优质高效向前推进。二机部部长刘杰把衡阳铀水冶厂称为“龙头”。在衡阳铀水冶厂的攻关时期，刘杰与副部长刘伟和雷荣天以及湖南省委领导多次到该厂指导工作，促进工作的全面落实。

为了将“三矿一厂”优质高效地建成，新组成的十二局领导班子深入实际，了解情况，采取应对措施，及时解决存在的问题。由苏华带队的蹲点调查组与铀矿冶设计院、铀矿选冶研究所的有关科研设计人员，对衡阳铀水冶厂纯化系统的工艺、设备、设计进行了全面调查，解决了大小五百多个问题，并研究改进措施，制定了保证质量的规章制度，为纯化系统试生产创造了条件，同时也为以后水冶系统试生产打下了基础。

同时，湖南郴县铀矿的刘玉华、李太英、董业建，大浦铀矿的严诚、徐文华、何汉拯，上饶铀矿的徐海波、徐德、李远洲，领导广大职工艰苦奋斗，三座矿山先后在 1962—1965 年建成投产。

1960 年 8 月，衡阳铀水冶厂也在苗捷夫、刘坤、杜宝德带领下，组织技术人员和职工家属艰苦奋斗、攻克难关。在 1961 年上半年，他们集中检查处理和解决了设备工艺问题以后，又确定在 1962 年 10 月前要生产出合格的核纯二氧化铀。为此，他们将纯化工程系统和投产任务的时间进行倒排。经过全体职工努力奋斗，1962 年 9 月底，纯化系统在试水、试酸的基础上，第一次用重铀酸铵投料试生产，产品基本合格。衡阳铀水冶厂又总结经验、改进工作、连续作战，在第三次试生产中，产品全部达到部颁标准。继纯化系统试生产成功以后，1963 年，磨矿、水冶系统一线工厂相继建成试生产。从此，全厂破碎—水冶—纯化整个流程畅通。经过进一步努力，到 1965 年 11 月，全部工程建成投产，任务圆满完成。

在"三矿一厂"刚刚起步之时，铀矿冶系统的职工怀着为原子能事业贡献全部力量的决心投入工作，他们面对极其困难的自然条件，搭起帐篷就是家，架起木板就是床，肩扛人拉运设备，手锤打眼挖坑道，披星戴月，日夜苦战，争分夺秒与时间赛跑。为了祖国的核事业，广大职工愿意奉献自己的一生。当时，在铀矿冶设计院工作的吴慕良同志，由于又饿又累被煤气熏倒，大小便失禁，他被抢救苏醒后的第一句话就是："我还年轻，还要继续为党工作。"吴慕良的简短表白，充分代表了铀矿冶人的共同心声。

在"三矿一厂"刚有起色的时候，铀矿冶职工又面临着苏联专家全部从中国撤走和三年自然灾害。在这种严重困难条件下，广大职工依然跋山涉水，没有吃的就挖野菜，晴天加紧干，雨天打着伞不停歇。他们想的只是铀矿的建成，尽快为我国核事业的起步奠定资源基础。

掘进工作是采矿工作的先行。在铀矿山建设初期，郴县铀矿、大浦铀矿向京西煤矿等单位学习先进经验，组成快速掘进队，推广机械化作业，提高了矿山掘进水平。郴县铀矿 401 工段和 304 工段青年掘进队，战胜了地下热水涌量大、温度高等困难，顽强拼搏，月月超额完成任务。401 工段青年掘进队用 10 年完成了 16 年的工作量，被湖南省授予"红旗掘进队"光荣称号；304 工段青年掘进队队长彭云太，出席了 1978 年的全国"工业学大庆"会议。

加强协作坚持创新实现技术跨越

在"三矿一厂"的建设过程中，经历过苏联早期帮助建设，后期又撕毁协议，撤走全部专家的阵痛。"三矿一厂"的领导们按照中央和二机部的指示精神，要求广大科技人员消化吸收苏联专家所传授的知识，实事求是地认识自己的力量局限，按照科学规律办事；同时又要树立雄心壮志，不受所学知识的限制和束缚，敢于创新，走自己的路。

铀矿冶的科技人员在认真学习、消化吸收苏联技术的基础上，开动脑筋，自力更生，积极创新，紧密结合实际，验证了由苏联设计的衡阳和上饶两个铀水冶厂的工艺流程和参数，把上饶铀水冶厂的浸出和吸附在同一工序进行改为分两个工序进行，把大浦铀矿的竖井开拓改为斜井开拓，从而取得了更好的效果。

为了迅速打开创业局面，“三矿一厂”采取边勘探、边设计、边施工的“三边”政策，实行“科研、设计、生产”和“领导、技术人员、工人”两个“三结合”，在部内外的大力协同下，解决了几百项技术难题，设计出了几个重要项目。同时，他们及时总结经验，改进工作，不仅减轻了劳动强度，而且提高了效率，降低了成本。

此外，杨承宗在北京铀矿选冶研究所推行组织研究法，即把一项工程项目层层分解成若干个中、小项目，每个项目用数种方法平等进行研究。1961 年 7 月，二机部将金属铀中微量硼的分析下达给了铀矿选冶研究所与核武器研究所。杨承宗采用两种以上分析方法进行比较，取得了满意的分析结果。

衡阳铀水冶厂通过技术革新，其主要技术经济指标逐年提升，1966 年达到设计水平。同时，衡阳铀水冶厂又先后处理了 10 多个铀矿山不同类型的铀矿石，以及大批铀化学浓缩物，稳产高产，接近国际水平。

中央支持突出重点加快建成投产

“三矿一厂”的建设之所以能够取得突破性进展，原因是多方面的。其中，得到了中央大力支持是最根本的。1956 年 3 月，薄一波就在向周总理和中共中央的报告中，提出了建立铀矿冶科研和铀矿冶工业的建议。1958年，邓小平批准了“三矿一厂”的建设，使工程能够迅速上马。“三矿一厂”在建设过程中得到了周总理及地方政府的亲切关怀。1960年的一天，湖南鲤鱼江电厂突然停电，直接影响了郴县铀矿的井下生产和排水。周总理得知情况后，立即电告湖南省委，要求马上解决郴县铀矿的供电问题，湖南省委也立即作出决定，优先保证了郴县铀矿的用电。在苏联停援以后，第一批铀矿山技术攻关过程中，在周总理的亲自关心下，得到了冶金、煤炭、化工、轻工、一机部和中科院等40多个部门及单位以及有关省市的帮助，解决了在技术革新中存在的200多项难题。

1959年，二机部副部长刘伟先后两次视察开始兴建的厂矿，并于11月1日向部党组报告：“矿山是我部事业的‘先行’，矿山建设速度的快慢对我部事业的总进度有着重要的影响，1960年应将矿山建设列为重点。”

1963年1月，为了加速铀矿山的建设，二机部向中央专委写了报告。同年3月，中央专委会议进行了研究，并作出了8项决定，解决了铀矿山建设中的一批紧迫问题。所有这些，不仅保证了工程的顺利进展，而且激发出巨大的潜能，实现了铀矿采冶领域的技术跨越。

十二局党委也在实际工作中把“三矿一厂”的建设作为重点进行安排。1960年，十二局所属单位的50多位苏联专家于8月下旬全部撤走，工作遇到很大困难。在此关键时刻，十二局党委召开扩大会议，制定了全局上下与各有关方面协作，攻破技术难关的7条措施。20世纪60年代初，十二局党委在认真分析实际情况的基础上，为了确保重点工程如期完成，将一些已经上马的厂矿停建或缓建。在重点厂矿中也只能保证像郴县铀矿的主矿带、衡阳铀水冶厂的纯化车间这些重点工程，真正做到了有所为，有所不为，从而保证了核事业的顺利推进。

在铀矿选冶研究所攻克生产二氧化铀、四氟化铀技术难题的基础上，二机部副部长钱三强通过衡阳铀水冶厂内召开的由国内有关专家参加的现场会上，帮助工程技术人员解决了投料生产中148个技术问题。

杨承宗在关键的1961年来到铀矿选冶研究所，在该所担任领导达10年之久。为了铀矿冶事业的发展和尽快解决重大技术问题，他独自一人住在单位，只有每周三、六晚上回家。为了提高研究水平，他发动技术人员，改善实验仪器与设备，还亲自进城看仪器、买书籍，到有关大学争取调来一批大学生，以满足事业发展的需要。他还审查重要研究专题计划，帮助解决研究工作进程中一些重要技术问题，审定科学技术研究成果报告，调查研究新方向和开拓新领域，研究技术干部的培养与分配，直接参与专题研究。

通过广大干部、科学技术人员和工人的努力，1960年4月，郴县铀矿完成了第一采场的采准、备采工作，采出了第一批铀矿石。同年9月1日，一期工程建成投产。上饶铀矿及其水冶厂于1962年10月建成投产，大浦铀矿1963年一个浅矿井投产。到1963年10月，我国第一批铀矿山先后建成投产，为核燃料循环的顺利进行，源源不断地输送着原料。第一批铀矿山的建设实践证明，铀矿冶队伍无愧于核工业“先行者”的光荣称号。

“三矿一厂”与包头核燃料元件厂、酒泉原子能联合企业、兰州铀浓缩厂以及西北核武器研制基地等为中国核工业第一批厂矿，在第一次创业中发挥着决定性的作用。“三矿一厂”作为核事业“先行者”，构筑起了原子能事业前进的阶梯，为核燃料循环的光辉、反应堆工程之花的绽放和秘密工地朝霞的升腾奠定了良好的基础。我国核事业的第一批厂矿所树立起来的丰碑，将永远耸立在中国核工业人的心中。

我见到了聂帅

1959 年秋，二机部三〇九地质大队实验室迎来一个喜讯。这一天，漂亮的女分析班长苏佛辉在做完两个试样分析后，接到队办通知：中央首长要来实验室视察，要求大家做好准备。全室人员听到这个喜讯，欢呼着跳跃着，把木质地板震得吱吱响。

当时，他们还没亲眼看见过中央首长，那种激动的心情难以言表，大家猜着到底是哪位中央首长来视察？是毛主席，周总理，还是……苏佛辉跑去悄悄地问室主任。

主任严厉地批评：“我不清楚，你别瞎打听。”

苏佛辉又跑去大队部，秘书说不知道。

苏佛辉垂头丧气地回到实验室，让大家等队办的通知。于是，大家着急地等待，盼望着。一天过去了，两天过去了，三天过去了，还未听到任何动静。

第四天刚上班，实验室的姐妹们劝苏佛辉去队办打听，半小时后，苏佛辉闷闷不乐地回来了。

姐妹们问她见到中央领导没有？苏佛辉像雨打枯荷，拉着脸说：“等，等通知。”

实验室几十号人一边工作，一边等，一直等到中午仍未见到中央首长。大约下午三点，突然见到三辆小汽车，从机关大院徐徐开进实验室大门，他们从窗口望去，到底哪位是中央首长，谁也说不出来。

大队领导领着中央首长和随行人员，首先来到实验室物理分析组，大队长说："聂荣臻元帅来看望大家了。"他们随即从座位站起来，热烈鼓掌欢迎。

戴着墨镜的聂帅伸出大手和他们依次握手，问："你叫什么名字？是什么地方的人？"小彭答："我叫彭光慧，是湖北沙市人。"问小朱："你今年多大，是什么时候参加工作的？干这个工作有意思吗？"小朱一一向聂帅作了回答。最后，聂帅问苏佛辉："你们分析的样品够不够工业品位，做原子弹能用上嘛？"苏佛辉壮着胆子说："够工业品位，做原子弹能用上。"聂帅和随行人员，听了很高兴。

打那以后，他们才知道，中国造原子弹等着铀矿这个宝贝。分析人员更珍惜实验的样品，做到每一克都回收利用。几十年来，地质队员们经常出没于深山老林、大漠戈壁，跋山涉水，风餐露宿，对一条线、一个点、一个露头都不放弃，从不忽视。

从 1959 年到 1960 年，三〇九大队在铀矿资源勘察中，共发现 11 个矿点，探明铀矿储量达千吨级。

回忆“小一线”生产

回忆五所（核工业北京化工冶金研究院）“小一线”的生产，还得从1959年说起。

1959年6月，随着中苏两党出现政治分歧，进而扩大到两国关系的恶化，尤其是1960年6月22日布加勒斯特会议之后，种种迹象表明，苏联有可能全面撕毁协定，断绝对中国的技术援助。

当时，一线兰州铀浓缩厂正在抓紧建设，但浓缩厂生产的原料（按照援助协定由苏联提供）还没有着落。如若不采取措施，浓缩厂建成后就可能面临无米下锅的境地，影响原子弹研制的进度，怎么办？

1960年7月14日，时任二机部副部长刘杰同志召集五所①和中国科学院原子能研究所（现为中国原子能科学研究院）同位素分离实验室的科技骨干开会讨论，研究办法。

这次会上，明确提出在实验室建立试验性生产装置，赶在一线四个大厂（二七二、二〇二、四〇四、五〇四）生产线正式建成以前，生产出“二、四、六”产品（即二氧化铀、四氟化铀、六氟化铀），作为原料提供给铀浓缩厂投产初期使用。会议决定由五所负责简法生产二氧化铀和四氟化铀，原子能研究所负责简法生产六氟

① 当时叫北京第六研究所，1963年11月更名为北京第五研究所，1989年5月更名为核工业北京化工冶金研究院。

化铀。当时二机部把铀-235生产线列为“一线”工程，核工业研究院所把试验简法生产称为“小一线”。

这一决策具有高瞻远瞩的战略意义。由院所建小一线，提前生产“二、四、六”产品，既解决了铀浓缩厂投产所需要的原料问题，又为后来实际生产“二、四、六”产品的一线大厂验证了工艺流程，制定了操作规程，培养训练了操作人员，积累了生产经验，为一线大厂建成后顺利投产打下了坚实的基础。

六氟化铀是铀浓缩厂使用的生产原料，它是由二氧化铀经两次氟化（也称转化）而获得。原中苏有关协定规定，我国兰州铀浓缩厂投产初期所需的六氟化铀由苏联提供，由于苏联停援，则必须立即由我国自己生产。在铀浓缩厂即将建成时，如何尽快掌握铀转化技术就成了当时突出的矛盾。

1960年9月，二机部党组经过认真研究，决定以重铀酸铵为原料，责成核五所和原子能所分别筹建试验性简法生产装置，制备二氧化铀、四氟化铀（这两项由五所承担）和六氟化铀（由原子能所承担），以解决铀浓缩厂投产的急需，并希望通过简法生产，验证和摸索工艺原理、工艺条件、技术参数、设备性能和掌握操作技术。当时把这个做法形象地称之为“骑驴找马”。对于这项艰巨任务，五所高度重视，首先组成了强有力的技术领导班子，由陈汉明所长任总指挥，生产科长禄福延任副指挥，负责新设的一号厂、二号厂、四号厂和当时的二室（分析室）等单位的协调工作。其次，配备强有力的技术骨干，一号厂由当时的水冶室主任庄炳银负责，二号厂由当时纯化室主任邓佐卿负责，四号厂由当时四室主任郑群英负责，分析工作由分析室主任沈言谆、董灵英负责，所需技术人员从各研究室自行抽调。同时，抽调百余名从部队复员的战士担任操作人员。就地取材，因地制宜搭建了三个小厂房：一号厂房、二号厂房、四号厂房。小一线建起来了。

为解决生产原料问题，一号厂自行赴国营二七二厂试车时所用矿石的供矿区进行采样。二号厂所需原料因全民办铀矿后，一批土法生产的黄饼（重铀酸铵或重铀酸钠）均运到二七二厂，由二机部十二局（后改为矿冶局）派人赴湖南二七二厂，挑选一批质量较好的产品，包装后运至北京通县南站，再转运到二号厂。四号厂的原料由二号厂提供。在此基础上，各厂在短期内都完成了工艺设备的设计、制造、标准件的采购和安装试车投产前的准备工作。

生产过程中，技术人员攻克一个又一个难关，分析人员精准熟练分析，工艺操作人员严格执行操作规程，各岗位都出现了不少操作能手、分析标兵。这些技术能手、分析标兵、操作能手在一线大厂试车投产中成为中坚力量。简法生产装置于1960年10月中筹建，两个月后便建成投产。为下一步工序提供了合格的原料。接着，六氟化铀简法生产装置也于同年12月试生产，并获得合格产品。

1963年1月，二机部党组发来贺信，高度肯定了五所技术人员为提前超额完成二氧化铀和四氟化铀生产任务所作出的杰出贡献。刘杰部长说：“二氧化铀和四氟化铀产品的提供，加速了试验第一颗原子弹的工作进程，使二机部整个事业的速度提前了一年。”这是领导对五所工作的高度肯定，是对他们的极大鼓励，也是他们的崇高荣誉。

简法生产装置的建成，不仅及时地为铀浓缩厂按期投产提供了原料，保证了铀-235生产线的生产，而且还培训了一大批技术干部和工人，得到了极为宝贵的技术资料和工艺参数，为铀转化工厂的投产运行奠定了坚实基础。

“龙头”二七二

二七二厂始建于1958年，由中共中央批复选定厂址，是我国国民经济第二个五年计划期间苏联援建的156个重点建设项目之一；是核工业第一批厂矿之一；是中国第一座大型铀水冶纯化厂，被誉为中国核武“基石”和中国核电“粮仓”。

1962年二七二厂厂区全貌

二七二是一部老电影，但不失时代芳华。

让我们走进这片红色土地，走进二七二这座正在开放的世外桃源！

这里有一个龙头企业

1954年在广西富钟县发掘“开业之石”后，地质部组成的地质勘测队，对湖南、江西、广东等省进行勘测。在湖南、江西发现了储量丰富的铀矿。

1956年初，地质部将探明铀矿储量上报中央。根据党中央意见，当时确定选址原则是：就矿建厂，或搞区域性的处理厂，以符合环境保护要求，更符合国防核军工厂的要求。

1956年8月中旬，选厂工作组陪同苏联专家柯里波、马里采夫等人，考察了湖南和广东等地区，提出了衡阳地区建厂的方案。

经过实地勘测，二机部认为衡阳地点适中，交通方便，离市区有15公里，符合污水处理条件，建设用地也容易解决。专家们对各方面条件进行对比分析，衡阳地区条件优越些，厂址拟建在衡阳。

1958年5月31日，中共中央总书记邓小平代表中央批准第二机械工业部上报核工业第一批厂矿选址方案。这其中，就有建于衡阳的二七二厂，由于从事核原料的最初加工工序，因此也被人称为“龙头”。

万事开头难

1958年7月，从祖国四面八方汇集二七二厂的人员猛增到6000人，这对于刚刚成立不久的企业来说，面临的首要问题就是要解决

"食、衣、住、行、用"五大问题。

第一批到达的建设者，只能暂时住在劳改队留下的几十间松树皮盖的房子里，工人的家就安排在靠近水塘边的茅草棚中。

在这块荒山野地里，别说没有一个像样的食堂，一间像样的住房，连一个像样的厕所都没有。面对厂区、生活区总平面布置图都尚未绘出的现状，党委书记华光与厂领导果断决定，根据已知工程坐落位置资料，本着节约的原则，除了充分利用原驻地单位移交的部分简易建筑物以外，集中技术力量，由各工区分工负责，采取"边设计、边备料、边施工"的方法，仅用了一个月的时间就建成了满足临时需要的食堂、变电所、宿舍、厕所、浴室、售菜棚、电话室等一批大型临时设施，保证了进厂职工基本生活需要。

一天晚上，副厂长李文超在湘江边找到厂党委书记华光。

"书记，你让我好找啊！"李文超打着手电走近华光。

"文超，你来得正好。"

"怎么一个人晚上跑到江边来了。"

"看水思源。"华光长叹一声。

"我也正是为这事找您。"

"嗯，先抽一支。"华光掏出香烟。

点上香烟后，华光问："二七二厂为何要建在湘江边？"

"水冶厂，当然需要水啊！"

"不全对。在湖南，岳麓山并不是一座最高的山峰，但她却具有一种无可比拟的文化高度；在中国，湘江并不是一条最长的河流，但她却具有一种绵延无穷的文化长度。"

"湖湘文化，源远流长。"

“说得对，这一山一水，构成了楚地湖南万古不灭的精神气象。这一水一山，彰显了楚地湖南万代千秋的湖湘精华。我们来到此地，要了解这儿的历史与人文。”

李文超说：“您这么说，我明白了，是湘江，喂大了大半个湖南。”

昔日的湘江，虽然早已注入历史的浩瀚海洋，但留给他们的，却是一个巨大的思辨命题。目前最大的困难是职工的生活用水问题。生活区聚集了来自全国各地的工人、部队，已达万人，仅靠原衡阳专署公安处劳改农场和衡阳市种畜场留下的三口水井，艰难地维持着一万人生活用水的供应。

华光说：“你找我是不是职工的饮水问题？”

“是的，我有一个想法，能不能先购置抽水机船，建一个简易水塔，先解决工人的用水问题？”

华光边走边说：“可以，你先做一个方案，集体研究一下。”

从江边回来之后，李文超第二天又组织技术人员，对江边取水源和铺设水管的路线进行了勘测与测量。

一个月后，二七二厂购置抽水机船，船上安装了两台 30 千瓦多级水泵，岸上架起一座简易的钢制水塔，铺设管道 4000 余米。这一举措，解决了职工生活用水和建筑用水难题。

土方大会战

衡阳八月，骄阳似火。土方会战伴随着工厂的奠基锣鼓拉开了帷幕。酷热的天气，炽热的劳动情绪，交汇成一幅你追我赶、热气腾腾的创业图景。

来自湘南山区的小伙子，正在与姑娘们展开挑土方的对手赛。土方会战中，有一支特别能战斗的队伍——全是由20岁左右的小伙子和姑娘们组成的徒工连。两面绣着“穆桂英排”和“青年突击排”的红旗，在奋战的工地上迎风招展。

从小生活在北方的342名土建技术工人，从来没有经历过这样高温天气。他们热得吃不下，睡不好，白天没法干活，只好挑灯夜战。而土生土长的湖南小伙子和姑娘们却是另一番景象，为了加快挖运速度，他们常常开展挑土对手赛。小伙子们个个赤裸上身，光着脚丫，踏着滚烫的地面，三担土箕叠成一摞挑着飞跑。可惜，他们这样卖力，还常常败在姑娘们手下。

副厂长李文超见状饶有兴致地探问小伙子们败北的原因，没料到他们回答竟是异口同声：“脚板烫得受不了，请发一双草鞋吧!”不久，一双双笋壳编成的草鞋发到工人手中。从此，大家热情更高，原本要两个月完成的8万方任务，一个月就完成了6万方，加快了施工进度。李文超欣喜地把土方会战称为“穿着草鞋起步”。

李文超跑工地、下现场，调节物资器材，处理职工生活问题。

华光亲自去市里联系职工用粮指标，同附近农户交涉搬迁……脚肿了，嗓子也哑了。到了深夜才钻进四面透风的茅草棚，地是湿的，床是冷的，外面的暴雨早已过去，屋内却还在淅淅沥沥。觉是没处睡了，他只得拿起手电，同值班人员当上了工地的“巡视官”。第二天清晨，人们又看到了他东奔西忙。

1958年12月，二七二厂首任厂长何高明走马上任。同时，又配备了几名副厂长。

那年冬天，天气特别寒冷，工地上的学徒工都没有毛线衣，外面穿着一件厂里配发的薄棉衣，里边穿着一件薄衬衣。北风从胸口吹进去，贴身转了一圈又钻了出来，那时的雨衣是用厚厚的白布刷上一层黄油漆制成的，硬邦邦的，穿在身上咔嚓咔嚓直响。发的水鞋不经用，发的草鞋不够穿，没有夜班费，没有加班费，所有的加班都是义务劳动，工地上从厂长到工人没有一个人喊休息。

大年三十，徒工连在工地过的年。大年初一，小伙子和姑娘们照样来到工地，撸起袖子卷起裤脚，一担又一担地挑走稀泥。

当时，“大会战”成了二七二厂完成突击任务的代名词，如：填堤加高的土方大会战、治理泉塘、消除炉渣缸灰、生活区道路修建、硬化工程分期包干大会战等。如今，人们已经记不清他们曾经铲平了多少山头，填平了多少沟壑。

1959 年年初，在突击完成场地平整的土方任务后，水冶、纯化厂工业建筑的施工全面铺开。华光、何高明、李文超、金家杰等厂领导，分别前往工业主体建筑“磨矿、水冶、纯化”三大主厂房施工现场蹲点。同年 10 月，掀起了全面建设的新高潮。厂党委率领全厂 6000 名干部职工，“一步一个脚印，摸着石头过河”，攻坚克难。

从上海到衡阳

1960 年年底，刘坤由上海市某区委书记调任二七二厂厂长（第二任厂长），上任之前他去北京参加了一个会议，部长找他谈话：“大区长，调你去衡阳支援核工业建设，有没有信心？”

刘坤斩钉截铁地说：“有信心！”

他从北京坐火车来到了二七二厂。刘坤接手工作时基建工程已进入关键阶段，生产准备工作则刚刚开始，又正赶上国家连年自然灾害，全厂工作面临着重重困难。

苏联专家撤走不久，留下一大堆的难题。职工生活异常困难，因营养不良患水肿病者甚多，住房也很紧张，大家称之为过“苦日子”。

他上任后主抓了两件事：一方面为改善职工生活抓紧建设住房，办农业生产队，搞些蔬菜和肉食给职工解决实际困难；另一方面，加强思想政治工作，稳定职工队伍。

1961 年春天，赶上倒春寒，阴雨绵绵，寒风刺骨。主体厂房已经建成，设备安装正在进行中，厂党委及时发动组织职工围绕基建和生产准备开展“摸关、排关、攻关”活动，先后处理了大小 400 多个质量、技术问题，攻克了 260 多个难关。

在厂长刘坤、副厂长金家杰的直接领导下，运用解剖麻雀、反复试验、出外学习等方法，解决了在建筑安装方面一些比较重大的技术问题。

在整个建厂时期，吊装任务是相当艰巨的，全厂需要安装的设备总重量达 4000 余吨，其中设备单重 10 吨以上的有 100 多台，单重 20 吨以上的有 50 多台。在这些设备和构件中，有直径 4.5 米、高度近 10 米、单重 16.4 吨的吸附塔壳体；有直径 3.2 米、高度 10 米、单重 11 吨的浸出塔壳体；有 22.5 米跨度、重 20 余吨的电动桥式吊车；有 24 米跨度、重 10 吨的钢筋混凝土屋架梁等。工厂只有两台解放牌汽车吊，根本无法对这些大型设备和构件进行吊装。

尽管工厂后来从江西借来一台 20 吨的坦克吊车，解决了大部分的吊装问题。但是，对重大构件还是无法吊装。

据核工业部劳模马昭文回忆：“水冶厂 16 号厂房和 2 号矿仓 20

吨电动桥式吊车的吊装，坦克吊车也派不上用场。”

水冶厂房24米跨度、重10吨的钢筋混凝土预制架梁和22.5米跨度、重20吨电动桥式吊车的吊装，要在标高3.5米的厂房楼板上起吊，吊装高度高，负荷重，坦克吊车无法使用。

马昭文说：“几十年后，每当自己想起那个场面，依然是战战兢兢。”

在技术员宣永、老工人赵维富的主持下，大家在一起想办法、出主意，最终用一周时间研制了一台管状r形桅吊杆，并运用两台卷扬机和坦克车配合，解决了水冶厂房24米跨度、重10吨的钢筋混凝土预制架梁和22.5米跨度、重20吨电动桥式吊车的吊装难题。吊车安装好了，球磨机、分级机才能够按照计划顺利安装。

让人们记忆犹新的还是两台数吨重的主变压器搬运工作。由于两台数吨重的主变压器是由火车运送到距二七二厂两公里以外的东阳渡车站，必须尽快搬回厂里安装供电，副厂长金家杰率领起重工、电工、钳工等14人组成了突击队，进行“蚂蚁搬家”。

秋天的衡阳，久旱无雨，热浪滚滚，简易公路上尘土飞扬。他们用木板垫路，铁管作滚筒，托起变压器，用手拉葫芦和卷扬机牵引，一寸一寸地向前移动。

一连四天四夜，他们吃睡在路上。身上晒脱了皮，起了泡，脚下草鞋也磨穿了底。口渴了，喝几口井水；困极了，靠在路边土坎上打个盹。白天汗水淋漓，张口大喘气；晚上被成群的蚊虫叮咬得遍体红肿，痛痒难忍。但是，没有一个人叫苦叫累。两个庞然大物，就这样被“牵”到了工厂就位。如果把第一代创业者比作山，他们的身上有山的巍峨和威武不屈的精神。

接下军令状

1962 年年初，厂长刘坤赴京参加二机部党组扩大会议。会后，部长刘杰将几个生产厂长召集在一起，具体布置了计划在两年内爆炸第一颗原子弹的设想。

部长走到刘坤的面前，问道："龙头（当时部内称二七二厂为'龙头'）怎么样？有困难吗？"

刘坤坚定地说："保证完成任务！"

"好，我要的就是你这个态度！"部长加重了语气。

刘坤知道，这就算立下了军令状。

扩大会议结束时，罗瑞卿总参谋长来到会场，接见了出席会议的全体代表。

罗总长神情严肃，语气坚决，洪亮的声音回荡在每个人的耳畔："完成第一颗原子弹爆炸的任务意义重大，计划不可动摇，延误时机，将负有不可推卸的重大责任！"

这就是军令，是排山倒海的进军令。

"'龙头'决心提前完成任务，为爆炸争取时间！若完成不了任务，就是砍掉我的头也不足以谢天下啊！"刘坤在心里立下了誓言。

苦中之乐

刘坤火速返厂，立即排出了抢先建成"纯化工程"的计划，尽快生产出合格的二氧化铀，为后续厂的生产腾出时间。

那些日子，他和书记华光、副厂长金家杰、李文超，几乎每天都在安装现场，对遇到的问题与难题，会同技术人员一起攻关。厂部各有关部门为落实计划，按季、月、旬、日，一段一段布置和检查。

经过8个月的苦战，终于达到了预期目的。1962年9月，纯化系统在试水、试酸成功的基础上，开始了第一次试生产。经过三天三夜的奋战，终于生产出了合格的二氧化铀产品。

喜讯传出，全厂欢腾。

厂党委决定“杀一头猪，会餐一顿”，来奖赏正在过着“苦日子”，为早日造出“争气弹”而拼搏的勇士们。二机部、湖南省委的贺电飞来，衡阳市委领导到厂祝贺。

赤子刘坤

1963年8月，磨矿、水冶一线系统相继建成开始试生产。这次试生产遇到的问题更多。如：吸附塔结构设计不合理，物料通不过，不解决这个问题，整个试生产无法进行。时间紧迫，形势逼人，而改动设计，按照规定必须经部党组批准，若履行更改手续，则时间无多。如何是好？等待厂长刘坤拍板。厂领导同四院驻厂人员研究后，决定“先斩后奏”，把吸附塔进料结构全部改变。不管失败与成功，责任将由他厂长承担，甘愿为创业冒风险撤职查办，也不能图保险，坐以待毙。

刘坤决心已定，就立即指挥行动。经过20多天的努力，改造成功了，生产出了合格的中间产品——铀合格淋洗液。

刘坤快步走向电话机，他要把成功的消息，以最快的速度传到北京，报告给二机部党组。他也要让电讯传去二七二厂这届班子的心音脉搏，向党袒露赤子的磊落，一切听从上级的处置。

1965 年 5 月，第 3 条生产线投产，11 月又建成了第 4 条生产线，二七二厂建设交上了圆满的答卷。

从此，二七二，成为一个经久不衰的密码，从这里走入历史，又从历史走向未来。六十年过去了，二七二作为核工业第一批厂矿之一，在青山碧水间彰显着核文化的底蕴和深沉，在岁月的洗礼中，沉淀下一份对责任的恪守和见证。

今天，这片春意盎然的土地发生了翻天覆地的变化，二七二已从过去的单一军工企业走向了现代化企业之路。神奇的二七二总是以其独特的魅力，伫立于湘江之滨，强盛不衰，成为湖南工业一颗璀璨的明珠。

助推我国第一颗原子弹研制

核工业北京化工冶金研究院于1958年成立，是我国第一所铀矿选冶研究机构，提炼出了我国第一块铀锭、第一块钍锭。在苏联专家撤走后，凭着自身不断积累起来的知识和经验，简法生产出了吨级量的二氧化铀和四氟化铀，满足了后续单位试验研究的需要，为我国第一颗原子弹及时提供了原料，加速了研制工作进程。核化冶院用它特有的“能量”见证了一个国家的富强发展。

为了确保在几个大型核燃料厂投产前生产出四氟化铀产品，以满足后续工厂制造我国第一颗原子弹所需的合格装料，二机部经过认真研究，于1960年7月14日下达任务：迅速确定二氧化铀、四氟化铀、六氟化铀简易生产工艺流程，限期提出建设方案，并决定由六所（后改称为五所）负责，通过简法生产工艺流程生产二氧化铀、四氟化铀，获得生产六氟

五所老厂房

化铀所需原料。

简法生产厂自始至终在上级领导高度重视下进行工作。二机部袁成隆、雷荣天副部长亲临五所布置和检查工作，十二局党委郑继斯书记几乎每周都去几次，督促检查，及时解决外部人员调配、材料供给等问题。

五所二室的邓佐卿、李志恒负责简法生产二氧化铀的任务。他们带领一批年轻的技术人员，克服时间紧、任务重等重重困难，参照苏联设计的衡阳铀厂纯化系统流程，迅速组织设计、施工、制造和安装设备。硬拼 45 个日夜，建成了简称二号厂房的二氧化铀简法生产厂。

在工艺技术上，他们大胆采用新技术，对苏联工艺流程进行改进，简化了工艺流程，提高了产品质量。

简法生产四氟化铀由五所四室负责，也是从一无所有开始。号称四号厂房的四氟化铀生产厂，利用面积仅有 144 平方米的仓库为厂房，自主设计、施工安装，所需设备都是由所里的机修车间负责加工制造。

四号厂生产有五大特点：放射性、剧毒性、腐蚀性、易燃性和易爆性。为保证安全生产，车间加强通风，建立了在手套箱中操作的规章制度，同时攻克了四氟化铀产品纯度等五项主要关键技术，为顺利生产合格的四氟化铀提供了保证。

简法生产利用 1958 年建设的一些土法水冶厂生产的重铀酸盐作为原料，从 1960 年 9 月 5 日投料开始，到 1962 年年底，二号厂、四号厂完成了任务，生产出了二氧化铀和四氟化铀，为后续六氟化铀生产提供了合格的原料。

1963 年 1 月，二机部党组发来贺信：“五所于 1962 年已提前超额完成二氧化铀和四氟化铀的生产任务。这不仅为提前取得六氟化铀产品创造了条件，而且也为二氧化铀、四氟化铀的工业生产积累了丰富的经验，在完成这项任务的过程中你所曾千方百计加强协作，采取措施，克服了设备材料和技术人员等方面的困难，充分表现了主动精神，请向全体有关职工转达部的祝贺，并希望在 1963 年再接再厉做出新的贡献。”

1964 年 10 月 16 日下午 3 时，在我国新疆罗布泊上空，中国第一颗原子弹爆炸成功，举国欢腾。为了这份事业，很多科研工作者都付出了辛苦努力乃至牺牲。老专家谷万成追忆当年说：“好多人抛家舍业就为了响应党中央的号召，五所老总工程师、副所长吴永兴就是其中的代表，他是留苏回来的访问学者，技术骨干，当时正是用人之际需要他出差下厂，但碰巧赶上爱人临盆的关键时刻，吴永兴没有犹豫选择了出差任务，在走之前他来到医院仅隔着玻璃门看了妻子一眼，便背包转身离开了。”正是因为有这样一群胸有大爱的人，为了心中坚定不移的信仰，凭着无畏艰辛的精神，为我们的铀矿水冶工业建设打下了最坚实的基础。

第一次“地爆”试验

1969 年春节过后，核四院（原三院）相关部门即通知冯恩德、李治、黄作孔、栾弘 4 人尽快去北京部局报到，并告知：短期内，不能与家属甚至院方有任何方式的联系，任务内容不详，一切听从部局指挥。

原子弹地爆试验场

第二天，他们 4 人即赶赴北京报到。报到后得知，此行任务接到通知参与我国第一次核武器地爆试验的监测，任务是收集资料和数据，考察地爆所在地下的气象、地质、地形、地貌条件，为将来回采做准备。

3月初，他们一行4人从北京出发，乘火车向新疆进发。经过两天三夜的颠簸，最终在吐鲁番附近的大河沿火车站下车。当时的马兰基地是严格保密的，不能直呼其名，只能称其代号，叫21基地，所在部队的代号为"8023部队"。他们在大河沿找到21基地办事处，两天后乘"专车"到达马兰基地。所谓"专车"，其实就是解放牌卡车。

来到马兰基地后，他们每个人领到一本保密本和很多资料，包括美国和苏联多次进行地爆的全过程资料。内容包括地爆的形式、规模，爆心的布置，各种辅助物的种类、数量，房子的相对位置，还有在地下核爆炸发生瞬间产生的各种效应、力度、破坏力，也有关于地爆失败的介绍，可能出现的一些事故及这些事故所带来的危害和对周边环境所产生的影响等。他们在抓紧时间消化资料的同时，也对地爆场地的环境、工程做了实地考察，根据需要收集了当地的气象、地质、地形、地貌、生态及人文的资料。

到了5月份，地质和采矿专业队伍已经完成资料的准备工作。经部局同意，冯恩德、李治、黄作孔三位同志回院做短暂的休整，栾弘同志由于需要和防化兵一起对爆心周边环境做常规监测，同时在地爆巷道和爆心硐室开挖过程中观测和观察贫铀砖（铀-238）的摆放规律，因此栾弘继续留在马兰基地。

从5月到8月，栾弘同志行走在马兰、甘草滩及地爆工程地之间，随防护兵在地爆中心周边做环境监测。4个月当中，除了正常工作之外，还经历了与美国、苏联等特务方方面面的斗争。部队三天通报一次敌情，现场科技人员和司机（当然都是解放军战士）每人配置一支步枪，放在驾驶座位一侧，后来每人又配发了一支五四式手枪，由此可见，与敌人特务的斗争可谓惊心动魄……

地爆前，指挥部组织了一次对爆心所在山体的勘察与测量活动，由各专业和需要对山体进行观测的部门派出相关人员登山，对山体做全面的观测和测量。地爆后约一月余，指挥中心又一次组织爆后山体的考察。指挥中心临时指定栾弘同志为“安全与救援保障组”组长，发给一捆近 40 米长的救生绳索，又发了一支信号枪，6 发信号弹（3 发红弹，3 发绿弹），职责是：提醒大家登山时注意安全，一旦出现事故，要负责组织营救，如果一切顺利，在结束考察准备下山撤离时，打出 3 发绿弹，向指挥中心报平安。此次地爆后的山体被震得到处是大大小小的裂缝，但贯穿辐射（俗称 γ）水平比爆前只有很小的增大，说明地爆是成功的，没有泄漏，也没有造成环境污染。

1969 年 10 月底，指挥部宣布，我国第一次地下核爆炸试验的第一阶段工作基本结束，并在戈壁滩上举行了庆功宴，参加的人是直接参与这次试验的人员。300 多个大圆桌露天排在戈壁滩上，每桌十多人，分三批就餐，会餐气氛十分热烈。

11 月中旬，栾弘安全乘坐火车返回北京。

云南全民办铀

提到春城花都，我们会想到历史文化名城、中国健康之城——昆明。

凡到昆明者必赏石林奇秀，揽古滇盛景，吟大观长联，品多彩文化。

2019年6月12日，为了寻找"全民办铀"的典范和探寻中国地浸技术的发源地，我们[①]来到了昆明。

半个多世纪过去了，当年的人与事在第一代核工业人的心中仍然很重，经过几天的采访和了解，那段令人难忘的岁月逐渐由模糊变得清晰。

岗位师傅在取样

1958年，为了贯彻中央关于我国工业建设实行中央工业与地方工业并举、大型企业和中小型企业并举的两条腿走路的方针，二机部先后提出了"全民办铀""大家办原子能科学"的口号，

① 指作者胡飞跃、何中华。

后经中央批准，在全国加以推行。一时间全国各地积极响应，掀起了“全民办铀”的高潮。

云南铀矿的开采和提取是以地方和部队为主，在二机部的领导下，1957 年西南 209 地质大队云南第三地质队，在临沧、腾冲先后发现几个铀矿点。

1958 年 6 月二机部副部长袁成隆来到昆明，召集地质队领导高轲、陈平、廖学民、李野光等人研究全民办铀矿等问题。

1958 年 8 月，云南第三地质队彭承林、陈廷华等人完成了从临沧含铀煤中提取铀的小型试验，拿出了重铀酸铵产品，为云南全民办铀拨亮了曙光。

1958 年底，陆军 14 军 40 师、临沧县工交局、临沧军分区分别在临沧勐旺军马厂建设铀化工厂，白塔和大牛槛的铀矿山也相继动工建设，在建厂的同时，三个单位均采用露天开采铀矿的办法，用人工进行剥离和开采，他们在荒山上搭起了茅草棚，没有机械设备，采用土法上马提取铀，先把含铀的煤进行堆烧变成煤灰，然后搬出家中的盆子、水缸，拿出帐篷、包袱，用湿法冶金从煤灰中提取铀的浓缩物，生产重铀酸钠。

1959 年 2 月，陆军 14 军 40 师化工厂厂长岳何顺，临沧县化工厂厂长赵顺忠，临沧军分区化工厂厂长乔洪斌参加了二机部“跃进献礼积极分子代表大会”，并受到宋任穷部长的接见。到 1963 年底，40 师化工厂等单位为我国制造第一颗原子弹提供一吨多铀原料，受到国务院的嘉奖表扬。

1959 年至 1960 年，因生产技术问题和给农业让路，临沧军分区化工厂和临沧县化工厂下马，40 师化工厂一直保持着生产。1967

年4月至9月，根据部十二局（现中国铀业公司）的指示，北京五所派刘宝棻、苏长江、刘惠蓬等到临沧40师化工厂帮助工作。在师后勤部和全厂职工的积极配合下，对含矿煤灰处理流程进行了改进，使金属回收率由原来的50%～55%提高到67%～73%，化学浓缩物“111”质量达到部优。在五所的帮助下化工厂建立了实验室。1968年化工厂进行了三脂肪胺萃取和碳酸铵反萃取结晶试验，完成了含铀砂砾岩改进流程试验。1968年10月换防，化工厂由54军130师接办，改为130师化工厂。

1969年11月，部队再次换防由11军接办，改为11军化工厂。1970年1月，在五所科技工作组董成喜、谢访友、薛荫平、姚伦炳的具体帮助下，化工厂在生产技术上发生了很大变化，并筹建了一座年处理一万吨含铀砂砾岩矿生产“131”核纯产品的水冶厂，成立了厂领导、技术人员、工人三结合领导小组，采用边设计边施工的方法用5个多月时间建成了水冶厂，并一次性试车成功，生产出“131”金属1.488吨。

1970年昆明军区国防工业办公室（昆工办）成立，下设二处管理云南、贵州两省的铀矿冶工业。1971年2月，根据国务院中央军委“要大力扶植群众性的小型化铀矿开采事业”的指示精神。昆工办组成以副主任李光同志为首的调查组，对11军化工厂和中南209队9分队进行调查走访，了解到云南有100多个铀矿点，这些铀矿点具有储量小、矿点分散、品位高、埋藏浅、易提取五个特点，适合群众性办铀矿厂。同时，认为11军化工厂是群众办铀厂的样板。

针对以上特点，云南铀矿冶共组织了三次大的发动。

1971年5月28日，应昆明军区国防工办的邀请，二机部十二局局长苏华带工作组到昆明，并于 1971 年 6 月在临沧 32 师召开了现场会，十几个单位 30 多人参加了这次会议，中南 209 队 9 分队在会上介绍了云南铀矿地质储量情况，推广了 11 军化工厂办铀矿厂的经验。

会议商定：在腾冲 38—1 矿段由 11 军筹建一个年处理四万吨矿石的矿厂联合企业，成立二机部驻云南技术组，协助解决群众办铀矿厂中的技术问题。1971 年年底二机部拨给办铀矿厂补助费二百万元。

第一次发动从 1971 年 6 月到 1971 年年底，共建成 7 个铀矿厂，当年共处理铀矿石一万余吨，产金属铀 6.66 吨。

第二次发动是从 1971 年 12 月至 1972 年年底，为时一年，云南铀矿厂从 7 个发展到 13 个，增加了 6 个矿厂。其中 6 个水冶厂生产“111”浓缩物，7 个水冶厂生产“131”核纯产品，全年共生产和处理矿石 51 815 吨，提取金属 31.6 吨。

第三次发动从 1972 年 5 月至 1974 年年底，短短的三年间，修建了龙川江水电站，扩建了 4 个硫酸厂和十几个矿厂。产品质量有了显著的提高，年处理铀矿石 9.9 万吨，生产金属 68.5 吨。

总体来说，云南地区群众办铀矿厂普遍遵照从实际情况出发、因地制宜、因陋就简、修旧利用、土法上马、土洋结合、从小到大的原则。从 1958 年到 1974 年，16 年间，通过对设备逐渐完善，技术不断更新改造，提高了产品质量，降低了生产成本，增加了经济效益，为群众办铀矿厂树立了一个成功的典范。

基建工程兵铀地矿部队

过去，多次听同事饶有兴趣地谈起过核工业基建工程兵的事，说实话，当时没太放心上。近年来，有关基建工程兵方面的文章逐渐多了起来，且常带有一些神秘色彩，使得我①也不得不产生了一些好奇的心态。核工业基建工程兵怎么来的，涉及哪些产业呢？

经查，基建工程兵铀矿地质矿山部队是经国务院、中央军委批准，于1971年整编组建，至1983年年底撤销的。官兵人数最多时达4.2万人，占当时核工业地质、铀矿冶队伍的三分之一左右。虽然这支部队的番号仅存12年，但在我国核工业发展史上留下了闪光的一页。

铀地矿部队起步

为从根本上解决铀矿地质、矿山队伍的更新问题，更好地适应战备和发展我国原子能工业的需要，1970年3月，国防科委和二机部向中央专委请示，建议将二机部地质、矿山系统职工队伍整编为中国人民解放军基建工程兵部队。经周恩来总理批准，国务院、中央军委于1970年6月26日下发通知，征求铀矿地质、矿山队伍所

① 指作者何瑜。

在的有关军区和省的意见。

1970年11月5日至17日，国防科委就二机部地质、矿山队伍“工改兵”的问题在北京召开专门座谈会。各大军区和有关省军区的领导，解放军三总部有关部门领导参加了这次会议。与会同志一致赞成将铀矿地质和矿山队伍整编为基建工程兵部队，并对“工改兵”提出了一些建议，草拟了整编方案和整编中几个具体问题的处理办法。

1971年1月14日，周总理在中央专委会上就铀矿地质和矿山队伍“工改兵”问题，指示二机部再与有关军区研究，提出意见报批。二机部随即邀请有关军区领导座谈，军方领导认为，“工改兵”好处很多，从长远考虑改为好。

1971年5月16日，周总理在接见国防科委、二机部、七机部某座谈会全体同志时指出，“二机部所属矿山，长期在矿下工作，容易得职业病……最后前途总要走工改兵，实行征兵制。”他指示，二机部“选几个试点”，“取得经验再推广”。遵照周总理指示，二机部于同年8月向国务院、中央军委请示，提出了“工改兵”试点的建议。1971年9月10日，二机部的建议正式得到国务院、中央军委批复。

至此，核工业产业链前端地质、矿山队伍整编为基建工程兵部队已基本确定。不过，从首批基建工程兵部队的组建时间看，基建工程兵铀矿地质、矿山部队的整编已晚了5年多的时间。

铀地矿部队整编

从历史资料看，铀矿地质、矿山部队的组建是在南京、沈阳、广州、成都、福州军区的具体组织下分期分批进行的，并且是采用企事业单位“工改兵”和军区部队改编两种形式而推进的。

一是企事业单位“工改兵”为三个师一个独立团。二机部在辽宁、广东、四川、浙江四省的 2 个地质大队、12 个地质队、6 个矿山整编为基建工程兵第 201 师、第 203 师、第 205 师和第 608 团，分别归所在军区建制领导，二机部负责规划、计划、投资和国家统配物资分配，产品调度，生产、基建的技术指导。

以上 3 个师和 1 个独立团作为二机部“工改兵”的试点，分别于 1972 年 1 月和 4 月组建完成。并从相关军区调入干部，分别担任师、团和营连领导。

三个师和一个独立团的基本情况如下。

第 201 师（后改称第 26 支队），由二机部东北 406 队所属 3 个地质队和 752 矿、754 矿、406 医院、416 修配厂整编组建，编制 5160 人，主要承担我国东北地区的铀矿地质勘查和矿冶生产任务。该师下辖 3 个地质团、2 个矿冶团（后调整为 1 个矿冶团），以及 201 师医院和 201 师修理营。并从辽宁省军区部队调入干部 674 名，分别担任师、团和营连领导。

第 203 师（后改称第 27 支队），由二机部在广东的中南 209 大队和 741 矿、743 矿、745 矿整编而成。下辖 6 个地质团、3 个矿山团，总人数 15 600 人。省军区派出 420 名干部开展整编工作。

第 205 师（后改称第 28 支队），由二机部在四川的 3 个地质队整编组建三个团，总人数 1676 人。

第 608 团为独立团，由二机部在浙江的国营 771 矿整编组建，总人数 4100 人。另从省军区部队调入 60 多名干部任团营连职。

二是由军区部队改编为三个独立团。1971 年 3 月和 9 月，南京军区、福州军区发布命令，组建基建工程兵第 607 团、609 团。这两个团均由现役部队改编。

第 607 团是在时任中央政治局委员、南京军区司令员兼江苏省革委会主任许世友同志的积极争取下组建的，属南京军区建制，编制 3000 人，下辖 3 个营，担负江苏、安徽两省的铀矿冶生产和地质普查勘探任务。不久，南京军区抽调防化兵、测绘大队、工程兵部队 2000 多人参加该团组建。二机部先后选派近 200 名技术、业务骨干参加组建。1974 年 4 月，南京军区决定以基建工程兵第 607 团为基础，将其整编为两个团，即第 606 团、607 团。

第 609 团编制 2650 人，辖 2 个普查营、1 个矿山水冶营，13 个生产连队、5 个直属连队，担负开发福建省铀矿资源普查的任务。人员主要来自陆军第 29 军和福建、江西省军区部队。二机部从华东 608 队选派 41 名技术干部和 1 个普查小分队、1 个勘探小分队参与组建。

上述可见，整编组建初期，基建工程兵铀地质和矿山部队为 3 个师、4 个直属独立团，人数达 3 万多人。

铀地矿部队的变迁

据查，基建工程兵铀地矿部队随着国家形势和要求的变化，进行了以下变迁。

1975 年 7 月，根据国务院、中央军委的批复，铀地矿部队由国家建委统一归口管理，二机部负责具体管理和领导。二机部设立基建工程兵办公室，业务上接受国家建委基建工程兵办公室领导。

领导及隶属关系变更后，铀地矿部队 3 个师的番号分别变更为第 26 支队、第 27 支队、第 28 支队；4 个独立团的番号依次变更为第 291 大队、第 292 大队、第 293 大队、第 294 大队。1978 年 5 月，国务院、中央军委批复，同意从基建工程兵第 27 支队分建出基建工程兵第 25 支队，下辖 4 个大队，担负铀矿冶生产任务。至此，基建工程兵铀地矿部队为 4 个支队和 4 个独立团的编制。

1978 年 10 月，经国务院、中央军委批复，成立基建工程兵二机指挥部，为军级单位。指挥部设司令部、政治部、后勤部；指挥部成立党委，党的关系隶属基建工程兵党委。张永堂、杨火星、郭全政、司守义先后任指挥部副主任，耿宏、王飞任指挥部副政委；1980 年 3 月，二机部常务副部长、党组副书记牛书申兼任指挥部政委；翌年 2 月，张永堂任指挥部主任。

为适应改革开放和军队体制改革的新形势、新要求，1982 年 1 月，国务院、中央军委决定撤销基建工程兵。二机部及二机指挥部随即按照“决定”，认真研究制定撤改方案。

1983 年 6 月 2 日，核工业部、基建工程兵联合呈报了《关于将基建工程兵铀矿地质矿冶部队改编为核工业部企事业单位的请示》。同年 9 月 7 日，国务院、中央军委批转后，铀地矿部队的撤销改编工作全面展开，至 12 月基本完成。基建工程兵二机指挥部所属 4 个支队、4 个独立团，分别改为核工业部广东矿冶局、东北地质勘探局、华南地质勘探局、西南地质勘探局及华东地质勘探局，以及第 271 大队、272 大队，771 矿，华南地质勘探局 294 大队。当时，铀地矿部队共 2.7 万多人集体就地转业至上述核工业相关单位。

至此，铀地质、矿山队伍“工改兵”12 年后，又进行了“兵改工”。基建工程兵铀地矿部队历时虽然不长，但他们坚决贯彻“劳武结合、能工能战、以工为主”的方针，发挥了我军特别能战斗的优良传统和作风，年年超额完成了生产任务，受到了时任国务院副总理兼国防部部长张爱萍将军和二机部部长刘西尧、刘伟等领导同志的赞扬，为我国核工业建设和发展作出了应有的贡献。

周总理接见

1969 年 12 月下旬，二机部党组在北京召开首届学习毛主席著作积极分子代表大会。会议结束后，部领导让全体代表留在北京过元旦，等候中央领导接见。

1970 年 1 月 2 日 19 点多，二机部 58 名代表乘车前往京西宾馆，进入会场后大家心情十分激动，盼望着幸福的时刻早点到临。

20 点 15 分，周总理、聂荣臻、粟裕等七名中央领导一起登上主席台，周总理满面笑容地走在前头，边走边鼓掌，招手致意。这时全体起立，掌声雷动，向中央领导欢呼致敬。

21 点 15 分，大会结束后，周总理又召集 58 名代表进行座谈。

周总理落座后，目光炯炯地扫视一遍会场，然后右手拿起一支铅笔，左手拿过一本花名册翻开，一个个地问代表们的情况。周总理问得很细致，还时不时在花名册上用铅笔写下重点。

大约问过 20 多个人后，周总理抬起头亲切地问：“七一一矿李德甫同志是哪一位？”

李德甫立即站起回答：“到！”

周总理接着问：“你们七一一矿有多少人？”

“我们矿有 6000 多职工。”

周总理说：“人数不少嘛？是什么时候投产的？”

“1958年建矿，1960年投产。”

周总理听出了李德甫的口音，又看出了他紧张的样子，为了缓和一下情绪，微微一笑，说：“你家是湖南什么地方的呢？”

李德甫回答：“湖南邵东。”

周总理笑笑说：“邵东在邵阳的东边吧？”

“是。”

周总理又问：“你过去是做什么工作的？”

“我是技术员。”

周总理接着问：“你是什么学校毕业的？”

“中南矿冶学院毕业的。”

周总理高兴地说：“啊！你是个大学生哪！”

李德甫真没想到周总理会问那么多话，又紧张又激动，浑身是汗，头发都湿透了。

周总理见李德甫还是有些紧张，于是举起右手招呼着：“好，你坐下。”

在座谈过程中，周总理一直精神旺盛，但由于日理万机操劳过度，身体显得消瘦。座谈会进行了一个多小时，秘书给他拿了几片药，周总理把药放在手心，往口里一抛，喝口水就吞了下去，接着又向代表提问。

都问过一遍后，周总理又从花名册后面倒过来挑着问了一些代表。当座谈进行到两个半小时，李德甫心想周总理很忙，很累，也该休息了，没想到周总理又叫他了。

“七一一矿李德甫同志”，周总理扬了扬手。

李德甫马上站起来回答：“在”。

周总理问：“七一一矿，去年为什么没有完成任务？今年情况怎么样?”

听到周总理提出这个问题，李德甫不禁微微一愣，一股热流从胸中升腾，眼眶里泛起了激动的泪花。周总理日理万机，心中装着那么多国家大事，竟然还关心着一个铀矿的生产。

李德甫果敢地向周总理表决心：“我们有决心把 1969 年没有完成的任务在 1970 年抢回来，保证完成党和国家交给七一一矿的铀矿开采任务。”

周总理听后连声说：“好！好！好！你请坐。”

表针已指向 23 点 55 分，但周总理意犹未尽，对二机部的建设，好像还有许多话要说，秘书催了几次，周总理微微起身向代表们挥手告辞。

李德甫第二天就回到矿里，带去了周总理的指示和关心，矿党委立即组织职工召开大会，李德甫拍着胸膛对职工说：“完不成任务，我们对不起周总理。”1970 年矿石生产量比 1969 年提高了 27%，此后几年，全矿生产一直保持了较好的势头。

广东铀矿冶的“工改兵”与“兵改工”

广东铀矿冶单位，从1959年组建最早的“国营七四一矿”算起，已60年了。随着国家经济发展和社会的变革，广东铀矿冶单位也经历了多次大的变革，其中比较大的变革是，先由铀矿冶企业转变为部队，后又由部队转变为铀矿冶单位，就是业内俗称的“工改兵”和“兵改工”。

“工改兵”从1971年年底基本完成，到1983年年底又“兵改工”结束，历时12年之久。这12年同时也是广东铀矿冶单位坚持“劳武结合、能工能战，以工为主”的建设方针，为我国核工业建设和发展作出贡献最大的12年。

部队操练

笔者[①]通过访谈一些老同志和查阅广东铀矿冶单位相关档案资料等，对广东铀矿冶单位“工改兵”与“兵改工”的来龙去脉有了一个基本认识。

前期

在“全民办铀矿”的大形势下，1956 年 11 月，地质部中南三〇九大队第二队在广东韶关翁源贵东花岗岩体接触带发现小铀矿点。1957 年，中南三〇九大队第十一队在贵东花岗岩体内部找到了含铀硅化带。1958 年，通过对该带进行系统的深部揭露，确定为花岗岩体内大型铀矿，引起上级高度重视。20 世纪 60 年代初，地质队先后在韶关的南雄县和仁化县又发现了大型铀矿床并提交储量报告。

1959 年 1 月 1 日，为加快我国铀矿冶工业建设，二机部党组作出在广东韶关翁源筹建四四一矿（1964 年 1 月 1 日经国家计委批准，改为国营七四一矿）的决定，并派赵平负责筹建工作。1 月 15 日，首批 247 名军人转业到矿。3 月 1 日，广东省第一座铀矿山正式破土动工。

为加速铀矿冶的发展，1960 年，二机部决定铀矿山和铀水冶厂的建设要早上快上。根据二机部十二局就地建设水冶厂的要求，广东铀矿冶迎来了大干快上的局面。

1963 年 1 月 4 日，二机部决定在韶关南雄筹建澜河矿，代号四四三矿（后改为国营七四三矿），1964 年元旦正式动工，1965 年 7 月 1 日投产，其水冶厂也于 1967 年 4 月 1 日建成投产。1969 年 2 月 22 日，二机部军事管制委员会、革委会决定在韶关仁化筹建长江

---

① 指作者何瑜、刘颖。

矿，代号国营七四五矿，1970 年 1 月正式动工，在此期间，七四一矿水冶厂也于 1970 年 5 月 1 日正式建成投产。

至此，我国在广东的三个铀矿冶企业七四一矿、七四三矿、七四五矿均在韶关地区建成投产，并均有配套水冶厂。其中，七四一矿在水冶厂还未建成之前，大力开展土法水冶，尤其是 1959 年至 1963 年生产的重铀酸铵，为我国第一颗原子弹研制提供了急需的原料，作出了重要贡献。

工改兵

1970 年 12 月下旬，根据 1970 年 11 月国防科工委“工改兵”座谈会精神，广州军区按中央军委的指示，派工作组进驻七四一矿、七四三矿、七四五矿，会同当时的矿革委会、军代表组成整编工作领导小组，一面进行工改兵意义、任务教育，做好整编入伍的思想准备；一面对职工队伍年龄，身体状况，政治表现进行摸排，做好整编入伍的组织准备。

1971 年 9 月 10 日，国务院、中央军委〔71〕2211 号文同意广东铀矿地质、矿山改编为中国人民解放军基建工程兵。部队归军区建制领导，二机部负责制定规划、计划、投资和国家统配物资的分配，产品调度、生产建设技术指导和经验交流。并明确广东省编一个地质矿山师（即二〇三师，后改为基建工程兵第二十七支队），辖九个团，其中 6 个地质团、3 个矿山团。同年 9 月 30 日，广州军区颁发命令：七四一矿、七四三矿、七四五矿分别整编为“中国人民解放军基建工程兵六二三团、六二四团和六二五团”，代号为“中国人民解放军广字 797 部队、798 部队和 799 部队”。并于 11 月正式启用部队番号、代号及印鉴。原各矿印鉴及通信地址作废。

整编工作自1971年10月4日起，中共广州军区委员会、广东省军区二〇三师开始任命干部，至师、团、营、连、排、机关建制框架建成，符合参军条件的工人换装入伍结束。至此，广东铀矿冶企业“工改兵”基本完成。并且，1972年12月16日，首批入伍新兵到达部队，进行一个季度集中军事训练后，于1973年2月底充实到各团。

广东铀矿冶实现由工到兵的历史性转变后，部队番号随军队有关变动要求，还进行了几次变更：

一是为适应施工生产需要，1974年10月24日，国务院、中央军委国发〔1974〕101号文中明确，“基建工程兵由原军区归口管理改由国家建委总抓”。接着，国家建委、总参谋部、总政治部、总后勤部[①]以军字第4号文明确：铀矿地质、矿山部队从1975年7月1日起，归口国家建委，二机部负责领导和管理，党政工作由各大军区或大军区指定的军事机关代管。1975年7月4日起，原广字797、798、799部队代号依次更名为建字827、828、829部队。

二是根据国务院、中央军委的命令，1978年，中国人民解放军基建工程兵原六二三、六二四、六二五团番号分别变更为：中国人民解放军基建工程兵第二六七、二六八、二六九大队。

为适应铀矿地质、矿山发展需要，1978年5月3日，国务院、中央军委国发〔1978〕85号文《关于基建工程兵第二十七支队分建为两个支队的批复》明确以下两点。其一，从基建工程兵第二十七支队分建出“中国人民解放军基建工程兵第二十五支队”。二六七、二六八、二六九大队归第二十五支队建制和领导。第二十五支队担负铀矿采冶任务。其二，从二六九大队分建出“中国人民解放军基建

① 2016年1月，总参谋部、总政治部、总后勤部军改后均已更名。

工程兵第二七〇大队”，归第二十五支队建制和领导，第二六九大队担任矿山任务、第二七〇大队担任水冶任务。至此，中国人民解放军基建工程兵第二十五支队正式成立，并于 1978 年 7 月 1 日正式办公。

三是经国务院、中央军委批准，1980 年 8 月 1 日起，支队所管各大队、区队、中队建制番号再次改为团、营、连建制。即，二六七、二六八、二六九、二七〇大队依次改为二六七、二六八、二六九、二七〇团。

不过，由于二六九大队自 1978 年 5 月分出二七〇大队的两年时间里，存在矿山水冶生产、物资转运等诸多环节衔接、协调不畅等问题，于是 1981 年 10 月 8 日，基建工程兵以〔1981〕建务字 163 号转发国务院、中央军委〔1981〕34 号通知，同意“基建工程兵第二十五支队所属二六九、二七〇团合并为二六九团，撤销二七〇团”。

兵改工

1982 年 8 月 19 日，国务院、中央军委〔1982〕23 号文《关于撤销基建工程兵的规定》指出：“根据国民经济调整和国家体制、军队体制改革的要求，党中央决定撤销中国人民解放军基建工程兵，所属部队按系统对口集体转业到国务院有关部门和所在省、市、自治区。”据此，核工业部于 1983 年 10 月 24 日以〔83〕建务字 110 号文转发了经国务院、中央军委审批的《基建工程兵铀矿地质部队改编工作实施细则》，标志了“兵改工”工作正式开始。

根据国务院、中央军委〔1983〕138 号文件的精神，广东从事铀矿地质和采冶的部队集体转业至核工业部所属企事业单位。据此，核工业部〔83〕核劳字 163 号《关于基建工程兵第二十五、二十七支队及广州物资转运站改编后有关问题的函》送达广东省人民政府，就改编后的企事业单位名称、级别，函告广东省人民政府。“函”中明确：驻韶关市的中国人民解放军基建工程兵第二十五支队改为核工业部广东矿冶局，正地级；驻翁源县的二六七团改国营七四一矿，副地级；驻南雄县二六八团改为国营七四三矿，副地级；驻仁化县二六九团改为国营七四五矿，副地级；驻韶关的教导队改为韶关矿冶技工学校，县团级。

1983 年 12 月 13 日，核工业部矿冶局副局长郭仕民、基建工程兵二机指挥部副主任郭全改带领工作组来到第二十五支队检查改编工作情况，并分别代表上级宣布了改编决定和广东矿冶局领导班子的任命。国营七四一矿、国营七四三矿、国营七四五矿和核工业韶关矿冶技工学校由核工业部广东矿冶局管理；局领导及矿党政正职干部由核工业部党组管理；矿冶局机关处室领导、矿党政副职和技工学校领导班子由核工业部矿冶局管理。

改编决定和新班子任命宣布后，广大干群发扬部队一鼓作气、雷厉风行的优良传统和作风，至 1983 年年底，“兵改工”工作顺利完成。从 1984 年 1 月 1 日起，均正式以局、矿、学校名称办公，并对外联系工作。

综上所述，广东铀矿冶单位“兵改工”工作完成后，相比“工改兵”前，其单位由 3 个增加到了 5 个。增加的 2 个单位是核工业部广东矿冶局和核工业韶关矿冶技工学校，至此，核工业广东矿冶局形成了“三矿一校”的铀矿冶格局。

产业报国的赤子情怀

20 多年前，新疆天山脚下迎来了一批特殊的客人。从最开始的打钻做实验，到后来建成中国第一个千吨级铀矿绿色大基地——蒙其古尔矿，来自中国铀业有限公司的这批访客变成了这里的常驻居民。

2018 年 4 月 22 日，天气刚转暖，一群老人走进了蒙其古尔矿参观中国最新一代的铀矿地浸开采技术，他们是 20 世纪从中国核工业第一批铀矿抽调来新疆的技术骨干。看到无人值守的采矿区、数字化操作的主控室……老人们对我国采用的世界上最先进的技术竖起了大拇指。

天山铀业科技工作者

与此同时，中国正以先进的矿产资源勘探开采技术，在几千公里外的沙特进行铀钍资源勘查。就在当天，中核集团时任总经理、现任董事长余剑锋访问沙特，沙特能矿部部长顾问阿卜杜拉赫曼·卡里姆也在会见中，为中国人竖起了大拇指。

“从一个甲子前的‘请进来’，到现在的‘走出去’，中国铀业走的就是坚持深化改革、依靠自主创新、对标国际先进的跨越发展之路。”

调整改革铺就通往核强国的道路

2017 年 3 月 17 日，中国原子能科学研究院的一间会议室里，来自中核浙江衢州铀业有限公司的基层党员郑慧霞在介绍了企业调整改革经验后，专程到中核集团调研党建工作的国务院国资委党委书记郝鹏带头鼓起了掌。

那一刻，郑慧霞既感到荣幸又感到激动。她知道，大家的掌声是给每一个铀矿冶人的，是对他们在调整改革中付出的一切给予的精神回报。

这场让郝鹏动容的调整改革是中核集团硬岩铀矿山调整改革，旨在根据中央关于供给侧结构性改革精神和国企改革要求，处置僵尸企业和特困企业，淘汰落后产能，提高生产率和安全环保水平，从而进一步让产业升级。衢州铀业就是中核集团本次调整改革第一批先行启动的试点单位。

从 2015 年开始，这场改革持续了两年。截至 2017 年 9 月，在中核集团党组支持下，中国铀业地矿调整改革工作已经全面完成人员分流安置任务，取得了 7 户硬岩铀矿山企业调整改革三年目标两年实现的决定性胜利。调整改革后的中国铀业，形成了以北方大基地为主、南方硬岩铀矿为辅的新型产业布局。

对于调整改革，中国铀业的干部职工并不陌生，几乎每十几年就会经历一次。中国的天然铀产业起步于20世纪50年代，形成了完整的铀矿冶工业体系，为研制核武器奠定了基础。从20世纪80年代开始，连续进行保军转民、调整改革，基本形成军民结合的新格局，完成了由单一军工企业向军民结合型企业的转变。

自主创新引领我们跻身世界先进

从新疆伊宁城区驱车一个多小时后，伊犁盆地南缘乌孙山脚下的居民住宅渐渐稀疏，一片开阔草原映入了眼帘。2018年5月13日，来自《科技日报》《中国能源报》《中国国土资源报》等媒体的记者走进了新疆天山蒙其古尔矿。

一位记者这样写道：这里曾是20世纪80年代中期闭坑的煤岩型铀矿山的“遗址”。高峰时期，数千矿工在忙碌。由于成本高，该矿山封井闭坑。而现在这个千吨铀矿大基地，只有区区百人。同一片土地，不同时期的两座矿山却有着完全不同的“容颜”。

在记者眼中，整个井场完全看不出任何采挖痕迹，看不到露天矿山的巨大采坑，没有采矿设备的轰鸣声，仅有手腕粗细的抽液管通过钻孔插入地中，只在地上露出一截管道，又很快隐埋入地下进入集控室。坐在天山铀业生产控制中心，可以24小时收集、监控井场、水冶厂的所有信息。与数字化信息相连的另一端，则是无人值守的井场集控室和高度自动化的水冶生产。

这个铀矿大基地采用的是CO_2+O_2原地浸出采铀工艺技术，我国是继美国之后世界上第二个掌握这项技术的国家。这项技术的应用也得到了国际社会的高度认可。2017年11月，国际原子能机构官员表示，中国铀矿地浸技术可以说已经达到世界先进水平，跻身国际先进行列，完全可以出口。

铀资源是军民两用的战略资源，是我国核工业发展的粮食。从起步起，中国核工业人坚持自主创新构建了比较完整的集科研、设计、施工、采冶、纯化为一体的先进的天然铀科研生产体系，取得了一系列世界领先的科技创新成果。

通过科技创新和技术突破，截至目前中国铀业已完成北方鄂尔多斯盆地等7大铀资源基地布局，完成南方多个重点铀成矿带勘查，有力保障了核工业发展。

“一带一路”让中国品牌走向世界

2017年8月26日早晨，赵丹一拿起手机，就看到朋友圈被这样一条微信刷屏了——中核集团与沙特加速推进铀钍资源合作。赵丹是中核集团沙特铀钍资源合作项目测氡组负责人，是核工业北京地质研究院的一名博士，听说这次要在野外工作大半年。虽然又要与沙尘暴、高温热浪做伴，但赵丹觉得，能代表中国参与大项目，一切辛苦都值得。

沙特铀钍资源项目是中核集团与沙特地质调查局联合开展的一项放射性资源勘查项目，旨在满足沙特核电规划的需求。2017年3月16日，在中国国家主席习近平与沙特国王萨拉曼见证下，中核集团与沙特地调局签署了合作备忘录。

2016年8月29日下午2点，时任地调局局长纳华伯就带着“只是去看一看”的心情第一次走进了核地研院。核地研院院长、沙特项目负责人李子颖和他的研究团队带领纳华伯一行参观了先进的实验室、精密的仪器设备，向他们介绍中国铀矿理论技术创新成果和找矿突破。

事实证明，对于这个国家项目，中国人没有让沙特失望。我们高质量完成了对沙特九片区域第一阶段的野外地质调查工作，初步确定了沙特良好的找矿前景。通过这个项目，中核人在世界面前展示了中国能力、中国信心、中国品牌。

据了解，中国天然铀企业“走出去”可以追溯到 20 世纪 80 年代改革开放初期。当时与美国、法国等国家以及国际原子能机构等开展了多种形式的技术交流和人才互访活动。在沙特项目中，来自沙特地调局的首席专家纳瑟尔就是一位曾在中国相山铀矿接受过培训的埃及人。因为该项目，他在 20 年后与中国再续前缘。“走出去是中国铀业义不容辞的责任和使命，也是提升国际市场影响力，优化产业链和价值链、做大经济规模的必然要求。”

为了确保中国核工业天然铀保障，进入 21 世纪，中核集团坚持“走出去”战略，制定了海外铀资源开发的战略，取得阶段性进展。

中核集团的装备实力、技术水平、人才队伍完全具备了“走出去”大展拳脚的能力。中国铀业体系优势、技术优势和人才优势明显，将进一步优先布局“一带一路”沿线国的资源勘探、开发和贸易，大力推动天然铀产业扬帆出海；以“一带一路”国家为重点，大力拓展大地质、大矿冶特色技术延伸产业，进一步拓展综合找矿、勘察设计、航空遥感、分析测试等技术服务市场，大力推动地矿延伸产业走向海外。“中国铀业将积极发挥中国核工业完整产业链优势，搭建中国技术推广的国际平台，让中国方案、中国标准和中国品牌走出国门，将中国铀业打造成面向全球的供应商。”

地浸实验的岁月

地浸采铀是世界上十分先进的采矿技术，20 世纪 60 年代初，由苏联和美国各自通过试验获得成功。地浸法具有建矿投资少、生产成本低和环保条件好等优点。

地浸采铀分为酸法碱法和中性浸出，能使低品位砂岩型铀矿成为有工业价值的矿床。由于对环境污染小，已被世界一些国家广泛采用。但是并非所有的砂岩铀矿都能地浸，只有符合地浸地质——水文评价指标的砂岩铀矿才能地浸。其工艺包括钻孔的布置、浸出剂的配制、地下水的复原和环境保护等方面。

我国地浸采铀起步较早，核工业第六研究所于 20 世纪 70 年代开始探索，推广应用地浸采铀工艺技术的历史已有 40 余年。

1969 年 12 月开始到湖南衡山、陕西陇县、江西白面石等地调研矿床条件。

1970—1972 年，在广东河源 212 矿床施工 6 个钻孔、开展地浸采铀探索性试验。

1978—1981 年，使用黑龙江 501 矿床 59 地段西矿体的圆柱状矿样作渗透和浸出试验，在 501 矿床各矿体开展了多种形式的地浸采铀试验。有了这次试验，核六所从 1981 年 1 月 12 日到 1981 年 9 月 13 日，在位于云南腾冲县芒棒乡城子山的 35101 部队化工厂实验室内，使用381矿床的圆柱状矿样成功地进行了渗透和浸出试验，获得了令人鼓舞的矿样试验资料数据。

云南龙川江盆地381矿床地浸采铀试验取得成效

为了解到我国地浸采铀试验功勋之地，2019年6月12日，我们[①]特地去了一趟云南。35101部队化工厂于1984年11月交售最后一批铀水冶产品，已经关停了30多年，腾冲381早已人去楼空。

在云南龙川江盆地有381、382、383、和384等几个铀矿床，核六所所长王西文等人选择交通相对较方便、地质—水文地质条件有代表性的381矿床开展地浸采铀试验。

381矿床位于腾冲县芒棒乡城子山周家河盆地，距腾冲县城58公里，距昆明800公里。

381矿床矿体主要赋存在花岗质含砾砂岩、砂砾岩，平均品位0.137%，矿体呈缓倾斜似层状，平均厚度2.5米，埋深2～50米。

381矿床38-1矿段走向南北，倾向东，倾斜长500米左右，倾角5°～12°，矿体大部集中在走向200米的范围内。由于矿体浅，品位高，是天然的地浸采铀试验之地。

1982年10月381矿床地浸采铀试验开工，王西文带领谢业祥、杨祯祥、谢跃邦等同志来到了城子山。

他们在35101部队化工厂实验室内，开展了381矿床浸出试验。为了使试验数据对整个地浸采铀地区有参考意义，取样地点应选在矿层层位和矿石性质最具有代表性、结构和构造未受任何破坏（如

① 指作者何瑜、何中华。

未受爆破、人工开挖、机械碾压、震动等破坏）的部位。取样地点选在 38-1 矿段南东侧约 5 米处，矿体盖层厚度不足 27 米，露天开采已剥离见矿。

王西文说：“381 地浸采铀试验场初期的设施是十分简陋的，是在原化工厂遗留的废旧物件基础上逐步更新的。”取样前在取样点修整一取样平台，在平台四周开沟，沟深大于矿样高度，将平台就地截成正方形矿柱，正方形边长大于矿样直径，剪一圆硬纸板置于正方形矿柱顶部，圆形硬纸板直径与所取样直径相同。

谢业祥、杨祯祥、谢跃邦带领科技人员用刮灰刀顺圆形硬纸板边缘逐步细致地将正方形矿柱修整成圆形矿柱，四个矿柱高 29.5～46.5 厘米，直径 36 厘米。

圆形矿柱修好后，科技人员用塑料膜盖住矿柱顶部，防止灌环氧树脂时滴坏柱顶。以上工作准备就绪后，分次灌注调好的环氧树脂于油毛毡圆筒和矿柱的间隙中，等灌入的环氧树脂全部固化后，从底部割下矿样放于木箱内，抬回实验室。实验室的设施有配液槽、盛液槽、耐酸泵、高位槽、淋洗液槽、空气压缩机、吸附塔、沉淀槽、化验室、产品干燥房等。

他们自制了一套特殊的装置，取了四个圆柱状矿样做室内浸出试验。每个矿样的试验，在不同浸出剂配方条件下，分别采取浸出液样品，进行杂相分析。得出的结论和建议是：一是矿样渗透性能好；二是浸出液中铀含量高；三是酸耗低；四是无钙质堵塞现象；五是浸出液中杂质少，易于水冶加工处理。四个圆柱状矿样的浸出试验共历时 245 天。经过试验人员的艰苦努力，试验取得了令人满意的结果。通过试验所获得的资料数据，是用于地浸采铀试验的浸出剂配方和使用浸出剂的一项基本依据。

为了能用试验数据来评价伊犁盆地的砂岩铀矿是否适于地浸，1985 年 8 月在 509 矿床采取了圆柱状矿样。包装完好的数十千克重的一个大木箱矿样，从祖国西北边境城市伊宁运送（邮寄）到中缅边境县城腾冲，再从县城经山区小镇芒棒转运到红豆树乡的城子山村（云南地浸试验队驻地）。木箱运到驻地后，开箱检查发现：矿样完好无损，万幸之至！

1986 年 7 月到 10 月，进行了伊犁盆地砂岩铀矿的圆柱状矿样浸出试验。试验之后的数据，对新疆伊犁盆地铀矿床进行原地浸出采铀有很大的参考价值。

王西文说："地浸钻孔结构和负压施工技术的试验工作是在云南 381 矿床进行的，参与这一工作的同志有施有善、谢业祥、陶永宁、董师傅、穆师傅、杨祯祥和谢跃邦等同志。"

换言之，中国地浸采铀技术的研究与应用是在腾冲 381 试验成功的基础上，应用到新疆的。

新疆伊犁盆地 512 矿床地浸采铀实现工业化生产

在新疆伊犁盆地中蕴藏着丰富的铀矿资源，20 世纪 50—60 年代原新疆 519 大队在盆地南缘发现了 509、510、511 和 512 等几个铀矿床。经过反复比较，选择 512 这个疏松砂岩型铀矿床开展地浸采铀试验。512 矿床位于新疆伊犁哈萨克自治州（首府为伊宁市）察布查尔县琼博拉乡。矿床在伊宁市西南方向，距伊宁市 70 公里，距察布查尔县 52 公里。在矿床南边有从伊宁通往都拉塔边防站的公路，矿床西部紧靠国界。

新疆512矿床的地浸采铀试验开展于1987—1995年。试验分为两个阶段，第一个阶段从1987年到1990年（1989年停试），第二个阶段从1991年到1995年。

第一个阶段的地浸采铀试验陶永宁、胡银才、姚益轩、王西文等科技人员在库捷尔太沟内施工三个试验钻孔（8701、8702、8804），他们在平台施工四个试验钻孔（8801、8802、8803、8806），另外将地质勘探孔扫孔后作供水钻孔（8807），并将1304地质勘探孔扫孔后作观测钻孔（8805）。

王西文说：“地浸钻孔的结构和施工技术是地浸采铀工艺体系中一个重要组成部分，其水平的高低，在一定程度上就决定了地浸采铀的技术经济效益。”

在地浸采铀工艺流程中，地浸钻孔的作用甚大，它不但起着矿床抽注液的作用，而且还起着监控溶液在矿层中渗透和调控抽注液量等作用。

我国地浸钻孔，大致可分为三个阶段：第一个阶段的研究是1982—1983年在381矿床开展的；第二阶段的研究是1983年以后在381矿床和巴基斯坦伊萨海尔矿床开展的；第三个阶段的研究是1987—1996年在512矿床开展的。从事地浸研究的科技人员，针对钻孔用途和矿床地质、水文地质、工程地质条件等因素，按照地浸采铀对钻孔的要求，经过在各次地浸采铀试验对钻孔结构和施工技术的反复研究和不断改进，终于探索了适于云南龙川江盆地和新疆伊犁盆地疏松砂岩铀矿床条件的地浸钻孔结构和施工技术，为这两个盆地的地浸采铀解决了一项关键技术问题。

1988年8月15日—11月2日，在库捷尔太沟内进行过两次浸出试验。8804 和 8701 两个钻孔浸出液中铀含量效果不理想。科技人员总结经验，不气馁。

1990 年 8 月 30 日—9 月 29 日，8804 和 8701 两个孔浸出液中铀含量达到预期效果。这次钻孔抽注液量和浸出液中铀含量大为增加，一个抽出井的日产金属能力达到 4.6 千克，地浸采铀的经济效益在伊犁盆地充分显示出来了。由于在技术问题上的突破，在一定程度上促使地浸采铀事业在新疆伊犁盆地的立足。

在 1990 年试验取得良好效果的基础上，1991 年开始大量施工钻孔，以便进行扩大规模的地浸采铀试验。参加这次试验人员有刘春寿、陶永宁、胡银才、姚益轩、王西文、李成城、刘乃忠等人。

试验地点在库捷尔太沟内 11 号和 13 号勘探线之间的 8701、8702 和 8804 三个地浸采铀试验钻孔以北的矿块。这一年共施工 37 个地浸试验钻孔，加上 8701、8702 和 8804 三个地浸采铀试验钻孔，共有 40 个钻孔。地浸采铀按 25 米×25 米网格式排列，由于效果好，在施工钻孔的同时，还建设了加工处理含铀浸出的水冶车间，并配备了各种辅助设施。

当时 512 矿床地浸采铀试验现场面积达 21 000 多平方米，矿层厚为 3.99 米，矿含水层平均有效厚度为 8 米，矿岩密度为 1.9，被溶浸的矿石量为 160 000 吨，被溶浸的矿岩量为 330 000 吨，矿石平均品位为 0.05%，每平方米的铀量为 4.74 千克，铀金属储量为 82.06 吨。

从 1982 年 10 月 381 矿床地浸采铀试验开始，到 512 矿床地浸采铀工业试验，再到天山铀业 737 矿的大规模开采，地浸人已走过了 40 余年的光辉历程，他们取得了令人瞩目的成绩。

随着自动化控制技术的快速发展，天山铀业、内蒙古矿业地浸矿山的生产规模不断扩大，自动化监控在地浸工艺过程中得以大规模应用。737 作为我国大规模地浸采铀矿山之一，其发展方向及技术应用是值得推广的。

第二章 地矿启程

从“中国第一功勋铀矿”七一一矿创建，到“中国铀都”从江西走来。

也许，我们已记不清每个人的名字，但鲜活的故事犹在；也许，时光已模糊了他们熟悉的面孔，但心灵的共鸣犹存。

地矿启程，从地层深处的青春之火勇闯难关；从创建地下爆破堆浸铀矿山，到海拔最高的铀矿落户，承载着岁月的沧桑，孕育着梦想和希望，那是他们心底曾经唱响的声音。地矿人的光荣历史，也是他们曾经一起唱过的歌谣。

人生如歌，岁月如潮。大爱无疆，同心筑梦。

地矿启程，从梦想到现实，他们用青春无悔，用披星戴月，用策马扬鞭，用激情满怀，用不忘初心，书写了一部壮丽的史诗。

第一功勋铀矿七一一矿

郴州自古以来被称为“南蛮之地”，直到中华人民共和国成立前仍然十分封闭。民间有谚语：“船到郴州止，马到郴州死，人到郴州打摆子。”

郴州地区林深瘴重，山高林立，虎狼出没，夏季蚊虫肆虐，毒蛇猛兽横行。莽莽群峦，簇拥着一座传说中藏有无数金银的山峰，人们给她取了一个美丽的名字——金银寨。

1958 年春，许家洞站来了七位风尘仆仆的不速之客，他们是首批调来筹建七一一矿山的开路先锋，领头的是姜德林，还有苑宝存、谢英、张桂芝等人。他们像一群报春鸟，惊醒了金银寨沉睡万年的冥冥大梦，又像是簇簇迎春花，开遍山沟坡崖，昭示着矿山的春天来临。

1958 年 5 月 31 日，一个振兴人心的消息传来，湖南郴县许家洞将建设金银寨矿区——郴州铀矿（简称七一一矿），中央领导已批复选址报告。之后，每天都有背着行李的建设者们拥向金银寨。短短的几个月，金银寨就汇聚了来自全国各地的 2500 名职工，相继投入基建和生产准备工作。

荒僻野壤的山沟沸腾起来了，北京话、上海话、东北话、江西话……汇集在一起，奏出了一首雄浑的交响曲。

1959 年 3 月，许家洞车站迎来了二机部副部长刘杰和原子能研究所所长钱三强等有关专家。他们下火车便马不停蹄地登上金银寨山顶考察，确定了一号井的位置。这就是中国的第一个铀矿井。

苏联专家建议放火把矿井周围的树木烧毁，刘杰凝视着葱葱郁郁的森林，挚爱之心油然而生。

多好的一片原始森林啊！烧毁，多可惜啊，不能烧！

这是国家资源，群山的衣被，天然的绿色氧吧！未来矿山主人的公园。没有它们，光秃秃的山，浑浊的水，鸟儿都无栖身之所。有了它们，群山怀抱，山清水秀，百鸟云集，多好的自然美景。试想，劳累了一天的矿工们领着妻儿，在林间奔跑、嬉戏、游玩……他实在不忍心下令烧毁这片青翠的林子。

刘杰走向另一个山头，那里埋葬着几十位矿山的开路先锋。

刘杰问筹务处的姜德林："这些人是怎么死的？"

姜德林说："有些是累死的，有些是被瘴气薰死的，有些是从悬崖上掉下来摔死的，有些是毒蛇毒虫咬伤后，来不及救治死掉的……"

刘杰伫立在坟头，看着一堆堆黄土，他百感交集。

姜德林说："这位是女同志，她是矿院的高材生，是被马蜂蜇死的。她死的时候还不到 22 岁，青春年华，多好的女子啊！"

姜德林用手抹去眼角的泪，伤感地说："还有一位专家，至今也没有找到尸体。"

刘杰蹲在那一位女同志的墓碑前沉思。说是墓碑，也只是一节简单竖起的木板。他伸手扒了扒坟头的杂草，悲伤地说："等条件好些，还是用石头刻个碑吧，久了别都忘了。"

姜德林回答："好。"

刘杰转过头对身边的人说："以后再有牺牲的同志，找个朝阳的山坡埋吧！最好靠近路边，以后家属扫墓也近些。"

说后，起身三鞠躬。

1959年夏季，为解决永久用电，开始架设矿山至鲤鱼江的输电线路，工人们头顶火辣辣的太阳，备受马蜂和毒蛇的骚扰，披荆斩棘，一天要翻越好几座山，吃了不少苦，才架好这趟输电线路，保障了供电。

1959年9月，二机部调李太英任七一一矿矿长。李太英接到一纸调令后，风尘仆仆地从乌鲁木齐坐六天六夜的火车赶到了湖南许家洞站。

李太英矿长到任后，马上带着行李住进了山上6号坑口值班室，每天和矿工一起倒班，与矿工一道爬天井、打钻、推车、放炮，什么脏活、累活都抢着干。

1959年10月，铀矿建设任务急剧增加，而建设急需的电雷管供应出现困难，眼看就要停产。李太英带几个青年技术人员组成实验小组奋战一个星期，把1000多个火雷管改成电雷管，满足了工程急需。李矿长做雷管成了矿上的头号新闻，后来，有人把他称作"雷矿长"。

刘杰部长题词："中国核工业第一功勋铀矿"

多年来，井下职工日夜不息，在地层深处战高温、斗顽岩、制恶水、抢速度、创高产；地面职工紧密配合，急生产之所急，想井下职工之所想。全矿职工不讲条件、不计报酬，为我国原子能事业默默奉献，高品位的铀矿源源不断地从金银寨装上列车沿铁路运往二七二厂，高峰时达到一天一列车。

1964 年 10 月 16 日，中国第一颗原子弹爆炸成功！这一消息震惊了全世界，这石破天惊的一爆，打破了帝国主义的核垄断、核讹诈。消息传到七一一矿，幸福和骄傲在职工们脸上洋溢，灿烂的笑容如金银寨上盛开的红杜鹃。之后刘杰部长去七一一矿视察工作时，挥笔题词“中国核工业第一功勋铀矿”。

半个多世纪过去了，时光虽然苍老了容颜，但留下了刻骨铭心的记忆。在核二代、核三代、核四代人的眼里，前辈的创业经，对于他们来说依旧是一道谜。

勇闯难关的七一二矿

中华人民共和国成立之初，百业待兴，全国各族人民积极投入到各行各业建设的热潮中。1958 年经党中央、国务院批准，兴建衡山大浦铀矿（七一二矿），来自全国各条战线的大批干部、工程技术人员、技术工人、转业退伍军人聚集在这片神秘的土地上。

七一二矿由浦魁堂和汪家冲矿床组成，浦魁堂是苏联莫斯科设计局设计的，汪家冲是在苏联专家指导下由南昌设计院设计的。创建之初，苏联专家给予了热情的帮助，他们经常到矿进行现场指导，2 号井口位置就是在施工图未到的前提下，由苏联专家现场踩点，使 2 号井得以提前动工。建设者们对铀矿建设技术非常陌生，技术问题必须得到专家认可才能实施。因此，工程技术人员十分敬重苏联专家，虚心向专家学习。在学习过程中，工程技术人员也注意结合矿山的实际情况，因地制宜地开展一些技术工作。

在熟悉矿区总体设计的时候，根据汪家冲的地质条件，1 号井和 4 号井田地层属于缓倾斜，矿层底板及岩层顶板较稳定，水文地质条件较好，矿井倾斜方向不太长，储量不多，矿井寿命不长，很适应斜井开拓。另外，核工业原料需求迫切，斜井建设施工技术较竖井简单，投产快，投资少。在汪家冲同样条件下，建竖井要 3～4 年，但建斜井只要 2～3 年，可缩短投产工期一年多。特别是建设斜井，在基建工作开展的同时就可以拿出一部分副产矿石，意义很大。七一二矿工程技术人员认为对汪家冲矿井布局要做较大的更改，将1号井和4号井由原设计的竖井改为斜井。这一重大设想在当时必须经过苏联专家同意才有可能付诸实施。工程技术人员大胆提出了改进意见，并力陈理由。由于他们的方案将事实摆得清楚，理由也很充分，得到了设计单位的支持，苏联专家最后也同意改建方案。

1960年8月，由于中苏关系恶化，苏联专家也随之撤走。七一二矿党委号召全矿职工发扬奋发图强、自力更生的精神，矿山成立了技术委员会，组成38个专业技术小组，以解决矿山建设中的技术问题。

专业技术小组大胆创新，发挥个人和集体的智慧，克服困难，攻克了技术上的一道道难关，确保了七一二矿如期投产。

毕业于中南矿冶学院采矿工程专业的王德舫，1960年分配到七一二矿后，先后从事过地质勘探、井下测量等工作。中苏关系恶化后，苏联不仅撤走了专家，还有开采矿山的关键技术，留下一堆无法使用的设备。

王德舫说："七一二矿这几个井田的设计都是我负责设计。当时设计七一二矿是苏联莫斯科设计院设计：汪家村是四对竖井，浦魁堂是露天的。苏联这些设计根本不切合中国实际。"王德舫与何汉拯等技术人员一道攻关克难，对井田进行重新设计，将1号、4号竖井改成斜井。

这两座竖井改斜井关系到整个汪家冲矿区的战略布局，也是七一二矿建设速度较快的重要原因之一。

瑰宝七一三矿

七一三矿是个有着光荣传统和辉煌历史的企业，这里的山山水水，一草一木，已经深深地镌刻在铀矿人的心中。

1956年8月，中南三〇九地质大队勘探航测发现，江西上饶坑口地区有铀矿，并于1957年10月提交了地质储量报告。

1958年5月，经党中央批准，二机部决定成立413工程处，同年6月就批准了在江西上饶坑口矿区上马建设的选址报告。中南矿冶公司委派张亚贤、张学习、杨尚芳、黄振理等同志负责筹建工作。从此，拉开了江西上饶七一三矿建设的序幕。

七一三矿一角

矿区按照苏联的设计方案，采出的矿石全部通过公路、铁路运送到湖南衡阳二七二厂处理。当时二机部十二局设计院根据坑口矿区的实际情况，大胆提出了矿石不送二七二厂处理，而在坑口矿区直接建设水冶厂的设计方案。

1958 年 10 月，部局批准了江西上饶坑口矿区建立水冶厂的设计方案。

七一三矿是二机部矿冶系统第一批建设的厂矿中的重点项目之一，坑口矿区上马得到了全国各地各部门的大力支持。要人给人，要物给物，所以很快就从部队接收了大批的转业干部、退伍军人，又从全国各地、国家机关调入了各类干部、工程技术人员、大专院校毕业生以及不同工种的技术工人。大批人员汇集于此，给坑口矿区带来了生气和力量。

七一三矿建设初期正值国家三年困难时期，再加上当时苏联突然撤走专家，拿走技术资料，停止技术援助，这给建设带来了更大困难。在困难面前大家没有低头，而是迎难而上。没有路自己修，没有房自己搭草棚，吃不饱就想办法用“瓜菜”代。矿党委及时提出“以矿为家，有啥干啥”的号召：全矿上下发扬了艰苦奋斗的精神，不分职务高低，不分工种，不计报酬。七一三矿人用苦干、实干的拼搏精神，大力协同，集中力量打歼灭战。

从 1958 年 6 月到 1960 年 6 月，仅仅用了两年时间，先后建成了采矿场、水冶厂、自备电厂、机修动力厂、尾矿坝、铁路道旁仓库、矿生活区和各类为生产、生活配套的附属建筑，为后来的设备安装、试车、试生产创造了条件。

1960 年 8 月，苏联撤走专家，停止供给一切设备和资料。七一三矿成立以总工程师李远洲为首的攻关小组，大搞技术革新，针对设计、工艺、设备、试生产中的技术难关昼夜奋战，从而攻下了试生产中的一个个难关。经过反复试验探索，终于攻克了工艺关、设备关、操作三关，于1962年4月底生产出合格产品——重铀酸铵。

1962年11月13日，经国家经委验收合格，矿召开职工大会，二机部刘琪生副部长出席大会并宣布：江西七一三矿经国家验收合格，可以正式生产。至此，中国第一座铀矿冶联合企业正式宣告诞生。水冶厂投产后，不断改进革工艺和设备，1972年处理矿石比原设计增加68%，通过技术更新改造，铀金属回收率不断提高，化工原材料消耗逐年下降，成为我国重要的铀初级产品供应地之一。

七一三矿不仅为核工业提供了合格的产品，也为铀矿冶生产提供了宝贵的经验和人才。今天凡是有铀矿冶生产的地方，就有七一三矿人的足迹，这是第一代七一三矿人的骄傲。

第一桶二氧化铀产品出炉

二七二厂至今保存完好的 18 号厂房，是生产核产品的重点工程。这里管线密布，罐塔耸立。关键设备，关键岗位，重点部位较多。1962 年 9 月 10 日，纯化生产线正式开车前，厂长刘坤坐镇指挥，在安全、技术部门的监督下，几乎每台设备都要启动试转，每根管线都要加压试水、检漏，然后再全线联动试车。

溶解工序的设备在纯化车间里管线最长，弯头最多，扬程最高，扬量最大。由于当时的操作人员大多数是从部队转业和从其他行业抽调来的，不熟悉设备的性能，单体试车时先后损坏了四个叶轮，一个泵壳，整个工序加压试水一个星期才达到要求。

二七二厂生产的二氧化铀产品

萃取工序的工作面很广，萃取高塔众多，从 0 米到 11 米，中间还隔了一层楼和两个工作平台，上下设立了好几个岗位。试车时，没有电话，岗位之间相互联系要上下爬梯子，一个班十多趟来回，有时甚至几十个来回，小伙子们累得直喘粗气。岗位提出：能不能解决上下联系的问题呢？几个人一琢磨，办法想出来了。那就是用原始的通讯方法，在岗位与岗位之间装上一根钢管，两端焊上喇叭口，需要联系时先用槌子敲几下通知对方接应，然后一方对着喇叭讲，另一方用耳朵贴着听，联系起来省劲多了。他们就是靠这些土方法和科学的精神，解决了联动试水中的问题，提前进入带料试产阶段。

1962 年 9 月 11 日，厂长刘坤，副厂长李文超、金家杰，车间主任黄星威早早地来到生产现场。岗位工在溶解槽里投下第一批物料，进料后工艺师乔世昌对全车间所有的岗位仔细观察，认真操作，试车顺利进行。可到了沉淀岗位，由于原设计不合理，物料在隔膜泵里堵住了，强大的压力将物料喷射到地面平台和设备上，急坏了带班的技术人员。

堵了，怎么办？从上海调来的技术工人，40 多岁的殷富春师傅，见到这一情景斩钉截铁地说："堵了，不怕！我用手来掏。"他脱掉防护手套，硬是把手伸进容器中，一点一点地把被堵的物料抠出来，终于将管线疏通，保证了试车的正常进行。

这一天投进的第一批物料，在师傅们的精心操作下，顺利地通过了溶解、萃取、沉淀、结晶四道大关。但进入煅烧炉后却受阻了，进去的料出不来。运行一段时间后，不但外面的料进不去，连进到炉筒里边的料也从进口处往外冒，急得大家直搓手，怎么办呢？必须搬掉这个"拦路虎"。

纯化生产线第一台煅烧炉是从苏联进口的。据说，那是中国人在三年自然灾害的日子里勒紧裤带，省吃俭用，用了几十万头肥猪才还清债务的一台关键设备。它一直由解放军重点保护，除了本岗位的操作人员、本车间的主管领导及配有特别通行证的带班技术人员外，其他任何人要一睹它的尊容那都是黄粱美梦。

工艺师乔世昌开始以为是料口堵了，找来一个木槌在物料出口的管道上不断地敲打，希望找出它的症结所在，但一切都无济于事。他急了，找来几个技术人员一头钻进50多度高温的煅烧炉机房，对煅烧炉的运转方向、运转速度、进料、炉温、炉压等情况进行认真、仔细地观察，最后断定："煅烧炉转反了，赶快改。"于是找来了电工师傅，对炉筒电机进行倒相，本来应该顺时针旋转的炉筒却变成了逆时针旋转。症结找到了，问题解决了，试生产继续进行。一连三天三夜，当产品出来时，在场的人激动得热泪盈眶，人们奔走相告。

1962年9月14日，是二七二厂"第一桶核产品试生产成功"的日子，喜讯传出，全厂打锣敲鼓，欢庆这个来之不易的成功。

几十年过去了，第一代创业者，每每谈及此事都是激动不已。工人们没有忘记这一天，历史没有忘记这一天。从这一天开始，中国结束了不能生产铀产品的历史，第一代原子能事业的创业者为祖国做出了无私的奉献。

中国铀都从这儿走来

笔者[①]曾看到一份《中国 40 大矿都汇总》资料，其中石油之都、煤炭之都等 39 个矿都的产地、产量、规模等相关情况都有详细说明，唯独“中国铀都”仅几个字——“江西相山”，括号内还有“这个保密，你懂的”。就没有下文了，让人有些意外与遗憾。

“中国铀都”江西相山七二一矿标志性建筑

为了中国铀都不被忽略或不被忘却，笔者借助参与编纂本书之机，查阅了一些历史资料。从资料和老同志的回忆看，中国铀都不但是从江西相山走来，而且是从相山的“903”走来。

---

① 指作者何瑜。

相山发现铀矿田

相山位于江西省抚州市境内，方圆七百多平方公里。这里山高、林密、草深，人烟稀少，曾是中央苏区的北部门户。红军第四次反围剿的“登仙桥大捷”便发生在这里。

20世纪50年代，为打破核威胁、核讹诈，中央制定《关于第三个五年计划期间我国原子能建设方案》，由此，拉开了全国铀矿勘探开采和冶炼工业建设的大序幕。

1957年7月26日，担负铀矿航测普查任务的二机部（后为核工业部、核工业集团公司）三局三〇九大队第四航空普查队，安-2型810号航空测量飞机从江西吉安起飞，10时47分进入相山地区一个山头（乐安县公陂乡横涧村）时，普查队航测员赵树新发现该坐标点航测仪器出现明显异常。他迅速记录下坐标，并投下了石灰包和纸屑作为标记。

两天后，二机部三局三〇九、三一一地质队奔赴现场。空中与地面配合，8月中旬，终于在相山石马山找到了一个露出地表长15米的矿脉，并在矿脉附近发现了许多次生铀矿物。找矿人员怀着激动的心情，按发现异常的顺序把它编号为A4-903。这大概就是“903”的由来。

12月下旬，中南309地质大队第5队副队长鹿子恒奉命到903号工区筹备铀矿勘探队。1958年2月17日，三局中南三〇九大队第17分队在横涧村正式成立。由此拉开了“石马山特大型铀矿床”普查勘探工作的序幕。随后，地质队以903标号为起点扩大探矿范围，白天跋山涉水跑野外，晚上点着马灯整理资料，通过几个月的艰苦努力，又在相山发现2000多个异常点，并找到了数十个成矿有利地段。对此，地质队把其工作区域称之为“903矿区”（也叫石马山矿区）。

由此，“903”在业内引起轰动，并受到二机部和江西省的高度重视。宋任穷部长专程来视察，高兴地说：“这可是我们二机部的掌上明珠啊。”副部长雷荣天更是像当年红军将领一样，亲临前线指挥。江西省省长邵式平也专程赶来，指示时任县委书记王镜明：“你必须保证每天给地质队一头猪吃，保证不了，我拿你是问。”在此期间，苏联专家小组也赶到现场，指导和帮助铀矿床认证等工作。

为集中力量打歼灭战，1958年10月，二机部整合地勘队伍，组建华东六〇八大队一队（后为二机部江西二六一大队、核工业部华东地勘局二六一大队等）。到1960年一季度，基本完成903矿区的横涧、岗上婴、源头等大型矿床的勘探工作，并在相山北部圈出了大片找矿的有利地段。

1960年5月，六〇八大队正式提交《石马山矿床储量计算报告》。至此，“903”的神秘面纱终于被撩开，摸清了“903矿区”火山岩型铀矿储量和工业开采价值，相山特大型铀矿床也由此得以确认。这应该是中国铀都确立的前提。

二六一大队艰苦奋斗，创新找矿理论、科研攻关等，先后又提交了21个大中型铀矿床，更加做实了我国最大的相山火山岩型铀矿床，但它们的起始点都是因为“903”。

相山创办铀矿采冶基地

“903”被发现的同期，1958年10月，二机部致电江西省委，决定成立四二一矿（后为江西一矿、国营七二一矿等）。最先到矿的是长沙有色金属工业学校毕业的唐显章，他10月3日从南昌坐公交几个小时，又步行几十里山间小道，根据“毕业通知”左右打听，才找到了“903矿区”。11月，部党组任命刘兴涛为四二一矿矿长。1959年1月29日，刘兴涛签发第一份文件〔59〕矿办字001号，“通知”四二一矿公章从2月1日起启用。这标志着以903矿区为基础成立的四二一矿正式诞生。

为加快建设，国家从全国各地、各行各业选调大批人员，1959年9月起，每月有上百名干部和转业军人来矿。年底，人员达882人。为了铀矿所需技术人员，1959年9月，中国唯一的核地质大学——太原地质专科学校也迁至抚州，改名抚州地质专科学校（后为华东地质学院、东华理工大学）。

1960年2月，903矿区东部矿点开始施工，横涧、岗上婴在地质队已开掘三个平硐、竖井和几个天井的基础上开始矿建。这说明相山正式开始了铀矿冶基地建设，并是从“903”开始的。

广大干群手抡铁锤打眼，火药雷管引爆，扁担、土箕、手推车运土石方等，克服重重困难艰苦创业。1960年8月，二机部部长宋任穷视察第一批矿点时对此给予高度肯定，并指示“要发扬穷棒子精神，把原子能事业搞上去。”

随着职工大量增加、厂矿企业并入，以及规模不断扩大，为确保铀矿采冶基地的有序推进，二机部和江西省对四二一矿进行改组整合。1960年8月，四二一矿改建为江西一矿。同年10月15日，江西省委常委研究同意，江西一矿由县团级升格为地师级企业。1964年1月1日，二机部又将江西一矿改建为国营七二一矿。

据七二一矿档案记载，1961 年 1 月起，除继续开拓 903 矿区 3 个矿点工程外，预选厂、水冶厂、中央机修厂、电厂、矿区轻重轨道、工人新村、矿区公路、抚州码头等项目陆续开始设计、选址和开工。至 1966 年年初，第一批 3 个矿点建成投产。4 月，中国人民解放军总参谋长罗瑞卿来第一批矿点视察并指导工作，极大地鼓舞了建设者们的斗志。随后，云际、沙洲、白云、邹家山等 8 个矿点开始建设。预选厂 1968 年建成，水冶厂 1972 年 12 月建成。8 个矿点 1973 年先后建设投产的同时，以莲塘、山南、水冶厂、古城为中心的生活区也相继建成。至此，相山便形成了以“903”为中心，生产生活设施配套齐全的我国大型铀矿采选冶基地，员工达 9800 多人。

这一期间，七二一矿边勘探、边设计、边建设、边生产，为我国国防和核工业创建和发展提供了大量的铀原料，最高年度，七二一矿年产铀矿石量占到了全国的 75%，是最大的“粮仓”，并由此成了中国名副其实的铀都。无疑，中国铀都也是基于相山“903”而创办，是 903 矿区的延伸、扩展和配套。

相山修建铀矿专用铁路

为解决矿山建设急需物资大量积压于浙赣铁路东乡站（距矿区 120 公里）、第一批矿点所采矿石要大量运往外地冶炼，以及大型设备无法通过低等级简易公路运输等问题，1961 年 10 月，二机部、铁道部、公安部、铁道兵司令部等就江西一矿修建铁路召开专门会议。1963 年 3 月，中央专委第四、五次会议审定后，经国务院总理周恩来批准，决定修建一条我国运输铀矿的专用铁路。

这条铁路以南昌的向塘镇为起点，至靠近“903 矿区”的乐安县江边村为终点，全长 117.4 公里，称为“向乐铁路”。由于铁路到江边村后就此断头没有循环他处，所以，也被称为断头铁路。但铁路的另一端与浙赣线相连，因而向乐线也就成了沟通赣东地区与南昌、浙江、上海、福建、湖南等地的一条交通支线。

1963 年 12 月，由解放军铁道兵 6708 部队负责修建的向乐铁路正式开工。当年，仅 18 岁的简季刚入伍 6708 部队，并随部队由福建调往江西参与了铁路建设。他回忆说：“那时，铁路沿线都是身穿军装的军人，工地上人人争先恐后，场面是热火朝天。”

1965 年 3 月，向乐铁路正式通车。通车这天四乡农民扶老携幼赶来观看，有的背着干粮跑了几十里山路，许多人坐在铁轨上，将铁轨摸了又摸……随着远远传来的几声巨吼，火车“隆隆”而来，人们惊喜雀跃。

该条铁路途经南昌、丰城、临川、抚州、崇仁、乐安等 6 县市。为支援革命老区建设，沿线设 13 个车站，并随之开通了南昌至江边村的 7205/7206 次旅客列车。虽然当年地图上找不到这条铁路，但这条线被沿线视为工业和重要物资运输的“生命干线”。

在简季刚的记忆中，七二一矿最神秘的莫过于一辆辆解放牌翻斗车不分昼夜地从矿区开出来。车子被白色帆布盖得严严实实的，每辆开出来的车都由三个司机轮流开。第一个司机装车并开到矿区大门口；第二个司机从门口开到中途某地；第三个司机最终从中转地开到目的地。事实上，向乐铁路通车后，一车车的铀矿石走出了沉寂的地层、走出了苍翠的群山，成为了加快我国核工业发展的食粮。这也说明，向乐铁路是相山成为我国铀都的一个重要条件。

在我国处于经济大调整的困难时期，花费大量人力、物力、财力修建向乐铁路，说明了当年建设七二一矿的重要性。向乐铁路的通车，不但加快了相山铀矿冶基地建设，极大地促进了当地社会和经济发展，而且也给矿区及沿线居民出行带来了极大的便利。当然，这些应最先得益于“903”的发现。

梦开始的地方

七一二矿，坐落在湖南衡阳衡东县大浦一片褐色丘陵之中，这里群山环绕，交通闭塞，甚至在地图上也无法找到它的踪影。

1956 年，中苏签订“第三协定”，拟在大浦建设铀矿厂。1955 年 8 月，中南三零七队第四航测队发现大堡矿区，随后在面积约 10 平方公里的范围内进行地质勘探。1958 年 5 月 31 日，中共中央批复七一二矿选址。

原七一二矿办公大楼

1958年8月，这一片方圆10万平方公里的大山突然被竖起的铁丝网围住了，每个路口都有荷枪实弹的军人把守，对于里面的一切绝口不提。随后，成千上万的青壮年陆续以招工的形式从祖国的四面八方来到这里，响应党中央关于“发展中国原子能工业”的伟大号召，迅速汇集在这片黄土荒丘上，遵照“边勘探、边设计、边施工”的建设方针，拉开了七一二矿艰苦创业的帷幕。

十里矿山有6个工区，最辉煌时期有6000多矿工。他们在大山之中开荒修路，建起了一座城市。而外界对于这里的了解仅限于一个神秘的代号“衡阳市20号信箱”，唯独只有送信的人才知道，这里就是大部分衡阳人都难知晓的“核工业七一二矿”。矿区距离京广铁路5公里左右，一条水泥路从大浦街伸出，像蛇一样在山坡和稻田间蜿蜒。

依据苏联专家组对我国铀工业原料基地建设的建议，七一二矿首先在开采条件较好的浦魁堂和汪家冲两个矿床中进行建设。

1958年11月下旬，浦魁堂一号露天采场和汪家冲2号竖井正式破土动工。

当时铀矿开采在我国尚属空白，既无同类矿山借鉴又缺乏专业知识。在建设队伍不齐、技术力量薄弱、机械设备未到、生活环境极为艰苦的条件下，矿领导严诚、李永康带领职工遵照部党组提出的“苦战三年，基本掌握，边干边学，建成学会”的指导方针，以高度的责任感，揭开了矿山创业的篇章。

到1959年年底，矿山已有一支4000余人的职工队伍，从而满足了矿山生产和建设的需要。

老矿工冉秀和，在回忆七一二矿的往事时说：“神秘的七一二矿，汪家冲矿区有一个著名的三坑口，当时在矿里是最大的单位，又称主矿带。”83岁的冉秀和曾是抗美援朝的老兵，1958年从部队转业后被分配到这里，如今已双目失眠的他和老伴相依为命，由于一条腿瘫痪，行动不便的冉秀和几乎不再出门。

冉秀和说：“1957年从志愿军转业到北京京西矿务局，一年后，组织通知调他去一个新的单位。”

踌躇满志的冉秀和被分配到了七一二矿，原以为可以大展拳脚，却怎么也没有想到，来到七一二矿后成了一名井下工人。过苦日子那三年每月34斤粮食，饭都吃不饱，好多矿工得了水肿病……那个时候，矿区还没红砖砌的房屋，都是沙子抹的平房，有些人还住在帐篷里。然而，就是这些自然条件恶劣的荒芜之地，却突然之间汇聚了成千上万从全国各地而来的青年人，他们中间有工人、农民、退伍军人，还有知识分子和大学教授。在这片汇聚各地南腔北调的年轻人中，他们一起打井挖矿，开荒建房。

1960年中苏交恶后，苏联专家突然撤走，在这里待了两年的冉秀和才知道自己每天挖出来的矿石是原子弹的重要原料——铀矿。当得知自己肩负着如此重大的责任时，曾经作为志愿军战士被誉为“最可爱的人”那份骄傲与自信，又再次回到了冉秀和的身上。

冉秀和到七一二矿后，分在汪家冲三坑口矿区工作。三坑口分三个中段：250米中段、180米中段、130米中段，他们班在250米中段采矿，其他两个中段还在开拓中。冉秀和穿着新发的工作服，戴上口罩，全副武装下矿，每当走进水泥砌成的主巷道，总会感到自豪。靠峒壁两边是水沟，水沟上挂满了各种各样的电线、管道，圆弧形的拱顶全用水泥覆盖，给人一种安全感。

他边走边观察平峒情况，也感到很新鲜，平峒的风很大，迎面吹来倒有几分凉意。行走了20多分钟到了工作的闸门，再往前走几分钟才到了工作面。井下全是24伏的低压电灯照明，灯光明亮，电灯线可以拉到工作面，矿房有风机，将风送到各个工作点，通风效果很好。

在矿房下有一个斜坡式的漏斗，矿房崩落下来的矿石用土箕、扒子扒进漏斗，通过漏斗把矿石放进矿车，推到井下的调车场，然后用电车经主巷道拉到地表，经物探仪器检查站，够品位的倒入汽车漏斗，经运矿汽车再转运到火车专运线矿仓。整个过程连接紧密、繁忙有序、电车飞驰、银光闪耀、汽车奔驰、来回穿梭。

一到晚上，这里更显热闹非凡，宛如一座不夜城。从家属区到生产区的公交车站，昼夜不停地接送上下班的职工，周围几十里矿山，是一道独特的风景线。

井下工作实行的是“四六制”，即：每天4班倒6小时工作制，面对面、手拉手交接班，一个班下来是比较累的。好在他们年轻，睡一晚就解除了疲劳，体力依然旺盛。

井下工作安全第一，这是每时每刻不可忽视的。尽管矿里对安全生产特别重视，每一个班都设了安全员、宣传员、福利员等几大员，但在操作过程中，也总有不到位的情况。冉秀和刚上几个班，在他们工作的8号矿体一个年轻的爆破技术员在“放大炮”时失误，就引发了一起爆破事故。那时是人工点炮，炮未点完，先点的导火索燃完就爆炸了，人来不及到安全保护台，崩落的矿石将人压倒，他们接班后就立即扒矿救人。

这次事故，特别在新工人中引起了心理上的恐惧，井下工作太危险了。他们班有个人，第二天就悄悄回家了。有时候他就在心里想："那个人刚参加工作就回家去，以后还能干好什么事？"他一直都没有离开矿山的意思。冉秀和的大部分时间在井下工作，目睹了班里的老同志总是在最艰苦和困难的地方，事事带头，处处领先，使他很受感动，逐渐从恐惧、紧张到适应和熟悉了。这次事故以后，爆破技术进行了改进，改过去的火雷管为电雷管，爆破时人到矿房的安全保护台，只要合上电闸开关就行，也再没有发生过类似事故，消除了过去的负面影响。

1961 年 11 月，副总参谋长张爱萍和二机部部长刘杰视察了七一二矿。他们在视察中说："二七二厂的'灶'快要搭好了，只等你们的'米'下锅了。"这使全矿职工受到很大震动和鞭策，深感任务艰巨。矿党委决定加快掘进速度，抓紧设备安装，并进行采矿前的准备工作，力争早日拿出矿石，绝不辜负上级的期望。

冉秀和说，那一天，张爱萍和刘杰从井下视察回来，走进七一二矿的职工食堂，看见一位小女孩在哭。当炊事员的父亲在跟小女孩讲道理。父亲对女儿说："这肉不能吃，是招待北京来的大领导的，等领导走了，爸爸的那一份给你吃，好不好？"

小女孩似懂非懂地点了点头，但她还蹲在大菜盆边，望着盆里的肉。

张爱萍将军听到了父女的对话，立即对陪同人员说："把我的那一份分给小女孩吃，孩子长身体。"

吃饭的时候，张爱萍将军来到工人中间，对工人们说："苦了你们了，我对不住大家，等国家经济好转了，我一定请你们吃肉。"

1965 年 4 月，七一二矿 1 号和 2 号井田三级矿量达标。矿区的生活设施基本配套，各种原材料的供应渠道已经沟通，经十二局验收，1 号和 2 号井田可以正式投产。同年 6 月，部局正式下达矿石生产计划。1965 年 5 月正式投产。

七一二矿从创建至 1988 年，历时 30 个春秋，数千职工的青春和汗水点缀了矿山光荣而艰辛的发展道路。

1964 年 10 月 16 日，中国第一颗原子弹爆炸成功，东方蘑菇云震惊世界，也大大振奋了刚刚从三年困难时期走出的中国人。消息很快传到了七一二矿，矿党委组织矿工在俱乐部观看了原子弹爆炸成功的纪录片，极大地鼓舞了工人们的士气。此后，为配合氢弹的研制，七一二矿也掀起了一轮接一轮的生产高潮，作为班长的冉秀和工作更是积极主动，他带领班里 8 名矿工，休息日仍旧坚持工作，“义务”下井挖矿。冉秀和欣喜地说，广播里每周都会有一次叫到他的名字，或者宣传他的班组，对于他们吃苦耐劳，工作出色，特提出表扬。每次开职代会，年终表彰或看电影，他都坐在前排，胸上贴一个红条条，戴一朵大红花。

随着七一二矿的不断扩大，在这片“禁地”之中，矿工和家属越来越多，这里也逐渐变成了一座与世隔绝的繁华小城。

地层深处的青春之火

闻名遐迩的七一一矿 401 段青年掘进队成立于 1973 年，是一支青春飞扬的轻骑兵。荣获多项省部级荣誉，先进事迹曾被解放军日报长篇报道。

初生牛犊不怕虎

七一一矿东矿带深部中段工作面碳质页岩引发的冒顶现象，就像一只只“拦路虎”挡住了开拓的道路，401 段的 22 个年轻人，在党组织的支持下组成青年掘进队，决心端掉这些“拦路虎”。

七一一矿青年掘进队在复杂的地层中实施平巷掘进

巷道刚掘进 30 米，10 多米高的碳质页岩冒下来，把 20 厘米粗的圆木砸断，凿通的巷道被堵得死死的。“冲过去!”队员们突击了三次，未能奏效。改道重掘，又被冒顶区所阻。

“四号沿脉拦路虎，三进三出白辛苦。倘若谁能冲过去，除非身躯钢铁铸。”有人望着龇牙咧嘴的工作面发愁道。

“初生牛犊不怕虎，青年人就要有这种气魄!”有人赞赏。

“嘴巴不长毛，办事不牢靠。就凭他们那几下子，能打通四号沿脉?”有人怀疑。

“他们只埋头拉车，不抬头看路。”有人诽谤。

青年掘进队的年轻人全然不顾这些，他们心中只有一个念头：最好的回答是实际行动，而不是高谈阔论!

向四号沿脉开战是一场雄心、意志、干劲和智慧的考验。在队长王春初的带领下，队员们和技术员、工段领导到现场制订了具体的施工方案，做好对付意外情况的准备，采取掘一米砌一米的办法，硬是以愚公移山的精神终于搬掉了“拦路虎”!

勇闯“火焰坑”

七一一矿东矿带二号主井有个号称“火焰坑”的作业区，气温高达 40 ℃，水温高达 45 ℃，涌水量每小时 100～200 立方米。温高水大，加之通风条件差，这个“火焰坑”搁置了 15 年没开掘，并且“坑”得一些主要巷道不得不停掘。1983 年 3 月，组织上把开拓任务交给了青年掘进队，并要求 1 个月内完成任务。他们二话没说，愉快地接受了任务。巷道里积满了又深又厚的淤泥，热、闷、臭，各种刺鼻的气味交织在一起。作业的第一天，队员们个个恶心、呕吐。面对艰难困境，这些年轻人没有退却。呼吸困难了就到通风口透透气，呕吐了就跑到水管边用凉水漱漱口，热得受不了了，就边作业边往身上浇凉水。

副队长李方武发高烧一天没吃饭，晚上仍然坚持上班。第二天一早，他看到早班人手不够又顶了上去。由于过度劳累，晕倒在井下，同志们把他背出巷道，吃了药，刚好一些他又下井打钻，一直坚持到下班。

雷小飞同志背上长了个脓疮，40 ℃的热水滴在脓疮上火辣辣地疼，医院开了 1 周的病假，他一声不吭仍然坚持上班。同志们劝他休息，他风趣地说："这叫热水疗法，热水烫在脓疮上还可以起到消炎化脓作用呢！"

随着井田往深部开拓，作业条件越来越艰苦，掘进队的工作面上"火焰坑"不断出现，青年掘进队的年轻人不仅没被热水高温"坑"垮，反而锤炼成了一支特别能战斗的队伍。他们仅用 12 天就超额 15％完成了 1 个月的任务。

永不衰竭的活力

青年掘进队自组建以来一直战斗在最艰苦的环境里，人员没有增加，而生产任务每年递增 15％，却没有伸手多要一分钱。队长换了五茬，队员不断更新，这支队伍却始终保持着青春的活力。这是为什么呢？谢六金、朱金龙同志代表这些年轻人做了回答。

共产党员工段值班长谢六金，在井下干了近 20 个年头。他几十年如一日，吃苦在前，享受在后，忘我工作，从不计较个人得失。领导几次要调他到地面工作，他都谢绝了。他说："为了发展原子能事业，加快实现四个现代化，我情愿当一辈子井下工。"青年工人朱金龙，1982 年 7 月参加工作来到这个队，在老队员的帮助下，他勤学好问，刻苦钻研，很快成为生产上的骨干。1984 年矿里发生了涌水淹井事故，涌水量每小时达 5000 多立方米，温度高达54 ℃。在生与死的关键时刻，他把个人生死置之度外，为抢救 2 名井下工友勇往直前，献出了自己宝贵的生命。湖南省人民政府追认他为“革命烈士”，团省委追认他为光荣的共青团员。在清理他的遗物时，发现了他写的日记：“生活的强者，就要有驾驭生活的勇气。我立志做一个坚强的、有自制力的、有自我牺牲精神的人。”

十几年来，青年掘进队创造了辉煌的业绩，被湖南省人民政府授予“红旗掘进队”称号，被湖南矿冶局和湖南省国防科工局命名为“质量信得过班组”光荣称号。一批又一批富有青春活力的新人在队伍中得到培养。队员雷小飞当选为湖南省第六届人大代表，省“新长征突击手”。青春，在地层深处燃烧。青春，在开拓奉献中永生。

这是矿山里的青春之旅，远离地平线，也看不见高山之巅，却可以俯视地层深处的纯净与明亮，宁静与遐想。这里是净土兴衰的晴雨表，青春进行曲的演奏厅，心灵深处的故事会。这里是青春爆发的腹地，在朝圣般前行的征程上，创业精神以火的明亮穿行于青春无悔的选择里。

广东第一个铀矿七四一矿

1959 年 1 月，国务院第二机械工业部决定在广东、江西两省交界处建立四四一矿（七四一矿前身）。矿区主要在广东翁源县岩庄乡的九连山下的小寨村，这是核工业在广东境内兴建的第一个铀矿。

这个地方树木茂密、山石嶙峋、悬崖峭壁、溪流潺潺、飞瀑穿帘、鸟语花香……如果将这里当作风景区也确实不失风光旖旎。但要在这里兴建矿山，几千号人马要在这里安营扎寨，那就不是一件容易的事了。许许多多的困难摆在面前，而且难以想象。

七四一工人俱乐部

住房没有，建筑材料没有，路没有，一切得从零开始。修路，第一批矿山建设者披荆斩棘，没有房子自己盖，没有建筑材料就地取材，大山有树有竹有泥巴，他们砍来木头搭个架，四周用竹片一编，抹上泥巴，架顶上用杉树皮一盖，便成了得天独厚的家。当年，他们住的就是这样的房子。

1960 年 3 月，四四一矿的开拓大军在进行住房建设的同时，矿山基建也开始动工了。他们愚公一般地每天挖山不止，填沟辟坎，建起了住房，修起了公路，挖掘出了坑道……1964 年 5 月 1 日，广东省第一个铀矿七四一矿在大山之中建成投产。

建矿初期，苏联派出专家协助，后来撕毁合同，撤走了专家。

此时，正遇三年严重自然灾害，国家经济极度困难，物资非常紧缺，生活物资全是配额、定量、凭票供应，职工生活异常艰苦，“上山干活流汗水、下山河沟洗冷水、吃饭顿顿拌盐水、住宿茅房漏雨水”，是当时他们艰苦生活的真实写照。七四一矿党委按照党中央、国务院的指示“土法上马，土洋结合”的设想，创造了用木桶搅拌用土法炼铀的奇迹。

在土法生产的同时，井下开采也在抓紧进行。“轰……轰……轰……”沉闷的爆炸声在矿井中响起，这是矿井掌子面在搞爆破。他们像蚂蚁啃骨头一样艰难地让矿井一寸一寸地延伸，从矿井中运出的矿石检测出含有很高的铀成分，他们高兴得像小孩般跳了起来。

工人们靠人拉肩扛的办法，把水管、铁轨、材料设备运到施工现场；打坑道没风钻，就用手打锤一个一个地凿眼，凿完二三十个眼，握锤的手抬都抬不起来；装岩石没有装岩机，就用扒子土箕端倒进矿车里运走，常常要端四五十车，一个班下来累得汗流浃背，腰酸腿痛，浑身像个泥人似的，也毫无怨言。1961 年 4 月从地质队接管过来的土法炼铀水冶矿厂，厂房非常简陋，都是杉木、杉皮结构，全厂共有三个车间，除破碎车间有一部破碎机械和传送设备外，其余车间主要设备均是自制的木桶、木槽、土缸、铁锅及改装的汽油桶等土设备，工厂全部手工操作，劳动强度大，卫生防护工作落后。以后虽然改进了一些操作手段，如用蒸汽加热取代了大铁锅加热，用搅拌机代替了人工搅拌，用过滤槽代替了豆腐包式的过滤，但土法炼铀的性质没有根本转变，一直坚持生产 3 年。

在那极端艰苦的岁月里，七四一矿人表现出了顽强的精神。他们每天照常上班，利用休息时间上山找野生植物。好在山里面积宽，野生植物不少，土茯苓、野苦麻菜等全采来填肚子。

在大强度的劳动之后，他们蹲在地上进餐。矿领导在艰难困苦中号召广大党员发挥模范带头作用，带领群众渡过难关。在抓生产的同时又抓生活自救，发动群众养、种。于是，山坡上新垦出了一洼洼菜地，各个食堂都养猪、养鸡、养鸭……他们自力更生、千方百计解决生存下去的食粮。

他们像铀矿石一样，不见熠熠的光泽，却有光的辐射、能量的浓缩、力量的穿透！矿长、老工程师、女技术员、选矿工、掘进工……千百个无私奉献者，把党和人民的希望化作熊熊烈火与自己的知识、青春，以致生命一起燃烧，他们扛着饥饿拼命地工作着。他们知道自己是在为祖国早日拥有核武器而工作，为祖国的强大而工作，他们死而无悔，还怕什么饥饿！1962 年以后，随着 3 年严重的自然灾害的结束，党中央又制定“调整、巩固、充实、提高”的方针，大力医治灾害创伤，加快工农业生产发展，努力改善群众生活，矿山的生活生产条件也比前几年有了很大改善，特别是1964年5月矿山正式投产后，条件就更好了。条件好了以后，还要不要继续艰苦奋斗？职工们以自己的实际行动，给出了正确的答案。七四一矿用最原始的生产工具、生产工艺，为我国第一颗原子弹提炼出了合格的核原料。1964年10月16日，我国第一颗原子弹爆炸成功后不久，二机部给七四一矿发来贺电，祝贺这座我国核工业系统在广东所建的首座铀矿山为第一颗原子弹爆炸做出贡献。

自1966年开始，矿山每年要外供矿石10多万吨，主要是先用汽车从矿区拉到大坑口转运站，而后装上火车运到某地冶炼厂。矿区至大坑口单程运距近140公里，当时都是3级沙土公路，路况不好，路窄、坡陡、弯急，正常情况下单程行车需3～4小时，来回一趟要1天时间。但是，承担矿石运输任务的交通科汽车运输队的司机们，为了赶在每月25日（规定的装火车时间）前完成当月任务，不怕苦，不怕累，起早摸黑，日夜兼程，在注意安全的条件下多拉快跑，一天跑两趟是正常的事。有个绰号叫“胡老二”的司机，为了再多跑一趟，他早晨3点钟就起床开车，且自备馒头开水，饿了就在车上解决，以节约下车找饭店吃饭的时间，结果他一天跑了三趟，行程近900公里，以惊人的毅力和忘我的精神，创造了本矿矿石运输史上单人、单车、单位时间内运输量的最高纪录。事后，有人问他苦不苦累不累，他回答：“说不苦不累是假的，但不吃苦不受累就完不成矿里交给的任务，没有现在的苦累就换不来今后的幸福。”

1978年“八一”建军节正是“工改兵”时期，全团上千名指战员放弃节日休息，发扬部队“越是艰苦越向前”的优良作风，顶烈日，战高温，在崎岖的山路上用手拉肩扛的办法，用不到一天时间，把矿山索道工程所用的长度为 13 000 多米、直径为 35 毫米、总重量为 65 吨的钢丝绳送到了指定位置，完成了全线放绳任务，为索道工程的按时竣工和投产创造了条件。在这一劳动过程中，大家齐心协力，团结奋战，有些人的肩磨破了皮，有些人的手擦出了血，有些人扭伤了腰或脚，但没有一个叫苦叫累，一直坚持到完成任务。面对如此高强度的劳动量，没有一点吃苦耐劳精神肯定是顶不住的。

从梦想到现实

今天，两座现代化的地浸采铀工厂屹立在富饶美丽的新疆伊犁盆地，地浸采铀工艺技术生产的天然铀产品已占全国天然铀总量的50%以上的成绩，我[①]心中无限感慨，不免回想起新疆地浸采铀前期开发的艰难岁月……

初识地浸

1984年年底，我被核工业部任命为核工业新疆矿冶局（简称新疆局）局长。当时，新疆局处于全面“保军转民”的特殊历史时期，也是前所未有的困难时期。我反复思考着新疆局的出路和发展前途，深知肩上的担子有多重。

积于我20多年的工作实践，对地处祖国西北边陲、职工队伍由多民族组成的新疆局而言，深感“无军不稳”，应当建立起军民结合型的发展模式。但困扰我的是：在我国铀矿冶处于结构调整的形势下，上级是否同意我们继续搞军品生产？即使同意，那“军”又从何来？因为过去新疆局是从事含铀褐煤的采冶，如今七三一矿资源已枯竭，七三五矿虽尚有一定资源量，但工程地质条件恶劣，成

① 指作者辛殿华。

本太高，难以生存。

1984年年底前后，陈肇博副部长先后三次谈到新疆的砂岩铀矿和地浸问题。1985年7月至8月，核工业第六研究所（简称六所）王西文和新疆局刘德元等，对新疆境内砂岩铀矿资源进行了全面调查和研究分析，发现伊犁盆地的砂岩铀矿不仅资源丰富，而且矿石疏松、渗透性好，具备地浸开采的基本条件。王西文同志还及时向部、局领导提出在新疆开展地浸采铀试验的建议。这对新疆局来讲，无疑是一个雪中送炭的好消息。

当时，我和新疆局的大多数同志，对地浸采铀知之甚少甚至可以说一无所知。对于不用建井采矿就能把铀金属从地下抽到地上来充满好奇。于是，利用星期天等业余时间多次跑图书馆，反复查阅、摘录有关资料，并通过各种场合和渠道，向地浸专家王西文同志请教，向曾参与云南地浸采铀试验的张少衡学习。就这样逐步认识地浸采铀的机理和基本技术，也对国际发展水平和国内发展现状有了初步了解。

这时，我开始思考在新疆进行地浸采铀的可能性和如何将其变为现实，并逐步坚定了新疆局走军民结合型发展道路的信念。

争取立项

1985年7月21日，我利用参加核工业矿冶系统厂矿长工作会议期间，汇报了我与局党组书记刘忠厚共同商量的意见：要在新疆伊犁盆地512矿床进行地浸采铀试验，请求部、局给予支持。当时主持汇报会的肖廷楼副局长曾开玩笑说："看来辛局长搞军品的'贼心'不死。"引来全场一片大笑。不过，经过讨论，最后确定，仍先在云南381矿床进行地浸扩大试验，待告一段落后，再考虑在新疆开展。当时，我暗暗地想，新疆搞地浸采铀还是有可能的，只是时间早晚的问题。一定要积极争取，绝不能轻言放弃！

会后，新疆局积极开展了各项前期工作，并于1985年8月、10月，先后向部矿冶局上报了《新疆原地浸出采铀资源调查简报》和《原地浸出采铀工作计划》，申请立项。同年10月31日，部矿冶局复函：新疆局七三一矿可进行一些小型试验的准备，明年可先派人参与云南的试验工作，待云南试验告一段落后，再由六所与七三一矿共同进行新疆的原地采铀试验。

随后，新疆局七三一矿派出包成栋等人参加云南的地浸试验；同时带去509矿床砂岩样品进行室内分析试验。与此同时，新疆局积极与六所合作，着手进行在新疆开展地浸试验的资料和技术准备。

1986年12月，新疆局和六所联合向部矿冶局上报了《新疆原地浸出采铀工业试验项目建议书》，提出了建设地点、试验内容、技术经济指标和建设规模、建设期限等；同时还提出了《新疆512矿床地浸条件补勘试验计划》。当时，部矿冶局原则同意立项，并于1987年3月，以核矿字〔1987〕75号文正式批复。至此，新疆地浸采铀试验开始正式起步。

艰苦创业

1987年2月成立了由七三一矿、六所、七一一矿等单位参加并由34人组成的新疆地浸试验队。队长高锦升，副队长兼党支部书记包成栋，副队长谢业祥、马明亮。同年11月，经与部矿冶局和六所领导研究后，决定成立以新疆局副局长石振强为组长，六所所长王西文、七三一矿总工程师刘德元为副组长，共9人组成的新疆地浸采铀试验领导小组；从七三四厂抽调具有多年水冶生产实践经验的专业技术人员充实地浸试验队。1988年年初，地浸试验队扩大到43人，领导班子进行了充实调整，由马新林任队长，高锦升任书记，包成栋、牛志义、谢业祥任副队长。

新疆地浸试验是白手起家，全靠有限的拨款显然是不够的。一方面，积极贯彻修旧利废的原则，充分利用停军后的存量资产，勤俭节约，奋发图强；另一方面，生活设施一律从简，尽量将上级拨款用在钻孔等试验设施上，在荒无人烟的戈壁滩上，先遣队员们就挤在用篷布搭起的窝棚内，有的甚至就睡在露天，任凭风吹雨打；就地没有水源，从3公里以外的水沟挑水；队员们经常是吃盐水泡馍或酱油拌面条。经过20多天的连续奋战，盖起了7间地窝子，约110平方米。1988年，又自力更生新盖半地窝子11间，面积330平方米，使现场初步具备了简易的食宿和工作条件。为解决抽注试验所需要的地表设备、仪表、容器，地浸队组织人员在已关停的七三四厂厂房内和废料堆里选、拆配液槽（罐）、耐酸泵、配电柜等退役设备和分析化验用的全套仪器及器皿。运到现场后，汤立庭带领机修班，仅用一个多月，修复、改制各种设备、用具110台件，基本满足了试验所需。

从1987年在库捷尔泰荒原上铺摊子、开始钻孔进行的抽注水试验，到1990年年底512矿床地浸采铀条件试验取得重大突破，并为5～10吨规模的工业试验打下了坚实基础，总共使用国家投资100万元。回想起来，不得不说是一个奇迹。

曲折前进

512 矿床地浸采铀的开发更是在历经曲折、克服困难、积累经验中不断前进的。

1987 年 6 月底，地浸队试验人员陆续进入现场，着手试验准备工作。7 月中旬，钻机运至现场，树立塔架；8 月 3 日正式开钻。由于缺乏经验，技术要领掌握不当，在 2 号钻孔施工过程中，当在矿层采用干钻法取芯时曾出现烧钻现象；1 号钻孔在安装塑料管投砾石过程中，曾发生套管脱落事故；10 月下旬，在 3 号试验钻孔施工过程中，又遇气温骤降，水渠断水，泥浆池冻结，被迫停钻。造成当年钻探 500 米的计划没能全部完成。钻探人员及时总结分析，查找事故原因，不断积累实践经验，初步掌握了钻探技术，也为地浸的发展培养了骨干力量。

当年，对两个钻孔进行抽注水试验，基本摸清了 512 矿床岩层变化规律和影响钻井的主要因素；初步掌握了该矿床含矿层较松软、渗透性好的特点，从而初步展示了 512 矿床比云南 381 矿床更优越的地浸采铀条件。

为尽快掌握地浸技术，1987 年年底，新疆局派出刘德元等 6 人参加六所举办的地浸研讨班，并与王西文等人共同讨论制定了 1988 年 512 矿床地浸条件试验计划。

抽注是地浸采铀工艺中的三大技术之一，它是决定某矿床能否利用地浸工艺开采的关键问题。1988 年 8 月 15 日开始，首先在台下（沟底）进行浅孔抽注试验。正当浅孔抽注试验顺利进行、抽出液金属浓度逐步提高到 18 毫克/升时，10 月下旬，突然来了持续时间长、强度大的寒流，地表水体结冰，部分抽注液管冻裂，抽注试验不得不于 11 月 1 日被迫停止。

经过抽注试验和分析监测结果表明，512 矿床矿石疏松，渗透性好，渗透系数在 0.55～1.55 立方米，非常适合地浸开采。该矿床含矿层物质成分简单，有害物质不多，用硫酸作浸出液，过氧化氢作氧化剂，采用地浸采铀是可行的。这真是可喜的突破。

1989 年，由于中核总矿冶部地质勘探费用紧张，新疆 512 矿床的地浸试验要暂停一年。在 512 矿床地浸试验眼看要取得重大突破的关键时刻突然停下来，当时新疆局和六所都非常着急。1989 年年初和年中，我和六所王西文所长先后两次赴京，专题向部矿冶局有关领导汇报，请求支持。但终因经费无法落实，而新疆局又无能力解决这笔经费，地浸试验不得不暂时停下来。

1990 年 3 月底 4 月初，由于经费得到了落实，矿冶部、新疆局、六所在北京编制了 1990 年 512 矿床地浸试验计划。矿冶部于 4 月 9 日批复了计划。这年的抽注试验先在平台上的深孔区进行。7 月 2 日开始注液，进行抽注试验，持续到 8 月 18 日。这期间，先后发现 8802 号钻孔内形成约 80 米的泥沙沉淀，8803 号钻孔孔壁周围塌陷，8806 号钻孔在注液过程中有断裂或脱扣等问题，而停止抽注。8 月 23 日，王西文所长在现场召集技术人员开会，经过讨论研究，决定将抽注试验改在浅孔区继续进行。8 月 30 日，开始抽注试验，10 月 10 日停止注入溶浸剂，10 月 15 日进行含矿层地下水复原工作，10 月 26 日结束。共注入溶浸液 3017 立方米，抽出浸出液 4874 立方米；浸出液中金属铀含量平均 21.7 毫克/升。

抽注试验进一步证明：采用酸法对 512 矿床进行地浸采铀是可

行的；单孔抽液量达5.0立方米/升，正常情况下抽出液中金属含量可达到26～35毫克/升，实现了预期目标；且耗酸量低，浸出率高。

迎来曙光

1990年8月2日，陈肇博副总经理率领中核总计划司、办公厅、矿冶部、地质局的领导，到512矿床地浸试验现场视察工作，陈副总在试验现场召开座谈会，并作了重要指示。总的要求是我国地浸采铀重点应放在新疆，要加快新疆地浸工业化试验，尽快实现工业化生产。

陈副总的指示给新疆矿冶系统注入了强大的动力，思想大大解放，信心进一步增强。1990年9月4日至8日，新疆局组织编制了512、511矿床地浸采铀三年规划，明确提出，第一年初步形成15吨/年、第二年形成30吨/年、第三年形成50吨/年的生产能力，并制订了新疆地浸采铀工业试验的设计方案。11月24日，我和书记刘忠厚、王西文三人联名向总公司矿冶局、计划司等部门呈报了《1991年新疆伊犁地浸采铀工业性试验建议报告》，建议1991年先进行小规模的工业性试验工作，初步形成5～10吨/年的规模。这样，既争取了时间，又为实现50吨规模工业试验奠定了基础。同年11月19日至21日，苏联地浸专家一行三人，到512地浸现场参观，并在伊宁市进行了技术交流。

中核总和矿冶部对我们的建议给予了高度重视。1991年1月29日，由矿冶部、新疆局、六所、华湘勘探注浆工程公司的李开文、杜运斌、刘德元、王西文等人在北京共同讨论研究制定了《新疆512、511矿床地浸扩大试验计划》，确定：在512矿床浅孔区建设年产铀金属5吨的试产工区；在512矿床深孔打一批地质和水文地质补充钻孔，补查地质和水文地质条件；在511矿床打一组地浸钻孔，进行抽注试验，确定该矿床的可地浸条件；1991年512、511矿床地浸钻孔工程施工由华湘勘探注浆工程公司承担。同时，矿冶部决定先垫支100万元，用于急需的地浸工程和试验。至此，新疆地浸采铀真正看到了前进的方向。

1991年5月底，在我卸任新疆局局长职务时，511矿床地浸采铀条件试验也已开始。回顾六年的光辉岁月，首先感谢部、局领导的正确决策和大力支持，才是新疆地浸采铀事业得以成功的关键；还要衷心感谢把地浸技术引入新疆的地浸专家王西文，他为新疆地浸采铀的前期开发作出了重大贡献；更要感谢为新疆地浸前期开发艰苦创业、奋发图强的战友、同事和兄弟姐妹们，他们用实际行动实践了“科学技术是第一生产力”的真理。

第一家无轨采矿七七一矿

在浙江省衢州市西南方向22公里处，翠绿的山谷中坐落着一个军工铀矿山企业，这就是中核浙江衢州铀业有限公司。它的前身为核工业七七一矿。1965年1月，二机部决定筹建国营七七一矿。1965年3月25日，七七一矿正式成立。

50多年来，七七一矿先后经历了由矿山转变为部队（“工改兵”）、又由部队转变为矿山（“兵改工”）等许多重大事情。但最让七七一矿原总工程师邹国和感到自豪的是，他作为主要参与组织者，在七七一矿成功引进了国外无轨采矿技术，并且是我国铀矿山第一家。

七七一矿引进无轨采矿技术

七七一矿引进无轨采矿技术后，一是加大了回采中段的高度，大大减少了采准工程量；二是增大了采场面积，极大地提高了采场的生产能力；三是简化了回采工艺，缩短了采矿作业的循环周期；四是发挥了机械化作业的优势，大大地减少作业人员，提高了劳动生产率，改善了劳动条件；五是大幅度降低了矿石的损失率与贫化率。更为重要的是，七七一矿无轨采矿技术在核工业矿冶系统其他铀矿山的推广和应用，充分发挥了采、充、运、提等综合应用，有效提升了我国铀矿山的综合能力和竞争优势。

七七一矿在起起落落的变革中砥砺前行，求生存、促发展，从无到有，从小到大，逐步成为我国拥有成熟先进的采、选、冶专业工艺技术的八大铀矿山之一，曾为我国“两弹一艇”的研制，建立国家核威慑力量做出了历史性贡献。50 年的蹉跎岁月，从扎根深山做无私奉献、艰苦创业的急先锋，到响应号召、攻坚克难做调整改革的排头兵，衢州铀业人始终坚定信念，紧跟国家改革开放的时代脚步，不辱使命，忠实履行“强军首责”，充分诠释了“军工基石核电粮仓”的使命担当。

邹国和每每回忆这段历史经过，他就感到无比的幸福。

1977 年 10 月，二机部第十二局在湖南二七二厂召开了全国铀矿冶系统的老厂矿挖潜、革新、改造的座谈会。与会代表讨论了为适应我国核工业的发展，铀矿山如何实现现代化，并赶超世界先进水平的事宜。会议认为，当时国外地下金属矿山开采技术发展的一个显著特点和趋势是，日益扩大无轨采矿技术与设备的应用范围。无轨采矿设备不仅改善了井下的劳动条件，又可简化生产工艺，有利于提升矿山技术水平，提高经济效益。为此，建议我国铀矿山也应在现有的技术条件下，积极进行技术改造，选择有条件的矿井，引进新技术、采用新设备、新工艺，引进无轨采矿技术与设备是一良好的决策，应不失时机地开展这一有意义的试验采矿工作，为不断提高生产能力、生产效益、装备铀矿山的机械化水平，为加速我国铀矿山事业的发展作出新的贡献。此次会议为铀矿山引进无轨采矿这一当代新技术、新设备建立了基础。

会后，七七一矿（编号为中国人民解放军基建工程兵二九三大队）。第一时间组织有关人员认真研究和制定技术发展规划，主要人员有部队政委于坚、生产技术负责人陈文苑、科技办负责人杜振华和一营技术负责人邹国和等。他们针对七七一矿大茶园铀矿井（原 771-1）开展可行性调研。认为大茶园铀矿井是在 20 世纪 60 年代后期建成并投产的老矿区，极具运用无轨采矿技术进行升级改造的可行性。为此，调研组的同志们广泛调研，认真准备，研究制定了相应的技术发展规划。

1978 年 1 月，邹国和等技术人员赴京，参加了二机部十二局召开的“技术发展规划座谈会”，并在会上汇报了七七一矿相关情况。会上，十二局决定选择二九三大队大茶园矿井（部队一营）作为引进大型无轨采矿技术与设备的地点推进试验性采矿。并决定组成十二局直接领导的，由第四设计研究院、第六研究所和二九三大队组成联合工作组，负责对大茶园矿井无轨采矿试验工作的各项准备。

1978 年 2 月，部队委派当时的副团长程继松、参谋周复华参加由二机部十二局领导的调研工作组，先后到河北的凡口铅锌矿、河北铜矿及其小寺沟分矿参观学习。后又集中到大茶园铀矿井作实地的现场考察。同年 4 月，调研工作组在参观学习了我国冶金、有色矿山引进的无轨采矿技术与设备后，结合大茶园矿井的实际，提出了“关于 771-1 工程应用无轨采矿技术的初步试采方案”，并上报了二机部十二局。

1978 年 8 月，二机部十二局刘坤局长、张天宝总工程师亲自率领工作组，到二九三大队再做调查研究与复审工作。并组织召开了由第四设计研究院、湖南第六研究所、二机指挥部等有关单位和部门的领导参加的复审工作会议。1978 年 12 月 2 日，二机部十二局以〔78〕二矿字 238 号文，下达了《关于二九三大队进行无轨采矿设备采矿试验的批复》。

1979 年 2 月，二机指挥部以〔79〕二指字 254 号文《关于大茶园矿井无轨采矿试采方案报告的批复》，正式给二九三大队下达了在大茶园矿井进行无轨采矿试验的任务。之后，一方面由湖南六所积极组织有关专业人员到我部队现场进行工程的施工设计，一方面由我部队立即组织有关人员进行各项施工准备和完善现场的施工条件。与此同时，由二机部十二局与我部队上级领导二机指挥部积极组织无轨设备的引进、采购、考察工作。

1979 年四季度，从德国、瑞典引进的无轨设备陆续到达，同年 11 月，二九三大队选派陈胜利等 4 人前往云南参加由冶金部主办的德国专家讲课的铲运机培训班的学习。

1980 年 1 月，在完成了大茶园矿井 170 米中段 207、208 两个采场的无轨试采的施工设计，170 米中段无轨设备通道（从地表直接进入无轨试采采场的通道）的施工设计。同年 2 月，部队选调了一批具有高中以上文化程度，在日常工作中表现比较好的战士，进行了上岗前的全面培训。同年 6 月引进的无轨设备正式投入 170 米中段无轨通道的工程施工，从此拉开了试采工作的序幕。

1977 年开始酝酿，1979 年引进设备到货，1980 年投入无轨采矿试采运行，1981 年 1 月无轨设备又正式投入了 207 采场进行试验采矿。大茶园矿井无轨设备的应用同气腿凿岩、电耙出矿、轨道运输的常规开采相比，的确有它独特的优势。无轨设备能力大、效率高、机动灵活、一机多能，有利于缩短战线、集中作业、实现强化开采。同时，无轨作业大量减少采掘一线人员，相应地也减少了辅助和服务人员，真正实现了“减员增效”的目标。

1986 年完成第一阶段的无轨采矿工作，经过 7 年多的试验采矿的生产实践，不仅顺利地完成了部、局预定的无轨采矿的试验任务目标，还在实践中探索解决了一些新的问题，为我国铀矿山应用无轨采矿积累了经验，提供了可借鉴的有益的生产资料，培养了一批具有实战能力的人才。

首座地下爆破堆浸铀矿七九四矿

七九四矿在国家加强三线建设下，于 1971 年 1 月开工建设。期间，经历了初建、缓建和复建等三个阶段，于 1993 年 4 月建成投产，历时 22 年。

我名叫白福威，大学毕业后分配到新疆矿冶局七三一矿工作，1975 年调入七九四矿。从 1983 年开始，我成为了七九四矿领导班子成员。在这 22 年的时间里，我有幸参与了七九四矿建成我国首座全堆浸型铀矿采冶企业的全过程。

七九四矿工人整地

在核工业铀矿冶系统的历次调整中，七九四矿不止一次被提上日程，面临下马的境地。而在这一次次有惊无险的考验背后，真正支撑着七九四矿转危为安的就是铀矿采冶技术的进步与创新，其中最重要的是七九四矿建成了我国首座全堆浸铀矿冶工程。这为七九四矿的生存与发展奠定了坚实基础。

抓住机遇，探索新路子

七九四矿的前身为“794 工程”，工程的曲折在建设之初就显现了出来。最初的设计方案是进行常规开采，采出的矿石外运至甘肃二七九厂处理。后因二七九厂地基下沉而缓建水冶厂，而改为矿石运往湖南二七二厂处理。

时间到了 1984 年，按照我们多年来的分析研究，认为常规采冶设计具有“一长三短”的特点：“一长”是矿石浸出性能好，适合酸法堆浸和离子交换纯化浓缩。“三短”一是矿体破碎，常规采矿效率低、成本高、不安全；二是矿石外运难，汽车在西安市区运输 45 公里，铁路运输 1600 公里，交通安全、运输成本、沿线环境保护都难以控制；三是矿山环保工作难。得出的结论是：工程建成之日就是大亏损之时。由此，“794 工程”处于进退两难的境地。

1985 年，矿里确定我和李志国、李建友两位工程师研究新的建设方案。接到分工后，一方面，我们结合七九四工程中“四〇一”矿床的地质特征、矿石工艺性能，抓紧学习研究国内外堆浸和地下爆破浸出的技术成果；到系统内的七一九矿、四院 、五所、六所走访考察、学习交流，讨论研究堆浸的可能性；向甘肃矿冶局、总公司矿冶局和总公司领导、专家汇报思路、聆听指导等。另一方面，加班加点拟定七九四工程堆浸的可行性方案。经过一年多的艰苦努力，终于在 1986 年形成了方案思路并报送到北京矿冶局：应用堆浸技术改矿石外运为就地生产“111”产品的思路。

群策群力，实现大突破

1987 年年初，核工业总公司矿冶局批复了《七九四矿开展地表堆浸工业性试验的报告》。为了保证在年底前拿出试验成果，提供改变建设方案决策的科学依据，七九四矿举全矿之力，团结一心，投入到“科技攻关”的战斗。

先进行地表堆浸试验，即利用基建时期的一级表外矿石和副产矿石进行试验。试验结果表明，矿石渣计浸出率在94%以上，达到了满意的效果。然后，配合地表堆浸试验，我们与核工业第五研究所、第六研究所联合，进行了提取“111”产品、水冶工艺、废水处理探索性试验。此项实验成功，主要技术经济指标达到了国内先进水平，取得了较好的技术成果和经济效益。1988年，地表堆浸通过部局验收。验收会上部局建议堆浸试验及堆浸废水处理试验成果应立即应用于七九四矿生产中去。

地表堆浸成功后，根据1987—1988年与核工业第六研究所合作进行地表堆浸工业试验情况，结合七九四工程矿床开采技术条件，1998年8月3日，我们又提出了七九四工程地下堆浸。地下堆浸所需设备少、投资不大、见效快、开拓和采矿工程量少，且大部分矿石不需运出采场，环境条件好、成本低，是一种技术先进、经济合理、高效、安全、低成本的采矿法。同月20日，北京矿冶局批准了七九四矿进行地下爆破碎矿浸出试验。批复中明确：试验计划时间为1989年到1992年年底，前半期为工业试验，后半期为工业试生产。

按照上级的批复，我们采取各种有效措施，大力实施了七九四工程地下爆破碎矿浸出试验。1991年9月28日，在30号矿体进行了矿冶系统最大规模的挤压爆破。这次试验自采准工程开始到凿岩爆破，历时一年，设计爆破孔5000米，爆破装药12吨。爆破解决了地下堆浸试验研究关键环节，保证了万吨级原地破碎溶浸工业性试验顺利进行，取得了决定性的成果，浸出率为84%。基本上确定了合理的技术经济参数，为进一步发展井下原地堆浸提供了大量的技术数据和经验，为推广应用于生产奠定了基础。本次试验的成功，标志着七九四矿的采矿史翻开了新的一页。

不断创新，科技促发展

处在建设“十字路口”的七九四矿是幸运的。它的建设者们以企业为主体，与核工业四院、五所、六所大力协同、联合攻关，取得了一系列的科技成果并及时应用于工程建设和生产，走出了一条“科技兴矿”的创新发展之路。

在地下爆破碎矿浸出取得成功后，我们通过探索、分析研究等，先后又实施地表堆浸和原地破碎浸出的联合采铀技术模式。富矿采出进入地表堆场浸出，贫矿在井下进行原地破碎浸出，实现贫富分采，降低了贫化率和损失率，最大限度地利用了资源。采用小分段切割技术、采准切割方法、改进爆破参数和爆破网络设计、装药器应用于深孔爆破装药，发展机械压气装药等，技术进步得到全面提升，也提高了七九四工程的劳动生产率和经济效益。

1993年3月，在30号矿体原地破碎溶浸的基础上，七九四矿在2号矿体又进行了原地爆破浸出更大规模试验，爆破落矿2.57万吨，各项经济指标均达到国内外先进水平。这一核工业铀矿冶史上最大规模的中深孔地下挤压爆破，说明原地堆浸技术已经成为七九四矿生产的主工艺技术，也标志着我国首座全堆浸型铀矿采冶企业正式建成。

1984年到1986年酝酿准备，1987年起全面开展科研试验。先后开发了地表堆浸、流化床离子交换、原地碎矿地下浸出采铀、工艺污水处理及环保治理等一系列新技术，及时应用于工程建设，改进了建设方案。终于在1993年建成了全国第一个“以原地碎矿地下浸出采铀为主的全堆浸型铀矿采冶工程”，克服了原建设方案的弊病，实现了经济效益、社会效益、环境效益的全面提高。这年的5月1日，794工程通过了国家验收，并获得三项部级科技进步二等奖。这也标志着按照全堆浸型矿山开始了工业化生产的七九四矿正式建成投产。

七九四矿的四〇一矿床已经终采。站在七九四矿前的辋川河畔，眼前高速公路飞跨山间，矿山和厂房掩映在青山绿水之中。环顾四周，未见因采剥而光秃的山丘，未见废渣和污水……我的心情是安慰、喜悦、激动和自豪的。

海拔最高的铀矿七九二矿

核工业国营七九二矿（简称七九二矿）位于四川阿坝藏族羌族自治州若尔盖县和甘肃迭部县交界处，矿区沿白龙江分布在80余公里的区域上。这里平均海拔3500米，因而也被认为是我国海拔最高的铀矿山。因环境和地质情况复杂，又被称为最难建设的铀矿山之一。

七九二矿从1967年开始历经了三年筹备、七年基建、三年试车、一年试生产的艰辛历程，于1981年11月通过竣工验收正式生产成功地在高原建起了一座不平凡的铀矿采冶联合企业。

七九二矿采掘工人脚踩3437米海拔点

现年93岁，1969年任矿革委会副主任的杨林树老人，身体仍硬朗，思路敏捷，谈起七九二矿的初期建设就激动不已，滔滔不绝。

上马七九二矿

1961年，四川省地质局四〇五地质大队在四川若尔盖县与甘肃迭部县交界区域发现铀矿化现象，并就此进行勘探。后在二〇二地质队的大力协同下，于1969年正式提交了若尔盖五一〇矿区一至四矿段地质储量报告。

1966年上半年，二机部根据国家战备需要和地质队勘探情况等，决定上马建设七九二矿。因此，该矿也是二机部决定建设的第三批铀矿冶企业之一。同年10月，二机部第一设计院提交了七九二矿建设方案和设计图纸。

1967年5月31日，经二机部十二局批准，正式成立以刘树珍为组长的七九二矿筹备组，矿部设在四川省若尔盖县降扎公社（五一〇矿区所在地）。这里属老少边穷的藏民地区，当时交通不便，高寒缺氧，物资供应匮乏，无电力供应，没有通信设施，环境恶劣，条件艰苦。

1970年8月25日，因七九二矿水冶厂选址甘肃迭部县城旁，矿部从四川省若尔盖县迁至甘肃省迭部县。即七九二矿矿部和水冶厂位于甘肃迭部县城边，而采矿工区和有关辅助设施则处于四川若尔盖县与甘肃迭部县的交界，沿白龙江80公里的区域。

建矿初期，先后从二机部所属七一二矿、七一一矿、二七二厂、一〇五公司、七〇一大队，以及从广东的老单位调入职工1000余人，从四川省汶川、南充、垫江招入退伍复员军人及社会青年550余人；从甘肃省秦安、天水、临夏及上海招收社会青年和学生600余人。他们在藏区搭帐篷、安火炉、点酥油灯、破冰取水、牛粪生火、青稞造饭、修电站、开矿山、建水冶厂，为建设我国海拔最高的铀矿山作出了重要贡献。

修水电站

当时，若尔盖降扎公社无电力，甘肃迭部的电力也严重短缺，所以，修建水电站成为了七九二矿加快建设和生产的首要工程。

为解决矿区用电问题，七九二工程按设计和批复于1967年仓促上马了“让仓”水电站。1969年3月，因水流量不足等问题，七九二矿筹备组会同有关人员，经过反复调研论证，提出电站改选站址的建议。

1970年3月，经二机部十二局批准，停建“让仓”水电站，新建尼什峡水电站。同月，建设“让仓”水电站的还留用部队建制的退伍人员一营奉命搬迁，分9辆卡车，高唱“毛主席的战士最听党的话……”，到达迭部县的尼什峡。4月5日，尼什峡电站正式开工。

尼什峡是白龙江的峡谷地带，宽处也就100来米，窄处仅20来米。设计院设计了打山洞引水形成大高差发电，以满足七九二矿用电需求的方案。所以，开山凿洞又成了电站的关键工程。

因高原地质情况复杂，隧洞掘进时冒顶情况比较多，处理隧洞冒顶成了最头疼的事，也是影响进度的关键因素。其中一次处理13米长的隧洞冒顶，人直不起腰，镐、锹、锤等施展不开，只能半卧在泥石中施工，大家全身是泥水，只剩下一双眼睛，仅凭声音才能辨认对方，共用了53天。

直到1973年年底，引水发电的隧洞才真正竣工，共完成隧洞掘进3826米，为1974年6月1日尼什峡水电站正式建成发电打下了坚实基础。

建设矿山

1970年，设计院提交七九二矿五一〇工区建设图纸，四号平峒掘进后，共分四个矿段进行采矿。因此，四号平峒的掘进是矿山建井的关键工程。

四号平峒地质结构复杂，岩性为碳质灰岩和碳质硅岩，处于节理发育的断层交错处，施工难度大。另外，年平均气温只有 1.3 ℃，最低气温零下 27 ℃，终年积雪也成了开挖四号平峒口的难题之一。

1971 年上半年，五一〇工区四号平峒在海拔 3437 米处开口子，正式开始施工，但施工进展缓慢。由于掘进技术、经验、管理等原因，直到 9 月底才确定矿井掘进队，队长由刚从国营七一一矿调来的吴财喜担任，队员由修建水电站的复员军人组成。

电站还没建成，就用柴油发电机。没有自来水，没有高压风，他们就靠双手，用钢钎撬一镐一镐地挖，手推车一车一车地推。一天下来，施工人员满脸黑浆、满身泥雪爬上解放牌平板汽车，颠簸十几公里回到居住地。人在车上打颤哆嗦，下车后无法直接行走，必须站立几分钟才能慢慢开走，然后洗澡换衣。就这样，半年时间才完成 120 米的坑道施工任务。

后来，通过技术人员的反复试验，掌握了在高原只有 490 毫米汞柱的低气压、低温情况下的混凝土凝固“高科技”，采用速凝剂喷射混凝土的方法才使混凝土支护顺利进行，提高工效 4 倍以上，节约开挖量 10%，降低支护成本 50%。历尽千辛万苦，艰苦奋斗 6 年多，于 1977 年 12 月五一〇工区一矿段向水冶厂正式供应试车矿石 1300 吨，标志着一矿段基本建成。

五一〇工区一矿段的建成锻炼了队伍，掌握了技术，积累了丰富的管理经验和施工方法，使五一〇工区另外三矿段的建设速度得到了极大的提升。到 1979 年年底，两年时间，五一〇工区其他三个矿段也先后建成。

开办水冶厂

选水冶厂厂址因保密要求高、当地地质地形情况复杂、建设基础处理难度大、建设成本高等原因，也成了七九二工程的难点。从1966年二机部第一设计院提交七九二矿建设方案后就开始选厂址，两次提交方案，两次被二机部十二局否定。最后，十二局、设计院、矿筹备组成立联合选厂小组，结合探矿由四川向甘肃延伸的进展情况，兼顾后期向甘肃迭部拓展采矿的综合考虑，到1968年年底，才选定甘肃与四川交界的年马沟（迭部县城旁边）作为水冶厂的厂址。

1970年年底，设计院提交水冶厂建厂方案。1972年水冶厂正式开始施工。1972年二季度，水冶厂的原矿仓、粉矿仓、磨矿厂房、产品浸出厂房、固液分离厂房、浓密洗涤厂房、产品纯化厂房相继开工。经过四年多的紧张施工，1976年年底，土建工程全部完工。1977年年底，设备安装全部完工。至此，水冶厂的尾矿库、中心化验室、成品库房等43项工程建设任务全部完工。

为做好水冶厂试车，七九二矿提出“发动群众、不分你我、积极去干、分头去干、抓住重点、保住重点”的工作原则，并分工落实试车前的各项准备工作。尽管做到了认真组织，分工明确，任务落实到位，但水冶厂的试车还是进行得不顺利。1977年12月17日，第一次投料试车，由于在高原和零下20摄氏度的条件下进行，对有些情况估计不足，导致冻堵严重，被迫停试。1978年7月30日至8月27日进行了第二次试车，因高压釜管路46个阀门磨坏了

41 个，又一次被停试。直到 1980 年 8 月 9 日，第五次才终于试车成功生产出合格的三碳酸铀酰胺一千余公斤。至此，“碱法浸出—季胺萃取—碳酸氢铵反萃取结晶提取铀”的新工艺流程成功诞生。这项技术也填补了我国铀水冶生产工艺的一项空白。

“水冶厂的试车成功也标志着中国海拔最高的铀矿山企业基本建成，它必将永载我国核工业史册。”这是杨林树老人经常挂在嘴边的话。每每说这话的时候，他都显得特别的满足和自豪。

第一个全堆浸型铀矿七一九矿

投产即面临调整的境地

20 世纪 60 年代中期至 70 年代末期，我国周边形势十分严峻，为了抗御外敌、加强国力，同时改变全国生产力布局不合理的状况，我国提出了“三线建设”的战略构想。七一九矿就是在这个大背景下建立起来的军工企业。

1969 年 4 月，七一九矿正式开始建设。全部工程于 1982 年年底建成。1983 年 7 月 1 日，矿山正式投产。矿部设在江西省崇义县古亭镇，以位于江西、湖南交界处的鹿井铀矿田、黄峰岭铀矿田为开发对象，矿田为硬岩铀矿山，方法为常规开采。

党的十一届三中全会后，我国核工业也进行了重大调整，从过去主要为军用服务转变为军民结合，重点为国民经济和人民生活服务。1984 年，核工业贯彻国家“讲求效益，择优生产”方针，加上当时国际铀价低迷，产量供大于求，由此，关闭了一些成本高的铀矿冶企业。而地处赣南的七一九矿，虽探明的地质储量大，但品位较低，用常规水冶处理低品位矿石，经济上不合算。因此矿山投产之日，如不进行工艺改进和技术改造，无疑，七一九矿也迟早在关停之列。

八年奋战，堆浸取得历史性突破

七一九矿到底怎么办？这是摆在全矿上下必须思考和解决的问题。当时任矿副总工程师的龚延勋，通过查阅资料了解到核工业第五研究所和第六研究所，于1965年对七一一矿硬岩低品位铀矿石采用了酸法堆浸进行水冶，虽效果不佳，但1969年核工业第六研究所对七七一矿硬岩铀矿石进行了工业性试验，效果比较好等情况，如获至宝。

1980年下半年，龚延勋向矿里提出了七一九矿进行堆浸试验的建议。“建议”得到了七一九矿领导和上级部门的重视和支持。1981年4月，核工业江西矿冶局（简称江西局）转发了核工业部矿冶局批准七一九矿进行堆浸试验的文件，并下达了科研费2.2万元。1981年5月，以龚延勋为首的堆浸试验组成立，并正式开展堆浸试验的各项工作。

由于当时尚未掌握堆浸技术，试验选择在一个停用的天井中进行。通过近一年的探索和研究，不但基本掌握了堆浸技术，还初步认识到用堆浸方法处理七一九铀矿石是有希望的。同时，通过对比实验得出：花岗岩型的黄峰岭矿石比变质岩型的鹿井矿石渗透性能好，易于浸出。于是，决定继续用黄峰岭矿石进行地表堆浸试验。

1982年12月，部矿冶局批准七一九矿开展地表堆浸半工业试验方案，并下拨科研费5万元。经过近两年的努力，依靠自身的技术力量，设计、施工、制造、安装了第一个千吨级的堆浸场，于1984年8月开始进行1000吨矿石的地表堆浸试验。三个多月过去了，由于经验不足，试验未取得预期的效果，堆浸金属回收率不到30%。试验遭受挫折后，各种议论纷至沓来："劳民伤财""异想天开"……甚至个别矿领导也公开反对再搞堆浸试验。

为了继续推进地浸试验，当时，七一九矿矿长曹光佑召开专题会议，仔细听取了新任试验组组长贺守中的汇报，经过认真分析和讨论后，曹光佑关切地转向贺守中，信任地对他说："老贺，失败孕育成功，我相信你们一定能攻下这个难关。"江西局闻讯，立即派工作组，帮助总结分析没有成功的原因，支持继续进行堆浸试验，并把此项目列入江西局 1985 年重大科研攻关项目。

为加强领导，矿里决定矿总工程师吕立才担任项目总负责人，统一协调各方力量，安排试验进度。为加强技术力量，矿里决定质管科科长陈正球参加试验组，由质管科全面承包矿堆浸试验任务。

改变堆浸试验的体制机制后，质管科从失败中吸取教训，总结经验，重新制订工程设计和试验方案，精心组织施工。一方面，采用黄泥加软塑料板（膜）作为防渗漏层，用盲沟疏导地下涌泉；另一方面，采用汽车进矿建堆后，用人工将汽车压实处挖松 50 厘米，确保施工质量。1985 年 9 月 17 日，第二次地表堆浸试验正式开始，共堆浸矿石 4484 吨，平均品位 0.046%，浸出 118 天，至 1986 年 1 月 12 日结束。浸出渣品位 0.008%，浸出率达 80.27%，各项经济指标鼓舞人心。

1986 年 5 月，江西局组成工作组对七一九矿堆浸试验进行了现场验收，肯定了成绩，指出了不足。为鼓励此次试验成功，江西局资助经费 3 万元。

根据陈正球再对较高品位铀矿石进行堆浸试验的建议，1986 年，七一九矿在原堆浸场上又建起了新堆，堆矿 4200 吨，平均品位

0.105%。6月22日开始加酸，到10月25日结束，浸出125天，渣品位为0.007%，浸出率达92.86%。堆浸回收率达89.3%，超过了常规水冶的技术指标，取得了重大突破。

1986年12月，七一九矿总工程师吕立才和陈正球带着试验报告向部矿冶局做了专题汇报，得到了肖天楼副局长等有关领导的肯定和支持。并指示七一九矿建造万吨级堆浸场。随后，部矿冶局批准了1987年万吨级地表堆浸试验方案，明确试验所开采的矿石和堆浸产品均列入1987年生产计划，试验所需一切费用列入产品成本，要求精心设计，精心施工，严格计量和测试工作 。

为确保试验成功，除明确贺守中和陈正球为项目负责人外，生产副矿长魏国斌和总工程师吕立才被任命为总负责人，对设计、施工、试验等方面的问题多次召开现场行政办公会。经过半年的紧张准备，1987年6月12日，万吨级堆浸场开始加酸浸出，共堆浸矿石12 432吨，平均品位0.116%。经过四个月的浸出，到10月12日止，共获得金属12.75吨，堆浸回收率87.64%，渣品位0.0104%，浸出率达91.1%，达到了试验方案所提出的指标。到该堆终止时，共回收金属13.1吨，堆浸回收率达90.2%。至此，七一九矿硬岩铀矿石堆浸取得了历史性重大突破。

1987年11月4日，核工业部万吨级铀矿石地表堆浸试验科技成果鉴定会在七一九矿召开。来自国务院科技领导小组、核工业部、全国金矿地质工作领导小组、江西省国防工办等有关部门、兄弟单位的领导和专家等40多人参加。会议认为：七一九矿万吨级地表堆浸试验取得了建设工业生产规模地表堆浸场的设计、施工和管理经验，填补了我国铀矿冶万吨级堆浸技术的空白，在技术、经济指标和单堆规模上达到了国内先进水平，对有色、贵重及稀土金属的冶炼具有一定的参考价值。

继续努力，建成全堆型铀矿山

根据鹿井矿床矿体主要富集在龙山群浅变质岩中，岩性主要由石英砂岩、硬砂质石英砂岩等组成，岩石坚硬、致密，不易破碎、参透性能差，铀矿物呈浸染状分布，需要将矿石破碎到一定粒度，使铀矿物充分暴露后，浸出效果才会有所改善等特点，1986 年秋，七一九矿将原矿石平均品位 0.066％的鹿井矿石 101.4 吨人工破碎到－150 m/m，挑入室内进行堆浸试验，自 9 月 10 日开始加酸，至 1987 年 3 月 4 日止，运行 192 天，浸出渣品位 0.014％，浸出率 77.7％。

虽然浸出效果仍不理想，但通过试验，陈正球认识到堆浸过程与离子交换的淋洗过程基本相近，能否用类似作淋洗试验的方法来代替堆浸呢？他们找来了大小不同的塑料管，底部焊上开孔的堵板，装入不同粒度的砫进行试探，结果取得了十分满意的效果。就这样，他们于 1987 年下半年开始采用柱浸进行堆浸条件试验，试验表明，矿石粒度对鹿井矿石的浸出影响极大。同一矿石浸出 150 天，粒度为－10 m/m、－20 m/m、－30 m/m 时，其浸出率分别为 88％、85％和 83％。

1988 年，陈正球建议进行鹿井矿石－20 m/m 扩大试验。但限于当时的破碎条件，矿里将进堆粒度改为－30 m/m。6 月 15 日开始加酸浸出，至 12 月 20 日结束，共浸出 185 天，液计浸出率 84.0％，渣品位 0.0148％，渣计浸出率 84.05％，试验结果与柱浸试验结果接近。

鉴于以上情况，1988 年 10 月 7 日，七一九矿上报了《鹿井矿石堆浸生产设计方案》。1989 年 1 月 24 日，中核总矿冶部批复同意。

鹿井矿石地表堆浸工业性试验是在原磨矿车间用老虎口和圆锥破碎机代替球磨机自磨机，形成老虎口—园锥机—粉矿仓破碎系统，将矿石破碎到－20 m/m 后进堆浸场浸出。1989 年 5 月 16 日开始矿石破碎，由于当时正值春夏，连绵阴雨，接近地表的鹿井 3 号采场塌方，造成大量泥土混入矿石，使圆锥破碎机无法正常工作。为完成任务，决定暂停圆锥机，将老虎口排料粒度调至 50 m/m，经一段破碎后进堆，使 1 号堆粒度较大。至 8 月中旬，1 号堆共进矿 22 735 吨，品位 0.078％，至年底，浸出四个月，浸出率才 51.45％。该堆至 1990 年 11 月 18 日结束时，共浸出 468 天，浸出率也只有 75.8％。这是随意改变工业参数所应交的学费。

7 月份以后破碎线开始正常运行，2 号堆进矿 2.34 万吨，平均品位 0.08％，11 月下旬开始加酸，至年度浸出时间不足 40 天，浸出率已超过 50％；浸出 200 天，浸出率达 85％，试验效果较好。至此，七一九矿黄峰岭和鹿井两个矿床均可采用堆浸方法进行采铀。

为开发鹿井矿床，七一九矿决定在原尾矿坝的粗砂沉积滩上建永久堆浸场。至 1990 年，七一九矿共建成堆场面积达 1 万平方米，其矿石全都采用堆浸进行处理。至此，七一九矿建成了我国第一个全堆型铀矿山。

对此，七一九矿万吨级铀矿石地表堆浸科研成果获得了 1990 年国家科技进步一等奖。七一九矿贺守中和陈正球出席了全国颁奖大会，在人民大会堂受到了党和国家领导人的亲切接见。

西南碱性铀水冶厂二七六厂

三线建设是自1964年起中国在中西部地区的13个省、自治区进行的一场以战备为指导思想的大规模国防、科技、工业的交通基本设施建设。它是中国经济史上一次极大规模的工业迁移，发生背景是中苏交恶及美国在中国东南沿海的攻势。“备战备荒为人民，好人好马上三线”是当时的动员口号。按照毛泽东的思想，如果第一批核工厂遭遇核打击，甚至被摧毁，三线建起来的秘密基地照样可以制造核武器。

核工业的创业者常说：“一代人有一代人要做的事情，一代人也有一代人的使命。”

1964年二机部十二局（1958年12月，原冶金工业部第三司划归二机部，更名为二机部第十二局）根据中央指示精神，专门研究部署了战略布局和压缩“一线”，加快“三线”建设问题。1969年年初，二机部十二局批准了在贵州省开阳县境内七六一矿附近筹建一座年处理矿石为10万吨的水冶厂（二七六厂的前身为七六一矿水冶厂“六〇工程”）。

1969年3月，二机部十二局批派出第五研究所（简称五所）、第四研究设计院（简称四院）、贵州省七〇七地质队等单位的有关人员进驻七六一矿“六〇工程”进行踏勘和选址工作。在方金栋“六〇工程”筹备组长和于常津任副组长的带领下，历时一年，三次易地，先后在开阳、息烽两县选址，共选出 6 个点。之后，经贵州省军区副司令员吴荣正和部局领导现场察看，确定二七六厂建在息烽县马庄至牛角坡地段。1970 年贵州省革委会以黔复〔70〕10 号文批准并确定了二七六厂厂址。建厂规模为年处理矿石量 40 万吨，分两期建成（一期工程为 30 万吨，二期工程为 10 万吨酸法浸出）。

从 1970 年起，施工人员陆续从四面八方调集建厂工地。国家建委四局一公司一处、三处、四处安装公司等单位组成了一支 4500 人的施工队伍，分别担负着土建、设备安装任务。同年 9 月，成立了六〇工程指挥部革命领导小组，军代表郭慎敏任组长，方金栋任副组长带领着从二七二厂、七六一矿调来的建厂骨干一起担负着工地的自营工程和生产准备工作。

1971 年 11 月，厂方施工单位由周煦、郭慎敏等人组成了二七六厂临时指挥部，刘书文任指挥长，于常津任副指挥长。生活区宿舍与厂房同步建设，边土建、边安装、边调试。工地上车水马龙、人声沸腾，热火朝天。

为了早建成二七六厂，周煦、郭慎敏带领施工大军在缺水、缺电的艰苦条件下，吃杂粮，住蒿棚，他们以苦为乐，斗烈日，战严寒，修筑了一条 6.8 公里长的铁路专线，敷设了一条长达 4 公里的 10 千伏输电线路和 2 公里长的供水管道，实现了通路、通水、通电，“三通一平”工程比预期提前完成。到 1972 年，宿舍、厂房竣工面积达 4 万多平方米，1974 年 5 月起施工方陆续撤离二七六厂。

这时，党委书记郭道远，革委会副主任李发煌带领全厂干部职工本着自力更生、艰苦创业的精神，拉起了自营施工队伍，打破工种界限，集中力量打“歼灭战”，一个项目接一个项目地攻关。

到 1977 年，设备安装完成 90%以上。工厂先后派出几百人/次赴湖南、河南、江西、广东等 6 个单位学习、调研。针对碱法工艺流程的技术参数、设备特点，参考四院、五所的工艺流程设计方案和混矿碱浸酸性萃取制得“131”试验报告，并组织人员到五所参加工艺流程试验。其余人员集中培训，开展岗位练兵，受培训人员占总人数的 70％以上。

1978 年 1 月，设备单体、联动试车开始，暴露了 300 多个问题。在党委书记郭道远，革委会副主任李发煌的组织领导下，针对 300 多个问题项进行整改。其中，中细碎的主要设备铜套环加工精度不够，运行起来跑边，试车时矿石的破碎率达不到要求，党委书记郭道远亲自到检修班长刘兴才家请教，刘兴才是中华人民共和国成立前参加工作的八级钳工，曾在大连造船厂、二七二厂干过，除了钳工技术了得，铆、焊、电气维修是样样精通。

刘兴才见党委书记郭道远来访不知所措，连忙搬椅子、泡茶，忙得不亦乐乎。

郭道远是 1944 年参加工作的老干部，以身作则，平易近人，干事风风火火。

郭道远笑哈哈地说：“刘师傅，你别忙了，我今天来向您取经了。”

刘兴才知道郭道远的来意，是为了解决中细碎的铜套环问题。

刘兴才搓着手说：“郭书记，铜环套的问题我们检修班已经开会讨论了，但是……”

郭道远很想知道答案，便打断了刘兴才的谈话。

“技术人员说，返回设备厂家加工往返要一个月时间，可眼下正在试车，咱们等不起啊！刘师傅，能修吗？”

刘兴才坚守地回答：“能，能修。”

郭道远竖起了大拇指说：“我就知道刘师傅有办法。”

“郭书记，请您给我们三天时间，三天之后保证能让矿石从中细碎中通过。”

“好，好，我要的就是你这个态度。”

刘兴才说干就干，铜套环的精度不够，四周有粗糙的地方，他通过精密仪器测量，并在凹凸处部分用石笔做好标记，找出了问题的症结，便对检修人员进行分配，把过硬的钳工师傅分成两组。铜套环太大了，二七六厂没有大的车床，处理铜套环凹凸不平的地方主要靠人工用锉刀锉，师傅们连续24小时工作，轮番上阵。一些人干得腰酸腿麻，手掌出血，仍然不肯停下来。

郭道远白天在试车现场检查工作，到了晚上就来到检修房陪着他们。

刘兴才说，从部队下来的郭书记没有架子，他所想的就是快点把铜套环检修好。每次来看他们时都要带两包“大前门”香烟，一个一个地敬烟。郭道远还安排后勤的同志，给他们送去白面馒头。看着他们吃着馒头，喝着蛋汤，郭道远问大家还有什么困难没有。

大家异口同声地回答：“没有困难，保证完成任务。”在班长刘兴才的带领下，大家心往一处想，劲往一处使，经过两天两夜的鏖战终于修复了铜套环，完成了厂里下达的任务，确保了试车的正常进行。

试生产仍在进行，但问题层出不穷。厂长李发煌经常在生产一线了解情况，有时，看到矿石在漏斗里下不去，便组织机关后勤的同志一起去通矿。不是所有的矿石都可以通下去的，一旦遇到黏性的矿泥就没法通下漏斗。李发煌便找来机动科的技术员小张，问他有何办法解决这个问题。

小张说：“汽车队的罗良松师傅经常在家里搞些设计，这个问题对他来说不难。”

李发煌来到汽车队找到罗良松说明来意，罗良松欣然接受了任务，并当即表态，希望李厂长给他一晚时间让他考虑一下。

那天晚上，罗良松便画出了设计草图，第二天清早就来到了李发煌办公室，工程师出身的李发煌看了看图纸，当场签字同意了设备制作方案。之后几天，罗良松起早摸黑，在汽车队按图下料，并请来了钳工师傅帮忙。一周之后，一台制作精良的耙料机安放在了漏斗旁边，从此，二七六的干部职工再也不用爬上漏斗通矿石了。

试生产期间，二机部十二局申志贤副局长率工作组来二七六厂指导工作，四院、五所、二七二厂、二七九厂、七二一矿、七一〇矿、七六一矿等兄弟单位派专人到厂支援，协助生产。

1978 年 11 月 6 日至 12 月 11 日是二七六厂试生产的日子，35 天共处理矿石 2500 吨，制得“131”合格金属 165.5 公斤，首次投料试生产获得成功，全厂职工敲锣打鼓庆贺。

之后，又进行了四次试生产，主工艺生产线经过反复验证，多次实验，暴露发现了许多问题，并及时进行整改。

1981 年 8 月，二机部派出工作组对二七六厂的竣工进行验收。9 月，二机部验收委员会向二七六厂颁发了竣工验收合格证书，批准工厂于 10 月 1 日起正式交付生产。验收委员会认为：工厂的工艺流程合理，生产情况正常，产品质量合格，“三废”排放达到要求。至此，经过十年的建设，二七六厂向二机部交上了圆满的答卷。

地处广西“828”的七〇一矿

“828”地名的由来

说到核工业在广西，让我们想起被称为“中国铀矿之父”的南延宗，他在1943年5月在广西钟山黄羌坪调查锡矿首次发现铀矿石，在国内外地质界引起轰动。1954年10月，根据南延宗的发现，由国家成立的普委二办在此地采集到了中国第一块铀矿石，也叫开业之石，标志着中国核工业建设的开始。

说到广西，很多人只知道桂林，以为广西的首府就是桂林，更别说广西边陲小镇——地处崇左的大新县了，知道的人更少。随着时代的变迁，大新依托亚洲第一、世界第四大跨国瀑布——德天瀑布和作为《酒是故乡醇》和《花千骨》的外景拍摄地，这座中国与越南边境紧邻的小县城，逐渐为人们熟知。

但是在20世纪70年代，同样在大新，有一个地方叫“828”却很少人知道，它就是七〇一矿所在地。七〇一矿是广西唯一的铀矿山，是核工业第三批建设的铀厂矿之一。当时出于保密需要，在筹建矿山时，对外通信地址定为“广西大新828信箱”，电报挂号为“7369”。以至于很多职工家属只知道自己亲属是在大新的有个828信箱的地方干活，谁也不知道他们是干什么的。慢慢地，“828”从此在当地传开了，当地也就被称呼“828”，赋予了地名的概念。

至于七〇一矿电报挂号“7369”，那也是有来历的：电报挂号代码中的“7”代表核工业矿山第一个字母，“3”代表核工业第三批建设的铀厂矿，“69”代表七〇一矿是1969年开始筹建的。

其实，七〇一矿位于大新县的全茗镇顿周村，距离县城17公里，距中越国境线30公里。从全茗镇一直向西，沿着一条崭新的水泥路骑行4公里，你就看到一座年代悠久的大桥——顿周桥，这也标志着你已经进入“828”的地界了。

据矿山老同志说，1958年航测时发现大新县全茗镇有放射性异常，当时航测编号为“828”，后由二机部中南地勘局305地质大队进行勘探，找到了“828”铀矿床。这大概就是“828”的来历。

“828”所处地方为广西少数民族地区，大多为壮族。据老职工讲述，当时村民过的是几乎与世隔绝、自给自足的生活，他们有不吃牛肉、鱼肉的习惯，牛死了就拿去埋了，河里到处都见有鱼在闲游。当时没有公路，也无一座桥，人们与外面联络的唯一通道只有一条崎岖的羊肠小道，所有生活物资靠肩扛或马驮。

随着七〇一矿的上马建设，“828”路通了，桥有了，出行交通工具由马车变成汽车，与外面联系也频繁了。随着矿山的发展，当地老百姓渐渐地融入了矿山的生活，人们的习俗也发生了转变。当地人讲普通话成为日常交流的语言了，生活越过越好，以前住的茅草屋如今变成了小洋楼，家家户户都有摩托车，很多家庭购买了小汽车。

随着美丽乡村建设和村村通公路，随着矿山完成退役治理工程，“828”也变得更美了，山清水秀。虽然，矿山已完成了它的使命，但是所有在那里曾经战斗和生活过的七〇一矿人，永远都不会忘记这一个代号为“828”的地方，至今都会常常回想起曾经经历过的那个年代和往事。

峥嵘岁月

根据地质队提供的储量报告，1969 年 4 月，二机部第十二局提出关于在广西大新建设矿山和水冶厂的报告。同年 5 月，二机部十二局、第一设计院、第三设计院等组成建设规划工作组进行现场实地勘察，并向国务院国防工业办公室上报了规划设计任务书。10 月 18 日，国防工办〔69〕2 字 294 号文批复同意。11 月 8 日，二机部致函广西壮族自治区革委会和广西军区，确定矿山代号为“国营七〇一矿”，并决定成立“国营 701 矿筹建处”，指定刘鸿恩、胡福庚为筹建处负责人。

同年 12 月 1 日，筹建处正式成立。并从北京、江西、广东、湖南等地的二机部所属老单位调来一批管理干部和技术人员。为加快矿山建设，先后接收一批退伍军人，在南宁地区各县招收了一批工人。至 1981 年，建设者达 1042 人。

七〇一矿上马建设时，十二局邱石甫、聂钟灵、贾轲为首的工作组亲临现场。广西壮族自治区领导安平生说“二机部在广西建矿是广西的光荣，要求各有关部门大开绿灯”。通过各方努力，1970 年 7 月，基本完成通水、通电、通路和场地平整工作。

为抓好矿山建设，矿党委提出“全矿保山上，山上拼命干”要求，并组织大会战，增加零点班、三班制改为四班制。当时，生活条件极差，吃饭、用水、用电、用车等都是借用地质队的。部分无法解决住房的人，只能搭建茅草房，或借住离矿 4 公里远的一个仓库，但矿山建设者不畏艰险，风雨无阻，勇往直前。通过 10 多年的艰苦奋斗，于 1981 年 7 月底，七〇一矿基本建成，基建剥离 104 万立方米，完成工业建筑 19 881 平方米、民用建筑 32 741 平方米，新建公路 30.15 公里，驻崇左转运站铁路线 2 公里，矿区风、水、电、运输系统基本形成。

建成后，在“828”有两块生活区，有职工食堂，有子弟学校和幼儿园，有医院、煤场、浴室、冰室、招待所、百货商店、银行、邮电、粮店、粉店、自由市场等。当时为了满足肉类供应，县有关部门还专门在矿区设立屠宰场。也就是说“828”应有尽有，成了比县城还全还热闹的小社会。那个时候，不刚矿里职工感到骄傲，而且在当地以能被招工进矿工作为自豪。

矿山大爆破

1970 年 11 月 20 日上午 11 时，在临时指挥所里，大家屏住呼吸，只听到指挥台上的钟表的“嘀嗒”声，随着总指挥长开始数数：“10、9、8、7、6……0 起爆”，一道强烈的闪光之后，一声闷响，烟雾中两个山头顷刻消失了。

“大爆破成功了!”职工、家属欢呼活跃，欢欣鼓舞。因为，这标志着七〇一矿基建正式开始了。

七〇一矿为露天开采，而大爆破是 70 年代刚兴起的一项技术，因此，七〇一矿被十二局选定为第一个应用大爆破技术的矿山。当时矿区界内有两个孤立的山头，一座位于采场境界的西端；另一座位于采场中部。两山地势陡峭，均在 60 度以上，无法用常规剥离方法。所以，大爆破就是对这两个山头及 415 米标高的覆盖层实施抛掷及松动。这也是七〇一矿能否按期建成的关键。

为了实施这次大爆破，其中还有一段难忘的小插曲。在离大爆破不到三个月时间了，但爆破所需的 300 多吨炸药还没有着落。矿里先后派出 16 人到八个省市 14 个地区 30 多个单位联系加工炸药事宜，除了七一二矿同意帮助加工 50 吨外，其他单位都以年底任务紧为由谢绝了。后来听说广西军区库存有 150 吨炸药，几次派人去联系，结果人家说是战备物资不能动用。

时间一天一天地过去了，但炸药问题仍未得到解决。矿领导只得把情况向上级报告。当时，十二局军管会指示："要以打人民战争来完成这个艰巨的任务。"广西军区驻矿工改兵工作组也表示"大爆破不单是经济、技术问题，而且是个政治问题，到时间一定要爆，绝对不能动摇"。后来，大爆破指挥部决定：全矿总动员，自己加工炸药，保证大爆破按时响炮。

采矿技术员牟新，在从大新炸药厂参观回来后的几天时间里，借助一个算盘和一个台秤，开始研制炸药配方，为了保证炸药的干燥，他用家里的炒菜锅当作烘箱来烘木糠和硝酸铵，经多次反复试验，终于找到理想的炸药配方，试爆样品很快就制造出来了，并在公路边的山脚下一次试爆成功，为矿山自造炸药提供技术保证。

以此，全矿职工家属投入到了紧张的加工炸药大会战之中，没有破碎硝酸铵的设备，就用汽车压、石滚碾。为了抢时间，汽车司机陈义勇开车去南宁拉装炸药的塑料袋，当天去当天回，往返 500 多公里，那时走的全是泥沙路！很多人白天上班，晚上又主动投入到加工炸药的队伍。在主要原材料硝酸铵缺少，进货困难时，十二局局长苏华亲自出面与贵州省国防工业办公室主任张学禧联系，确保了加工炸药原材料的供应。在各方大力支持下，经过12个昼夜的奋战，终于加工了251吨铵油炸药，加上七一二矿提供的50吨，共有316吨炸药。并且这些炸药，全是靠广大职工和家属，人扛肩背，从山下一袋袋运送到坑道里。

整个大爆破工程共挖出14个导洞，计700余米。药室32个，计341立方米。总装药量316吨，爆下岩石40万立方米。也正因为这次成功的爆破，为核工业其他矿山应用大爆破技术提供了经验和技术数据。

自卫还击战

七〇一矿地处中越边境山区，且是少数民族地区，治安情况较为复杂。当时，为加强武装保卫工作，七〇一矿于1975年成立了一个团兵力的民兵连，连长卢高峰。他们平时训练按部队训练大纲进行，每天吹号起床、出操、5公里越野跑，一样不少，就连职工宿舍都按营房建设。1978年还组织了一个轻武器武装连和一个重机枪武装连，1980年武装民兵改组为一支82炮连队。

没曾想到这支矿民兵武装，除了保卫矿山外，还在对越自卫反击战中为国家作出了贡献。

在我国对越自卫还击作战打响前夕，矿武装部长石耀荣和民兵连长卢高峰带领矿民兵连先后分7批41人次随部队进入前线抢修汽车、公路等，运送后勤物资14 626吨，被《解放军报》誉为“德崇公路上的支前红旗”。

据石耀荣回忆，当时矿里曾进驻有一个连的部队。对越反击战紧张时晚上还看见炮火在天空闪光，不时有直升机从矿山头顶上来回飞过。

1979 年 2 月 15 日，矿民兵重机枪连 67 人奉命开赴中越边境的硕龙德天地区，配合边防部队进行自卫还击，坚守阵地 31 天。战后，重机枪连二班荣立集体三等功，卢高峰等 9 人荣立个人三等功，石耀荣被广西壮族自治区区团委评为“全国新长征突击手”。

1984 年 4 月，越军不断向隘江林场、六邓村开枪开炮，打死打伤我林场职工和村民多人。5 月 2 日，矿民兵炮连 6 门炮 30 人奉上级军事机关命令赶到边境。5 月 6 日对越炮火还击，一举摧毁该敌营房一栋，土木暗堡一座，战壕 150 米，武器弹药一批，毙敌 11 名，伤敌 7 名。矿炮兵连荣立“1984 年参加炮火还击战集体二等功”，被广西壮族自治区政府、广西军区授予“召之能来，来之能胜”锦旗一面。

“炮击前，我们与边防部队潜伏、侦察了几天，炮战是在天刚亮时开始的，当时看到敌方正在做饭，还有个别衣衫不整的敌军在上厕所。炮击过后，敌方阵地一片火海。”参加过此战斗的崔远袭说，在撤离时，扛在肩上炮管还是烫的。

据说，原来驻矿部队有不少退伍军人后来重返“828”，看了看当年战斗过的地方，但由于七〇一矿实施政策性关闭破产后，矿里职工及家属也陆续搬迁到了南宁生活基地，而没有看到曾经与他们一起工作过的职工们。随着七〇一矿矿山退役治理工程的结束，“828”由此不再有往日的喧嚣，而变得更加宁静了。

二〇三所创业故事

咸阳，一个因地理命名的城市，有她所承载的厚重历史，也有她所不能磨灭的时代印记。1974 年 9 月，核工业二〇三研究所就在咸阳成立。

渭水流经咸阳，穿越关中往来西北西南，水势舒缓。咸阳便成为西出阳关，北上萧关，东至长安，直达中原的交通枢纽。这或许就是当年核工业把二〇三研究所设在咸阳的缘故。

经过 40 年的艰苦奋斗和开拓创新，二〇三研究所已经发展为地质找矿能力、市场经营效益和队伍装备水平行业领先、技术优势突出的综合性地勘单位。40 年来，二〇三所取得了多项国家认证，多次荣获省部级、国家级奖项，2011 年获全国文明单位称号。

二〇三所在新疆片区野外工作场景

每当亲友聊到咸阳，谈到二〇三所，除了让二〇三员工引以为自豪的 40 年辉煌的历史，更有二〇三所新生代取宝十红滩、戈壁斗风沙、创造中国式“奇迹”故事。

取宝十红滩

在核工业二〇三研究所有这样一群年轻人，他们常年奋战在祖国的边疆戈壁、雪域高原，他们用火热的青春，用脚踏实地的行动，诠释着青春的中核梦，诠释着奋斗的青春最美丽。

1997 年 4 月，二〇三研究所一批年轻的创业者，怀着对铀矿地质事业的执着追求，带着找到大型可地浸砂岩型铀矿床的火热之心和强烈愿望，落户在新疆吐鲁番十红滩这块不毛之地。

新疆吐鲁番素有中国第一火炉、第一风库、第一沙尘之称。吐鲁番十红滩项目组第一次上钻，首先遇到的困难就是工作环境的不适应，钻机还没有进入十红滩，汽车就全部陷入戈壁滩中。

6 月初开钻，戈壁滩地表温度都在 50 摄氏度以上，从开钻到停钻的 10 天里，钻机的总进尺只有 11 米，每天都有人中暑，最后不得不停工，把工作的时间定在每年的 3 月到 5 月或后延 8 月到 10 月。地质编录是一项野外现场工作，在炎热的夏季，编录工作必须在中午 12 点前完成。因此，编录人员必须在 6 点前赶到钻机上。

由于天热，跑在戈壁滩上的北京吉普，每天都有轮胎爆掉。在十红滩每星期都要有两场风沙天气，而且风力一般都在 8 级以上，风沙刮起时，飞沙走石，天昏地暗。凡在十红滩工作的人员，都备有一个挖耳勺，每刮一场风就得掏一次耳朵，否则听话都困难。遇到风暴，晚上关着窗门，第二天早上起床身上是一层沙子，床板上留下的是人的沙印子。

在这样的环境下，二〇三研究所年轻的创业者们，不仅找到了矿，而且发现了大铀矿。

1997 年 9 月，发现了第一个见矿孔，当时在场的人员都不敢相信自己的眼睛，首先对仪器进行了复查，连续下了 3 次伽马探管进行测井，物探岩心编录连续测了 2 次，最后确定无疑时，他们喜悦的泪水情不自禁地流淌了出来。因为他们的艰辛和努力终于有了回报。

2000 年，在十红滩又发现了北矿带，并提交了首采段工业储量和一份勘探报告。2001 年 9 月，中央电视台晚间新闻节目报道了二〇三研究所，在吐哈盆地铀矿地质调查中取得的重要成果；2004 年、2005 年二〇三研究所承担的《吐哈盆地西南缘地浸砂岩铀矿勘查研究及铀资源评价》项目获国家国防科工委科技进步一等奖和国家科技进步二等奖；2009 年李占双荣获“全国野外科技工作者先进个人”称号，李占游获得了“李四光地质科学奖”荣誉奖；2014 年 2 月，赵军辉获了中国地质学会第十四届青年地质科技“银锤奖”。

戈壁斗风沙

带着十红滩取宝经验的勇士们，他们马不停蹄奔赴沱沱河工作区。沱沱河项目位于青藏高原可可西里 5000 米的高海拔无人区。平均年龄不足 30 岁的年轻创业者，大都是 20 世纪 90 年代的大学生、研究生，他们在茫茫戈壁荒滩，克服了戈壁荒凉和生活的孤独，经受了“陆地风车”的洗礼，“第一火炉”的熔炼；在享受找矿成功带来的喜悦的同时，也从大自然的给予中找到了更多的乐趣。

一批戈壁诗人、戈壁博士、戈壁创新能手、戈壁球星脱颖而出。由于工作区大都是沼泽地，工作时间只能选择在冬季河水结冰的时候进入开展地质勘查工作。2012 年 1 月，项目负责带领一帮年轻的技术人员，从关中平原到达青藏高原。大家每天都必须忍受头痛、恶心、气短、缺氧等高原反应。住在自己搭建的简易帐篷中，取暖只能用火炉，生活用水只能从临近的乌兰乌拉湖中凿冰取水。而且，不能洗头以防止高原感冒，不能洗脸以防止强烈的紫外线。工作中还要经受风雪和冰雹的考验，途中不但会遭遇野牛、雪豹、狼群等，还会遇到陷车和爆胎等情况。

同时，在青藏高原昆仑山脉北坡的祁漫塔格铀多金属调查项目和位于青海玉树的叶格区调项目，这些工作区平均海拔4200米，山势极陡，大部分区域落差在1000米至2000米。就是在这样恶劣的环境下，项目组成员发挥高原缺氧不缺精神的斗志，团结一致，克服一切困难，以顽强的意志和高度的工作热情完成了野外地质调查工作。

用行动传承着二〇三所团结拼搏、求实创新的精神。

中国式“奇迹”

中国式“奇迹”是二〇三所这群年轻人在柬埔寨创下的。

2017年，在中柬两国政府的努力下，中国商务部援外事务司拟对柬埔寨实施援助找水项目，经过多轮激烈角逐，中核集团下属两家公司强强联手取得了项目的EPC总包资格，由此开启了一段创造中国式“奇迹”的壮丽旅程。

提起柬埔寨，很多人脑海里浮现的是神秘的千年微笑，洞里萨湖上的旖旎风光和西港海滩上的休闲午后。然而令大多数人都想不到的是，就是在这样一个年降雨量超过2000毫米，最大可达5400毫米的热带国家，人民的吃水却一直是一个大难题。

项目启动之初，中核人面临的第一个问题就是：水在哪里？在水文地质资料欠缺、对当地水资源现状认识不够的情况下，如何科学地对项目内容进行设计，圆满地完成项目任务？在援柬供水项目部的科学统筹、严密规划和合理安排下，由中核集团多家单位联合抽调30多名专家组成了专家组，仅用了不到20天就齐聚柬埔寨，并带来了先进的仪器设备，准备大展拳脚。

令人意想不到的事情发生了：语言不通，即便是在有翻译的情况下也很难收集到想要的资料；乡道难行且时值雨季，有些地方甚至需要坐船才能通行进入；有水的乡村打成了筛子，导致水质水量都不能让人满意，没水的乡村打几孔没水就判了死刑。面对重重难关，专家们想尽了办法，语言不通就画图，用手比划；车进不去的地方就走进去；雨季一天下几场雨，专家们身上的衣服就湿几次；前人没有规划，专家就自己调查已有水井的情况。就是在这样艰苦的环境下，中核人仅用两个月就基本完成了6个省所有水井的调查工作，完成拟建水井调查近千份，已有水井调查数百份，拟建池塘调查近百个，已有池塘调查十余个，利用物探方法测量疑难点位百余个，创造了当地找水勘查工作的中国式“奇迹”。

中国援柬供水项目一期，投入了50余名中方专业技术和管理人员、100余台高质量高水平的仪器设备，在合同规定的工期内顺利完成了全部846口水井和73座池塘建设任务，工程质量优良，均一次性验收合格，得到柬埔寨农村发展部高度赞扬，切实解决了柬埔寨10万余民众的正常饮水用水急需。而这些耗费中核人无数努力和汗水凝聚而成的一座座水井和一口口池塘，作为中柬友谊的传播使者，在柬埔寨深深地扎下了根。

柬埔寨人民，不仅仅是对项目表示满意，更是对中国援助工作印象深刻，对中国政府和人民表示感谢，对中国“一带一路”倡议表示赞同。

把“核饭碗”牢牢端在自己手中

1959年3月18日，二机部三局第三研究所成立，对外称“北京第三研究所”（简称北京三所，现为核地研院）。如今已成为全国核地质科技中心，是我国唯一一家以铀矿地质研究为主的综合性科研单位。

“聚时一团火，散时满天星。”有时，他们在旷野、山林中穿梭，开展地质揭露与勘探，饿了啃馒头，渴了饮山泉；有时，则坐在书桌、案头前，认真分析推演，或紧锁眉头，或面露微笑。这是对核地研院科技人员最好的诠释。

跨过60年门槛的核地研人，一直秉承着“核地报国，创新引领未来”的理念。

近年来，他们如候鸟一样奔波辗转于城市与原野之间，以铀成矿理论和铀矿勘查技术进步为牵引，对我国北方重点盆地砂岩型铀矿和南方重点铀矿田热液型铀矿开展了系统的铀成矿远景综合预测，预测不同尺度铀成矿远景区100余片，圈定找矿靶区数十片，在准噶尔盆地、伊犁盆地探明了几个深部铀矿化富集区，开辟了相山、长江、鹿井、苗儿山、华北陆块北缘等铀矿田热液型铀矿第二找矿空间。尤其是在自然界首次发现了金属铀，发现了氧钠细晶石、冕宁铀矿两种新矿物，创建“叠合复成因铀成矿”理论，发展了深源热点铀成矿理论，多项成果获得国家科技进步奖二等奖、国防科技进步奖一等奖等。该团队负责人、核地研院院长李子颖被授予优秀“国土资源部科技领军人才”称号。

李子颖说：“铀矿是核工业发展的基础，铀矿地质工作是核工业的先锋。”

熟悉李子颖的人都知道，他是一个时刻注重创新的人。

核地研院老领导赵凤民曾这样评价李子颖：“他的思维非常活跃，不局限于传统地质学的理论，善于提出新的研究方向。”

高级工程师聂江涛说，有一次项目交流，大家都认为某地成矿条件不错，但李子颖没有被传统理论和思维定式束缚住，而是圈定了一个全新的靶区，最后这个靶区被验证为拥有品位较高的矿床。

对“创新”精神的传承，成为李子颖和他的团队的不懈追求。2012 年该团队正式成立以来，取得多项基础性研究和成矿理论成果，不仅丰富和发展了铀矿成矿理论，推动了铀矿地质学科的发展，而且也带动了核地质、矿产地质行业的科技进步。

目前，我国核工业进入了新的发展时期。和平利用核能、发展核电的需求，对地质工作提出了更高的要求。地表的、埋藏较浅的铀矿资源，目前已基本探明。对更深深度铀矿资源的勘探、攻深找盲，成为下一步的工作方向。

从 2012 年至 2016 年，核地研院开展了“准噶尔大型叠合盆地地浸砂岩型铀矿预测技术研究”项目。辛劳的付出，也得到了丰厚的回报。如今，准噶尔那段曾经举步维艰的勘查路线已修好了公路，一个小时即可通过，而该团队准噶尔盆地铀矿预测等相关研究工作也已开花结果：落实大型铀矿产地 1 处，新增铀资源近万吨，建立了准噶尔盆地四种砂岩铀矿成矿模式，相关研究成果在《地质学报》发表。

“实际上，每一个团队成员的背后，都有着一个‘小团队’。”李子颖的团队里有14个博士，有多位在学术领域、项目实践上经验丰富的专家，这些领路人对年轻人才的培养，有力地支撑着团队的运作。

铀矿成矿理论与深部找矿技术研发团队继承了铀矿事业的光荣传统，埋头苦干的年轻地质工作者一定能接过“创新”这面大旗，续写铀矿事业新篇章。

第三章　光辉岁月

从中国第一桶二氧化铀产品出炉，到第一桶核电产品诞生，经历了27年的奋斗历程。51号信箱，诠释了粤北核工业人创业的故事；代号七一二、瑰宝七一三、七九六的转折、七八一的变迁、七一六的艰难岁月、七一五的二次创业等等，那是一段难以释怀的记忆，更是我们心灵守望的家园。

如果把中国“两弹一艇”的成功和核电站的耸立，比作一部雄浑的交响乐，那么核地矿就是其中最具光彩的第一乐章。

一代人有一代人的长征，一代人有一代人的使命。路在脚下，心在脚下，梦乡也在脚下。

六十余载风尘仆仆，征路迢迢。六十余载战功赫赫，功业昭昭。黄河泰山，五岳雄风，掉头一去是风吹黑发，回首再聚，却是雪满白头。那是第一代地矿人的记忆，是铀二代、铀三代的创新故事，更是地矿人的拳拳之心，报国之情！

第一桶核电产品诞生

为了适应我国核电发展的需要，走过艰辛而又创造辉煌的二七二人通过自主创新与挖潜改造相结合，在不到两年的时间内生产出了合格的核电级“二氧化铀”，填补了我国核电产品的空白，为中国核电建设的起步与发展做出重大贡献。

二七二至今保存完好的纯化生产线

阳春三月，喜讯飞传。二七二厂的核电“二氧化铀”试生产获得了成功，首批合格产品已于1991年4月2日出厂发往四〇四厂，这是一件激动人心的事情，也是一件值得可喜可贺的事情。让我们走近从事核电“二氧化铀”科研和生产的一帮人，让我们倾听他们的心声。

瑞雪兆丰年——好彩头

1990年，二七二厂成立了核电二氧化铀开发试验组。在分析方法尚未全部建立以前，首先对生产过程各工序的除杂能力以及军用“二氧化铀”和核电“二氧化铀”质量指标的差距进行调查，做到目标准确、情况明了。与此同时，二七二厂开始进行小型试验，确定了试生产方案。

纯化车间于1990年12月试产了小量符合质量标准的核电“二氧化铀”产品，为1991年争取新产品生产权打开了局面。为此，二七二厂成立了以厂长、总工程师为正副组长，各二级单位领导参加的技术攻关领导小组，及时研究解决核电“二氧化铀”研制生产过程中的技术问题。承担核电“二氧化铀”试生产的纯化车间主动挑起了这一重任。

在那个寒冷的冬天，纯化车间的干群在40天内完成了部分工艺流程的改造，关键设备的大修，还针对试生产的原料进行了洗涤……任务繁重，时间紧迫，天气寒冷，困难重重。

1990年的冬天，仿佛是二七二厂人记忆中最冷的冬天，也是最热的冬天。一切都得靠自己，没有外援、没有可供借鉴的资料。开工的那天，降下了1990年的第一场雪，纯化车间的骨干们在雪地里召开了一次大班会。主任万克松对大家说：“瑞雪兆丰年，好彩头。”4000 多个工时，都是同志们的汗煨出来的。天虽然寒冷，同志们的心是热的。

新年伊始　激战正酣

新年前夕，纯化车间进行了紧张的生产准备工作，为了达到核电“二氧化铀”质量要求，除去外来原料中的杂质，在二七二厂停车检修已接近尾声时，纯化车间从 1 月 21 日开始进行原料洗涤工作。

此时，正值人们办年货喜迎春节，纯化车间却是另一番繁忙的生产景象。车间“131”大棚内的三台吊车忙于调料，一部铲车来回铲着不停，两辆汽车穿梭装卸，大棚内热闹非凡。

从生产物料的洗涤、进出、倒桶、装卸到取样分析，沉结工段、分析工段、煅烧工段、机修工段，他们都在有条不紊地工作，党员干部和职能人员全部在生产现场加班劳动。

2 月 25 日，又拉开了生产的序幕。人们忘掉节日的氛围，只盼着核电“二氧化铀”产品早日生产出来。2 月 28 日 11 点 15 分，煅烧工序 1 号炉开始进料试生产核电“二氧化铀”产品。这一天，机修工段有 6 位同志放弃回家过年，下午在工地加班改装设备。下午 3 点多，第一桶核电产品生产出来了。消息从煅烧岗位传出，纯化车间顿时沸腾了，人们奔走相告，核电“二氧化铀”试生产成功了！

从事核电生产与科研的人们记住了这个日子：1991 年 2 月 28 日，是核电“二氧化铀”诞生的日子。

全力以赴　迎接挑战

正当二七二厂准备把生产核电“二氧化铀”产品试生产成功的消息向全厂职工“报喜”时，经分析检查核实，生产出的前4批产品中，5项非金属元素和21项金属元素总量超标。厂长胡海泉、党委书记廖湘涛十分着急，立即召开各相关单位领导紧急会议，决定暂停生产，全面查找原因。

纯化车间接到任务后，迅速组织技术人员和生产骨干召开产品质量分析会，开展工艺流程调查，认真分析每一个环节可能出现的问题，查找原因。这时，从总分析室报来的结果表明，造成杂项元素超标的主要原因是水质引起的。

纯化车间当即制定改进措施，改装供水系统，对萃取之后的工艺用水全部改用锅炉房供应的软化水，组织动员了车间100多职工，集中管焊班的全部力量，抢任务、进度，找备件、套丝，安装一环扣一环。检修工段的同志连续工作10个小时，一周内完成了分布各生产岗位长达300多米的软水管铺设和安装。

纯化车间全线开车，各个工序加强管理和过程控制，减少杂质夹带，提高纯化能力。随着产量的增加，又发现有两项元素含量不稳定，通过降低煅烧炉的生产能力和提高煅烧炉的温度，彻底解决了两项元素超标的问题。

那段时间，纯化车间投入满负荷生产。为保证核电“二氧化铀”生产，萃取每天要通过多吨金属，投料组分两个班投料，每班投料多批。人员不够，车间职能人员顶上去，厂劳模李占旗坚持一天上两个班。煅烧工序开两台炉生产，一台生产核电“二氧化铀”

保证厂里的资金周转；另一台炉生产“八氧化三铀”保证国家外汇创收。

承担核电“二氧化铀”试生产的二七二人，就像孩子蹒跚学步一样，而且，一走起来就一鸣惊人。之后，一步一个脚印创下了一个又一个高峰！

51号信箱

翻开中国地图，有两条呈现东西走向的山脉，一条是秦岭，一条是南岭。秦岭——淮水，是地理上南方与北方的分水岭，也是判别河流是否冬天结冰的分界线。而南岭，是一组海拔1000米以上的山簇，构成了山峰林立、山谷纵横、云蒸霞蔚的自然景观。

1959年春，在与这些原始森林相伴的峡谷、河流、瀑布、岩洞、丘陵和高峰之间，迎来了核工业的一队人马。这队人马的原型就是本文中将要讲述的故事“51号信箱”。

由核工业保密的特殊性，在核工业系统代号为“××信箱”的厂矿企业有很多，“51号信箱”讲述了20世纪50年代末，在粤北某深山，有一个神秘的单位，这是新中国首批核矿开采基地，来自部队、城市、农村的首批开拓者。

大型粤北采茶戏“51号信箱”的主人公：罗豆腐、老矿长、王总工等，通过采茶戏精湛的表演艺术，全面梳理了新中国成立后韶关工矿企业的发展脉络，呈现了当年韶关工矿企业波澜壮阔的发展历程。

粤北采茶戏是国家级非物质文化遗产保护项目，是广东六大剧种之一，目前已有300多年的历史。“51号信箱”在韶关首演后，座无虚席，票价一路高升，在社会上引起了强烈反响，让我们以长焦距的镜头切换到那个时代。

核工业“国营七四一矿”1959年在广东组建，需在当地招收一批民工，罗豆腐家庭出身成分好，经过组织层层选拔，被通知到“51号信箱”招工处报到。

罗豆腐身穿农民服，背着长包袱，胸戴大红花，高高兴兴地吹着口哨，对着跟在身后的新婚妻子卢水秀喊：“水秀妹，好老婆，你走快点行不行?”

卢水秀拉着一头黄牛，招呼着：“来了，来了，我的豆腐哥。”

罗豆腐在全村是出了名的豆腐师傅，他怕参加工作后，把手艺丢了，于是便把做豆腐的家伙全带上了。

卢水秀嫁给罗豆腐才半个月，这蜜月还没度完，哪里舍得丈夫离开自己，于是，便吵着要跟罗豆腐来“51号信箱”。

参加工作前村支书就告诉了罗豆腐，“51号信箱”是保密单位，外人一律不许进入。但罗豆腐舍不得新婚妻子，于是，便多了个心眼，让卢水秀拉一头黄牛跟着他走。

卢水秀三两步追上了罗豆腐，乐哈哈地说：“豆腐哥，你把身上的包袱给我罗。”

罗豆腐招呼着：“这袋黄豆你给我看好，我去报到。”

卢水秀疑惑地问：“你带黄豆干啥?”

罗豆腐附在卢水秀耳边私语几声。

卢水秀媚惑地笑着：“哦——我明白了。”

罗豆腐报到去了。

卢水秀牵黄牛吃遍了山岗上的青草，仍不见罗豆腐回来找她。卢水秀对着黄牛说：“老黄牛啊黄牛，你没有带错路?你嗅嗅，地上这些黄豆是不是罗豆腐留下的'路标'?"于是，牵着老黄牛在崎岖的山道上，一边寻一边喊："豆腐哥，你在哪里啊?怎么还不回来呢?"

"站住!"荷枪实弹的解放军哨兵甲对着卢水秀喊。

卢水秀吓了一大跳，心里直打鼓："我的妈呀!"转头就跑。

"跑什么跑啊，别动。"又遇到了哨兵乙。

哨兵甲问："干什么的?"

卢水秀答："找男人。"

哨兵甲说："我就是男人。"

哨兵乙说："我也是男人。"

卢水秀慌张地说："我是……我是来找豆腐的，哦不是不是，是找做豆腐的，哦不是不是，是找……找……"

哨兵甲说："你孤身一人到深山老林来找豆腐?肯定是过来刺探情报的美蒋特务。走，跟我走。"

卢水秀争辩着："我不是特务，我不是……我是来找老公的，我老叫作罗豆腐……"

两个哨兵将卢水秀押进了矿部。

罗豆腐报到后，立即编入了采矿队，他来到采矿队后，一直担心在外面等他回去的新婚妻子卢水秀。这里汇聚着来自祖国四面八方的几千工人，但有两个人对他特别好，一个是来自江西赣州的大老表，另一个是来自长沙的小湖南。

由于基地初建，生活设施十分简陋，在刚刚开通的"棉花矿"洞前。罗豆腐随着采矿工人用扁担竹箕挑起沉重的矿石，疲惫地出走出矿洞。

罗豆腐在“棉花矿”洞前伫立良久。心想：棉花矿洞没棉花，就是苦累石头挖。早知这样当工人，不如在家做豆腐。这时，大老表也挑着矿石走出矿洞。

罗豆腐喊了一声：“哎，大老表，这个‘51号信箱’是干什么的啊？”

大老表警惕地望了望四周，小声说：“嘘！不该问的不能问。这是纪律，保密。”

罗豆腐呶呶嘴：“切，拿着鸡毛当令箭，我不晓得保密吗？不就是挖几块石头嘛，还保密，保啥子密?!”狠狠将肩上竹箕甩在地上，一屁股坐下喘气。

小湖南挑着担子来山上送饭，大声喊：“开饭了，开饭了！大家吃饭了。”众矿工们一拥而上。

大老表对小湖南说：“今天吃什么东西？”

小湖南说：“吃黄狗头。”

罗豆腐不以为然地说：“黄狗头？不就是山间野菜做的窝窝头？”

小湖南发现罗豆腐坐地上抱怨，乐哈哈地说：“豆腐哥，你还不快来吃饭？”

罗豆腐走上前，又是一阵牢骚：“黄狗头，黄狗头，吃得我肚子胀的连屎都拉不出来了。”

大老表说：“罗豆腐，现在全国缺粮食正在饥荒之中，你就将就着吃吧，别那么多牢骚。”

“大老表，不是我牢骚多。我刚结婚就来到了这里，老婆还在外面等我呢？这都好几天了，又不让出去……”

卢水秀被两个哨兵押进了矿部后，关进了禁闭室。这几天，矿长到井下蹲点，哨兵没法汇报。

矿长刚出矿井，哨兵报告：“矿长，抓到一个女特务。”

罗豆腐看见了，急得团团转。对着矿长说：“她不是特务，不是特务，她是我的老婆，叫卢水秀。”

矿长说：“你老婆？怎么跑到我们‘51号信箱’来了？”

罗豆腐一五一十向矿长交代了彻彻底底，还嬉皮笑脸地说：“我刚新婚半个月，我家五代单传。我带她来这里，想一边当工人，一边生儿子。”

矿长严厉地说：“嘿嘿，罗豆腐，你给我少来这套。”当即在地上划一条线，并当场宣布：“这是一条‘警戒线’，今后矿内矿外的人，没有批准，不许跨越这条‘红线’。”

罗豆腐说：“那我和我的老婆呢？”

矿长说：“小湖南，把她带上，跟我走。”

罗豆腐傻了眼，望着妻子被哨兵带走……

那天晚上罗豆腐在床上翻来覆去睡不着，突然接到哨兵通知，矿长找他。

罗豆腐心里直犯嘀咕：矿长找他有什么了不起，吓唬谁？去就去，我不就是把老婆带来了吗？又没犯法。

罗豆腐见了矿长半晌才说了一句话：“我老婆都被你们带走了，你找我干啥子？”

矿长说：“找你干啥子，你说干啥子？矿里三令五申，不能带亲人来这里。”

罗豆腐支支吾吾的：“你让我见见她，我把她送走，行吗？”

“收起你的牛脾气，去找你的妻子吧！”

罗豆腐说：“谢谢，谢谢矿长。”便冲出了矿长办公室，朝着对面的山坡上跑去，这是安顿卢水秀暂住的工棚。虽然简陋点，但里面却布置得整整齐齐，生活必需品都齐备，这是矿长对他格外关照，给他们俩搭建的一个简易工棚。罗豆腐没有想到，这间茅棚，是矿长专门为他们夫妻安排的“洞房”。罗豆腐十分感动，暗下决心一定不能忘记矿长的大恩大德，一定要好好地在“51号信箱”干出成绩。

1960年9月，中苏矛盾升级，苏联停止援助，撤走在华专家。当时有专家说：“我们走了，给中国留下了一堆破铜烂铁，中国20年也造不出原子弹。”

棉花矿上上下下6000余人，一时间不知道怎么办。

矿长站起来说：“没有他们的援助，我们自己干。”

王总工站了出来说：“我们就用土办法，磨也要把原料磨出来。”

罗豆腐冲上前说：“对，磨豆腐我是内行，我教大家。”

众工人哈哈大笑：“罗豆腐，这是大工业，高科技，你那些‘磨豆腐’经，都是瞎胡闹。”

罗豆腐发表“高见”时，王总工静静地在一旁听。

罗豆腐说：“这有什么不明白的？王总工说的我都听懂了，大概意思和做豆腐差不多，无非就是浸泡、磨碎、过滤、烤晒干……”

众工人齐笑，罗豆腐你只会做豆腐，莫扯淡啦！

王总工说：“其实就是这回事。罗豆腐聪明，我看稍微培训培训就可以做技术人员。”

罗豆腐说：“我可以做技术员了，太好啦！我家水秀就会高看我三分。好，炼‘黄饼’其实就是做‘洋豆腐’，我报名，第一个上，土豆腐我能做，‘洋豆腐’我同样能做好。”

小湖南接过话说：“我也报名做‘洋豆腐’。”

在场的工人争着说：“我也报名，我也参加，也算我一份……”

王总工说：“大家莫急莫急，千万不要着急。这炼花岗岩矿石啊，需要完善措施，进行技术培训，因为有辐射。”

罗豆腐拍着胸膛说：“管他什么辐射，我要第一个上去，因为我是技术员。”

王总工说：“罗豆腐精神可嘉，我们自己提炼‘黄饼’。其实就是罗豆腐刚才说的道理，豆子可以做成腐竹。我们的花岗岩矿石也可以炼成‘黄饼’。”

1961年初，堆积如山的矿石，在矿长的组织带领下，在王总工的技术指导下，经过破碎、球磨、板框压滤，常规水冶，淋洗萃取，终于炼出了“黄饼”。

那是一段激情燃烧的岁月，说干就干。

没有白天黑夜，没有节假日。白天人山人海，夜晚灯火通明。为了建设一个强大的祖国，为了早日造出“争气弹”。棉花矿沸腾了，“51号信箱”沸腾了。

小湖南来到矿井下，兴高采烈地说：“告诉大家一个好消息，我们这个月又超额完成任务了。”工人齐欢呼。

小湖南又说：“还有一个更好消息，罗豆腐同志被评为劳动标兵。”工人齐鼓掌。

大老表说：“罗豆腐当了标兵要表示表示。”工人齐起哄。

罗豆腐笑了笑说：“我就请大家吃个‘豆腐宴’，好不好？”

众人齐声说：“好！”

一车车铀原料被送到了衡阳铀厂。当1964年10月16日，东方巨响，在罗布泊上空爆炸成功时，棉花矿部的广播里传来喜讯：我们的土法炼铀，为我国第一颗原子弹爆炸成功提供了核原料，为我国核事业的发展作出了突出的贡献。

不可磨灭的功勋铀矿

有人说，爱上一个人，你会恋上一座城；我[1]说，因为城里有你喜欢的人。

离开七一一矿十几年了，却依然深深地恋上了金银寨，这里有我雅趣的少年时光，有我青年时磨砺的战场。矿井，球场，食堂，俱乐部……还有高高的井架……如梦中的风铃，摇响了追梦人奔向诗一样的远方！

保存完好的711矿原科技图书室

① 指作者何瑜、何中华。

1958 年 5 月，按照党中央的决策部署，为保障原子能工业的发展，尽快研制出自己的“两弹一艇”，建设了一批核产业体系骨干企业，七一一矿的建成与投产，从源头上保障了我国第一颗原子弹、氢弹，第一艘核潜艇的成功研制。

1984 年军品开始限产，1994 年七一一矿停止井下铀矿石开采，转入井下和地表核设施退役治理工作。2003 年实行政策性关闭破产。如今，七一一矿已步入“花甲之年”，完成历史使命……

打开尘封的记忆和一道锈迹斑斑的铁门，我们进入采矿坑道，当年靠人力挖出的巷道保存完整，号称“亚洲第一塔”的 4 号竖井依然矗立。

年逾八旬的原七一一矿副矿长梁启昌讲起了那段往事：“来到矿区，意味着一场与天斗与地斗的战斗开始了。”

1958 年 7 月 3 日，郴县铀矿（七一一矿）破土动工。第一批来自全国各地的工程技术人员，同住一间临时搭建的不到 15 平方米的平房，潮湿又多变的湘南天气，常常让他们无所适从。

第一批新矿工进入探矿巷道后，用矿灯照明，用大锤钢钎凿岩。铁锤落处，火花四溅，巷道里铁锤钢钎的撞击声震动耳膜。放炮，用火雷管引爆；出渣，人工扒渣；端渣、人工推车……

为了赶进度，工人们手上起了茧，磨破皮，渗出血，但还是照样干。修路、架线、平整场地，建设临时风水电系统，是矿山开创时期的当务之急。为突击形成临时风水电系统，解决永久用电，开始架设矿山至鲤鱼江电厂的输电线路，工人们头顶火辣辣的太阳，备受马蜂和毒蛇的骚扰，披荆斩棘，一天要翻越好几座山，吃了无数苦，才架好这条输电线路，保障了七一一矿的供电。

七一一矿副总工程师刘荪基激动地说，开发铀矿，是中国人过去没有干过的事业。这里的岩石非常坚硬，离地表100米至150米深的主矿带、130米中段和80米中段掘出的热水，温度高、湿气大，人在那儿站一会儿脚就烫得发红、衣裤被汗水浸透。七一一建矿最早、当时出产铀矿石最多。

1958年9月，矿区展开了千米坑道大会战，赶进度，打干钻，矿工们一个月值五六十个班，一天只休息三四个小时。当时通风系统没有形成，机械设备、水电等都没有跟进，在许多工作面上，前面工人打钻、运矿，后边就会安排一个人手拿凉水管，往前面的人身上喷浇凉水降温；在他身后，还需要安排一人继续喷凉水，如此往复。

在国家三年经济困难时期，七一一矿建设经历了一次严峻的考验。当时从事井下工作的粮食定量是32斤，从事地面工作的是25斤。蔬菜、猪肉供应十分紧张，生产任务受到严重影响。为战胜饥荒，矿里组建了副业队，开展生产自救，还发动职工利用业余时间种瓜菜，上山采集能够食用的野生植物。党和国家给予铀矿职工以特殊照顾，矿里为患病职工增开了“保健餐”，给上班职工发“甲菜票”，尽可能地对职工给予关心和爱护。

许多年来，井下职工日夜不息，在地层深处战高温、斗顽岩、制恶水、抢速度、创高产；地面职工紧密配合，急生产之所急，想井下职工之所想。全矿职工不讲条件、不计报酬，为我国原子能事业默默奉献，高品位的铀矿石源源不断地从金银寨装上列车沿铁路运往二七二厂，高峰时达到一天一列车。

1964年10月16日，中央人民广播电台的一条消息，像一声春雷震惊了全世界：中国第一颗原子弹爆炸成功！消息传到七一一矿，幸福和骄傲在职工们脸上洋溢灿烂的笑容，如金银寨上盛开的红杜鹃。

2018年6月28日，七一一矿荣获了国资委颁发的“中央企业工业文化遗产名录”称号，成为核爱国主义教育基地。

我相信，时光苍老了容颜，但留下了记忆。在核二代、核三代、核四代人的眼里，前辈的创业经，对于他们来说永远是一笔宝贵而神秘的财富！

深藏于金银寨山中的七一一矿，是个道法自然，天人合一的地方。自古而今，奇迹迭出；神秘使然，令人向往。

印象白马洞　话说七六一

2018年7月16日，贵阳电视台《百姓生活栏目》全程直播贵州省贵阳市中坝路幸福小区“再聚761百桌千人长桌宴暨文艺汇演”节目：自排自演文艺会演后，老中青三代1000多人围坐在摆设整齐的长桌旁，吃家宴、品美酒、闹家常、叙往事……此节目一经播出，引起了小区不小的轰动，不但在当地产生较大影响，而且许多人露出了不小的惊奇。为什么呢？

白马洞景区

原来，“761”，指原国营七六一矿（简称七六一矿），贵州省唯一的铀矿山，地处开阳县的白马洞。因资源枯竭，于2002年实施了政策性关闭破产。破产后，员工陆续从山沟搬迁到了贵阳。电视中还介绍：这“百桌千人长桌宴暨文艺汇演”，是为了纪念七六一矿成立60周年，而由矿里的“核二代”自筹资金举办的。

数千字的介绍中，这些文字很不起眼。正如七六一矿，渐渐湮没在远去的历史中。但七六一矿那段岁月的记忆，无法从见证者的脑海中抹去；那依然残留的矿址、老生活区，也无法从贵州高原的山脉中消失。除了当地人和经历过那段时光的过客，很多贵阳人并不知道，离贵阳不远的群山中还曾有一个七六一矿为我国第一颗原子弹提供过急需的铀原料。就连矿里的“核三代”，也少有知晓七六一矿人的那种核工业情结、那种为强军振国威作出过贡献的荣誉感。

白马洞朱砂炼汞

据传说，当地人常见一白马出入林中。待人追赶，白马却隐身于山洞。进洞去，却又不见白马踪影。但查得洞里有暗红色的裂缝，顺缝挖掘则发现了晶莹剔透的水银。原来那白马是水银朱砂的化身，白马洞由此而得名。

朱砂的发现，带来了白马洞历史上的辉煌。据《唐书》记载，唐建中三年（公元 782 年），蛮州（今开阳）刺史宋鼎朝贡朱砂 500 两。顺治末到同治初（1661—1862 年）逐步兴盛，成为中国大型丹砂炼汞中心及水银集散地之一。清乾隆、嘉庆（1761—1862 年）年间的鼎盛时期，矿工在万人左右，炼炉 3000 余座。

1941 年，贵州资源委员会管理处在白马洞设立“开息汞矿工程处”。1951 年，建立“白马汞矿厂”。1957 年，改为“贵州省公安厅开阳汞矿厂”，同时驻有贵州省公安内卫第 1 团第 7 连执勤并炼汞。同年 9 月 19 日，由贵州省劳改局接管，从国营丹寨汞矿抽调盛遵元等 7 人来白马洞，组织劳改犯人采冶汞矿。11 月 6 日，“地方国营开阳汞矿厂”正式成立。

白马洞发现铀矿

据资料显示，1956年初，担负铀矿航测普查任务的三机部三局在白马洞区域进行比例尺1∶2500的飞机伽马普查时，发现放射性异常点。6月，地质部三局309队标本检查小队在白马洞发现铀矿矿化现象，并由6分队爱曼普查小队找到铀矿。7月，地质队展开了地表揭露、清理老洞、地质测量及普查勘探工作，初步确定矿床远景，并勘探出炼汞废渣中的铀矿储量。

1958年6月，傅道章调任地方国营开阳汞矿厂厂长。在“全民办铀矿”的号召下，汞矿厂土法生产重铀酸铵，用1个木桶、3个大瓦缸进行铀产品实验性生产，于1958年年底生产重铀酸铵1.5公斤。这一突破立即引起了二机部和贵州省委的高度重视。

开阳汞矿厂抓紧土法生产重铀酸铵的同时，1959年7月，苏联莫斯科设计院院长雅库申柯夫，以及采矿、物探、地质专家等7人，来到白马洞进行了2个月的现场考察。在向贵州省委和二机部领导汇报时，提出“劳改系统开办的开阳汞矿厂对矿资源破坏惨重”的意见，建议由二机部接管。

1959年9月，二机部十二局提交《关于开采白马洞矿区的初步意见》。11月，二机部将汞矿厂纳入编制，并批准二机部第一设计院提交的建设方案。省委副书记张海峰、副省长陈璞如等领导亲临矿山，对推进矿山建设作出指示和安排。这些更加激发了当时开阳汞矿厂土法提取铀的热情。至1959年底，在移交工作基本完成的同时，开阳汞矿厂为国家提供重铀酸铵达2130公斤。

1960年3月，贵州省委有关领导参加了开阳汞矿厂移交二机部的大会，宣布贵州省委任命的党政班子和机构设置，杨勋亭首任矿长。对内使用“贵州省四六一矿”，对外使用“贵州开阳化工厂”名称（1962 年 2 月 15 日，对外名称改为“贵州化工三厂”）。

白马洞建设铀矿山

七六一矿老同志回忆，为满足国家急需，七六一矿是边勘探、边生产、边设计、边基建，采取矿山建设、采冶同时或交叉的办法而进行的。

一是国家从学校、部队等各地各行选调大批人员，到 1964 年 1 月，二机部将贵州四六一矿更名为“国营七六一矿”时，员工达 2700 多人。二是组织中科院、长沙矿冶研究所、二机部第一设计院等专家来矿，确定 410 项科技课题攻关。三是贵州省委调拨电机车、卷扬机、电焊机、汽车等大批设备仪器和基建材料。

贯彻落实二机部“先生产、后生活”的指示，根据苏联专家 3 次来矿视察后的提议，1960 年 1 月 3 日，七六一矿东、西上部矿段第一期露天剥离开采的“人海战役”打响，不到 0.5 平方公里的山头上，参战者 900 余人，仅用 1 年就剥离掉东上部 11.6 万立方米的土石方。1961 年初，西上部剥离采用浅孔崩落，多台阶平行移动，人挑肩背，经过两年多奋战，不但掀掉高达 40 余米厚的覆盖岩层，完成 13.5 万立方米土石剥离量，而且完成了上级指令性的铀矿石开采任务。

当时，贵州省委书记周林、贵阳市委伍书记、省军区汪副司令等领导视察后风趣地说：“你们是搞原子能的，却是原始的劳动条件。”1963 年 8 月，经二机部副部长雷荣天和十二局局长苏华同意，七六一矿改露天开采为井下开采。

白马洞生产重铀酸铵

在矿山大干快上，进行铀矿开采的同时，七六一矿根据开阳汞矿厂土法提取铀的工艺流程，通过技改和创新等，抓紧生产铀产品，以满足国家的急需。

根据二机部“少花钱，多办事”的精神，他们烧石灰，运石头，用油毛毡搭起大小厂房；上山采伐枕木，用元钢翻铸和铁轨代替钢轨，制木矿车，铺土铁路，搬运矿石；发动职工自造水碾磨、水力碎矿锤和碎煤机碎矿；瓦缸、大木桶、木池子应急的同时，集中部分技术人员反复试验，建成耐酸水泥浸出池；自制吊杆、皮带运输机、手摇搅拌机，用生漆、木材制成木离子交换柱等，艰苦奋斗，连续作战，终于生产出了合格的重铀酸铵产品。并使产量从日产几公斤提高到200多公斤。至1963年底，七六一矿为国家生产重铀酸铵达35吨多。

鉴于七六一矿为我国第一颗原子弹研制提供合格原料作出了重要贡献，1980年我国洲际导弹发射成功后，中共中央、国务院、中央军委、国防科工委向当时的七六一矿发来了贺电。

这贺电无疑代表着七六一矿的历史功绩。正因为这一点，七六一矿老人们一直所津津乐道，这是引起他们一生中值得最骄傲最自豪的事。每每一谈起过去的事，老人们都记忆犹新，激动不易，滔滔不绝，显得特别的满足。

是的，因为铭记，所以永恒，因为刻骨，所以铭心。当年谱写那段历史的七六一矿人，最年轻的也已古稀。他们开始怀念白马洞，念念不忘白马洞，以及在白马洞战天斗地艰苦奋斗、尽快拿出铀产品的日日夜夜。岁月的年轮虽然在他们脸上深深地烙下了印痕，但改变不了他们献身核工业的那颗赤胆忠心！

确实也是，虽然七六一矿 1964 年转入井下开采，到 1989 年 7 月 1 日因资源枯竭终产闭坑，再到实施政策性关闭破产、异地搬迁等，历经艰辛，颠沛流离，风风雨雨 60 年，但为我国第一次核武器试验提供了急需的合格铀原料，这是值得大书特书和永远纪念的事情。

七六一矿过去的艰苦创业，以国家需要为重任，数千名创业者踏上穷山僻岭，以天为被、地为褥，隐姓埋名，默默坚守，把个人的命运、热情和价值融入一个民族与国家兴旺发达的伟大事业里，这值得我们当代人永远的纪念，也值得我们加以继承。这大概就是原七六一矿“核二代”自费举办“百桌千人长桌宴暨文艺汇演”的初心吧！

难以释怀七二一矿

唐朝诗人宋之问说："岭外音书断，经冬复历春。近乡情更怯，不敢问来人。"才华横溢的宋之问这首《渡汉江》是诗人流放岭南与亲人断绝音信，过了冬天又经历一个新春。越走近故乡心里就越是胆怯，不敢打听从家那边过来的人。诗中能解读诗人激动而复杂的心情，自然至美的情怀。

七二一矿于我[1]，似几分唐人诗意，欲说还休，落笔千斤……

我辈是凡人，因为久别，而怀念昔日的战友，因为思念，而难以释怀。

1957 年，全国铀矿资源普查，第二机械工业部航空普查队航测员赵树新发现，江西省乐安县公陂乡（今公溪镇）的相山一带辐射异常。经过苏联专家的考察，肯定了这里是一个有工业开采价值的铀矿床，从此，揭开了七二一矿建设的序幕。

崇仁站

① 指作者黄初晨。

2018年，承载我青春记忆的七二一矿——这个曾为中国核工业作出了不可磨灭贡献的亚洲最大的铀矿石开采基地，迎来了建矿60周年华诞。

蓦然回首，当年的百里铀都、万人大矿，如今褪去了往昔的铅华，只剩得百余人留守，貌似一位双鬓染雪、解甲归田的老人。

出于那段亲历井巷鏖战青葱岁月的依恋，出于转行媒介的职业习惯，我这个1971年进矿、在湖港分矿工作生活了15个春秋者，在调离矿山后，仍时常往返奔波于百里矿区，千方百计地记录下矿区沧桑变迁的一段历史。

有人发现，七二一矿的地名都非常富有诗情画意：古老的小城、荷香的池塘、远山的南麓、白云的边际、水中的沙洲、湖畔的港湾……

先从最熟悉的湖港分矿说起——1971年11月12日清晨，我们30位下放临川县的知青，一道乘坐一辆七二一矿派来的黄河大卡车，来到国营七二一矿湖港分矿，从此结束了上山下乡接受贫下中农再教育的农耕生活，穿上了那年头最时髦的蓝色咔叽布的“抓革命，促生产”工作服，正式成为一名矿山掘进队天井班支柱工人。

湖港分矿驻地乐安县湖溪乡，是七二一矿最边远的一个分矿，那时名为五工区（对外保密称乐安县五号信箱），又因“工改兵”称五营，区长和党委书记分别称营长、营教导员。我分在五〇一队天井掘进班，那时，井下有四大工种：打钻、放炮、支柱、出渣。我学的是支柱工，天井支柱的任务就是用锤子、钎杆挖好6个窝，将三根梁柱分别放在中间和两侧，然后放上铺板，下一道工序就是钻工打风钻。我足足干了五年，都担任副班长了，但在一次意外的工伤事故后，被照顾去了子弟学校当老师。

从湖港东山鸟瞰家属村，这幅摄于20世纪80年代的图片由矿友雷雪安摄。据一位熟悉乐安历史的朱先生介绍，湖港在20世纪60年代时名叫胡江，是因为胡姓和江姓人比较多的缘故，乐安当地话胡江的发音与湖港十分相近，这或是七二一矿称谓湖港的原因。

在湖港片区，还分布有书堂、河沿背、石洞、居隆庵等矿点。

湖港是最早停产的分矿之一。2001年11月12日，我们进矿30周年之际，一同进矿的7人相约重访故里，在曾经流血流汗的矿井口合影留念。

山南是七二一矿最具辉煌历史的分矿，有2号功勋矿井，有著名的“黑风口”，有石马山坚强的屏障，有步水古村，当年火烧棚户区已建起红砖楼房，工会俱乐部大楼是工人曾经的娱乐场所，一排排三层家属楼仍留下了往日的辉煌！

2007年7月，我去乐安采访时，曾专程弯道山南2号井，记录了一组旷工们在竖井绞车站等候下井的场面。

山南家属住宅区黑风口是由莲塘通往山南的一座山隘，十分险峻，据传发生过一些故事。而我因在湖港交通不便，晚上乘火车回矿里后，曾多次翻越黑风口去山南的老乡处借宿。

2009年6月，我受邀请参加采访江西金安铀业有限公司在山南分矿2号井举行的“井下炮眼中毒事件演练”活动。我惊喜地发现，我们1971年这一批入矿者，已经历练成为铀都生产的掌舵人。

根据实验报告，通常一公斤工业炸药爆炸后，生成炮烟气体350～1000升，其中有毒有害气体60～150升。作为一名井下支柱工，我深知这个演练是非常有意义的，因为炮烟对矿工危害巨大，我的两名师傅都是因在井下作业时炮烟中毒致残后丧失了生命。

邹家山分矿是可与山南分矿比肩的大型分矿，有露天和井巷，生产历史稍晚于山南，其机械化程度居全矿一流。

七二一矿百里矿区横跨崇仁乐安两县，沙洲分矿已经是崇仁县的地界了，距离相山主峰是最近的。沙洲分矿后来与云际分矿合并一处，所以本文也将两分矿合在一起。

2010 年 11 月，我在学生刘江的帮助下，去了沙洲分矿（云际）井巷内拍摄到了这一组珍贵的井巷作业图片。

沙洲生活区像似一个独立的半岛，风光宜人，河像漓江，远山朦胧，一桥跨南北，有不少具有特色的建筑。

出于对矿山的深厚感情，这里至今仍有几位矿工和家属舍去城市的优厚生活、在此守望着，他们养蜜蜂、喂山羊……农耕生活不亦乐乎！

号称威虎山的云际分矿，如今已成为真正意义上的山庄旅游点了。

原来的云际电影院，已成为村级竹制品厂的大车间。

若按生产、后勤划分，水冶厂（一厂）也该列入其中，如今水冶厂大门铿锵有力的楹联墨迹犹存，仿佛还能看见朝气蓬勃的工人们鱼贯而入的身影！

白云原本也是一个生产工区，但较早撤销了，但位于这一区域的白云水库却是十分有名的，白云水库是供应古城、莲塘生活区万余人用水的生命线。其设计建造于 20 世纪 70 年代，使用了国外先进技术，其坝址高度至今在抚州地区首屈一指。

如今的古城已经没有当年的魅力了，它的市貌特征已经完全被公溪镇这个地方性的县辖小城镇所取代，一切与县城早已不可同日而语了。站在落叶遍地的矿工居住区，我苦苦思索着：时代的车轮滚滚向前，七二一矿何以如此萧条？曾在这里抛青春洒热血的矿工们都去了何方？他们今天还好吗？

带着诸多疑团我四处打听，我的心锁也随之被一一打开。根据国家新的发展规划，原七二一矿破产重组。国家为了体现对劳苦功高的几代矿工的关怀，七二一矿、二六一队绝大部分职工已经撤离，被安置到抚州南昌城区居住，享受离退休劳保福利等各方面待遇；原矿办社会职能移交到乐安县人民政府管理，原矿辖医院、学校以及公安等机构人员全部收编到当地政府；为科研发展的需要，新的中核抚州金安铀业有限公司于2006年正式运营。原指望凤凰涅槃，浴火重生，又谁知在国际铀价大幅下跌和生产成本居高不下的双重压力下，运行不到10年的金安铀业公司即将面临新一轮“调整改革”，昔日人山人海的开采场面将永远成为历史。

如果说鸽子从远方衔来了柳枝，象征着世界正在走向和平的话，那么“中国铀都”遍地芦茅的日益茂盛，是不是也标志着我们的国家正与世界一道健步走在持久和平、共同繁荣的和谐大道上！如此想来，瑟瑟秋风中的我心中暖暖的，就像和一个迟暮美人的幽会。对于眼前这个淡出时代的苍老矿区，我开始在心里爱上了她脸上沧桑的皱纹。

一个曾经神秘的中国军工基地；一个曾经有着光荣历史的地方；一个埋藏着无数青春和往事，承载着岁月沧桑，孕育着无限梦想和希望。他们的游子遍布天涯，不是故乡胜似故乡！

白驹过隙，岁月无尘。那时的梦，我们已回不去了。

我们这群人，是否有自己的家园呢？天地苍茫，执子之手，你能与谁携手呢？渴望在匆忙的人生旅途之中，在离家千万里的异国他乡，在碧海蓝天，清风明月之间，欣喜地问一句：你是矿里的吗？

七一〇厂六十年留声

1958 年夏，苏联专家拉斯切卡耶夫等人从湖南衡阳、郴州、大浦街和江西坑口考察返京后，向部局领导提出建议：衡阳建设七一〇机修厂，初期可为水冶厂加工施工、安装中需要的设备，往后为厂、矿进行设备的大、中修，建成区域性修理厂。苏联专家的建议，得到了部局领导的重视，我国先后在湖南和江西建成了完整的铀矿冶基地。

七一〇厂是核工业部所属的一个机械修造厂，坐落在湖南省衡阳市东郊东阳渡区域，距市中心 18 公里。工厂筹建于 1958 年，1959 年 1 月 22 日破土动工，1960 年 8 月 1 日正式试车投产。

七一〇厂金工车间一角

七一〇厂的发展过程和生产经营，大致上是沿着两个阶段发展的，简单概括说，即为军和为民。

七一〇厂 1960 年 8 月投产，生产上遇到的大问题主要是运输设施和厂房设施不能适应生产发展的需要。当时，运输全靠汽车，按全厂千人千吨任务来计算，每年从木材、矾石、胶泥、黄砂等各种材料的运进，到各种成品的运出，大约有一万吨上下的运输量，这是很难办的事。

二七二厂有一条铁路专用线紧靠生产区边缘，如果从这条专用线接出，建造七一〇厂的铁路专用线有方便条件，于是厂里就提出了申请报告。因为理由充分，投资不大，部里就批准了。有了铁路专用线，全厂的运输问题就解决了。

1963 年，铀矿冶线在完成第一期工程基础上，开始进入发展阶段，有些新的矿山和厂子建设工程陆续上马，七一〇厂的任务也随之不断增加，生产场地太小，施展不开就成一个突出的矛盾。建厂初期，铸钢、铸铁和锻造挤在一个 1000 多平方米的厂房里，需新建一个锻工厂房，一个铸铁棚子（后来这个简陋棚子用坏了，又建造了一个新铸铁厂房），使三个工段都有自己的生产厂房；栈桥下的非标准设备的制造场地也太小了，需新建一个铆焊厂房；机动科的设备大修设在汽车修理车间头端的一个小跨里，根本无法工作，需要一个机修车间；金工车间则需增加一点大设备，以解决部分大工件切削加工问题。上述这些工程项目，都是根据生产发展和任务的需要提出来的，经部、局批准陆续实施。这对 1964 年工厂实现千人千吨、1966 年又翻了一番的目标，提供了必要的物质基础。

新铸钢厂房 1972 年开始建造，这是七一〇厂一项较大的扩建工程。扩建原因在于，一方面是当时铸钢订货任务已达一千吨以上，而以原铸钢厂房的生产能力，如有 800 吨就承受不了。另一方面，1970 年，部里曾提出铀矿冶工业产量要在五年内翻一番的要求，接着又建设了一大批新厂新矿，部局要求七一〇厂要适应这个情况，要承担自行制造大型设备配件（如大高锰钢轧臼壁、大齿轮等）。为此，部批准了七一〇厂扩建计划，投资300万元，整个扩建任务定于1976年完成。

扩建项目除了近5000平方米的新铸钢厂房外，还兴建了一个铆焊厂房，接长了两个厂房（机修厂房、金工厂房）等，实耗资金600多万元。扩建后的新铸钢厂房能力年产量可达3000吨，全厂的生产能力达到8000吨左右。

经过全厂职工的努力，七一〇厂的生产上升很快，在1964年实现千人千吨目标。1969年，为配合一大批新铀矿冶厂矿的建设，任务量大增，1972年达到了建厂以来的最高峰。

根据以“修配为主，为厂矿服务”的生产方针，1962年，七一〇厂就开始制造汽车、装岩机、风动工具等设备的一些配件，承接物探仪表和电气、热工仪表的修理工作。1963年组建修理车间，开展对推土机、电铲、汽车、柴油机等设备的修理业务，后来还制造了几项大型设备，如3.2米平巷联合掘进机、71吨湿式自磨机、30立方米泥浆泵、抓岩机等。具备了制造整台较高精度机床和一些大型机械设备配件的能力。这个时期的军工产品年度经济指标均先后创历史最好纪录。

第二阶段是1979年以后的转民生产阶段。1979年以后是我国经济体制重大变革时期，军工生产由“以军为主”开始向“以民养军”转化。1979年开始，七一〇厂把单纯的军品生产逐步转向民品生产，步入了第二次创业阶段。生产经营方针是不断提高工厂经济效益。自1985年起，工厂实行了厂长负责制。1986年，工厂发展成为一个工种和设备比较齐全的中型机械厂。2003年，全厂职工人数达2821人（其中离退休职工1278人），占地64万平方米，在生产上已形成具有铸钢、铸铁、有色金属冶炼、铆焊、金属切削加工、制氧及生产一二类压力容器等综合制造生产能力。在转民生产中，最具有代表性的产品是YSP-15KG液化石油气钢瓶，1986年荣获国家金质奖，产品数年都供不应求，是原七一〇厂支柱性产品。含铬高锰钢及高铅锌铜配件产品远销海外。历经十余年辉煌后，到九十年代末，在市场经济的强烈冲击下，企业已举步维艰。

20世纪末，党中央提出军工企业调整改革的战略要求。因为核工业大部分铀矿山因资源枯竭终产，核工业国营七一〇厂作为矿山相配套的专业企业，丧失了服务对象和赖以生存的条件，而民品由于起步晚、设备老化、资金困难，无法进行更新改造和新产品研发等，加之历史遗留问题和社会负担沉重，企业已经完全不堪重负。在这种形势下，七一〇厂主动适应国家战略调整，根据中核集团公司结构调整的有关精神，2004年按照国家政策实施关闭破产，至2005年6月破产终结。原企业一分为二：原生产区有效资产分离重组成立现在的宏华机械有限公司。

2004年3月，经衡阳市民政局批准，成立了衡阳市华联社区管理委员会，负责承接原七一〇厂关闭破产前所承担的各项社会管理职能。2005年12月由中共衡阳市委同意成立中共华联社区工作委员会，负责原七一〇厂离退休党员、社区在职党员、流动党员的组织管理和党建工作。

衡阳市华联社区管理委员会自成立以来，担负着维护一方稳定、落实国家和上级政策，实现承上启下、平稳过渡的历史使命，至今已经运行了15年。在这十多年里，社区以服务离退休职工为中心，认真履行服务与管理职能，打造稳定和谐社区、创建美好家园，努力改善民生和居住环境。

代号七一二

《代号七一二》，系衡东县电视台拍摄的一部优秀纪录片。它以大量的史料记录了坐落在衡东境内的我国核工业第一批厂矿之一的七一二矿发展史，它通过采访原七一二矿近20位老中青三代核工业人，讲述了七一二的奋斗历程。

七一二矿生活区

一个个鲜活的人物形象和工作场景回顾，再现了几代七一二人艰苦创业，敢为人先的奋斗精神；默默无闻，兢兢业业的奉献精神；不惧风险，大义担当的牺牲精神。反映出了铀矿人特有的不负韶华，无怨无悔的精神风貌和家国情怀。

该片历经数月的采访拍摄和多次内容充实，获得了衡阳市2018年度广播电视一等奖。

让历史的长焦距镜头切换到20世纪50年代中叶。

1955年8月，中国中南三〇九队第四航测队在衡东县境内发现了铀矿床。随后，三〇九队八分队在面积约8.6平方公里的范围内进行地质勘探。1956年8月17日，中苏签订第三协议，拟在衡阳地区衡东县大浦镇境内建设铀矿山。

1958年5月31日，时任党中央总书记的邓小平同志在国家二机部呈送的选址报告上签上名字。从此，中国核工业第一批厂矿企业正式成立，开启了中国核工业事业辉煌的篇章，七一二矿随之诞生。

一大批从全国各地经过层层选拔出来的科研人员和技术工人，放弃在城市中相对优越的工作和生活条件，奔赴衡东县大浦镇一处乡村角落。他们在褐色丘陵中开荒修路、搭棚砌房，建起了一座“禁地之城”，拉开了我国核工业第一批厂矿强国强军、辉煌创业的序幕。由于工作内容严格保密，这片方圆十里之地戒备森严，地图上也找不到它的具体位置。通信地址只是衡阳市20号信箱，它的代号叫七一二。

20世纪50年代末，大浦火车站，这个京广铁路线上一个不起眼的四等小站，每天都会有两班特快列车在此短暂停留，一群操着南腔北调口音的外地人下车后，便匆匆地消失在人们的视野中。

来自全国各地、各条战线的大批干部、工程技术人员、转业退伍军人迅速聚集在衡东这片黄土荒丘上，遵照“边勘探、边设计、边施工”的建设方针，拉开了七一二矿艰苦创业的帷幕。正当矿山建设如火如荼开展之际，1959 年 6 月中苏关系恶化，1960 年 8 月苏联专家也随之撤走。七一二矿党委号召全矿职工发扬奋发图强、埋头苦干、独立自主、自力更生的精神。矿山成立了技术委员会，组成 38 个专业技术小组，以解决矿山建设和矿石提炼中的技术问题。

据矿史记载，1959 年，七一二矿就利用土法炼出少量重铀酸铵。

时至今日，在老矿工中还流传着当年七一二矿“四大名神”的故事，段禄的屁股——有劲；张新来的嘴——鼓劲；赵国堂的锤子——准；李水汪的铲子——快。

当时人工推车，由于井下没有机械，只有一节轨道，段禄力气大，他一个人能用屁股把带矿石斗车推到轨道上。

赵国堂的锤子呢？是指赵国堂打洞放炮不要灯光闭着眼睛打洞都能打得准……

1961 年 11 月，副总参谋长张爱萍将军和二机部部长刘杰视察了七一二矿。张爱萍说：“二七二厂的‘灶’快要搭好了，只等你们的‘米’下锅了。”这使全矿职工受到很大的震动和鞭策，深感任务光荣而艰巨。矿党委决定全面贯彻自力更生的方针，反对依赖保守和急躁蛮干两种思想倾向，加快掘进速度，抓紧设备安装，并进行采矿前的准备工作，力争早拿、多供矿石，决不辜负上级的期望。遵照二机部党组提出的“苦干三年，基本掌握，边干边学，建成学会”的方针，为七一二矿建设者壮了胆。他们大胆创新，发挥个人和集体的智慧，克服重重困难，攻克了技术上的一道道难关，确保了七一二矿如期投产。

七一二矿职工现在的居住环境

1964 年 12 月，经国家二机部对七一二矿重大技术方案、人员编制、基建投资、矿山建设规模、各井田投产标准和时间进行审核和验算，确定发展规模和格局。继 2 号井田、1 号井田投产后，4 号井田和 3 号井田也先后投产，为了配合氢弹研制，七一二矿生产掀起了一轮高潮，生产出大量的优质铀矿石通过铁路专线 506，运往二七二厂。

1985 年，七一二矿响应国家号召，实行停军转民，铀矿工人再不用钻巷道、扛风钻、打炮眼、挖矿石。全矿人们毅然决然地进行了艰苦卓绝的“二次创业”，先后建成了具有代表性的湖南镁厂、娄底大理石厂、碳酸钙厂、拖拉机装配厂、玩具厂等等一系列民品项目。虽然，因为各种原因，所有的民品项目都没有发展下去，但是，在转民过程中，矿山工人那种质朴无华，无私奉献，吃苦耐劳，勇往直前的精神得到了传承和发扬。

2003 年，七一二矿作为第一批核工业企业执行国家政策性破产，实行异地安置。七一二矿人在毫无经验可循的情况下，摸着石头过河，先后建成了七一二小区和大华南苑小区，又一代核工业人继承着前辈们的光荣传统，默默地工作着，为之奋斗，为之付出。

如今，七一二矿人初心不改，砥砺前行。正在为建设和谐社区，建设美好家园而不懈努力。

2019 年 2 月，“七一二矿旧址群”已被湖南省人民政府公布为省级文物保护单位。现正在申报国家第三批工业遗址。十里矿山，一切都已葱茏在岁月的记忆中。七一二矿只是核工业矿山中的一个代表，也是一个时代的缩影。她留给我们的是一种艰苦创业敢为人先的奋斗精神，默默无闻兢兢业业的奉献精神，不惧风险大义担当的牺牲精神和铀矿人不负韶华无怨无悔的家国情怀。

永远抹不去的记忆

岁月总是那么匆匆，不经意间带走许多；时光虽然清浅，但依然留存下许多不可磨灭的记忆。

二十五公司——中国核工业第二十五建设总公司，尽管这个“番号”于2007年1月1日起已不复存在，但在老一辈的核工业人心里，却是一个永远也抹不去的名字。她镌刻在老一辈核工业人的心灵深处，植入骨髓。

初建——变迁中成长

二十五公司，1963年6月1日在江西省抚州市成立，称一〇五建筑安装公司，张实民任第一任党委书记。1964年，公司迁往江西省南昌市莲塘镇，翌年又迁至湖南衡阳市。1971年9月3日，一〇五公司机关撤销，所属工程队划归四院，成立安装处。1973年在原一〇五公司基础上重建，称二十五建设公司，总部设在衡阳市。

公司成立伊始，接收了停建的金石山电厂的全部职工和资产，并从七二一矿、上海、武汉等处调入200名熟练技工，从福建、广东接收900名复员退伍军人，组成了一支基建队伍，专门负责铀矿冶的基本建设。他们在经过简短的集训后，立即投入公司的基地建设，同时承担了七二一矿的土建和安装工程的施工，并按期完成了施工任务，打响了组建后施工生产的第一炮。紧接着，公司又于1965年承担了南昌矿业研究所扩建工程、七二四矿土建工程、七一一矿安装工程、七七一矿主井建井工程和七三四厂安装工程的施工任务。

1971年9月，一〇五公司机关被撤销，全体干部下放到湖北“五七”干校劳动，所属各工程队分别划归七四五矿、七二一矿和第四设计研究院等单位代管。但一〇五公司的广大干部、职工以对核工业的高度政治责任感和事业心，克服因隶属关系变化带来的困难，在动乱和变迁中仍坚持施工生产。

1966年5月至1972年，先后完成了七四三矿和七四一矿水冶厂工程、七一三矿水冶厂扩建工程、七二一矿水冶厂工程和七五〇镭厂安装工程等一批铀矿山和铀水冶厂的施工任务。与此同时，职工队伍也在变迁中得到成长，建司初期调入的“转业兵”，由学徒工成长为熟练工；当年刚出校门的大学生，逐步熟悉了铀矿冶基本建设的施工工艺。在机构多次变迁中成建制保留下来的施工队伍，在施工实践中得到锻炼提高，成为一支能独立承担铀矿山和水冶厂基建施工任务的专业队伍。

重建——转战中发展

1972年12月11日，核工业部矿冶局决定成立国营二十五工程公司。从1972年1月开始，公司再次进行组建。在接管四院工程处和七二一矿所属的原一〇五公司两个土建队及四个安装队的基础上，建立了八个工程队和一个机修车间。到年底，各项组建工作基本就绪，建立了各级管理机构和施工生产指挥系统，并整治了衡阳生活基地。

经过重新组建的职工队伍，进一步增强了主人翁的责任感，从渤海之滨至南岭之巅，从河西走廊至浙西山地，转战于铀矿冶的广阔战线，先后在全国八省14个施工点进行施工。这期间，在转战中主要经历了稳步发展和艰难奋进两个阶段。

稳步发展阶段。前六年，随着核工业的发展，公司职工逐渐发展到2000多人，施工产值逐年上升。此期间，出色完成了七一一矿井筒安装工程、七七一矿研制车间工程、七九六矿土建工程、七四三矿水冶厂二期安装工程等一批铀矿山和铀水冶厂的施工任务，涌现了一大批先进人物，技术创新能手，创造了骄人的业绩。1973年3月，公司承担七四一矿水冶厂扩建工程的安装任务，在装备较差的情况下，技术员高乃权、赵兰亭等人组织职工自制简易起重机具，将直径5.5米、重60吨的筒体吊装好；采用6个千斤顶把重180吨的我国铀矿冶系统第一台湿式自磨机安装就位。该工程验收合格，于1974年12月24日交付生产使用。1975年7月，公司又投入了架空索道工程的施工，这条索道横跨五座山峰、四条峡谷。公司职工冒着烈日酷暑，不怕山高路陡，手持砍刀开路，将成百吨铁件从山脚抬上山，挥汗组装索道支架。是年10月，全面完成安装任务，使一条长6公里的架空索道穿越于青山翠岭之中。

1969年7月、1978年8月，公司部分施工队伍先后投入了七四五矿选矿、水冶厂、架空索道、井筒及地表工艺等工程的施工。1971年5月，公司以400名土建工人为骨干，组织了一支近2000人的队伍，集中力量施工水冶厂主工艺厂房。时当夏季，暑热初上，职工们栉风沐雨，昼夜鏖战，工地上形成了你追我赶、大干快上的生产局面，成功地建成了我国最大的三个球薄壳矿仓基础和主工艺厂房及其他设施。1974 年，制成一台重锤式灌注桩机，开始采用深基基础混凝土灌注桩施工新工艺，后来又应用于公司机关住宅楼深基基础施工，提高工效 5 倍，节约投资三分之一。该工艺被列为湖南科技成果展览项目，并在衡阳地区得到推广。1973 年 8 月、1974 年初，公司两支施工队伍先后投入了七一九工程建设，他们严格按施工程序和操作规程安装水冶厂的各种设备和管线，确保了工程质量；采用喷射混凝土新工艺进行井巷支扩，加快了建井工程的速度。在施工中，干群同心协力。1976 年 3 月，公司党委书记张实民深入施工现场蹲点，使职工的士气受到鼓舞。这年 4 月，公司派 140 多名职工从陇入赣进行水冶厂防酸防腐工程和部分厂房及民用建筑工程的施工。公司职工认真学习和遵循防酸工程操作规程，设专人严格检查瓷砖、丙酮等防腐材料；进行技术练兵和操作表演，建立各道工序之间的交接班制度和自检互检专检制度，高速优质地完成了防酸等工程的施工任务。公司参加施工的七一九工程，经竣工验收和总体试车考核，优良品率为 93.5%，1983 年荣获国家质量银质奖。

艰难奋进后四年，由于核工业减产限产、铀矿冶基本建设投资大幅度缩减、公司施工任务不饱满，出现了亏损被动局面。在艰难情况下，公司认真贯彻执行党的十一届三中全会精神，进行了落实政策等各项拨乱反正的工作，先后两次派四个工作组到 6 省 18 个施工点去“找米下锅”，主动招揽施工任务，不嫌工程小，不嫌赚钱少，不怕啃骨头。四年来，共承担部内计划外工程和零星分散的维修任务 460 多项，部外施工任务 20 多项。与此同时，公司实行按预算考核，按工程决算结算，进行了清仓查库、清产核资，纠正了个别工号不计成本的现象，逐年减少了“吃”部局的窝工补贴。这期间，公司用现代技术和管理建成了一批铀矿山和铀水冶厂工程，取得了显著效果。

1975 年 9 月、1978 年 2 月，公司三支施工队伍共 600 人，先后从赣、湘入冀，投入了七五七矿土建、安装和建井工程的施工。党委书记徐明、经理魏乐斌、总工程师杨树权先后到这个施工点指导工作。1980 年 6、7 月，副总工程师孙志信、工程师马永正、岳魁杰等人组织采用激光导向、深孔光面爆破、喷射混凝土支炉等 21 项新技术，组成凿岩爆破、喷射混凝土和抓岩排渣等三条机械化作业线，进行竖井施工，创月成井 85.3 米的部纪录，比原施工速度提高三倍，每米成井成本降低 35.8%，月成井速度和光面爆破技术，均分别接近和达到当时国内先进水平。是年 10 月竖井竣工。

1983 年 3 月，工程师何炳章等 77 名职工承担了七二四矿水冶厂改建工程的土建施工任务。在建设中，他们推行全面质量管理，用控制图等现代管理手段进行质量控制。1985 年 10 月，土建工程全面竣工，施工的 25 个单位工程全部被评为优良工程。1986 年，荣获核工业部优质工程奖。

改革——开拓中前进

1983 年 9 月 13 日，经部局考核批准，公司成立了以卢课农为党委书记、孙志信为经理的新的领导班子。他们认真贯彻执行核工业“调整、改革、转民”的方针，紧紧围绕搞活企业这个中心，进行了三个方面的改革，即：改革领导体制，1985 年，公司企业整顿验收合格后，开始实行经理负责制和司属单位主要领导干部经济责任制；改革经营机制，先后调整了内部结构，将分布在全国6省18个施工点的8个工程队和一个直属分队组建成相对独立、自主经营、自负盈亏的3个工程公司和1个合营公司，新增了技校、综合贸易公司和自动化设备厂，将机关19个职能科室合并为13个部处室；推行内部承包经营责任制，实行分级核算、分权管理、分层经营、逐级承包，并新建了太原市和新余市两个生活基地；改革人事分配制度，各级领导干部由任命制改为聘任制和任期制，对新提拔干部普遍实行试用期，工人实行固定工、合同工（含农民合同制工人）和临时工相结合的制度，与此同时，将原来按人头核定工资总额改为实行百元产值工资含量包干。

1983年5月至1987年，公司积极转民，开拓新的施工领域。参加了煤矿基本建设工程、钢铁厂扩建工程、电工器材厂工程和市政建设工程等的施工，施工产值创历史最高水平。四年累计施工面积36.9万平方米，产值9710多万元，利润400多万元，其中部外施工产值占本期全部产值的92%，获核工业部“转民先进单位”称号。

公司在不到五年时间内下好了四步棋。

“古交工程必保”。1983年5月，公司与古交煤炭指挥部签订了协议，组建第三工程处（1985年改为三公司）。副经理马永正兼临时党委书记和处长。100多名职工从湘、赣、粤、冀等省的八个施工点入晋，投入国家重点工程——古交矿区马兰煤矿的建设。他们克服缺水缺电、道路未通，生活不习惯等困难，在零下20多摄氏度的寒冬进行中央副立井、南二回风井等四条竖井工程和其他土建安装工程的施工，受到古交指挥部的表扬。12 月，山西省电视台专题报道了施工实况。1984 年春节，山西省委第一书记李立功亲临井口慰问正在施工的公司职工。

古交矿区工程竞争激烈，煤炭部、冶金部都有施工队伍参加施工。为了在竞争中不被淘汰，公司作出了“古交工程必保”的决策，并在实践中加强企业管理和生产指挥，实行多种形式的经济承包责任制，积极采用和推广新技术、新工艺、确保工期和质量。在安装施工中，处长支木林、工程师常同银等人决定采用“倒装法”安装竖井井架，创造了一种新的施工方法，提高工效 7 倍。在土建施工中，采用“强夯法”处理地基和“内脚手架”等新技术，1985 年 2 月，其施工的 118 号住宅楼工程荣获太原市全优工程奖。在井巷施工中，建立了从凿岩到排渣等三条机械化作业线，实行“一掘一喷、交错进行”和“四六制推式”工作制度，推广光爆锚喷等先进技术。1986 年 7 月，公司党委常委针对三公司在竞争中的艰难处境，在马兰矿召开现场办公会议，帮助解决当时存在的一些突出问题，迅速扭转了上半年的被动局面。是年 8 月，在断面 17 平方米的平巷实现月独头进尺 120 米，使井建工程各项技术经济指标接近国内先进水平。两个掘进队跨入煤炭部等级队行列。从 1983 年 7 月至 1987 年底，该公司在马兰煤矿高速优质地完成了四条竖井、数千米巷道、12 栋家属楼、26 台大型锅炉，以及国家重点工程西曲选煤厂进口设备的安装等施工任务，实现了良好的经济效益。

“新余地区必进”。1984 年初，新余钢铁厂有较大的施工任务。当时有些人既怕丢掉原来的几个“小摊摊”，又怕力不从心，不愿进新余。公司领导班子认识到只有集中队伍承包外部大的工程才能生存和发展，于是大胆作出“新余必进”的决策。是年6月，公司与江西新余钢铁厂签订了施工合同，成立新钢工程指挥部，由副经理王鑫才兼临时党委书记和总指挥，并着手组建第二工程处（1985年改为二公司）。1000多名职工从湘、粤、浙等省九个施工点入赣，承包江西重点工程——新余钢铁厂600立方米高炉配套工程的施工任务。建设者们在任务生、工程结构复杂、工期短的情况下，星期天不休息，元旦、春节不放假，顶风冒雨，日夜奋战。在施工鼓风机站设备基础2000立方米混凝工程时，连续作业两天两夜，采取“顶压法”，成功地将直径1.2米的钢管穿越铁路，使铁路运输在管道敷设过程中仍保持畅通。1985年2月，在施工冷却塔工程时，采纳施工员肖义富提出的“以松代杉”方案，赶制一万多件混凝土预制构件的木模，避免了停工待料，节约投资3.9万元。经过7个月拼搏，按合同工期提前三天完成了施工任务，实现了高炉“五·一”流铁水的目标。江西省省长在试车剪彩时说：二十五公司是一支过得硬的施工队伍。

“深圳必争”。1984年6月，公司作出“深圳必争”的决策，决心“打”进去同那里众多的施工队伍竞争。9月，与深圳市冷通设备公司签订协议，派少数技工去搞劳务支援。首批职工在施工第一个工程——元线电冷气管道安装时，连续四天每天坚持作业24小时，用7天时间完成了工期14天的工作量，建设单位称赞“速度快、质量好，不用检查也放心”。从而奠定了进驻深圳的基础。11月，公司与深圳市房地产公司签订合同。1985年初，公司组织40多人的小型施工队伍进深圳承担施工任务。这些职工进驻后，遵循“时间就是金钱，效益就是生命”的格言，在竞争中拼搏。当年出色地完成了一万多平方米的建筑施工任务。

“以质取信”。在开拓中，公司坚持“用户至上，以质取胜”的宗旨。1986 年 7 月至 1987 年 9 月，公司在施工新余市 5.4 万立方米煤气柜工程时，采用真空试验法，无损探伤检验法等焊接技术和其他新技术，用 60 多个品种的 900 多吨钢材成功地制作和安装了严格密封的煤气柜，被该市誉为信得过工程。1987 年，公司在王坪煤矿五个大型铁路贮煤筒仓主体工程施工中，采用了液压滑模新工艺，提高工效一倍半；在西曲选煤厂干燥车间施工时，成功地安装了具有八十年代世界先进水平的美、日、西德等十几家公司提供的 193 台进口设备，受到国内外专家的好评。是年，公司施工的浙江省衢州市供销贸易大厦工程，被该市电视台誉为装饰华丽、造型新颖的优质高层建筑；公司生产的 BP-3-WJ 微机控制变频调速装置，节能效果显著，荣获湖南省优秀产品奖和部科技进步奖。

重组——逆境中转身

20 世纪 90 年代末至 21 世纪初，由于核工业铀矿冶的深度调整，加上山西的煤炭行业进入低迷时期，二十五公司也随之进入低谷。施工任务严重不足，施工产值萎缩，经济效益逐年下滑，职工大面积下岗失业，人才流失严重，公司到了破产的边沿。2003 年开始，按照上级的指示精神，进行政策性关闭破产，2006 年 12 月 31 日终结。原有的施工资质转到中核中原对外工程公司，剥离的优质资产和大部分骨干人才转入原湖南矿冶局所属的“湖南核工业建设有限公司”。2007 年 1 月进行重组，离退休人员和社会职能移交社区。从此，二十五公司翻开新的一页，在逆境中实现华丽转身。

云南提供的第一批铀原料

国营七六五矿（简称七六五矿）创建于1976年5月。不了解的人以为其名称来自创建的日期“765”，其实不然，纯属巧合。七六五矿名称应该来自二机部系统的有关规定要求。

既然七六五矿1976年才成立，那为什么它与我国第一颗原子弹有关系呢？要说明这个问题，还得从七六五矿的前身说起。

根据国务院、中央军委批转总参谋部、总后勤部《关于调整部

原七六五矿生活区

队生产的意见》的精神，昆明军区11军31师和临沧地区化工厂，由二机部接管，即为七六五矿的前身。在云南省委、昆明军区、二机部联合交接工作组的共同努力下，于1976年5月基本完成交接工作，七六五矿是在接收两个化工厂的基础上而组建的。

据《云南军事工业系列志》（第五部，1990年出版）和《云南铀矿冶史料》（1988年出版）记载，七六五矿接收的两个化工厂都是部队化工厂。一个是原昆明军区11军31师的35113部队化工厂；另一个是原昆明军区14军40师的35208部队化工厂。并且，它们是在地处临沧的同一矿带上进行铀矿采冶的两个化工厂。

昆明军区11军31师35113部队化工厂，395人，创办于1970年11月，次年10月试车，12月投产，露天采矿，土法水冶。从创办及生产时间看，这个部队化工厂应该与我国第一颗原子弹关系不大。

另一个是临沧地区化工厂，该化工厂的来历有些复杂。其基本情况是：

1957年，地质部西南209地质大队云南第三地质队，在云南临沧、腾冲先后发现几个铀矿点。临沧和腾冲也是云南所发现的两个最大的铀矿床，其中临沧为煤铀锗伴生矿床。

1958年6月，为推动云南“全民办铀矿”，二机部副部长袁成隆到昆明，召集209地质大队领导高轲、陈平等研究全民办铀矿等问题。同年8月，云南第三地质队彭承林、陈延华等完成了从临沧含铀煤中提取铀的小型试验，拿出了重铀酸铵。并举办了提铀专业技术训练班，激发了云南全民办铀矿的热情。

当时，昆明军区14军40师后勤部在大跃进的新形势下，准备开发工业项目。师长左奎元派后勤部负责人岳河水等人参加209地质大队举办的全民办铀矿培训班，并参观209队展览会，情绪高涨，不久就成立了代号为35208的部队化工厂，岳河水为厂长。并由岳河水、兽医化验员韦国权和化学分析员赵经祥等人在临沧师部军马所，用209队送给的含铀煤矿样，参照一本介绍土法生产铀浓缩物的小册子，用硫酸、烧碱和锅盆器皿等做小型提铀试验，经过几次失败，第四次获得半小碗淡黄色的铀浓缩物，向师部党委报了喜。

1958年12月，14军40师派35208部队化工厂27名战士到临沧南汀河畔大牛槛采挖含铀煤，并组织随队家属在师后勤部大院土法炼铀，生产重铀酸铵。至1959年底，重铀酸胺销往二机部，收入19万元（每吨64万元）。1960年2月，岳河水携带产品样赴北京参加二机部“跃进献礼积极分子代表大会”，并受到了部长宋任穷的接见。

1960年下半年，35208部队化工厂搬迁至临沧县城北18公里的勐旺。他们凭几把铁镐、一口大锅、几个土缸、箐箕、煤油灯，以及一辆汽车、两台抽水机等，在209地质大队的帮助下进行铀矿采冶。至1963年底，14军40师35208部队化工厂等为我国制造第一颗原子弹提供一吨多铀原料，由此受到了中共中央、国务院、中央军委的嘉电表扬。

1968年10月，14军40师35208部队化工厂因部队换防转移他处。1969年11月，其化工厂移交接防的11军32师35113部队化工厂。1976年初，根据国务院、中央军委国发（1975）92号文件，35113部队化工厂停止铀矿采冶生产，并先移交给临沧地区化工厂，随后又移交给了二机部。也就是说，临沧地区化工厂才接手几个月，就交给了二机部。

从上述看，中国人民解放军 14 军 40 师 35208 部队化工厂，七六五矿的前身，与我国制造第一颗原子弹关系很大，确实为我国第一颗原子弹提供了合格铀原料。也就是说，无论怎样沧桑变迁，历经艰辛，却薪火相传，弦歌不断，七六五矿为我国国防和核工业建设作出重要贡献是磨灭不了的。

七七一矿“工改兵”和“兵改工”

20世纪60年代初，核工业地质队在浙江衢州地区大洲公社的群山中发现了铀矿。1965年1月，国务院第二机械工业部决定筹建国营七七一矿（中核浙江衢州铀业有限责任公司的前身）。同年2月28日，二机部正式批准建设国营七七一矿。3月1日正式启动筹建工作，筹建人员带着文件到浙江省有关部门联系，并在杭州刻制了“国营七七一矿”的公章。3月25日，正式印发了关于成立国营七七一矿的文件，这标志着国营七七一矿正式诞生。

根据当时二机部十二局“勤俭办矿、快速建矿”的要求，在第一任党委书记崔平和矿长杨继增的带领下，国营七七一矿的建设者们，一方面，充分利用地质队原有的井巷工程，于1966年开采出第一批铀矿石；另一方面，自力更生艰苦奋斗抓紧矿井建设，至1971年1月，七七一矿大茶园、雷公殿、白西坑和白鹤岩四个矿井全面建成投产。

原293团官兵参加政治学习

当时，确定国营七七一矿的电报挂号和邮箱代号也是很有纪念意义的。电报挂号定为“6531”，意思是建矿时间在1965年3月1日；邮政信箱代号定位“66”，意思是1966年投产。

国营七七一矿建矿50多年来，随着国家发展和社会的变革，单位也经历了多次大的变革。其中一次比较大的变革是：由矿山企业转变为部队，又由部队转变为矿山企业的经历，就是俗称的“工改兵”和“兵改工”。并且，“工改兵”和“兵改工”历时十二年之久。

1971年9月10日，国务院、中央军委正式决定，将国营七七一矿整编为中国人民解放军基建工程兵部队，归军区辖制。部队实行双重领导，组织人事、后勤供应和武器装备由浙江省军区负责；部队生产、勘探、基建、计划投资、国家统配物资的分配、产品调度、技术指导、经验交流和生产管理等由第二机械工业部负责。

1972年1月6日，浙江省革委会、浙江省军区根据国务院、中央军委决定作出批示，将原二机部十二局国营七七一矿整编为中国人民解放军基建工程兵第六〇八团，暂编3500人。根据条件吸收原矿干部、工人参军或随军，所缺干部由省军区负责调配，兵源补充列入省军区补兵计划。成立了由9人组成的整编领导小组，省军区副司令员钟贤文任组长。同年3月20日，南京军区发出组建基建工程兵第六〇八团的命令。3月26日，浙江省军区任命62名军队营以下干部到六〇八团任职，任命106名原七七一矿干部为六〇八团干部。

1972年4月1日，中国人民解放军基本建设工程兵（简称：基建工程兵）第六〇八团召开成立大会，宣布基建工程兵六〇八团正式成立。同时，正式启用基建工程兵第六〇八团及其司令部、政治处、后勤处四枚番号印章。同年4月8日，浙江省军区给基建工程兵第六〇八团颁发了代号为“中国人民解放军南字七〇六部队”及其司令部、政治处、后勤处印章四枚。此四枚印章于1972年4月12日起启用。

基建工程兵二九三团（原六〇八团）下设一营、二营、三营、四营、五营、机修运输营、勘探营等7个营的建制单位，下设34个连队。司、政、后机关编制11个股，其中司令部设作训、生产、军务、管理股（后增设了调度室、机动股、安防股、机要股）；政治处设组织、宣传、保卫、群工股（后增设了干部股）；后勤处设供应、装备器材、基建营房股。团下属医院为营级单位，归后勤处领导；团办的子弟学校列入编外单位，由政治处管理。

1975年3月18日，根据国务院、中央军委文件通知，六〇八团的领导关系由浙江省军区转到了基建工程兵二机部办公室，受国家建委基建工程兵办公室的领导。1975年7月，部队代号改为建字八四三部队。

1978年6月1日，根据中国人民解放军基建工程兵〔1978〕2号文件，部队番号由六〇八团改为二九三大队，其下属营、连改为区队和中队。1978年7月1日，根据基建工程兵〔1978〕4号文件，将部队代号建字八四三部队改为〇〇〇六〇部队。

1980年8月1日，根据基建工程兵5月27日的通知，部队番号又由二九三大队改为二九三团，其下属的区队和中队仍叫营和连，部队代号仍为〇〇〇六〇部队。

1982年8月19日，国务院、中央军委下发国发〔1982〕23号文件，决定撤销基建工程兵部队，就地改编，集体转业。1983年6月2日，核工业部、基建工程兵向国务院、中央军委呈报了“关于将基建工程兵铀矿地质、矿冶部队改编为核工业部企事业单位的请示报告”，决定将二九三团改编为核工业部七七一矿，定员2000人。1983年9月7日，国务院、中央军委以国发〔1983〕138号文，批准了核工业部、基建工程兵的“请示报告”。11月1日，二九三团作出了部队改编教育的安排，进行改编教育。12月31日，基建工程兵党委批准了团长孙南华、政委张铭泰，副团长吴贤行、张鸿程、副政委张诚光、政治处主任安振林，总工程师邹国和等团首长退出现役；团党委批准了316名营以下干部退出现役，集体转业到七七一矿工作。随后，成立了七七一矿临时党委。

1984年3月21日，核工业部矿冶局批复同意七七一矿下设22个科室，4个生产工区，3个非生产单位（医院、学校、服务公司）。4月14日又给七七一矿补批了教育科和行政科的编制。1984年4月至5月，分别成立了七七一矿工会筹备委员会、共青团七七一矿委员会和七七一矿科学技术委员会以及职工管理委员会。

1984年6月30日，七七一矿召开全体职工大会，正式宣布基建工程兵二九三团改编为核工业部国营七七一矿。从此，七七一矿结束了12年的部队编制恢复到原本的性质、体制和机制。

七一六矿的艰难岁月

岁月催人老，往事历历在目。在我①的潜意识里一直在寻找一段黑白镶嵌的过往，黑白是怀旧的意思，那些红砖瓦房给我留下了深刻的印象，至今都无法摆脱那种怀旧的情结。我明白了，那些让我魂牵梦绕的片段竟然拼凑成一个神秘的代号——七一六矿。

1971 年七一六矿领导带领工程技术人员进行野外勘探

25 年过去了，当我重返故地，伫立于沩江之滨，仰视着削去半边的南岸山头，情不自禁地回忆起在七一六矿建设时期的难忘岁月。

七一六矿，原址位于湖南省宁乡县黄材镇，1963 年始建，1965 投产，1970 年至 1973 年矿石年产量达到设计能力的 2.7 倍。1984 年转民，1994 年终产闭坑，2002 年 10 月搬迁长沙市岳麓区，2005 年 5 月破产终结，原址移交当地政府。

---

① 指作者路宽。

初上黄材考察

1963年5月，我在江西南昌机械厂工作时，突然接到第二机械工业部十二局的通知，令我立即上北京接受新的任务。去后方知，要我速赴湖南宁乡黄材负责筹建湖南六矿（即七一六矿）。

当月中旬，我冒着未尽的春寒从北京出发，匆匆地赶到中南309队第8分队的驻地——宁乡县黄材公社，同该队负责人见面，说明来意。高国山队长直截了当地讲了两点：一是他们未接到撤队建矿的通知，没有交接的准备；二是黄材矿床正在勘探之中，勘探程度还不够，效果也不理想。我随即将这些情况用电话向十二局郭士民副局长汇报，他嘱咐我上北京听候决策。几天后郭副局长通知我，黄材矿暂停建。

加紧筹建工作

时过两个月，因中央专委正式批准黄材矿立项建设，重新上马，部局仍委派我负责筹建。7月我再上黄材考察。8月同李道基、汪庆水、张正南三人赴京编制筹建工作计划，自此开始了筹建工作。

1963年10月，十二局苏华局长、郭士民副局长、中南矿山工程局梁宏局长等在衡阳开会，召我前去商讨矿领导班子。当时，在衡阳交际处召开了一次小会，拟定由七一二矿副矿长方金栋同志调任矿长，由我任副矿长，另在七一二矿中层干部中选拔两位副矿长。会后，梁局长偕同我到七一二矿与该矿党委商定：单国富、任芳文为副矿长人选，上报部批准任职。12月，按照预定的四名正副矿长名单，二机部正式下达了任命通知，从而组成了七一六矿第一任领导班子。

1963 年 10 月前后，从七一二矿调配的一批中层干部、工程技术人员和老工人相继到矿；1964 年 2 月从广州部队的退伍兵中选拔的 400 名新工人，有 396 名报到；同年 5 月前后，从部外选调的一批中层干部和一批部队转业干部相继上岗；至此，矿山建设的基本队伍组成。

1963 年 11 月至 1964 年 6 月，配合以部第一设计院李逢春工程师为设总的设计班子进行现场考察、调研，商讨确定了矿石外供运输路线、工业场地和生活区位置等重要问题，编制了《七一六工程扩大初步设计（草案）》。

1964 年春节过后有 40 多名职工要进矿，当时借居的黄材锅厂无法容纳，我们十分焦急。经同现场设计组商议，决定购买早已下马的宁乡钢铁厂作基地，派侯方义、梁绍武等与该厂留守处洽谈，一谈即通，仅花 10 万元成交。该厂占地面积近 80 亩。有厂房、办公室和宿舍建筑面积 3000 多平方米，这不仅满足了当时的急需，而且后来将其改建为机修、汽修、运输、总库等工业建筑和部分职工宿舍，节省了大量投资。

1964 年 5 月经益阳地委批准，成立了“中共国营七一六矿临时委员会”，由方金栋任书记。同时，设置了十三个科室，成立了三个临时工程队。至此，筹建工作基本就绪。

火红的建设

为了适应核工业的发展，满足铀水冶和后备工厂对铀矿石的需要，矿临时党委按照部局关于“早建成，快投产”的要求，决定实行“因陋就简，艰苦创业”的建矿方针，遵循“先生产、后生活”的建设程序，克勤克俭。

基于上述指导思想，露天开采工程于1964年7月1日以手工作业的方式正式开工建设了。上山剥离的工人大都是退伍兵，他们风华正茂，朝气蓬勃，保持与发扬了中国人民解放军的光荣传统，一不怕苦，二不怕死，迎难而上，勇往直前。在居住破旧大厂房、睡通铺、吃咸菜、喝盐汤，地坪吃饭、池塘洗脸，汋江洗澡的艰苦生活下，采用原始的简陋工具，创造了露天基建剥离平均工班工效2.88立方米、月平均剥离量10 000立方米的高效率。记得1964年冬天，露天剥离到第二、三梯段，工作面正处于近200米高的半山腰，北风呼呼叫，高处不胜寒，工人们都穿着单薄的工作服干活，但汗水却浸透了衣裳。

基建时期，全矿都实行“三八”工作制。露天工人为了抢时间、争速度、夺高产，当班的职工要推迟下班，接班的职工又总是提早上班，往往为工作面的交接问题争执不下，需要干部到现场调解。为了坚持劳逸结合，我们不得不强行规定一条“纪律”：不得早上班、晚下班，必须正点上下班，严禁加班加点；并大力提倡实干、巧干，八小时内争贡献、比高低。这才缓解了交接班争工作面的矛盾。

1964年12月的一个深夜。“叮呤呤”的电话铃声把我从睡梦中惊醒，我以为发生了事故，急切地拿起摆在床头的电话筒，才知是露天剥离三队队长何祖昌打来的，说是露天工地探照灯灯泡烧坏了，一片漆黑，材料库没有人值班，领不到灯泡，造成了停工，大家心急火燎。我放下电话，急忙披上大衣走出宿舍，叫醒材料员一同赶到仓库，取了灯泡送到工地。明亮的灯光重现，工人脸上都露出了喜悦的笑容。何队长又“借题发挥”进行了鼓动：矿长半夜送灯泡，我们要加油干，一定要把耽误的时间和任务抢回来。结果，当班超额完成了任务。此后，我们又规定一条：机关科室要面向生产、面向基层、面向群众，热心为生产、基层和群众服务；并建立了东区发放站，配材料员昼夜值班，方便生产建设。

刘少奇主席的关怀

1965 年 3 月，方金栋同志传达部工作会议精神：部党组号召各级领导和全部职工坚持艰苦奋斗，发扬“干打垒”精神，勤俭搞建设；严禁建设楼、堂、馆、所，要把有限的资金用到刀刃上，争取少花钱，多办事……还特意传达了刘杰部长转达刘少奇主席对七一六矿建设的关怀。刘少奇亲切地问刘杰部长：“我家乡那个铀矿现在建设得怎样了?”刘部长回答：“正在加紧建设，计划明年建成投产。”刘少奇听后，微笑着点头，连声说：“好！好！”

部工作会议精神层层传达刘少奇主席的关怀，全矿职工深受鼓舞，迅速变成了加快矿山建设的动力。露天工地掀起了你追我赶的劳动竞赛热潮，生产纪录不断刷新，剥离工效最高达 13.5 立方米/工班，到 1965 年 9 月底，露天开采工程提前竣工，第一期工程比计划进度提前九个月建成投产。投产后三个月就接近达到设计生产能力，被部、局誉为小矿建设的典型。

如今，许多年过去了，城市的喧嚣早已取代了那时的宁静，繁华的星城也成了我们新的家园。尽管时间已将激情燃烧的岁月化为一首歌，但往昔历历在目，从未被岁月的沧桑所冲淡……与我们一起并肩战斗的兄弟姐妹已经完成了历史赋予的使命，带着捍卫国家、捍卫民族、捍卫家园的骄傲和自豪，陆续远离了红尘。如果天堂没有战争，如果天堂能够带走他们曾经所有的苦痛。我想，我确实找到了那慰藉心灵的宁静和快乐，那曾经火红的纯真年代，给予我的是一种恍如隔世，历久弥新的精神抚慰！

七九六矿的转折

隐身戈壁荒漠为国开采铀矿

出差张掖在兰州转车时，看到“永昌路”指示牌，我[①]不禁想起了当时永昌县实行军事化管理的七九六矿。怀着“现在情况怎样”的好奇，和同事说好办完事一定去看看。

2019年7月8日，我和同事从张掖市甘州大道的甘肃武警总队张掖支队出来，一眼看到了大道对面的“张掖七九六社区管理委员会”，红色大理石外墙大门甚至比武警支队的还宏伟。大门两侧沿街铺面还有不少“七九六”字样，如“七九六”商场、饭店等。从临街门面看，这应该是张掖市一个比较大的居民小区。七九六社区与七九六矿有关系吗？

小区环境优美，篮球场、门球场等活动场所齐全。老年活动中心的棋牌室里，我们问一位观战的老同志这里为何叫七九六社区，以前是干什么的，他似乎有些警惕，说是国家机密。我们说明来历后，他还是有些谨慎，欲言又止，指着不远处说他是这里负责的，你们问他吧。

---

① 指作者何瑜。

他叫马建军，是活动中心主任。他笑着说："这里是七九六矿家属院，居民大都是原七九六矿的职工和家属。"在他的引领下，我们见到了刚接待完"七九六社区省级文明单位复查预检查组"的社区党工委书记武永品。

"社区管理委员会是七九六矿关闭破产后，为了安顿该企业的老职工，根据中办发〔2000〕11号文的规定而成立的服务机构。"武永品说。只不过我们这儿有些军工特殊背景，目前党组织归口省国防工办，行政由甘肃矿冶局代管。

"我们单位最早叫国营七九六矿，位于甘肃永昌县内的芨岭，隶属于二机部甘肃矿冶局。"提起七九六矿的过往，武永品说："随着国家工作重点转移和核工业保军转民的战略调整，20世纪70年代末停产转民，90年代中期搬迁，21世纪初关闭破产，七九六社区正式经历了几次转折而变迁来的。"

"1960年，二机部铀矿航测普查发现芨岭地区放射性异常（标为701号），甘肃省地质局在此发现铀矿化现象。后移交二机部西北182大队7分队勘探，并发现701铀矿床。"原地质队职工，后留矿现居住小区，已83岁的武招财自豪地说。随后几年，沿矿体走向我们还发现了以"7"字开头的如"706"等6个铀矿床。

据中国核军事工业历史资料丛书《铀矿开采与铀的提取》记载，1967年初，二机部决定建设代号为"七九六矿"工程：矿山和配套水冶厂。4月，以原七三五矿副矿长姚宜安为首的11人筹备组进驻芨岭。7月，二机部函告兰州军区，请省委加强领导与协助。10月，701矿床开工。而水冶厂则根据兰州军区战备需要的建议，单独建设成一座西北区域性工厂，并将厂址改迁到几百公里外的甘肃靖远县城郊。

1968 年，兰州军区派驻军宣队。国家除从新疆、湖南、广东、江西、浙江等二机部所属矿山、部队及大中专院校选调干部和工人外，还从甘肃定西、武威、天水、玉门等地招工 943 人。红火时，七九六矿 1700 多职工，加上家属一起上万人，比当时的永昌县城热闹多了。曾担任七九六矿长，现年 69 岁的段发昌说："为支援矿山建设，铁道部在离矿部几公里外的兰新线上专门设置一个四级站茇岭站，特快、直快和慢车都停，七九六矿搬迁后，火车站也随之消失。"

部队转业已 74 岁的陕西人张志军回忆，七九六矿属于军工保密单位，招工时首先要过政审这一关。1969 年，孩子满月时，爱人想抱过来给我看看，她以为像老家三原县，从东问到西怎么也问到了。结果到了兰州火车站，拿着"兰州 101 信箱"的信封，问谁谁不知道。后来派出所找到兰州军区，才总算找到了矿部电话，电话打过来已经是第三天的晚上。电话里怕违反保密规定，只好让娘儿俩先住下。坐火车到兰州已是第四天了，等疲惫不堪一家三口来到单位时，已是一个星期以后了。家属这才知道，"兰州 101 信箱"在兰州西边 400 多公里的崇山峻岭中。张志军说："我们身体好，与新招青年一起从事巷道掘进和采矿。虽说我们是军工企业，但这里'有山不长草，风吹沙石跑'。"下井工作既辛苦又危险，部分年轻人打起了退堂鼓，先后离开了矿山。

社区副主任李建军说："正因为条件差，环境艰苦，地质复杂等，加上'文革'时期的干扰，七九六矿建设了近 10 年，直到 1976 年才正式建成投产。那时实行军事化管理，矿县团级，职工编成营、连，每天起床、上工、吃饭、就寝都有时间规定，职工还要出早操，所以投产后，我们超额完成上级的指令性任务，为核工业发展做出了贡献。”

投产不久被迫停产 就近就地转民

七九六矿南面祁连山，北面龙首山，海拔2400米，周围40多公里荒无人烟，距最近的河西堡公社43公里，平时买菜买米都得通过茇岭火车站运。那么，矿区为何建在这么偏僻的地方呢？一是因为这里有丰富的铀矿；二是因为“三线建设”。

20世纪60年代中期至70年代，我国周边形势十分严峻，对此提出了“三线建设”的战略构想，把全国划分为前线、中间地带和战略后方。二机部在批准十二局《关于加速建设三线原料基地的报告》中认为，茇岭地理位置有利战备，可构成新的原料基地，符合将一些重要的工业项目建在“靠山、分散、隐蔽、钻洞”战略后方的精神。

七九六矿就是在这个背景下建立的军工企业。生产生活用水从39公里外的山丹县郭家泉引取，电力来源于地处河西堡公社的永昌火力发电厂。纪工委书记方向华说：“茇岭地区铀矿床属碱性。所采矿石通过茇岭站运到位于靖远的我国碱法工艺的二七九厂水冶。而二七九厂地处黄河边湿陷性黄土上，生产没几年地基湿陷，厂房相继下沉和开裂，无法生产，七九六矿也于1979年被迫停产。”

1980年开始民品开发。1984年，核工业贯彻国家“讲求效益，择优生产”方针，把七九六矿列为终产转民单位，并决定1985年闭坑。由此，七九六矿又面临重大转折。

武永品介绍，军品停产后，企业即陷入困境。尽管我们一方面全力开发“短平快”民品，如与临泽县合资建设淀粉厂、与金昌市合资建设膨润土厂、与高台县合资建设盐化厂等。另一方面大力对外劳务，组建机采队、安装队、土建队开进海拔 4000 多米的肃南洪水坝和海拔 3000 米的天祝双龙沟淘沙金、拉运土石方，到河西三地安装锅炉、承接盖平房、修围墙、筑路面等。但这些项目大多走向消亡，改变不了七九六矿每况愈下的局面。最艰难时，职工及家属到芨岭站，起早贪黑，向来往的旅客卖茶水、茶叶蛋啊！

25 年前　转产搬迁张掖

一家军工企业，在历史的洪流中被迫停产、转产搬迁至他地，背后一定有许多心酸的故事。座谈中，笔者听到不少老职工感慨转产搬迁的那段艰难时光。

长期停产和铀资源的特定性，把矿山置身于一个与世隔绝的环境，而矿区又位于祁连山地震中段，自然灾害频发，加之计划体制下的军工企业缺乏市场经验，就近就地转民的自然结果是可想而知的。一些老同志认为，尽管能干啥干啥，不叫苦，不抱怨，不嫌利薄琐碎，但终究解决不了去路问题。

纪工委书记方向华补充说：“1987 年 7 月的一场暴雨肆虐的洪水冲向矿区，致使 2 万多平方米建筑遭到严重破坏，供水供电中断，直接经济损失 265 万元，近 200 户职工被迫搬迁下山，更使企业危机四伏，濒临绝境。”

“当时，待业青年近 3000，家庭负担重，子女压力大，曾发生过待业青年卧轨自杀的恶性事故。”社区党工委书记武永品说。上级和政府高度重视，金昌市政府5年分批安置2800多待业青年，非常不容易。特别是和甘肃矿冶局12年的市场调研论证，终于选择了建设年消化12万吨玉米的深加工转产项目：先建3万吨玉米淀粉，投产运行正常后再建5万吨丙烯酸项目，以项目带动七九六矿搬迁并同时推进，此方案得到了国家计委、国务院三线办审批，时任国务院副总理邹家华为新企业题名“核工业甘肃昆仑工业公司”，极大地鼓舞了全矿。

1994年7月，张掖生活区动工，1995年底建成。昆仑工业公司1995年6月开工，1996年底基本建成，项目和生活区均不到两年时间建成。为此，甘肃省国防工办、甘肃矿冶局、张掖市委政府领导还参加了七九六矿的庆典大会。方向华说：“转民搬迁，重在新项目早日出效益，还好，项目建成的第二年就成了张掖市的第四大利税户。”

退休职工李占全回忆，建设时把老矿区能用的全都搬过来了，每户职工在搬迁时都从矿区拆下门窗、木材和砖瓦等运来使用。先盖110间临时平房，后建住宅楼。在秋季新学期开学前，为不误学生上课，有子女上学的职工先搬迁，安置到临时平房。1号、4号等楼竣工，临时平房的入住新房，安置第二批职工搬迁平房；2号、5号等楼竣工后，又有一批职工搬进新楼，随之从老矿区搬下来的职工再安置到腾出的临时平房，以此类推，平稳有序。搬迁工作中职工家属克服了诸多困难，有的暂时投亲靠友，有的租借私人住房或住临时简易工棚等，以大局为重，不计较小家和个人得失，体现了铀矿冶人的开阔胸怀。

对此，核工业部长蒋心雄给予了高度评价。当时核燃料系统还组织所属单位党政主要领导现场参观。方向华说："七九六矿这次转折转对了。"尽管七九六矿2002年10月政策性关闭破产终结，但社区还在，新企业在，破产后的七九六矿一分为二："甘肃昆仑工业公司"与"张掖七九六社区管理委员会"。社管会主要职能是负责原七九六矿离退休和退养人员、抚恤和伤残人员管理及生活办公设施的维持维护等工作，还在金昌、临泽退休基地设置了管理站。

七九六矿老年人生活多姿多彩，他们成立了门球队、篮球队、腰鼓队、摄影协会、书画协会等，参加甘州区火车站街道办事处举办的各项文体活动。"几乎每天早晚，七九六矿的老年人都会来到社区旁的国家湿地公园——润泉湖公园游玩，享受美好的城市生活。在张掖生活20多年了，我们已融入张掖生活。不少职工子女还在张掖市区买了新房，生活十分幸福，不少老年人已年过八旬，依然精神矍铄，每天关心国家大事、关心核工业。"社区党工委书记武永品说。

是的，七九六矿经过开工建设、投产兴旺、停产挣扎、转产搬迁多个转折，最后实现了涅槃。一个时代，就是一段岁月抹不去的能量。今天，当七九六矿的老人们安享退休生活的时候，铭刻在记忆中的那段激情燃烧的岁月，才是最为弥足珍贵的……坐在张掖返回兰州的高铁上，我还在回味社区党工委书记武永品说的话，"七九六人"是我国核工业人的一部分，他们把个人价值与核工业发展紧密联系在一起，用平凡的业绩为核事业添砖加瓦。正是这么多的核工业人为祖国的核工业默默奉献，我国才牢牢掌握了"两弹一艇"，才有今天的国际地位，才能在与强国对话时，腰板才更直，说话更有底气！

天山脚下产业蜕变

自1958年以来，我国铀矿采冶产业已走过60年历程，步入花甲之年中国铀业，在产业转型升级之后仍然保持“年轻”容颜，其关键就在于求新求变大勇不惧，依靠科技进步，创新驱动迸发着活力。他们如山崖伫立，如长松挺身。让我们走进天山脚下，走近这群弄潮儿，听他们说“铀矿产业蜕变的故事”。

成立于1964年的新疆矿务局正是这场变革中的一个缩影。从新疆矿务局走出来的新疆中核天山铀业有限公司（简称“天山铀业”），克服地质条件复杂的难题，转变常规采铀工艺，趟出了一条科学、智能、绿色的铀矿采冶之路。

靠技术变革脱胎换骨

驱车前往天山铀业七三五矿的小路上，一排排青杨簌簌迎风，慰藉着边陲空旷的土地。树苗是去年刚种下的，如今已高逾两米。

天山铀业总经理阳弈汉笑着对我们说：“扎根边疆，根就是这么扎的。”

天山铀业很多员工都来自东部、南部地区。1955年，中苏专家发现伊犁蒙其古尔等处的铀矿床后，他们作为专业人才从全国各地辐辏至此，如今已是核二代、核三代了。

位于新疆伊犁的我国第一个万吨级地浸砂岩铀矿床

新疆矿冶局局长何勇介绍：新疆矿冶局前身是新疆矿务局，成立时有两矿一厂（七三一矿、七三五矿、七三四厂），负责含铀煤矿的开采和水冶提铀，成为新疆境内唯一从事铀矿采冶、销售及科研的综合性国有独资企业。“那时候，铀矿开采还只能靠挖巷道、钻矿井、人拉肩扛，但传统工艺已无法适应新疆这块土地。”

阳奕汉边走边说：“我国铀资源情况太复杂，遇到的矿床有害物质多、没有水，有的含有高碳酸盐、有的深埋在地下 200～1000 米。与南方硬岩不同，新疆铀资源 17 个铀矿床中，有 10 个砂岩型、5 个煤岩型、2 个火山岩型，给采矿带来诸多困难。”

阳奕汉说得对，在国外最深的铀矿仅在地下 500 米范围，罕有如此复杂的地质特征。因此，即便引进国外先进的原地浸出采铀技术（简称“地浸采铀”），其设备在我国也遇到“南橘北枳”的困境。

我问："在传统工艺与国外设备都无法适应新疆铀矿开采的情况下，铀矿冶企业如何脱胎换骨?"

阳弈汉解释："技术研发是发展的基础，天山铀业的发展就是一部科技发展史，没有科技进步，就没有我们的今天。"

事实上，在老一辈核工业人艰苦创业的基础上，天山铀业专家在国内同行帮助下，着力突破了技术瓶颈，"地浸采铀技术"经过引进消化吸收再创新，更加适应了我国采铀的现实需求。

从1985年开始，天山铀业在伊犁盆地从事原地浸出采铀试验研究、项目建设、生产，并于20世纪90年代中期建成地浸采铀工业试验基地，突破了疏干砂岩地浸采铀等多项处于世界领先水平的关键技术，全面建成了我国首个千吨级铀矿山。这标志着铀矿采冶技术实现革命性跨越，开辟了我国天然铀产业绿色低碳、经济高效发展的新路。

阳弈汉自信地说："我们的技术处于世界顶尖水平，只要地下有铀矿，不管什么类型、什么条件，我们都能开发。"

地浸采铀凝聚智慧

蓝白相间的厂房点缀于矿区，铀矿开采现场没有机器轰鸣和尘土飞扬，奥秘全在地下。

据了解，采铀与采煤相似，要从褐煤中提取。如今的铀矿区更近似石油开采，通过地表钻孔的方式提取含铀溶液。铀矿在由固体到液体再到固体的转化过程中，完成从"地下宝藏"到实用金属的转变，而这都依赖于地浸采铀和地表浸出液处理工艺。

伊犁盆地是最早发现砂岩型铀矿的地区，盆地下面是疏松的砂岩和含水矿层。发现矿层以后，需在地表打钻孔。“这像采石油一样，但采石油仅需抽取液体，而采铀还需要注入溶浸液，即注入一种在地表配好的 CO_2+O_2 试剂，通过试剂在矿层的运移将铀矿溶解在水中，转变为液相。在运移 20～50 米后，再通过抽液孔将饱含金属的溶液提升至地表，输送至水冶厂。”阳弈汉介绍道。

在水冶车间，蓝色的吸附塔和白色的淋洗塔陈列整齐，正在进行地表浸出液的处理，水冶工艺最后的成品像破碎的黄饼，装满一个个蓝色圆筒。抽出地表的含铀溶液，一升里只有几毫克铀，需要通过水冶处理加工厂浓缩成一个数量级，配置淋洗剂把铀从树脂上置换出来形成高浓度的含铀溶液，再通过沉淀、烘干、压滤等工艺，最终制成代号为“111”的产品“黄饼”。

水冶厂工作人员介绍：“这里的产品品质是最好的，达到国家颁布标准的‘一级品’。”

这些“黄饼”被运送到位于湖南衡阳的二七二铀业公司，进行后续纯化转化。几毫克铀从固体到液体再到固体的旅程，看似简单，却凝聚着许多智慧。比如，由于该区赋矿矿层较多，为提高效率，天山铀业研究并实现了多层矿体协同开采技术，通过一次钻孔就能同时或分阶段开采多层铀矿，降低了钻孔施工成本和井场建设周期。“这项技术是国外也没有的，处于国际领先水平。”阳弈汉介绍。

打造绿色智能矿山

短短 30 年内，天山铀业已进行过三次采铀工艺变革，每一次变革都以更安全、更高效、更绿色为主导方向，使其最终成为国内生产规模最大、技术最先进、自动化程度最高、经济效益最好的地浸矿山企业。

早期的开采方式对人体的消耗和地表环境的影响巨大。而在引入地浸采铀技术的初期，注入矿层的溶浸液采用的还是硫酸试剂，对环境的伤害亦不能免。最终，以 CO_2+O_2 为代表的微试剂浸出工艺在我国规模化应用，解决了“伤害”问题。

CO_2 和 O_2 都是自然界的气体，不会因注入化学离子对地表、地下造成任何污染。水冶后剩余的尾液还会进行回收，再次加入 CO_2 和 O_2，作为新的溶浸液注入矿区。

阳弈汉说：“我国是继美国之后第二个采用 CO_2+O_2 微试剂浸出技术的国家，而我国的主要技术指标优于美国，回收资源的最低品位可达到 0.01%，优于美国的 0.05%；水冶回收率达到 99.45%，比美国高 5～10 个百分点。

环顾四周，一片片海棠树和杏树林掩映下的厂区人迹寥寥。在集控室，只见两名工作人员对着电脑屏幕进行自动化控制。天山铀业生产计划处处长陈国贞告诉我们：“原来两矿一厂有 7200 人，现在不到 50 人工作。人虽然少了，但现在一年的产量比原来 20 年的产量还要多。科学、绿色采冶是我们追求的目标，30 多年来，没有发生一起环境污染事件。”

阳弈汉补充：“现在的采矿已经转移到办公室，井场、水冶的控制都在计算机上操作，在现场只需进行维修维护。我们的大部分工作人员都在技术研发领域，现场工人占比很小。”

我们在生产区转了转，发现生产过程自动化、井场采区真的无人，信息化建设极大提高了铀矿资源利用率，有效提高了工作效率。按照这样的绿色智能发展之路，中国铀业已经绘出了蓝图：到 2030 年，天然铀产能比目前增加 2 倍，成为国际一流的天然铀企业；到 2040 年，天然铀产能在 2030 年的基础上再翻一番。

为南昌争光的七二〇厂

在军旗升起的地方，曾有一个核工业企业，荣获“为南昌争光奖”，她就是中国核工业七二〇厂。

七二〇厂，是1969年在原二机部三院的院址上建厂的，原始厂名为国营七二〇厂（02单位），先后更名为：核工业部七二〇厂、中国核工业总公司七二〇厂，隶属核工业铀矿冶系统，地处南昌市新建区兴国路。全厂占地997亩，1997年划为国有大型二类企业，2008年在册职工1460多人。

七二〇厂生产现场

七二〇厂原来是一个铀矿冶非标设备制造厂，具有机械制造全系统闭环生产线，包括铸造、锻造、机加工、铆焊车间，取得压力容器和罐笼生产许可证等资质，还有完善的军工基础保障设施，包括专用水厂、高压变电站、车队、基建队等，通过军工质量管理体系认证，70年代圆满完成了各项铀矿冶非标设备及配件制造计划，主要产品包括采掘设备（配件）、提升设备（罐笼）、运输设备（矿车）、压力容器等矿山与水冶非标设备，为我国核工业铀矿冶厂矿配套服务作出了重要贡献。

20世纪80年代，在核工业两级矿冶局的正确领导下，根据国家保军转民的战略调整，七二〇厂发扬“两弹一星”精神和发挥军工技术优势，走军品和民品相结合的道路。面向市场进行二次创业，先后成功开发了10多种机械与冶金高新技术系列产品，包括液压油缸、起重机、带式过滤机、胶带过滤机、罩式退火炉、电力变压器附件、汽车配件、冷轧带钢、高频焊管、钢门窗和电渣熔铸产品。其中：胶带过滤机属国家重点新产品开发计划项目（替代进口），电渣熔铸产品属国家863高新技术计划项目（填补空白）。企业具有起重机生产许可证、电镀生产许可证书等多项特种生产资质。通过了多种质量保证体系认证，包括ISO 9001、QS 9000和TS 16949美国AQA认证。产品广销国内外，年产值超亿元，被评为“江西省先进企业”，李定凡、王寿君等省部级领导莅临视察时无不赞扬。

同时，企业成立了深圳海鹰机械公司，还建立了过滤机械研究所，起草了《带式真空过滤机》等多项国家标准；创办了《过滤机械研究与应用》杂志和《过滤与分离》国际性期刊，具有出版许可证。中国“两弹一星”元勋钱三强为杂志题写了刊名，中国核工业部部长蒋心雄为期刊题词“攀过滤理论高峰 推广技术新成果”。取得了带式真空过滤机等10多项国家专利，获得了10多项省部级科技进步奖。

随着南方硬岩铀矿资源枯竭，核工业江西矿冶局系统的四大铀矿实施政策性关闭破产，七二〇厂也依据国家有关政策，于2008年12月正式实施政策性破产。为了承接七二〇厂等单位的有效民品资源和妥善安置七二〇厂的员工，于2004年提前重组了江西核工业金建机械有限责任公司（简称：金建公司）。七二〇厂的设备和产品全部转让给金建公司，土地划转给江西矿冶局。七二〇厂在关闭破产期间和金建公司两个单位是一套人马。

金建公司是一个军品和民品相结合、二产和三产相结合的国有全资公司。公司下属：汽车零部件事业部、军核产品事业部、过滤机事业部。核心业务优化为分离机械、冶金设备、矿山设备、汽车零部件，兼营三产，年年有效益。汽车零部件事业部具有原核工业七二一矿的年产1300多吨铝合金压铸件生产线，并新建了年加工能力18万件各类汽车零件的数控机加工生产线。军核产品事业部成功设计与制造了中核沽源铀业460矿主工艺成套非标设备（86台/套）。2012年12月，金建公司遵照中国核工业集团公司非核民品调整的要求改制为民营企业。

七二〇厂在关闭破产期间，为帮助七二一矿和七二四矿异地安置部分职工，无偿提供了1300多套经济适用住房建设用地，为兄弟单位做出了贡献。同时，成立了七二〇社区，改造和完善了社区的基础设施，社区具有学校、医院、银行、邮局、公交、俱乐部、足球场、农贸市场等，是江西省园林化单位，是一个宜居的好地方。

七八一矿的变迁

藏身大山中，为国采集铀矿石

“粽叶、江米便宜卖了!”

“刚摘的桃、杏，不甜不要钱，两块钱一斤，快来买喽!”

2019年6月初的一天早晨，笔者[①]来到河南许昌市文兴路与兴昌路交叉口，只见路口西侧临街楼前好不热闹。人行道两旁摆满了出售新鲜果蔬的摊位，刚刚上市的桃、杏、樱桃等摆在路边，不少路人停下脚步，站在摊位前挑选。买卖双方站在路边讨价还价，这里俨然成为一个热闹的农贸市场。

笔者注意到，热闹的“农贸市场”紧挨一个名叫“许昌市祥和社区”的小区。小区大门口有挡车杆，有保安。小区临街楼的门面房墙壁上有不少“七八一”字样，如七八一日杂店、七八一商店、七八一烟酒、七八一砂锅老店等。从临街楼的宽度来看，这里应该是一个规模比较大的小区。

在小区老年活动中心中，83岁的七八一厂退休干部白相彬正在看报纸。笔者问他为何这里叫七八一厂，以前是做什么的，他充满

---

① 指作者卢安军。

警惕地说这是国家机密，不能泄露。笔者说明来意，他还是很谨慎，不愿透露工作细节。

71 岁的何树樱笑着说：“我们这里是七八一厂家属院，居民大多是七八一厂的职工和家属。”何树樱是七八一厂的退休干部，现任魏都区新兴街道办事处南环社区党支部书记。在她的引领下，笔者见到了“市祥和社区管理委员会”党委书记宋建国。

祥和社区、南环社区在小区的同一栋楼上办公，这两个社区是什么关系？“乍一听祥和社区这个名字，很多人以为这儿是个社区，其实不是。”宋建国说，市祥和社区管理委员会是七八一厂破产改制后，为了安顿该企业的老职工而成立的服务机构。

“也可以这么理解，祥和社区是我们魏都区新兴街道办事处南环社区管辖的众多小区中的一个，只不过该小区较为特殊，有军工企业背景。”何树樱说。祥和社区的居民多为一个单位的退休职工和家属，彼此比较熟悉，管理起来相对方便。

“我们单位最早的名字叫七八一矿，矿址在驻马店遂平境内的嵖岈山上。20 世纪 80 年代转移到许昌，没有了矿山，便改称为七八一厂。”提起七八一厂的过往，宋建国说，20 世纪五六十年代，我们国家有核工业部、航天工业部等部门。改革开放后，为了转变政府职能，这些部门被改为公司。七八一矿便是中国核工业总公司湖南矿冶局的下属企业，从事铀矿开采。

“七八一矿是军工企业，经过专家勘探，矿区建在了驻马店市遂平县嵖岈山，位置比较隐秘。”宋建国说。七八一铀矿床是河南省地质局 17 队于 20 世纪六十年代初发现而勘探出的。1966 年，二机部决定成立七八一矿。1967 年，国家调七一一矿原副矿长曹德元进入七八一矿，负责筹建工作。

曹德元的回忆录中记载，他于1967年4月2日来到遂平县，该矿对外的邮编号码便是42号信箱。七八一矿的土建由豫南建筑公司第六工程处负责施工。1969年年初，除国家调配大量干部、技术人员外，该矿还从驻马店的4个县招收了新工人下井进矿作业。当时，七八一矿定为县团级矿山，主要开采铀矿。红火时，矿上职工1000多人，连家属一起上万人，矿部所在地嵖岈山公社赵庄比遂平县热闹多了。

“矿上职工来自全国各地，技术人员和管理人员多是从其他矿山调过来的，下井矿工主要是驻马店本地的年轻人。”宋建国说。当时，七八一矿是同类同时期建设的矿点中用的时间最短、投资最少、效益最好的矿山，为国家核工业建设作出了不少贡献。

七八一矿是核工业部下属企业，采集的是铀矿石，因此该矿属于保密单位，招工时首先要过政审这一关。

“我是复员军人，家是驻马店上蔡的，复员后得知新建的七八一矿正在招人，我就报了名，1969年4月进矿工作。”今年74岁的七八一矿退休职工孙新平回忆。虽然七八一矿是国有企业，进了矿就端上了铁饭碗，但一想到要下井工作，既辛苦又危险，部分新来的年轻人打起退堂鼓，离开了矿山。

据七八一矿的老职工回忆，下井工作确实辛苦，没有吃苦精神是坚持不下去的。今年75岁的退休职工焦三学说：“采集矿石分打眼、放炮、出渣、外运四个工序。最辛苦的岗位是出渣工，在机械不太先进的年代里，很多矿石都是矿工用耙子和铁锹弄到矿车上，然后运到井上的。”

"下井的矿工都是复员军人，身体素质好。记得矿上食堂经常包包子，井上工作人员一顿吃能4个，井下的矿工则能一顿能吃七八个。最能吃的是同事魏书贤，他一顿能吃12个。"焦三学笑着说。

矿上最初实行军事化管理，新招的矿工被编成了几个连队，一连负责生产，二连负责机电，三连负责运输，四连负责后勤，五连负责钻探。每天起床、上工、吃饭、就寝的时间都有规定，职工还要出早操。

七八一矿建成初期，条件相当艰苦。刚开始没有职工宿舍，大伙儿便在矿区搭草棚居住。职工夏天在小河沟里洗澡；冬天用锅炉烧水，在大水缸里洗澡。山区风大，职工住的草棚的顶棚常被大风刮走，堆好的沙子一夜就散了。山区的夜里还常有狼和豹子出没，职工出门都拿着木棒防身。

30多年前，转产搬往许昌

七八一矿在嵖岈山中，位置偏远，交通不便，最近的公社在10公里外，距离遂平县城有40多公里，平时矿区买菜都得开着卡车往山上运。那么，为何矿区建在这么偏僻的地方呢？一是因为这里有丰富的地下铀矿，二是因为"三线建设"。

20世纪60年代中期至70年代末期，我国周边形势十分严峻，为了抗御外敌、加强国力，同时改变全国生产力布局不合理的状况，我国提出"三线建设"的战略构想，把全国划分为前线、中间地带和战略后方。中国将一些重要的工业项目建在"靠山、分散、隐蔽、钻洞"的战略后方。

七八一矿就是在这个大背景下建立的军工企业。它藏身于深山老林中，不为世人所知，就连当地人也不清楚这个矿区到底是干什么的，只知道它的代号是“781”，通信地址是“42号信箱”，是当地人羡慕的国有大单位。

“就连我们家人，也不清楚我们到底在做什么。每次回家，我们从来不和家人说单位的事。”75岁的焦三学说。七八一厂职工都签订了保密协议，因为他们的工作神圣而又神秘，是国家核工业发展的重要一环。因此，职工必须有高度的政治觉悟，防止别有用心的人窃取国家机密。

“我们是工人，周末可以休息，但很多职工的老家在很远的外地，一年顶多回家一两次，因此周末只能在矿区打发时间。不过还好，我们矿区的基础条件还不错，有宿舍、操场、医院、学校和电影院等。”焦三学说。

离家近的驻马店职工，周末一般选择回家。“那个年代，每家基本上都有三四个孩子，我们男人在矿区上班，照顾孩子的重担全部落在妻子的肩膀上。”焦三学说。进矿工作，生活有了基本保障，但也牺牲了和家人团聚的时间。因此，一到周六下午，本地职工纷纷乘坐矿区汽车下山，回家享受家庭温暖。

1975年8月5日至7日，驻马店连降暴雨，形成水灾。“当时我在开封招工，在火车站见到驻马店老乡，从他们那里得知家乡发水了，灾情十分严重。于是，我们赶紧买票回家，却发现火车已经停运。”74岁的退休职工孙新平回忆，当年他们几个同事搭乘货车往驻马店赶，刚过许昌市就发现，沿途墙倒屋塌，碗口粗的大树横在河道中。驻马店更是触目惊心，大货车在河里漂。

七八一矿受到洪水影响不算太大，山下的遂平县却成了一片汪洋，矿区立即进行救灾总动员。矿区职工立即行动起来，连家属也一起上阵。“我们矿里的职工很多都是驻马店人，家里也受了灾，但此次单位组织救灾行动，所有人都听从指挥，全力帮助遂平县抗洪救灾。洪水过后3天，他们才回家。这种无私奉献的精神令人感动。”焦三学说。

七八一矿职工驾驶大货车在水中蹚出一条“生命通道”，将困在水中的群众一一救出。据材料记载：“救灾第三天，水退了下去，随后我们又派出10多辆汽车和司机，帮助遂平县救灾。县委书记亲自安排司机住宿和汽车用油问题……救灾结束后，到七八一矿慰问，送来锦旗，送来节目。”

1985年8月，驻马店再次遭遇洪水灾害。七八一矿成立抗洪救灾指挥部，170多人组成抗洪救灾大军，出动40余辆汽车、救护车，将药品送到救灾前线。面对滔滔洪水和嚎哭声，职工顾不上脱掉衣服就往洪水中跳，冲向落水的群众。

七八一矿建成后，累计向国家提供铀矿石39万多吨。党的十一届三中全会后，随着全国工作重点的转移，我国的核工业建设也进行了重大调整，从过去的主要为军用服务转变到军民结合，重点转到为国民经济和人民生活服务上来。

祥和社区管理委员会党委书记宋建国介绍，到了1984年，根据经济政策的调整，国家实行“讲究效益，择优生产”的政策，对成本高的企业采取关停或转产。“我们矿当时是粗放型企业，开采的铀品位低、损耗大，效益一年不如一年。之后，为响应国家号召，七八一矿开始实行全面转产，进行第二次创业。”

当时，根据市场的需要和自身特点，七八一矿开始转产几个民用产品，有建材行业的玻璃纤维项目、有色金属方面的工业硅等。

“之前军用产品是国家统购统销，转为民用后要和市场接轨，考虑到新项目特点以及交通等多方面的因素，七八一矿准备搬迁。”宋建国说。他们在郑州、漯河、三门峡、许昌等地考察，最终确定新项目搬迁至许昌城南。“其实，我们先去的是城北的殂庄，但没有相中。”

“你看，照片中抡锤的人就是我，我们在钉橛子确定生活区范围。”今年 74 岁的马明宇是市祥和社区管理委员会第二党支部书记，至今他还保存着来许昌选址、建厂的照片。

照片中，40 多岁的他意气风发，和同事钉橛子的地方就是如今的祥和社区，他身后的那条窄窄的柏油路，就是当年的 107 国道，如今已变成市区道路文兴路。

几经改革，最终还是走向破产

一家国有大企业，在历史的洪流中被迫转产搬迁至他地，背后一定有许多心酸的故事。在采访中，笔者听到不少老职工感慨初到许昌的那段蜗居时光。

七八一厂的退休职工孙新平回忆，他们单位从 1985 年开始向许昌搬迁，陆陆续续搬迁了好多年，职工两地工作、生活很不方便。1993 年，单位做出突击搬迁的决定，短短 3 个月，原驻马店矿区留守机关、子弟学校、职工医院近 300 户全部搬迁至许昌。

“当年来到许昌，一家四五口挤在一间简易平房里，夏天热得整夜睡不着，冬天窗户四处漏风，日子真的太苦了。”孙新平说。从驻马店来许昌时，他们单位已经开始走下坡路了。为解决搬迁而来的职工住房问题，每户职工在搬迁时都从矿区拆下门窗、木材和房瓦等旧建材，然后运到许昌使用。在生活区和生产区，凡是超过100平方米的空地，都盖有简易平房。一家无论人口多少，都只分到一间面积为14平方米的简易房。

为此，许多从矿区搬来的职工，家具大多在当地廉价卖掉。搬迁到许昌后，新住所低矮、狭小、昏暗，除了床之外，别无他物，生活条件之艰苦令人难以想象。一名许昌市教育局的领导在院中视察重建后的子弟学校，苦涩地称其为“抗大式”学校，可见当时条件之艰苦。

虽然近500户职工蜗居数年，但在这个过程中，七八一厂解决了职工的后顾之忧。七八一厂为300多名职工的家属及其子女办理了农转非手续。这是十分难得的，使搬迁至许昌的职工子女此后的就学、就业条件大大改善。

单位搬迁至许昌初期，七八一厂职工在生活中遇到不少难题，住房面积严重不足，子女就业难，部分家庭连温饱都成问题。原来高工资的井下工作者，来到许昌后工资水平大大下降，一个人的工资养活一大家子很是拮据。

“我们是外来户，在这里人生地不熟，家属出门两眼一抹黑，一没技术，二没文凭，想打个零工都难。”孙新平说。七八一厂家属院占了许昌县（今建安区）枪杆刘村和小王庄的地，刚来许昌那几年，我们和村民还发生过摩擦。

转产搬迁，重在加开转产步伐，让新项目早日出效益，让更多的职工有出路。但七八一厂的转产，困难重重。他们从单纯的军工生产转向民品生产；从国家统筹统销到面向市场、自主经营，从封闭式的产品经济转向开放性的自负盈亏的商品经济，其经营思想、经营作风、经营方式和经营手段都发生了很大变化，一时间难以适应。当资金出现短缺，工人收入下降，生活水平普遍降低时，职工的情绪波动很大。

为此，七八一厂先后调研了20多个民品项目，大大小小上马了9个项目，如玻璃纤维厂、工业硅厂、絮片厂、金刚石厂、喷胶棉厂、建筑安装公司、岩土工程公司等，从中我们可以看出七八一厂立志改革的决心和魄力。这些新厂在一段时间内为职工提供了出路，对七八一厂的相对稳定起到了应有的作用。

“搬迁的过程中，我们是边建设边投入生产的。”宋建国说，工业硅厂是“七八一人”寄予厚望的支柱产品，工业硅项目的定位是出口。但是产品生产出来之后，国际形势发生变化，西方一些国家对我国实行经济制裁，生产的工业硅销售不出去，国内又没有需求，这个项目就此停止。

工业硅项目的停止并没有让七八一厂退步，根据国家政策的调整，七八一厂又进行了几次改革，除了玻璃纤维项目外，他们又开设了金刚石项目、无纺布项目等。“由于缺乏市场经验，经过几年艰难挣扎，这些项目大多走向消亡。2003年10月，国家对七八一厂进行了政策性破产。”宋建国说。

至此，七八一厂经过筹建、投产、兴旺、转产、困境挣扎多个历史阶段，实现了最后的涅槃。破产后的七八一厂一分为二，有效资产经过重组，成立了“许昌欣元纤维制品有限公司”，原后勤一块组建了“许昌市祥和社区管理委员会”，其主要职能是负责原单位（七八一厂）离退休人员、退养人员、抚恤人员和伤残人员的管理及办公设施的维持、维护等工作。

在祥和社区和南环社区的双重管理下，七八一厂家属院老年人的生活多姿多彩，他们成立了腰鼓队、晨练站、艺术团等。在社区举办的文艺汇演中，他们登台表演戏曲、歌舞等节目，展示了“七八一人”的精神风貌。

“几乎每天早晚，七八一厂的老年人都会来到市区游园、广场，享受美好的城市生活。在许昌生活了30多年，我们这些‘外来户’已融入许昌生活。不少职工子女还在许昌市区买了新房，生活十分幸福。”南环社区党支部书记、71岁的七八一厂退休干部何树樱说。

如今，七八一厂的离退休职工在党和政府的关怀下，过着幸福、安逸的晚年生活，不少老年人已年过九旬，依然精神矍铄，每天关心国家大事。

“每次看到五星红旗在国际会场高高飘扬，我们心里就无比自豪。”何树樱说。正是这么多的“七八一人”为祖国的核工业默默奉献，我国才牢牢掌握了“核”心技术，才有更高的国际地位，在与强国对话时，祖国的腰板更直，说话更有底气。“能为国家核工业奉献青春，我们老一代‘七八一人’无怨无悔!”

铀锗提取试验的艰难岁月

阳春三月，云南临沧勐托盆地油菜花一片金黄，一缕清香引来蜂飞蝶舞，林中画眉欢唱，一群白鹭列队在牛背上，悠然自得，满山松涛阵阵，仿佛要迎接远方的客人。

1995 年 3 月 25 日，核工业总公司党组书记、总经理蒋心雄，在这春暖花开的时节到云南七六五矿视察。全矿老老少少都想聆听总经理给七六五矿带来发展的好消息！

通过近一周的视察、访问、调研，总经理蒋心雄提出了云南核工业“四轮驱动”（铀、锗、金、第三产业）发展的重要指示。遵照总经理蒋心雄的指示，七六五矿于 1995 年 5 月成立了试验筹备领导小组，矿党委书记杨学忠任组长，面对挑战，杨学忠接受了这个任务，从此，开始了从煤矿中提锗的调研与攻关。

杨学忠 1945 年 8 月出生于云南凤庆县，是地地道道的白族人。因为，占有天时地利人和的优势，组织上让他来负责这项工作。

1994 年，七六五矿因资源枯竭而停产，大量的富余人员没有事做，职工生活十分困难，企业向何处呢？一直困扰着这一届领导班子。总经理蒋心雄提出的云南核工业“四轮驱动”给困境中七六五矿拨亮了曙光。

为了完成蒋心雄总经理交给的重任，以杨学忠为首的这届领导先后调查了原地区冶炼厂4号车间从锗煤中提取二氧化锗的工艺，临沧鑫园锗业有限公司火法收锗尘的工艺，八六九厂（为了开发临沧县大寨301矿床，1985年二机部给云南省人民政府来函提出开采301矿床含铀、锗煤5000吨，云南省人民政府同意并转发给临沧行署和临沧县人民政府。1986年9月核工业云南矿冶局根据二机部的指示组建了八六九试验厂。因为工厂组建时是1986年9月份，故名“八六九”）整个流程工艺，逐项进行分析研究，找出症结。

杨学忠认为八六九试验厂第一次试验总投资520万元，打通流程后拿出了十几公斤铀锗产品，无效益可言。八六九厂交给七六五矿管理后，矿里派黄华基同志和八六九留下来的几个骨干又进行了一次试验，这次试验耗资28万元，其结果无期而终。

在两次试验中让杨学忠一帮人吸取了教训：一是鑫园公司链条炉、八六九的沸腾炉都无法处理301矿床含铀锗泥质煤，更不能处理含铀锗的砂矿。二是临沧地区冶炼厂4号车间从含铀锗煤中提取二氧化锗的技术工艺十分落后，总回收率不到40%，但是这种工艺给了他们很大的启发。通过技术论证，杨学忠大胆地提出了八六九厂缩短工艺流程，提高回收率的全新试验方案，并在试验的实践中得到验证。在同志们的支持配合下，矿里编制了一个完整的可行性研究报告，并上报中核总公司。

当报告内容一一公开，矿里的职工家属议论纷纷，有的认为七六五矿有希望了，更多人的则是担心、疑问。

有人风趣地说：“那些泥巴煤在上面种小白菜是可以的，但要拿出锗产品，简直是天方夜谭!”

还有人说：“可行性报告是杨学忠写的，推荐他来完成这个任务，书记敢下海，我们敢下江。”

1995年底，从煤中提炼锗的报告在七六五矿党委扩大会上通过，并上报到云南矿冶公司。1996年1月，杨学忠和云南矿冶公司董成喜赶到北京报批这个项目。在局生产技术处连续呆了4个上午，他们一一回答了专家的提问，打消了专家质疑。在矿冶局陆有临局长的关心下，当即拍板借给七六五矿试验资金40万元，杨学忠、董成喜高高兴兴地回到了云南。

1996年1月下旬，技改筹备组共12人开始进入八六九技改现场，对工艺设备进行艰难的技改。

一是资金投入不足。40万资金很难支撑庞大的设备购买和预付煤矿煤款。二是缺乏技工。50千瓦的变压器没钱去请人安装。三是没有交通运输工具起吊设备。诸多的困难压得杨学忠一干人喘不过气来。在安装收尘器过程中，杨学忠不慎从台架上掉下来，右手骨折。他的一个战友知道后开车将他送到临沧地区医院治疗，杨学忠到医院上了夹板，到街上买了几包草药立刻返回试验厂。

那天晚上，他想了很多。自己这么大年纪了，为什么要这样豁出命去干？是因为自己是七六五矿的领头雁，是一份责任与担当。杨学忠强忍着疼痛熬到了天刚，第二天清早他便一瘸一拐地来到工作现场。

通过三个月的艰苦奋斗，共维修房屋面积近900平方米，建起燃炉房、煤棚、酸棚近370平方米，安装排污、蒸气管道780米，维修进厂公路近400米，制作安装大小设备32台件，为进行扩大试验打下坚实基础。在后来生产试验过程中又先后7次对焙烧炉、收尘系统、引风系统、冷却系统、氯化、蒸镏工艺设备进行技改，对化工原料的工艺参数进行修订。

试验厂于1996年5月10日带料试车，各项指标好于设计要求。5至12月共处理矿煤700余吨，平均品位0.035%，富集倍数为128倍，生产二氧化锗220千克，总回收率达59%，比临沧锗厂高出近8个百分点，比原计划高4个百分点，二氧化锗纯度大于99%（昆明冶金研究院化验结果），杂质低于国家标准。前后不到八个月时间，完成试验生产产值153万元，实现销售收入141万元，货款回收率100%。当年除全部还清技改借款和设备赊购款、补发职工工资、奖金、纳税外，还实现利润42万元，极大地鼓舞了职工士气。

通过两年多的试生产，共处理含铀锗煤矿3221吨，平均品位0.0398%；共生产锗精矿17 400千克，平均品位5.567 5%，平均富集倍数为143倍，共生产锗金属近878千克，总回收率为68.5%，创产值619万元，利税42万元，上交云南矿冶公司和七六五矿管理费和利润分成近155万元。

实践证明，七六五矿从煤矿中提锗试验工作达到了预期目的，为企业在困境中的生存发展找到了一条新路。

难忘的赣杭带

“赣杭带”是“赣杭构造火山岩成矿带”的简称，西起江西乐安，东至浙江绍兴，总体呈北东向展布，是我国一条重要的火山岩铀多金属成矿带。

从20世纪50年代至70年代，原核工业部铀矿地质系统在该带上投入了大量的铀矿勘查工作，找矿成果突出，成为我国重要的，前景广阔的火山岩铀成矿带。为了深化认识，总结规律，继续扩大老矿区，突破新基地。地质局在1980年11月召开的“相山会议”上，拟给华东地质局“六五”期间研究“赣杭带”的任务，作为核工业部“六五”期间攻关科研项目。对此，华东地勘局于次年6月召开“金华会议”，做了专门研究和部署，确定了“赣杭构造火山岩成矿带铀成矿规律及成矿预测”研究项目名称，并决定由

二七〇所——钻探现场

二七〇研究所、二六一、二六五、二六八和二六九地质大队共同承担研究任务。为确保研究任务的顺利完成，成立了项目领导小组，负责项目的组织领导工作。具体业务技术工作由二七〇研究所负责组织实施。各单位按总体规划承担各自任务。二七〇所全力以赴，各大队则由原综合研究队或挑选精兵强将组成专门研究组织具体实施。参加项目研究的各类技术人员共 243 人，其中高级工程师 55 人。

“赣杭带”项目以应用研究为主、以总结成矿规律为中心、以进行区域成矿预测和指明找矿方向为目的。在整个工作过程中投入了大量的野外实地调研和室内分析测试及资料综合整理。

在研究过程中努力做到所与队、点与面、野外与室内、客观与微观，多专业、多方法、多技术：如同位素地质、遥感地质、稀土配分、电子探针、红外、拉曼光谱、计算机技术、数学地质方法、航空能谱资料处理、水中同位素比值新方法应用研究等等。

在工作中狠抓成果质量，加强科研成果的及时应用和成果信息的反馈。从 1982 年 7 月至 1986 年 10 月，历时 4 年，圆满地完成了任务，取得了丰硕的研究成果。完成各类科研报告 72 个和 300 多万字的文字记录。

通过这项研究，对研究区的基础地质，成矿规律的认识有明显的提高，对赣杭构造带的形成与演化，中生代火山岩地层的划分与对比、主要成矿火山岩的岩石化学特性、火山构造的划分、区域物化探特征及放射性水文地质特征、火山岩矿床成矿条件及成矿特征等方面有了不同程度的新认识。在全面分析区域成矿条件和总结成矿规律基础上提出了火山岩型铀矿的成矿规模和找矿模式，对全区进行了综合评价和预测、划分出各级远景区共32个，并对今后的找矿工作提出了建议。该成果经核工业部组织专家进行了部级鉴定，评委们一致认为，这是一份铀矿区域性、综合性优秀研究成果，具有一定的学术和理论水平，有较大的应用价值，在我国区域性、综合性火山岩型铀成矿规律研究中处于较高地位，该成果对赣杭带铀矿勘查工作具有指导意义，对全国其他火山岩型铀矿找矿和科研工作也有参考价值。获得了1987年度核工业部科技进步一等奖。

1988年11月，中国科学院地质部主任涂光炽院士、学部委员徐克勤和李文达、张祖还教授对赣杭带进行了实地考察，听取了项目成果报告，参观了项目研究成果。学者和专家们认为研究成果达到了国际同类型铀矿成矿理论的水平，具重要理论意义，所总结的成矿规律、模式和判据等具有重要的实用价值，并当场题词嘉奖。科研成果还得到了国外铀矿地质界的重视，法国、美国、日本、澳大利亚等10个国家的铀矿专家实地考察后认为：中国火山岩铀矿的勘探和研究，取得了瞩目的成果，走在了世界的前列。

1989年7月经国家科学技术进步奖评审委员会评审评定，获得了该年度国家科技进步一等奖。项目负责人之一的刘义发同志出席了全国颁奖大会，受到了党和国家领导人的接见，4队1所集体和15个人也受到了嘉奖。这一殊荣也是我国核工业地质系统科研史上第一个最高奖励。

七一五矿 一道靓丽的风景

七一五矿是1970年根据国防科工委“8·15”会议的决定，于同年11月筹建，坐落于安化烟溪偏僻山区。1974年，建成投产，但仅生产了12年。

1986年，为贯彻党中央国务院关于国民经济调整的战略方针，停军退役，全面转产。这在核工业矿冶系统是走在最前头的企业之一。

“停军”对于一个多年从事军品生产的企业来说，这意味着全矿赖以生存的主要手段和经济来源断了。“停军”在当时对于绝大多数人是十分突然的，没有足够的思想准备，特别是一些老同志，感到怎么也不能接受。“1985年七一五矿创历史最好水平，为什么要停七一五矿?”

核工业湖南无纺布厂

在职工生活只能靠国家拨给的少量维持费维持，生活十分困苦的情况下，经过艰苦努力，1991 年，七一五矿被列入国家“八五”“三线”脱险搬迁计划，向银城益阳市进军。1992 年 8 月，七一五矿脱险搬迁项目——生产聚酯长丝无纺布的核工业湖南无纺布厂，在当地政府有关部门的大力支持下，在益阳市朝阳开发区破土动工。

1993 年 4 月，七一五与意大利 ORV 公司签订了引进生产线的技术合同。项目主厂房在 1993 年 11 月 1 日动工后，克服了阴雨天多、施工条件差的困难，与二十五公司一道，增加施工力量，加班加点抢晴天、战雨天，日夜奋战交叉作业，仅用 9 个月时间完成了支柱项目生产线的土建工程建设，3 个月完成了设备安装，1 个月完成设备调试。

1995 年 1 月 15 日，开始全线联动试车，上至矿领导下至操作工都守在现场，奋战 24 个小时，终于取得了一次投料试车成功；2 月 2 日，生产出第一批聚酯土工布；2 月 9 日生产出第一批聚酯基胎布，全线投料试车成功。同年生产聚酯油毡基胎布、土工布两大系列产品 660 吨，产值达 2000 多万元，产品质量符合设计要求，很快打开了市场，站稳了脚跟。

具有世界先进水平、年产 3500 吨的聚酯长丝无纺布的生产线宣告建成了。这时，七一五矿人沉浸在欢乐喜悦之中，无不为之欢欣鼓舞、奔走相告：“我们成功了，我们终于实现了第二次创业！”

新建的核工业湖南无纺布厂没有歇滞，又马不停蹄地迎着市场经济的风浪，踩着市场急促的鼓点踏上竞争的新途，一年上一个台阶，继续前进。1996 年产量 1336 吨、1997 年上升为 2617 吨、1998 年产量接近 3500 吨，当年产值超一亿元，实现销售收入 8000 万元以上，首次实现扭亏为盈，略有利润。产品平均合格率也由最低的87.3%上升到96.4%，产品遍销全国20多个省市自治区。

聚酯长丝无纺布生产技术难度大，自动化程度高，是纺织化纤边缘行业，涉及跨专业多学科的知识，又是全套引进国外的生产线，作为和矿石打交道的企业要征服它，其难度可想而知。核工业湖南无纺布厂把加强转岗培训、提高职工素质作为当务之急和重中之重的工作，采取选送有一定文化素质的人员到大专院校和科研机构进修学习；选派骨干到国外培训，学习现场操作，并在厂内开展带、帮、学的技术练兵和技术攻关。员工技术业务素质明显提升，翻译了多种技术资料文件284本计2700万字，制定了多工序技术规程和操作手册，基础管理细则，生产过程也由过去的从投入到产出需1小时缩短为20分钟。为适应市场，利用现有设备，技术人员进行攻关，经过反复摸索试验，成功地开发了100克/平方米的低克重薄型产品。为扩大销售，他们结合产品特点，制定销售策略，引进激励机制，不断拓展了市场。

通过中央电视台、《中国建材报》等新闻媒体广泛宣传产品，通过参加各类展销会展示了品牌，从而取得了较高的知名度。先后荣获“湖南省优秀新产品”“湖南省质量免检产品”“湖南省科技新产品”“湖南省名牌产品”“国家级重点新产品”等荣誉称号。1999年2月，通过了ISO 9002质量体系认证，被国家经贸委定为水利建设新型土工材料第一批重点生产厂家。

在国家一些重点工程，首都国际机场东跑道改造、深圳河治理、盐田港工程、昆明滇池治理工程的竞标中屡次夺标，“银山牌”聚酯无纺布国内市场占有率达到70%，产品还远销到日本、韩国、俄罗斯等国家和港澳台地区。停军转民后重生的核工业湖南无纺布厂，迈步在市场经济的新旅程上，踏出了她刚劲有力的脚印。

为了实现项目建设、退役环境治理、全矿整体搬迁的目标，在上级没有专项住房拨款、资金紧张的情况下，七一五矿硬是想方设法，精打细算，多方筹措，能省就省，完成了搬迁任务。在建好厂房的同时，抓紧完成了570多套住宅的建设。1998年7月全矿700多户、3000多人全部顺利平安从安化搬迁到益阳新家，在益阳这片充满希望的热土上开始新的生活。

在中国文联出版的《闪光的生命线》一书里，作者是这样描述的："七一五矿，这个从湘西大山中搬迁益阳市的军工企业，在短短的几年里发生了巨大的变化；新建聚酯无纺布项目产销量一年迈上一个新台阶，成为全国无纺布第一品牌，占全国市场份额70%以上；厂区内道路宽，整洁，绿树成荫，芳草萋萋，花香袭人，成为独具特色的花园式工厂；职工群众生活稳定，文明之风盛行……"一个过去完全靠计划经济的军工企业，在社会主义市场经济的新形势下，不但站稳了脚跟，而且一步一个脚印向前发展，成为益阳市朝阳开发区落户的第一家，是银城一道靓丽的风景线。

桃花盛开的季节

人生如烟，弹指一挥间。漫漫七十余年的旅程，在不知不觉中度过了。

近四十年，桃花几度盛开，工作几易岗位，我①的重心始终围绕铀矿地质，留下一抹淡淡的馨香。为过去而缅怀，为岁月而珍重，为春天而歌唱。

踏上新征程

1955 年 4 月，首都北京骄阳明媚，桃花盛开，春意盎然。早晨上班，科长便急急要我去木樨地“八大部”大楼地质二处报到。

原来党中央毛主席高瞻远瞩，决定发展中国原子能事业。为了祖国原子能事业，我便从北京有色冶金设计总院，调到南方第一支铀矿地质勘查队中南三〇九地质大队，接到调令的我无比激动。

第二天便启程南下，告别繁华的首都北京，远赴广西。从此，我的命运便与祖国的青山绿水大好河山和铀矿地质紧密地联系在一起。

阳春四月，桃花开遍天涯。乘火车南下，当火车驶进山水甲天

---

① 我指作者郑作环。

下的桂林，我为如诗如梦的琼峰碧水所迷痴。我暗下决心，为妖娆的祖国山河，愿献出全部青春和力量。

1958 年地质队员身背第一代伽马仪找矿途中休息

从桂林前往花山有两天路程，我们乘汽车东进，第二天一路经过阳朔、平乐、荔浦、富钟内，傍晚抵达牛庙，再往前只有崎岖山路。翌日，请了老乡担行李，我们徒步进入花山的茂盛森林。在羊肠小道上，看千峦万壑，谷底深涧轰鸣，险象环生，令人兴奋的是，此时偶见盛开的桃花，妖冶火红，绽放崖前，疲惫的步履随之轻快下来，给艰难的行程平添几分乐趣。

夜幕降临，我们终于到达目的地，远远地看到几排杉木小屋，依山傍水，错落有致，灯火阑珊，那便是野外一分队宿营基地。听说我们抵达，苗绍宗队长等人亲自出迎，热情高涨。

革命大熔炉

刚组建的三〇九一分队，由湖南和广西地方上精选的优秀干部和从抗美援朝前线转业下来的志愿军电讯战士组成，政治素质高，朝气蓬勃，特别能吃苦、特别能战斗。

广西地处亚热带，虽是五月，酷暑已如流火，特别是在野外，晴天里上蒸下煮，热浪滚滚，如被煎熬；雨天里潮湿闷热，呼吸困难，如入桑拿。我的工作，是与测绘专家鲍力索夫一起为射气测量定点划线。这是一项十分严格刻板的工作，必须按规定作业，逢山过山，遇水淌河，再难再险的地形地貌，也要直线穿过。为防蛇虫叮咬和被荆棘、矮竹树兜刺伤，天气再闷热，也要穿厚厚的工作服和雨靴。一条路线下来，衣服和脸、手常被划破，累得我上气不接下气，豆大的汗珠满脸流淌，两条腿酸疼得难以支撑，样子狼狈十足。专家见状，并不笑我，而是安慰鼓励我，要我慢慢习惯、坚持。测绘技术员刘鸿硕像大哥哥，把水壶递过来，让我解渴。这一切使我十分感动和愧疚，下定决心，告诫自己必须克服娇气，迅速适应这种挑战，再困难，也要咬紧牙关闯过去。

地质专业名词我并不懂，大家就仔细地给我讲解，特别是刘兴忠工程师，给我耐心解释专业名词、术语和专业知识，使我逐渐熟悉起来并产生浓厚兴趣。在这样温暖的革命大家庭里，我很快融入这个火热又温馨的革命大熔炉，适应了生活与工作面临的种种挑战。

榜样的力量

一分队是一支充满青春活力的团队，领导事事身先士卒，以身作则，上下级团结友爱，亲如手足，他们是我的良师益友。

每天清晨，队长苗绍宗和专家组组长符拉索夫总是精神抖擞第一个站在队伍前面，带领大家上山工作，傍晚又与大家一起欢声笑语，收工归队；晴天一身汗，雨天一身泥，天天如此，从不间断；晚上对白天的工作情况进行归纳总结，互相交流，大家都一丝不苟。

遇到滂沱大雨，找矿员们总是一身泥水疲惫归来；遇到好的矿点或难测的路线，深夜不见找矿员归来，队长和专家组组长都心焦如焚，便和大家一起，灯笼火把进山去找寻，直到把人安全迎回。深切的关怀，更加激励了大家积极认真负责的工作热情，虽远离家乡和亲人却十分温暖。

放射性探测仪器是找矿的武器，大家都自觉地像保护自己的眼睛一样爱护它。山路再陡再滑，宁肯摔伤自己，也要把仪器抱在怀里保护好。一位找矿员在山上遇到毒蜂围袭，他深恐武器被损，把仪器紧搂怀中，因蜂毒重蛰不治身亡。这一悲壮故事，引人潸然泪下，也令人肃然起敬……

榜样的力量，让我接受着前进路程上的种种考验、挑战和洗礼，不断进取，誓与他们一起共赴艰险并肩作战。

历时一年，一分队辗转广西六万大山、十万大山和云南滇缅边陲。严谨的工作作风和辛勤忘我劳动，使得找矿工作取得丰硕成果。衡阳大浦、蓝山大湾、广西铲子坪、粤北下庄等铀矿床被发现。我也受到极大磨砺，业务上获得很大提高。1956 年春，在全队工作总结中，我被评为先进工作者。我知道，获此殊荣，是组织和同志们的关爱和鼓励，更是对我极大鞭策，我只有更加努力工作，回报大家的期望。

1957 年春，我奉命调往广东四会十三分队。临行前，战友们依依不舍，前来送别。苗队长和老专家紧握我手，叮嘱我在新岗位更出色工作。望着战友们，我想起朝夕相处两年来的深厚情谊，心情无法平静，难舍难离。

1986 年，我荣获全国科技情报先进工作者和湖南省科技情报先进工作者，1991 年被评为湖南省国防系统优秀科技工作者。

1992 年春，又当桃花盛开的时候，我光荣退休。核地质工作已深深扎根于我心中，梦萦魂牵，难以割舍。

每当春临大地，望到窗外火焰般灿烂绽放的朵朵桃花，总难以忘怀当年艰苦创业、把火热的青春和热血献给核地质事业的老战友。现在，他们或已年近耄耋，相聚仍谈核业，或已长眠地下，给生者留下哀伤。这浓浓郁郁盛开的桃花，不正是当年他们那灼热燃烧的青春在辉煌灿烂的绽放么。

七九六矿生活琐记

20 世纪 60 年代初，地质部门在甘肃河西地区以及靠近河西的内蒙古等地发现了大面积铀矿床。于是，1967 年，二机部决定在甘肃永昌县境内建设一座新的铀矿山七九六矿。1968 年 3 月 11 日又批复了建设水冶厂（第二工程）的计划。即七九六工程分两期建设；一期工程要求在 1971 年投产。

1969 年 9 月 10 日，二机部组织设计、地质勘探等单位挑选了三十人，组成了联合选厂小组；在一个多月的时间里，联合选厂小组先后察看了兰州以东的榆中、定西、陇西、武山、甘谷等陇海铁路沿线的五个地区，又察看了靖远县黄河两岸的大片区域。1969 年 11 月 17 日，二机部军管会正式批复同意在靖远建设水冶厂工程（代号：国营二七九厂）。从此，七九六矿的第二期工程，就与一期工程分家独立了。

第一期工程名叫七九六矿，分多个部分。矿部和一工区在一起，建在甘肃金昌地区永昌县的芨岭公社。矿部海拔 2400 米，有岭的味道。我[①]就生活在第一期工程的芨岭。

一条长街，贯穿东西。北面是山，寸草不生。南面是兰新铁路

① 指作者樊晋江。

线，小站叫芨岭。再往南，是悠悠的祁连山脉。建矿前那里叫芨岭。火车从西或从东来都是上坡。蒸汽机时代的火车向七九六矿行进时，总是“呼哧、呼哧”冒着白烟。

站在长街面向西，右手依次是商店、家属东区、菜店、粮店、中区、西区。我家住西区 27 栋 100 号。左手依次是单身区、医院、机关大院、大礼堂、小院、学校。

矿山，承载着父辈的追求与梦想，寄托着童年的欢乐时光。

建矿时人声鼎沸，人欢车跑。我参加了矿部建设，大人们盖正房，我们盖小房，以及干和建房有关的杂活儿。

我的母亲和许许多多家属们组成家属大队。矿里没有临时工、农民工，家属们干最苦、最累的活儿。常看到她们穿着工作服、戴口罩、手套，在各个工地上忙碌。她们虽平凡，但吃苦耐劳。每当想起那年那月，我都敬佩她们，为她们而感动。

1979 年矿部停产，多年后人们陆续搬迁，直到 1995 年全部搬走，矿山废弃，逐年荒芜。

七九六矿早期是国家特供单位，矿山人待遇比地方好，供应相对优越，生活无忧。

矿部自然条件差，树难活，人们用了许多年种成青年林。各家院中、门前也种树，有的树夏天活了，冬天死去。人们来年再种，高原、荒野，绿色显得尤为珍贵。

爱美的人，常常叫西南面一高处为“台湾岛”，叫西边一条沙沟叫“白杨沟”。

矿部西边和北面是草原，夏天极美，芳草青青，成群的羊群，悠闲的骆驼。就像《敕勒歌》里所写的一样：天苍苍，野茫茫，风吹草低见牛羊。蓝天白云，诗情画意。

夏天，人们分散到草原上，雨后能在草原上采到鲜美的蘑菇。有年轻人傍晚骑自行车沿柏油路向西，追逐夕阳看落日，驿动的青春在草原尽情释放。

矿部冬日漫长、寒冷。寒流从西吹向东，呼啸而过，带着冰雪，横扫一切。冬天人们少出门，都猫在家过冬。

早、中、晚人们上下班、孩子上学时热闹一阵，其他时间矿部便冷清了。天暖时节，人们涌到商店、菜店、粮店购物，准备生活用品。

许多人自小随父母来到矿部，有的人出生在矿部，所以，有的年轻人叫矿部为故乡。

20 世纪 80 年代起，井沟和散落在各处的人开始向矿部集中，人多时有四五千人在矿部工作生活，等待再投产。然而，没有人等到这一天。矿部人开始向外迁徙，有的人调走了，有的年轻人被地方企业招工。矿山和高台、临泽、河西堡等地方单位联合办厂开始转民。

我是 1982 年被地方招工离开矿部的，我最后一次回矿部是 1987 年冬天，那时我家已迁至 40 公里外的河西堡。我受友人之邀来到矿部，住了一晚就匆匆离去。当时，我不知道那是我最后一次回矿部。

矿部多年间人进人出，当年单身职工陆续解决了户口，将妻儿带到矿部。芨岭小站一度很热闹，当年快慢车都停靠芨岭车站。有人离去，有人归来。人们上车、下车，车站通往西区的方向上被人踩出一条小道。

停产后国家的福利待遇锐减，年轻人招工困难，矿山供水、供电系统老化无力维修，人们的生活变得艰难。

1995 年，矿部搬迁至张掖市，有少部分迁到河西堡镇。矿部热闹非凡，到处在拆，被拆得尘土飞扬，七零八落，热闹一阵子后便沉寂了，多年人欢车跑的矿部变成了废墟。

矿部也有走不了的人，有的人在矿山去世，有的人因工伤留在那里，故去的人埋在矿部西北山口处。每年清明，亲人回到矿部，为亡人扫墓。一些搬迁的老人在异地去世后，子女们又将老人骨灰送回矿部，与他多年前在矿部去世的配偶合葬。

从河西到矿山的沙石土路年久失修，车难行走，只有一趟慢车停靠茇岭车站又匆匆离去。

近年，有怀旧的人又陆续回到矿部，有人拍了视频，那是许多人多年后又看到的矿部；有骑行爱好者和驴友们一次次从 55 公里外的金昌回到矿部，拍了照片，写了文字。矿部旧址一年比一年荒凉，骑行的人一年比一年显老，文字一次比一次伤感。废墟诉说着历史。

许多七九六人，坐火车行走在兰新线时早早起身，透过车窗，向北远望，看着矿部一大片废墟和幸存的树木，遥想当年七九六矿的繁华，唏嘘不已。同行的友人告诉旅客：我人生最好的年华留在了那里！

回到矿部的人惊奇地发现，青年林没了，但有许多树残活着。热爱自然的人们年年种树，但成活率极低，只一些小树活了下来。

矿部的故人没有了，人们寄托的情感就只有那些熟悉的东西了。许多人将情感寄托于那些树木，活的树春天发芽、长叶、生长，秋天树叶变黄、飘落。周而复始，生生不息。万物有灵性，也就有了情感，可寄托相思。这是一片美景，也是一段念想。

大多数人难再回到矿部，我的母亲近年来常说："我常梦见矿部。在矿部找人、找你们、找熟人，到老乡家中串门。"

母亲是七九六矿第一代创业者，她对七九六矿的情感远比我们这些孩子要深。再回首，我已步入中年，不管我如何老去，但七九六矿永远是我梦中的家园。

运矿索道二三事

1955 年，中南三〇九地质勘探队二分队（后改为华南地质勘探局二九一大队）奉命进入广东境内勘查，从此，揭开华南地区铀矿地质勘查的序幕。同年 7 月，三〇九队九分队在南雄县澜河地区发现铀矿化点。

1963 年 1 月 4 日，国务院第二机械工业部下达在广东省南雄县澜河地区的群山之中建设四四三矿（后改为七四三矿）的任务。随后，又批准在同一地区建设四四三矿水冶厂，为广东开始建立的第一个铀水冶厂。

1963 年 6 月 28 日，经上级批准，以魏善光为首的 10 余人，开始了四四一矿的筹建工作。同年 9 月初，又抽调七四一矿矿长司守义等 36 人，参与组织筹建工作。

七四三矿专用铁路线

早期参与四四三矿的建设者们，脚踏泥泞山涧，头顶烈日青天，用树皮搭茅棚，吃住在工地，在极其恶劣的生活、工作条件下开始了艰苦创业。

1965 年 7 月 1 日，四四三矿三〇一工区建成投产。从建设到投产，仅一年零四个月，创造了当时全国二机部系统快速、勤俭建矿的样板，受到二机部领导及专家、同行的高度赞扬。同期，七四三矿水冶厂也随之建成，并逐步投入生产。期间，这里发生了许多可歌可泣的感人故事，运矿索道建设就是典型之一。

七四三矿架空运矿索道跨越岭南山脉的山岭、深谷、江河，使长达近15公里的“天堑变通途”，既节省了成本，加快了运输步伐，又保护了环境。1970年10月1日投入运行，1994年5月停运，共计运行24年，运矿总量为164万吨。《人民日报》1976年8月21日曾以《青山着意化为桥》为题报道了七四三矿架空运矿索道的建设、运行成果。

索道安装的“智多星”

七四三矿架空索道是第二机械工业部根据国家对铀矿原料的迫切需要，为解决七四二工程投产矿石运输而决定建设的，总投资240万元人民币。

架空索道中心线全长14.65公里，由99个支架组成，最高支架34米，最低支架3米。各支架点的承荷选择了直径400毫米的两轮式索轮、四轮式托轮及轮式托索轮，全线设置七四二装矿站、牛石多中转站和三〇二卸矿站等三个站房，沿线公路均设有保护设施、警示标牌、安全保护网。

架空索道于1968年11月开始筹建，成立了以王洪民、梁国滋、吴伯荣、杨守立、曹鸿宪、李子才、张仕民、沈而富等领导、技术人员组成的建设指挥小组。要求在1970年10月1日建成投产。

在施工中，建设指挥小组采取了建设单位、施工单位、现场设计人员的三结合，拧成一股劲，抱成一个团，对于建设施工过程中所发生的问题及时研究，及时解决。1970年4月，在架子的运输和安装时，遇到了山高、路窄、距离远，件大、物重、难运输的困难。建设指挥小组成员蹲在现场，同施工人员同吃、同住、同劳动。领导以身作则，工人干劲倍增。施工人员树雄心、立壮志，满怀信心说："山高，没有我们的志气高，困难大，没有我们的干劲大"，大家不怕日晒雨淋，克服重重困难，将全部架子所需650吨钢材和500立方米混凝土材料翻山越岭、跨溪淌河，运往各个安装地点。

设备安装开始了，建设指挥小组成员杨守立组织设备安装会战，是"小米步枪"对"飞机大炮"，没有大型起吊车，没有大型运输车，搬运设备靠人拉肩扛，吊装机器用简单机械。1969年夏末秋初，订购的两台数吨量级的主变压器到达了南雄县城，必须尽快搬回安装。起重工、电工、钳工和干部等14人组成了突击队，进行"蚂蚁搬家"。久旱无雨，热浪翻滚，简易公路黄尘飞扬，他们用木板垫路，铁管做滚筒，托起变压器，用手拉葫芦和卷扬机牵引，跋山涉水，一寸一寸地向前移动，一连五天五夜他们吃在路上，睡在路上，光膀子晒起了泡，脱了皮，脚下草鞋也磨穿了底。口渴了，喝一口沟边的水，困极了，靠在路边土坎上打个盹。白天汗水淋漓，张大口直喘气；晚上被成群的山蚊咬得遍体红肿，疼痛难忍。但没有一个人叫苦喊累。两个庞然大物就这样被"牵"到工地就位。安装工人在安装中碰到的困难还有：如何将四十多捆，每捆一千米长、三吨半重的钢丝绳运到四五百米的高山上。用汽车运就要修公路。不仅耗费巨大资财，而且要推迟工期；用人工扛，几个人扛不动，山高林密，人多了又无法挪脚。建设指挥小组成员曹洪宪想出了妙策：把钢丝绳每十米挽成一圈，每圈重三十多公斤，每人扛一圈。他们一个接一个地连成龙，终于把四十多捆钢丝绳运上高山。机修车间发扬大协作精神，开展了钢丝绳头的接扎竞赛工作，提前 17 天完成了绳头接扎工作。

建设者踏着朝霞出，披着星星归，风里来、雨里去，冒盛夏酷暑，忍数九严寒，度过了六百多个战天斗地的日日夜夜，先后组织了十二万人次参加的索道施工大会战，使架空运矿索道的矿斗终于在 1970 年 10 月 1 日像滑翔伞在空中穿梭着，步履铿锵，群山震颤，向国庆二十一周年献了厚礼！

这条架空运矿索道是一条能装矿、发斗、卸矿完全自主化的索道，是亚洲第二大空中运输索道。

运矿索道的“贴身医生”

架空运矿索道年运输能力 13 万吨，相当 110 多部解放牌翻斗汽车的运输量。索道运矿每年可节约成本 30 多万人民币。

为了发挥架空运矿索道的能量，少停运，少掉斗，七四三矿为它配备了“贴身医生”，由余锁洪，张福星，罗刘清，罗树华等组成的 10 人“医疗小组”，长年累月地给空中运矿索道“体检身体”，定时清洗矿斗，检修抱索器，给托索轮注油等。

张福星负责巡视的区间长 5 公里，在大山间穿行而过，索路两侧没有人家，白天走在这里都觉得阴森森的，到了晚间，就更是让人毛骨悚然，这是巡视工不愿意走的一个区间。对于这样恶劣的工作环境，他有足够的心理准备。为了按时上班，他每天凌晨 4 点起床，而下班到家时已经是万家灯火了。他之所以没有向困难低头，就是他骨子里那一股不服输的劲儿，和他对这份工作的热爱，1975年农历腊月三十，工区正在开迎春联欢会，忙碌了一年，大家难得有这样轻松的时候，工友们玩得很开心。张福星透过窗户看了一看外面冰封的大地，又坐不住了，他悄悄地背上了兜子巡视索道线路去了。就是这一次，他发现了57号支架的托索轮严重损伤，如果不及时更换，春节期间就可能造成运矿索道停运。他立即通知工区对损伤的托索轮进行了更换。据统计，张福星上班20多年来，巡视索道线路发现的问题有上百次，防止各类事故50多起，是名副其实的架空运矿索道的“医生”。

余锁洪是运矿索道的“手术医生”。1973年5月，又是一个黎明。古老的山林慢慢地从沉睡中睁开了朦胧的眼睛。山顶上，阵阵“咚咚”的声音，伴含着鸟鸣声，汇成了一首黎明交响曲。在34米高的支架上，几个人影在晃动。余锁洪和工友们正在换托索轮。为了尽快掌握这项技术，白天余锁洪在站房里仔细观察，晚上在床上挑灯阅读技术资料，研究运行图纸，熬了一个月的时间，熟悉了换托索轮的各种程序。怎样才能样样行、样样通、样样精？余锁洪有着一股“找茬儿”精神，从问题里琢磨，在过程中积累。他还有一种创新意识，先后领衔解决了数十项技术难题，一些工作方法被编入单位工人培训教材。余锁洪因为挚爱，检修每个支架的270多个部件，900多个螺丝，从来都不觉得枯燥；因为挚爱，精研检修技术始终保有“饥饿感”；因为挚爱，组织更多人学习业务，把技术传授给工友们，让一个人的技术水准变成一群人的能力水平。干一行，爱一行；爱一行，更能干好一行。20多年中，经他更换托索轮就有 5000 多次，都是一次成功，合格率 100％。

运矿索道换“筋骨”

钢丝绳是运矿索道的“筋骨”。换钢丝绳等于换“筋骨”。

换钢丝绳是个难题。按生产厂家的常规，要一个支架一个支架地换。换完整条索道要三个月，时间长，影响生产。

七四三矿运矿索道的“贴身医生”们，发挥聪明才智，进行沙盘推演，集体会诊，以“咬定青山不放松”的态度承担责任，以“直挂云帆济沧海”的勇气迎接挑战，不断与失败打交道，从失败中汲取经验，“贴身医生”们终于收获了属于他们的成功。

1973 年 12 月下旬，首次架空索道全线更换钢丝绳获得成功。这项革新成果，有效地解决了钢索换新的困难。换索时间短，提高工效 20 倍，减轻劳动强度，提高运输效益，安全可靠，克服山区地形复杂等优点，并能成捆收回钢索，废物得到充分利用，提高了经济效益。基建工程兵二〇三师号召部队学习“贴身医生”们自力更生，大胆创新，勇于实践的革命精神。七四三矿机械化换绳装置获 1978 年全国科技大会发明奖。

七五四矿攻克难点

中国核工业七五四矿于1963年在辽宁省葫芦岛市兴城市双树乡东窑村破土动工兴建，主要从事放射性金属矿采选业。

2005年5月20日是一个春光明媚的好日子，这一天青龙铀矿的领导和职工心情显得格外兴奋，因为这一天按计划是要吊装竖井的井架。大家也都知道斜井架的吊装能否成功对青龙铀矿能否按时完成上级交给的基建任务，意义十分重大。

青龙铀矿竖井

竖井井架由立架和斜架两部分组成，立架为钢桁架结构，斜架为实腹式组合断面框架，采用Q235碳素结构钢。井架顶部标高32.370米，斜架总长为33.731米，井架总重约80余吨。天轮直径为1.85米，上天轮中心标高26.840米，下天轮中心标高为 22.010 米。

早晨，7 点 30 分金源铀业公司特派员周维新同志带领甲方现场安装负责人隋杰同志和监理公司的同志们首先来到现场，了解现场情况与吊装环境，并与井架安装公司、井筒装备安装公司进一步就安装技术方案、现场协调以及人员安排等事宜进行磋商、沟通，逐一排除影响吊装的不利因素，准备迎接吊车的到来。

9 点，为确保起吊安全顺利进行，用绳系上小红旗，围住进入起吊的现场，并对各进口安排专人进行警戒。

10 点 50 分，秦皇岛市安装公司左经理带领的两台大型吊车缓缓驶进，得到通知的牟克荣同志、曲长民同志也立即驱车赶到工地。

这两台吊车是秦皇岛市安装公司租赁秦皇岛市港务局的，其起重重量分别为 150 吨和 80 吨，是德国原装进口设备，就其自身重量和体积虽称不上庞然大物，但对这偏僻的地方来说能见到这样先进和大吨位的起重设备，也真让人大开眼界。

11 点，闲杂人员撤离警戒线外，两台吊车进入现场后未进行休息便进行吊装前的准备工作，现场测量吊装距离、吊车站位、支腿及斜架的第一次挪位。

下午 2 点，在一阵震耳欲聋的爆竹声中，斜架正式起吊。因现场场地狭窄，斜架 32 米长、40 余吨重进行整体起吊，其难度可想而知。其中 150 吨吊车在起吊过程中两次移位、80 吨吊车四次移位确保安全的吊装位置，每一次移位重新支腿需要近一个小时时间。

下午 3 点，王廷学总经理从北京出差回来，直接赶到施工现场指导工作。

这期间，安防、基建办、生产技术部、车队等有关领导技术人员到达了现场，进行现场警戒、协调工作，办公室对起吊全过程进行了现场录像和拍照。

晚上 9 点 30 分，在现场的同志们已经是又饿又累，王总认为现场井架起吊工作已按计划安全有序地进行，为确保第二天工作不受影响，王总经与牟克荣同志沟通，决定由他和隋杰、刘金生、吕海银以及两位监理的同志留在现场进行协调和技术工作，其他人都回去休息。年事已高的周维新同志虽然也是又饿又累，但还是迟迟不愿回去休息，后来在大家的劝说下他提出两个条件，一是安装要确保安全，二是积极与秦皇岛市安装公司商量，争取完成天轮吊装工作，然后才离开了现场。

晚上 11 点，斜井架与地脚螺栓连接成功，在 150 吨、80 吨、16 吨三台吊车吊装保证下，进行地脚螺栓基础找平、找正。

21 日凌晨 1 点，斜井架地脚螺栓基础首先调整完毕，建设单位、施工单位、监理公司三方对斜架中心线、地脚基础中心线进行测量，测量结果在规范要求误差范围之内。此时 150 吨、80 吨吊车仍固定着斜架，为确保吊车卸钩斜架偏移时不出现数据偏差，经现场技术沟通，继续对斜架找正，测量仪器连续跟踪测量。

凌晨 2 点 10 分，斜架基础二次找正结束，斜井架底部拉筋去掉，两台吊车卸钩，进行第二次中心线测量。测量结果为：斜井架与井架中心向北偏离 2 毫米（规范要求误差为 15 毫米）、地脚螺栓与井架中心向南偏移 10 毫米（规范要求误差为 30 毫米）。

2 点 10 分，天轮吊装准备。

2 点 30 分，天轮正式起吊。

4点30分，天轮起吊成功结束，两台吊车做撤离现场准备工作。

5点，斜井架、天轮吊装工作全面安全顺利结束，王廷学总经理对安装的同志说："大家辛苦了，我代表业主、代表徐董事长感谢你们了，这一夜我们没有白熬。"

此次斜井架、天轮安全顺利吊装成功，是青龙铀矿基建工程的一个重大胜利，不是因为其起吊难度有多大，而是因为井架安装工程是整个基建工程的关键，它制约着井筒装备安装、井口非标机械安装、绞车房土建及安装、地表轨道安装等工程，只有井架顺利安全安装完，才能确保青龙铀矿基建任务按时、按质完成。

飞渡黄河

黄河，九曲回肠，波涛冲天，日夜兼程，奔流到海。站在黄河岸，聆听黄河奔越的沧桑，让我们回想起40多年前响彻黄河两岸激烈的号子声。

当年，二七九厂的创业者把特高压线（35千伏），输送到30公里外的甘肃靖远县的二七九厂区。

1972年9月5日，是一个晴朗的日子，风和日丽。这天，也是二七九人奋战铺设特高压线（35千伏）飞渡黄河会战的日子。

原二七九厂生活区

早晨7：00，参战人员早已齐聚到黄河两岸的会战工地。身材高大魁梧的党委书记杨勋亭来了、聪明能干的厂长李维民来了、副厂长兼机电连的连长罗维志来了……他们聚在一起，神情沉着而又自信地商量着准备开战。

黄河两岸工地上人

头攒动，黑压压一片，数百名干部职工参加会战。有年过半百的工程师袁发俊；有技术骨干郑洪岳、张炳勤；有刚刚从部队转业复员下来的军人余有德、赵开泰；还有英姿飒爽、朝气勃勃的女青年职工王爱英等。

除了工厂干部职工参战，还有来自驻地部队的官兵，他们驾驶水上快艇停在黄河岸边。当地政府为了支持二七九这次大会战，乌兰公社特派来六只羊皮筏子。

时针一分一秒地过去，等待的人们心跳得扑通、扑通地，所有的人都把心提到了嗓子眼……

万事俱备，只等一声令下。

7：30，党委书记杨勋亭爬上高台，用洪亮的声音向在场的人员喊话："同志们，一切行动听指挥，确保安全可靠，万无一失的将35千伏特高压线送过黄河去，再越过城南山，顺利到达厂区变电所，我宣布，会战开始。"

话音刚落，只见身材敦厚结实的厂长李维民身先士卒，第一个双手紧握钢线放在肩上，前弓后箭，做好了狠劲拉的姿势，紧接着机修工段指导员唐文跟上了，技术员张炳勤、朱耀煌跟上了，年轻力壮的转业兵一个挨着一个跟上……

黄河水面跨度3000多米，每根线拉起来有5吨多重，只能采取一根一根的，分三次把钢线渡过的方案。数百号人紧紧抓住钢线，扛在肩上，弓着腰，狠劲地向停靠在黄河边的渡舰拉去。大家心往一处想，劲往一处使，安全员姜士义双手前后摆动，神情激昂地喊着"加油！加油！"的号子，场面热烈而又壮观。

当第一根电线稳稳当当地扣上渡船，安全员检查无误后，总指挥罗维志同志一声令下："开船。"装载高压电缆的船徐徐启动，驶向黄河对岸。

每年的9—10月正是黄河汛期，由于水面宽、水量大、流速快，加之粗大的钢线重力大，渡船颠簸得很厉害。电线随着渡船缓慢地前行，犹如长长的银蛇在黄河水面上下左右起舞。数百参战人员神情关注，拼力紧握钢线毫不懈怠，没有一个人说话，只听到浪花拍打渡船的哗哗声。舟桥团解放军的快艇和羊皮筏子在渡船的前后左右同时跟进，随时做好意外救援的准备。

当渡船行至黄河中心时，颠簸得更加厉害了。由于河水喘急，形成巨大的漩涡，致使渡船难以前行。在这危急关头，富有工作经验的总指挥罗维志沉着冷静地指挥着，并大声喊话："同志们，紧紧握住手中的线！不要摆动，沉住气。胜利就在眼前！"罗总指挥的打气，让大家更有信心了。

杨勋亭书记和李维民厂长立即组织技术员谷成山、张炳勤、郑洪岳和舟桥团的解放军负责人共商应对方案。最后决定由五艘汽艇在前方用绳索拖住渡船共同发力，摆脱漩涡。经过20多分钟的努力，渡船终于驶出困境，正常行驶，安全地靠近对岸。

当渡船靠岸后，岸边的参战人员已经做好接应准备。他们迫不及待地跑上渡舰，迅速替换下原来拉线人员，奋力向早已竖好的电线杆拉去。

电工余应军、顾师傅等已在高高的电线杆上，将安装线的设施准备完好，就等电线上杆。

在大家共同努力下，第一根高压线飞渡黄河后，成功架到电线杆上。这时，虽然人们个个大汗淋漓，疲惫不堪，但每个人的脸上都绽开了胜利的笑容。

第一根线成功飞渡黄河，更加增添了参战干部、职工的自信心，大家情绪高昂，精神饱满，总指挥罗维志再作动员，紧接着第二、第三根线在渡船的牵引下，经过10个小时的奋战，于当日下午7：00，安全可靠地高高挂在电线杆上。

在晚霞的余晖中，参战人员一片欢呼。能为二七九厂建设出一把力、流点汗，每个人都感到无上荣光。

被历史见证的功绩

秋天，是北京最好的季节，明净、暖意。北土城，在老北京人的眼里，却有一段奇特的历史，北京人说“土”的故事似乎是从这里开始的。如今，它已成为北京中轴线上一个新兴的城市中心，可令其他一线城市望尘莫及。

北土城，一个神奇的地方。隐在白云高楼间，红白的楼宇，藏于绿树中，居于都市，却没有豪华，五湖四海的人潮，汇聚成了灿烂的文化。

坐落于北京朝阳区北土城的核工业北京地质研究院（简称“地研院”），韶华流转，春秋轮回，白驹过隙，甲子荣光。1959 年 3 月 18 日成立了二机部三局第三研究所，对外称“北京第三研究所”（简称“北京三所”，现为核地研院）。如今已成为全国核地质科技中心，是我国唯一一家以铀矿地质研究为主的综合性科研单位。

一个秋天的早晨，应地研院办公室主任何建国和党群工作部部长刘权之邀，我[①]来到了北土城。

当我说明来意之后，刘权便给黄劭显院士的次女黄祖英打电话。

---

① 指作者李先明。

第二天黄祖英接受了我的采访。年逾古稀的黄祖英在谈到父亲的峥嵘岁月时，仍然是泪光点点。

黄氏一脉，是中华江夏黄氏鼻祖黄香的后裔，属于山阴支系。清同治《即墨县志》记载，第五世黄正“世业家，性仁厚，重言诺”。家境日臻殷实，加之即墨悠久历史的文化底蕴，培养出正义、宽厚、守信、重教的家风，从而使家族具备了良好的发展条件。从六世至八世，三代四进士，七世祖黄嘉善（1549—1624 年），官至一品，授太子太保，兵部尚书。八世祖黄宗昌（1588—1646 年），官至监察御史，以利民为己任，抵制权宦魏忠贤及其余党，奏为“天下循良第一”。黄宗昌把个人生死置之度外，以弹劾奸臣为天职，史称一代名御史。从第十世至十一世，即墨黄氏仕途再兴，一门四进士，形成了家族的第二个显赫期。

600 多年来，即墨黄氏，或经商、或读书、或戎马，人才辈出，多为国之栋梁。优良的家族家风，潜移默化地影响着子子孙孙，深厚的家族文化底蕴，造就了众多的人才，成了山东望族。

1914 年 7 月，即墨黄氏第十九世黄劭显出生于即墨古城内西南隅刑部街的一个书香门第。父亲黄象冕是清末民初胶东一带的教育家。黄劭显自小受到“忠厚传家，诗书继世”的良好家族传统的熏陶和影响。

黄劭显少年时随父亲在济南生活并读完了初中。1931 年又随当时在北京师范大学读书的姐姐到北平读高中。

他在学生时代就开始投身于革命事业，认定“天下兴亡，匹夫有责”，并为座右铭。

在北平读书期间，他反对国民党腐败政府和日本侵略者，积极参加抗日救亡运动。1932 年，在北平参加了中国共产党的外围组织“反帝大同盟”。同年 5 月，因参加纪念“五卅运动”抗日集会游行，被国民党政府逮捕。10 余天后，由学校保释出狱。

1934 年他考入了北京大学地质系。在校期间，他又加入了中国共产党地下党组织。担任过中共北平市委书记黄敬有的地下交通联络员。积极参加了著名的“一二·九运动”。1937 年 6 月，在河北省平山县地质实习，后因“七七事变”，日寇侵占北平，停学两年，1940 年毕业于西南联大。从西南联大毕业后，黄劭显主要从事野外区域地质工作，曾与著名地质学家许杰、孟宪民等合作进行云南东川铜矿区的地质调查与测量工作，并正式出版了云南东川地区 1∶200 000 地质图。

1944 年，黄劭显与著名地质学家王曰伦等赴祁连山进行大范围区域地质调查。这是中国人首次深入祁连山做大范围的区域地质调查工作。其后他又三次赴贺兰山进行地质调查，在没有地形图的情况下，步测做了 1∶200 000 地质图；在贺兰山工作期间，首次发现铬铁矿，填补了我国该矿种空白，同时为国家普查与勘探铬铁矿培养了人才。

1952 年 12 月，黄劭显调至地质部普委二办。1955 年 4 月在普委二办的基础上成立地质部第三局（后改为第二机械工业部三局）。

1955 年冬黄劭显调至二机部，专门从事铀矿资源的调查研究工作。在二机部工作期间，因工作保密，不能公开发表文章，却有机会对全国铀矿进行了全面了解与研究。黄劭显任中南三〇九队副总地质师时，就衡阳柏坊地区新发现的一个铀矿床的成因问题，曾对当时任总地质师的苏联专家的结论提出不同看法。该专家曾因铀矿地质方面的贡献得过斯大林奖金，根本看不起中国同志，一直到苏联国内更高一级的专家来华检查工作，才肯定了黄劭显的看法是正确的。

遵照毛泽东主席的指示："我们很有希望，要找！一定会发现铀矿。"

1957 年 2 月，黄劭显奉命调回二机部三局任副总地质师兼地质处处长。之后的岁月，黄劭显依旧跋山涉水深入全国各大矿点，继续奋战在铀矿地质科技前沿。

在苏联专家撤走后，二机部三局系统的地质工作主要由黄劭显负责，他每年都至少要到野外工作三四个月，除西藏及台湾外，跑遍了全国各省。他从事铀矿地质普查勘探和科研管理工作长达 36 年，跋山涉水，风餐露宿，不辞辛劳，无私奉献。在铀矿成矿方面提出了一系列新看法，在发展铀矿成矿理论、打开新中国铀矿普查找矿新局面等方面取得了不可磨灭的光辉业绩。黄劭显先生于 1980 年当选为中国科学院学部委员（中科院院士）。

1982 年，核工业第三研究所首次批准招收硕士研究生，黄劭显院士成为该批首位研究生导师，并担任《铀矿地质》期刊主编，为培养铀矿地质人才和传播铀矿地质知识而殚精竭虑。黄劭显先生在把握世界铀矿地质科研现状和科研前沿的基础上，发表了一系列有影响的科研论文和专著。如《东南各省开展花岗岩型铀矿床工作的几个问题的探讨》《中国中新生代陆相碎屑岩型矿床与地质背景的关系》《铀矿地质国际动态和我国铀矿床类型》等，丰富了中国铀矿地质的研究成果，对发展铀矿成矿理论，指导全国铀矿地质工作意义十分重大。

1989 年 8 月 10 日晚，黄劭显先生在北京安贞医院辞世，享年 75 岁。同年 9 月 11 日《人民日报》刊登“中科院学部委员黄劭显同志逝世”消息。至今，黄劭显先生已辞世 35 载。但他那一抹背景，却悠悠水长。

在中国地质科学发展过程中，许许多多勤勉劳作，乐于奉献的地质学家被载入史册。他们之所以被后人铭记，无不因为心系民族复兴，笃信科学理想，献身科学事业的赤子之心。中国铀矿地质的先驱者——黄劭显先生显然为其中之一。

时任中国铀业总工程师张金带对黄劭显先生给予最高礼赞：劭德亮节，显赫高风。核工业北京地质研究院院长李子颖在纪念黄劭显院士诞辰 100 周年时撰文说：“黄劭显先生从事地质工作 50 年，从事铀矿地质工作 36 年，足迹遍布大江南北。他是中国铀矿地质事业的开拓者与奠定者之一，在中国铀矿普查与勘探，第一颗原子弹的铀料提供等作出了重要贡献，他是铀矿地质首位院士……前人栽树后人乘凉，今天我们铀矿事业取得的成就，凝聚着黄劭显先生等老一辈铀矿地质工作者的辛勤汗水和聪明才智。他们留下的物质及精神财富将激励我们不懈努力，为铀矿地质事业作出新的更大的贡献。”

黄劭显先生和大多数老一辈地质学家一样，没有轰轰烈烈的事迹，只是充当一块奠基石。“科学报国，实业兴邦”的信念，支持着他勤勤恳恳，默默无闻地工作着。

山河为碑，历史为证；艰难困苦，玉汝于成。

或许，劭显先生当初离开家时，没有想过自己一生对故乡的印象永远定格于离开时的记忆……那是春天的冰雪消融，是夏天的绿水青山，是秋天的层林尽染，是冬日的白雪皑皑。一缕乡愁拴住思念与向往，一句承诺，把使命与责任扛在肩上。女儿说："父亲目光所不及的遥远，是在追赶着一枚远山的红叶。"是的，那是他记忆虚化、情感美化、想象幻化中的心灵——憩园。

第四章　家国情怀

中国人的家国情怀，古已有之，不论身处何地，都心念祖国，是根植于每个中国人内心的意念。

成龙演唱的著名歌曲《国家》中有一句，“家是最小国，国是千万家”，言简意赅地诠释了国与家的关系。

家国情怀是一种民族的气节与图腾。

习近平总书记说：“我们不能忘记党的初心和使命，不能忘记革命理想和革命宗旨，不能忘记……”

山河为碑，历史为证。

艰难困苦，玉汝于成。

让我们大力弘扬“两弹一星”精神与“四个一切”的核工业精神，以饱满的精神、必胜的信心、无畏的勇气、坚强的意志，团结一心，接续奋斗，朝着中华民族伟大复兴的目标奋勇前进！

保密到“家”

在二七二厂，有一个非常动人的爱情故事，在核工业系统广为流传，并成为第一代核工业人家国情怀的最好诠释。

你在哪里

故事的男主人公叫周裕常，北京市人，1956 年毕业于成都化工学院。由于学业成绩优异，他毕业就被选调进入国务院技术局工作。

女主人公叫赵秀云，辽宁铁岭人，1954 年毕业于沈阳化工学校，最初分配在吉林 201 厂工作。

60 年前周裕常曾住过的平房至今保存完好

1958 年，这两个年轻人都被调到了北京第二机械工业部第六研究所。

真是“有缘千里来相会”，巧的是，这两个年轻人又被分配在同一个实验小组。周裕常这个出生于北京的帅小伙，给清秀脱俗的东北姑娘赵秀云留下了美好的第一印象。

一个周六下午，赵秀云买了两张电影票，临下班时她悄悄地将一张电影票塞到周裕常手中。周裕常开始有点惊讶，但很快便醒悟了过来，他又羞怯，又激动。

一来二往，日久生情，两个年轻人彼此擦出了爱情的火花。1960年11月29日，同事们为他们在研究所里举办了一个简单的婚礼。大家聚在一起，嗑点瓜子，吃点糖果，所领导来讲个话，两人的被褥搬到一起，赵秀云便成了周裕常的妻子。俗话说“女大三，抱金砖”，赵秀云刚好比周裕常大三周岁。

1960年12月，周裕常蜜月还没度完，便奉命调到千里之外的湖南衡阳，参加二七二厂建设。二七二厂是中共中央批准选址的核工业第一批厂矿之一，是生产铀原料的“龙头企业”。那时，凡是与核工业有关的工作都是国家机密，上不告父母，下不传妻儿。组织上要求严守机密，绝不能透露此行的目的地。

临出发前，周裕常装作若无其事地对妻子说，自己马上要出一趟差，得去一段时间，还得带上行李。新娘赵秀云感到有些意外，但是纵有万般不舍也只能听从组织上的安排。

再说周裕常辗转来到衡阳，在这里，聚集了一支从全国各地抽调来的6000余人的核工业大军，这支队伍中有专家、工人、军人、民工。初来乍到，大家只能住在过去劳改农场留下的松树盖的破房子里。

稍稍安顿下来之后，周裕常就给妻子写信，倾吐衷肠。按照纪律，不准谈工作，不准说地点，只留了如部队番号一样的神秘信箱号码。

当时，二七二厂建设工地上的生活用水要靠拉水车从很远的地方运来。两人分别三个月后，一天早晨，周裕常照例拎着水桶去取水点接水。在一丛灌木前，他猛然看见了一位女同志，哇，好熟悉的身影，他一下子就愣住了，莫不是自己眼睛看花了？她……她正是自己朝思暮想的新婚妻子赵秀云呀！

此时此刻，赵秀云也认出了丈夫周裕常，“哐当”一声，她手中的水壶掉在地上，喊了一声“裕常”，泪水顿时夺眶而出，两人不约而同地向对方扑过去……

前不久，赵秀云在一封回信中告诉周裕常，组织上决定让她出差，不过去哪里、干什么，还一无所知。当时，周裕常没有太在意，以为不过是正常的出差而已，没想到妻子也和自己一样，“出差”到这里来了！

这意外的邂逅，简直就跟电影里的故事情节一样。两个人就像孩子一般，一会儿流着泪，一会儿又笑了。很快，组织上知道了情况，特批他们夫妻住在一起，互相照顾。

面对父母

那个时候的苦呀，是今天的人想象不出的。在一间四面透风的土房里，他们没有饭锅就用瓦盆煮饭，冬天自己动手做个泥火盆烤火取暖，没有粮食的时候就去挖野菜熬汤充饥。1960 年，中苏交恶，撤走专家，撕毁合同，带走图纸，许多关键技术一时难以掌握。厂领导决定由周裕常带队，到北京六所参加技术攻关实验。

通过一年半的艰苦努力，周裕常他们完成了攻关实验。回厂前夕，周裕常抽空回了一趟家，看望父母。母亲见他又瘦又黑，心疼地说："儿啊，你在京一年多，也不回家，你在做什么工作呢？"

周裕常望着父母，话到嘴边欲言又止，心想，自己从事的工作能说吗？

父亲很聪明，见儿子不说话便把话岔开了，对老伴说："你问这些干啥呢？儿子干的工作很重要。"

离家时，母亲变戏法一般准备了满满的一袋食物，让周裕常带上。周裕常双手接过沉甸甸的网袋，泪如泉涌，心似裂帛，父母的恩情如山高、似海深，可他们连自己的儿子在干什么都不知道呀！周裕常的心里五味杂陈，只有默默地乞求父母谅解。

周裕常回到厂里，进了家门，妻子赵秀云拿出了母亲的来信，信上写的都是关心他们的话，还问他们生活得好不好。

赵秀云问周裕常："生活这么苦，这信怎么回呢？"

周裕常走上前去，紧紧地抱住妻子，温柔地说："你告诉爸妈，我们生活得很好，天天有肉吃。"

果然，吃晚饭的时候，周裕常弄出了几个好菜，有卤牛肉、红肠……赵秀云端起饭碗，望着丰盛的晚餐，眼睛里满是泪水，原来这些菜都是公婆给的。

保密守则

1962年9月11日，经过一系列的准备，二七二厂水冶生产线开始了第一次试生产。之后，二七二厂成功生产出了可以用于制造原子弹的铀产品，可他们并不知道原子弹什么时候能爆炸，大家都在等待着这一令人激动的时刻。

1964年10月15日，二机部对各生产厂家、院所下达了一道绝密命令：务必把所有研制原子弹的图纸和资料秘密转移至安全地方。

15日中午，周裕常接到厂部指令，必须在第二天天亮前，将厂办公楼档案室库存的技术档案、重要工程图纸、技术资料等全部装箱，运往厂外指定地点。周裕常猜想原子弹即将试爆，而这次“转移”必定与原子弹试爆有关，执行此项秘密转移任务的有十余人，其中就有周裕常的妻子赵秀云。

正在转移时，赵秀云悄悄问周裕常：“老周，是不是那个……要……”周裕常瞪了她一眼，问：“‘保密守则’的第一条是什么？”

“不该说的秘密不说”，这就是“保密守则”的第一条，既然原子弹试爆是秘密，干吗去问呢？赵秀云的脸顿时红了……

在周裕常的带领下，他们一直忙到凌晨，总共装了20多个木箱。16日天亮前，在武装人员荷枪实弹的护卫下，这些档案资料终于运到了离厂几十公里的一所疗养院。

1964年10月16日晚上，赵秀云从广播里听到我国第一颗原子弹爆炸成功的消息，直到这时，她才明白那次转移的原因。原来，当时国际形势复杂，党中央考虑到原子弹爆炸成功后，原料基地有可能会遭到外敌的破坏。二七二厂是我国第一座铀生产基地，所有档案是建设下一座核工厂的原始资料，其重要性不言而喻。

八千里路云和月，核工业人无论走到哪里，都有一种家国情怀和不服输的干劲。如今，周裕常和赵秀云已相濡以沫走过了59个春秋，周裕常87岁，赵秀云90岁，两人幸福地生活在二七二社区。

请我们记住那个年代，他们曾是那样艰辛，那样忍耐，那样奉献，那样悲壮！正是有了第一代核工业人的艰苦创业，才一步步实现了亿万国人的强军梦、强国梦……

四院的一段往事

1958年12月，我[①]从全国石油工会调到铀矿冶设计研究院工作（后改为核工业第四研究设计院，简称“核四院”）。1973年6月离院到二机部八局。先后在四院工作了16个年头。

作为第一任院长，我有幸经历了核四院的筹建、发展和分合搬迁（1958年为冶金工业部三司设计处，1958年8月30日改为二机部十二局设计处；1959年3月3日二机部批准十二局设计处改为十二局设计院；1962年12月二机部决定成立第一设计院，简称“一院”；1966年一院矿山部分迁往南昌并成立第三设计院，简称“三院”；1969年12月17日二机部决定一院和三院合并成立第四设计院，简称“四院”，迁往湖南衡阳市、1988年8月四院迁往河北石家庄）。目睹了四院的技术队伍不断壮大，设计水平不断提高。我为同志们亲手设计的我国铀矿冶基地而感到欣慰。回忆往事，最使我以难忘怀的还是建院初期艰苦创业的日子。

核四院是冶金工业部三司设计处划归二机部，在设计处的基础上而筹建的。起初，设计处处长是邱石甫，副处长徐步、杨朴。1958年6月，齐进继任处长兼党总支书记。和我同期先后来院的有

---

① 指作者李克东。

张怡春、叶再生等同志。

1959 年 3 月，经二机部党组决定：在设计处的基础上组建核工业第四设计院，并任命我为院长，齐进、叶再生任副院长，书记是张怡春，副书记是齐进兼任。核四院的班子等架子虽然搭起来了，但还不像个设计院的样子。记得宋任穷部长曾开玩笑说："老李啊，你这个院比起郭沫若那个院来可就差远了。"

核四院办公楼

的确，当时摆在核四院面前的困难是多方面的，可以说困难重重。作为全国铀矿冶系统唯一的设计院，技术力量与它所担负的任务要求很不适应。全院只有 300 余名职工，工程师仅 7 人，技术力量严重缺乏，专业更不配套。后来，虽然陆续调进一批人，但多数是刚参加工作不久的技术员和大学毕业生。这些同志中，有些过去曾搞过一些煤炭、有色金属矿山和冶炼方面的设计，掌握积累了一定的经验。但铀矿冶工程设计在中国毕竟还是一个新领域，大家对它都很陌生，甚至连铀水冶厂是个什么样子也没见过，更别说搞设计了。对于这方面的知识，基本上还是个空白。

就在四院筹建的同时，二机部向四院下达了408、411、412、413、414（即后来的二〇二厂、七一一矿、七一二矿、七一三矿和二七二厂）等第一批铀矿冶工程的施工图设计任务。这些任务，不但时间要求急，而且标准要求也很高。

我们是新班子、新任务、新凑起来的队伍，必须打硬仗。而且生活、办公条件很艰苦。当时既无办公楼又无职工宿舍，是租借了友谊宾馆北馆（即后来的西颐宾馆）的四个单元，后来增加到五个单元，这就是四院最早的院址（集办公、睡觉一体）。

建院时，正处于“大跃进”的年代。在一定程度上又干扰了设计工作的顺利展开，使本来已经很困难的工作又增添了不少新的困难。

领导班子里我们几个院长比较团结，在许多重大问题上比较容易达成共识。我们有一支政治素质很强的队伍。那时，同志们只有一个信念，就是甘愿为祖国的核工业奉献青春，把个人、家庭问题全都搁在一边，从不讲价钱。

在党的会议上及向部领导汇报工作时，我多次表明自己的观点：“为了打破帝国主义的核垄断，建立起我国核工业，党才把我们从五湖四海调到一起的，这是党的事业、人民的事业。”对此，我曾严肃地提出过：“政治挂帅不能挂在树梢上，政治工作要结合生产及其他业务工作一道进行，要对设计任务的完成起到保障作用，运动应尽量排在业余时间去搞。”由于全院绝大部分同志跟我们有着共同的想法，所以‘左’的形势干扰在我们院没能形成大的气候，我们的大部分计划在实际中能够行得通。刘杰部长对我们的提法表示赞赏。

20 世纪 50 年代末，聘请了一大批苏联专家来华帮助我们搞建设。其中分到四院的先后有近 90 人次，驻院最多的时候达 42 人。专家组组长雅库申柯夫是莫斯科设计院院长，也亲自来院帮助工作。驻院专家组组长拉兹捷卡亚夫，工艺专家列得涅夫，配置专家高尔涅夫就是他们当中的典型代表。在我们从零开始初学起步的时候，苏联专家的帮助是摆脱技术困难唯一可以利用的外在有利因素。

怎样学习和利用苏联专家的先进技术？我们根据部党组有关批示精神，确定了在技术上要靠苏联专家，设计中实行“抄、改、创”相结合，在学习中锻炼培养我们自己的技术队伍。

认真听取苏联专家的意见，并针对 408、414 等重点工程进行了解剖。通过认真分析，大家认清了铀矿冶工程与一般矿山、工厂工程设计相比，既有它的个性，也有它们的共性。让每个同志根据自己的不同情况选准主攻方向，基础的东西可以学，但更主要的是学习先进技术、尖端部分。这样不仅可使我们和专家都能腾出多一点的时间集中精力教、学急需要掌握的那一部分，同时也可以使同志们充分地发挥自己的才干，大胆进行设计，并就一些技术问题向专家表明自己的见解。事后，院总结了《关于设计尖端技术工程的几点体会》。宋部长对这个问题很重视，多次亲自叫我去汇报情况，他很赞同我们的意见和做法。

针对四院的实际情况，我们采取了技术人员和苏联专家合室办公，设计由专家做指导我们动手，请专家讲技术课，把学习和工作统一安排等措施。专家们的各种见解和建议也可以随时被收集起来，进行讨论分析。同志们的学习积极性非常高，当时流行着“一天工作半天完，剩下半天攻尖端”的说法。

形象地说，我们是用“挤牛奶”的方法一点一滴地挤专家的知识。生活上，双方相处的关系也不错，在一起联欢，逢年过节互赠些小礼物，尽我们的可能照顾好他们的生活。真诚的相处换来了真诚的友谊，更加激发了专家们帮助中国搞建设的高度热情。有的专家有病瞒着，仍然坚持工作；有的专家还主动把他们对外保密的技术资料悄悄地交给我们的同志抄录；有的在回国时流下了真情的眼泪，不少人在回国后的一段时间继续跟我们保持通信联系。

这些做法贯彻着一个中心，就是一定要把握住这个有利时机，尽量多掌握、快掌握我们不会不懂的东西，不能只满足于问过了，跟专家一起做过了，结果工程设计完了却还不知其所以然的状态。

记得参加408工程设计的同志注意了这个问题，学到手的东西就多些，而进行414工程设计时就不够，结果只学到了一部分。当然，什么事情都不是绝对的，苏联专家的技术水平比我们高必须承认，但他们同样也有自己的局限性。因为我们的第一批铀矿冶工程的初步设计是由莫斯科设计局在莫斯科搞的，专家们虽然到过现场，但对我们国家的具体情况毕竟了解不多，设计中也就不可避免地存在着一些问题，这就需要我们在弄懂的前提下，根据我国的实际情况进行必要的修改。

正当我们克服了起步的困难，设计工作刚刚有些起色时，1960年8月苏联政府撤走了全部在华专家，没有一个厂矿建成投产，给四院留下的技术难题很多，无处可以借鉴。当时，又遇上国家三年经济困难，生活供应很紧张，因营养缺乏，不少职工患了浮肿病。就是在这种条件下，同志们还得跋山涉水去蹲点，到现场搞设计。

按照部党组提出的“自力更生，过技术关，质量第一，安全第一”的方针，我们把生活、技术和质量问题统筹安排，既务虚又务实，强调越是群众的工作热情高，越是要关心群众的生活。“没有专家靠大家，群策群力闯难关。”

为了解决生活上的困难，由叶再生副院长牵头组织了打鱼队、打猎队，组织干部下食堂帮厨，加工代食品，想尽一切办法尽最大可能补充和调剂一下职工伙食。在部、局领导的关怀与支持下，在东直门外拨给院里一块生活基地，种些蔬菜，还养了些猪和羊，后来部里又拨给我们一部分黄豆和白糖。海军司令部也给予了很大支援，送给我们几千斤带鱼，在一定程度上缓解了生活上的困难。

1961 年隆冬，吴慕良、张庆同志在生活基地劳动，白天养猪放羊，晚上还要值班，以防羊被狼叼走吃了。一天晚上，他们饥困交加，实在太累了，不幸被煤气熏倒。吴慕良同志被救醒后说的第一句话就是：“我还年轻，还要继续为党工作。”

为了解决专家撤走后在技术上给我们造成的困难，我们采取了一系列措施。如：大胆提拔了一批有真才实学的技术干部和行政管理干部，把他们放在重要的岗位上；成立了技术委员会，形成了技术拳头；在广大技术人员中开展了“摸关、排关、攻关”活动；在领导和管理人员中提出“不能长期当外行”，号召大家学习技术知识。那时，全院上下大练基本功，都以能者为师，互教互学蔚然成风。不少同志积极踊跃地报名参加函大、刊大、夜大学习，多次邀请国内专家来院讲课，组织上还选送一批同志进院校培养深造。对设计中遇到的重大问题实行两个“三结合”，下楼出院到现场进行“会诊”。在两年多的时间里，攻克了一个又一个技术难关，不仅解决了第一批厂矿安装设计中专家遗留下来的大部分技术难题，对一些不合理的设计进行了符合国情的修改，而且还独立地设计了几个新的工程项目。在抢时间、争速度的同时，我们还重点抓了设计质量问题。针对414机修车间大梁荷重计算错误，按图施工有可能发生危险这样一些设计质量问题，我们一方面组织全体技术人员认真学习陈云副总理在杭州基建质量会议上的讲话和部党组有关指示，引导大家充分认识设计质量的重要性和速度与质量的辩证关系，另一方面组织了群众性的设计质量大复查。参加复查的占技术人员总数的70%以上，检查图纸20 000余张，发现大小问题2000余条，较大的问题约8%。这些问题虽在发图之前或施工初期就得到了解决，没有造成大的损失，但它暴露了我们设计中的许多薄弱环节，引起了全院上下的高度重视。

从1959年上半年开始，我们加强了规章制度的建立和完善工作，把原来在工作中一些行之有效的零散规定进行归纳整理，并交给大家试行修改，初步形成了设计工作中必备的一些规章制度。从1961年起由院代部起草，1963年由部颁发试行。后来在部、局主持下又经过多次修改，1981年由部里正式颁布执行，填补了我国在铀矿冶工程设计规范上的一个空白。

弹指一挥间，几十年过去了，回首过去是为了现在和未来。尤其在深化改革的进程中，同样会遇到这样那样的困难。我这个年逾古稀的老人完全相信，同志们在深入改革开放中，工作一定会越做越活，路子一定会越走越宽，成绩也一定会越来越大。

七一三矿之子

1960年2月16日，闵耀中同志从莫斯科有色和黄金学院毕业回国。那时回国的留苏学生先集中在全国总工会干部学校学习、劳动，以适应国内环境和等待分配工作。

当时，党组织号召青年学生到基层去，到生产第一线，到祖国最需要的地方去。他主动报名到基层工厂矿山工作。5月12日，他到第二机械工业部十二局报到，被分配到我国第一个铀矿冶联合企业国营七一三矿工作。当时，苏共和中共关系出现问题，在二机部工作的苏联专家即将撤回去，十二局领导决定让他暂留北京，参加在北京五所进行的七一三矿水冶工艺流程验证试验及十二局一些技术活动，如讨论七一三矿和二七二厂水冶工艺流程问题，与即将撤离的苏联专家探讨水冶流程中的一些技术问题。

有一次，北京五所的同志反映，在五所工作的一位苏联专家态度比较傲慢，因为快要撤离不太愿意传授技术。他得知后去五所看望这位专家。交谈中，这位专家得知闵耀中和他是同一个学校同一个专业毕业的校友，且都是著名教授暮拉契的学生时，一下子拉近了距离，态度变得十分友好，表示要尽力帮助所里同事，共同做好相关工作，为建设中国原子能事业做贡献。在京时间虽很短，但对于他吃透苏联提交的七一三水冶厂工艺流程和设备，并结合我国实际情况消化吸收，受益匪浅。

1960年8月下旬，闵耀中同志来到七一三矿，立即投入水冶厂设备安装调试、工艺流程和工艺参数的确定工作中。在当时抢时间争进度、先生产后生活的思想指导下，七一三矿的生活条件十分艰苦。住的是原先的民房和简易房，一间十几平方米房子住四五个人。当地夏季潮湿闷热，冬季寒气逼人，雪花可以飘到床上。吃的菜就是辣椒、萝卜，吃一次豆腐渣还要凭票购买。

在厂房建设和调试期间，他每天上午不是到实验室做实验，就是到厂房参加安装调试，下午要研究工艺流程和工艺参数，编写操作规程，培训操作工人，晚上还要挑灯夜战，整理技术资料，研究问题解决方案。

试车、试生产期间问题很多，闵耀中作为水冶车间技术负责人，常常一整天都泡在试生产现场，往往是一身矿浆一身汗。由于接触放射性多，他的白细胞从7000多下降到3000多，加之当时营养不良，工作劳累，得了浮肿病。医院安排他到杭州疗养院疗养，他考虑到水冶厂正处于试车关键时刻，放弃了疗养，继续坚持在试车第一线，和大家一起过工艺关、设备关、操作关。

矿里老职工至今清楚地记得，1962年4月30日，他一直在水冶厂组织试生产，直到5月1日凌晨，当从矿石中提取的第一批合格产品——黄澄澄的重铀酸盐卸入产品桶后，才怀着喜悦的心情回宿舍睡觉。

从1964年开始，闵耀中同志担任矿化验室主任，生产技术科科长，1975年任副矿长兼总工程师，一直负责铀水冶厂的技术工作，并于1978年代表七一三矿出席了全国科学大会。在大会上，七一三矿获得先进科技单位荣誉和六个科研项目奖。

随着工作的需要，闵耀中同志逐渐从基层矿山领导岗位进入省局、部局领导岗位，后来又担任中核总纪检组组长，当选为十四届、十五届中央纪委委员，成为铀矿冶基层单位走出的副部级领导干部。

不论走到哪里，闵耀中都以“七一三矿之子”为荣，因为七一三矿留下了他的青春、他的梦。

默默奉献的孺子牛

人这一生中，充满了挑战和变化。因此，选择对于每个人至关重要。

面朝大海，春暖花开，是海子的选择；人不是生来被打败的，是海明威的选择；耶鲁村官秦月飞选择了希望和田野；红丝带校长郭小平选择了呵护与守望……

2010 年全国劳动模范——蒋树武

选择是一次又一次重塑的过程。让我们不断地成长，不断地完善。如果说人生是一次不断选择的旅程，那么当千帆阅尽，最终留下来的就是一片属于自己的独一无二的风景！

2017 年 7 月，我[①]采访了二七二铀业副总经理蒋树武。铀城人对他的评价是“谦卑、和善、坦然”。

蒋树武办公室的书柜里摆着厚厚一叠荣誉证书。已入不惑之年的蒋树武头“顶”多个光环：2008 年获国资委抗冰救灾先进个人、

① 指作者何中华。

铀矿冶新时期劳动模范，2010 年荣获全国劳动模范荣誉称号。

有人说，蒋树武在平凡的工作岗位上做出了不平凡的贡献。但在成绩和荣誉面前，蒋树武并没有流露出丝毫的骄傲。因为他深知，工程技术与安全生产管理工作容不得半点虚假和懈怠。

当我问及纯化、转化和锆铪项目建设时，他笑了笑说：“我参与了。”这显然是谦虚，哪里是“参与”两个字那么简单。

如今纯化新线已达产达标六年，转化、锆铪试生产取得成功，这位功臣却退到幕后。

有人说，从事核军工生产的不是一个人，而是一个群体。这话没错。我们总会从不曾忘记的履历里找到闪光的记忆。

纯化新线建设，还得从十年前说起。2007 年 7 月，二七二厂正式启动纯化新线建设，并成立了周华春为组长、李昆明、黄代富、谢凌峰为副组长的新线建设项目前期工作领导小组。蒋树武同志作为生产处处长开始参与纯化新线建设，那一年他 39 岁，风华正茂。

2007 年 8 月，纯化新线建设成立前期工作组。蒋树武担任组长，他迅速理清了思路，制定出了一揽子科研试验方案。从新技术与新装备的引入、验证，聘请老专家、技术顾问的指导到试验装备的采购与装配、物料的准备和数据分析，都不是简单的事情。可这些融入了蒋树武同志许多的心血，恐怕外人无法说清。

蒋树武的办公室非常整洁，各类书籍材料摆放有序，甚至集团发的《中国核工业杂志》和《铀矿冶》也都是折叠整齐。看得出，他很细心。

他的桌子上有一沓条纸，上面记录着很多信息。在办公桌的另一头摞着一叠厚厚的材料。采访期间，电话声和敲门声不断，都是与工作有关。看得出，他很忙。

蒋树武在谈到“纯化新线、转化、锆铪”三驾马车并驾直驱时，从项目调研、立项、设计、安装到试车，把我引入到越隘闯关的岁月……

他娓娓道来，似乎很轻松，又似乎有一些沉重。

我知道，人生几度，悲喜感动。多少光阴是陪在家人身边的？大部分时间都是在难忘的工作中度过的。

蒋树武说：“既然我选择了核工业事业，就一生无悔！”

他付出的艰辛，经历过的艰难，不是三言两语能说清楚的。

他的话很少，手时而捏着胸前的工作证，时而拿起手机又放下，时而又摆弄眼镜架子。看得出，他并不习惯谈论自己的成绩。

他不说，不等于我们不知道。可以说，铀纯化新生产线是二七二厂的生命线。为了提高该生产线的先进性和可靠性，需要开展大量的科研攻关工作。在相关专业技术人员的大力支持和配合下，在经历一年半的时间，100 多次小型试验、扩大试验及工业试验后，七项新工艺全新亮相，由此打通了生产工艺流程。

为了解决溶解自动投料、氮氧化物尾气处理等难题，在蒋树武的协调下，二七二与中国核电工程公司合作，开展铀氧化自动投料机设计、尿素还原吸收工艺技术研究，并成功应用。为了提升铀纯化新线萃取系统自动化水平，提高萃取效率和处理能力，选择高效的萃取设备，蒋树武力排众议主导与清华大学合作，开展振动筛板塔高铀萃取中试研究。为了解决产品包装提升装置改进问题，蒋树武亲自设计，甩掉了困扰产品包装几十年的电缆尾巴。

为了不断地优化纯化生产工艺，降低生产成本，增强企业核心竞争力，蒋树武还先后组织专业技术人员通过大量试验研究工作。并运用技术改进研究成果，制定了多套优化生产工艺方案。在保证产品质量的情况下，最大限度地降低了生产成本，使主要经济技术指标创历史最好水平，提高了经济效益。

针对铀回收率长期偏低的问题，他连续5年主持开展了提高铀回收率的系统研究。通过对从原料到产品出厂各个环节全面深入地调查，制定出周密翔实的试验研究方案，100多项专项试验后，终于确定了主要损失因素及各环节的损失分布，提出了进行高低浓度工艺管道分线改造、增设和改造收尘装置、设定关键环节监测点、局部工艺技术调整等10余项技术改进方案，并就管理等环节提出了7项改进措施。这些措施的付诸实施，为回收率的提高作出了突出贡献，取得了良好的经济效益。

有人说，这个蒋树武真不简单，做人做官都要向他学习。

蒋树武办公室的书橱里大部分都是技术书籍，但也有一些管理方面的书。他说，因为太忙，不能对每本书进行细致品读。不过，这并不妨碍他将一些好的管理知识运用到生产与科研中。他常说："是否具有'先进的文化'，是决定团队能否出成绩，单位能否实现跨越式发展的一个重要因素。"在他眼中，敢于创新、敢于承担失败带来的风险，同事之间、兄弟单位之间通过技术共享推动共同进步等，都是"先进文化"的代名词。

蒋树武是二七二铀业的将才，他有干技术、抓管理的天赋，却又不缺吃苦耐劳的精神；有创新的勇气，但又不乏稳扎稳打的心态；有坚强的意志；可也不时地流露出真情……

然而，坐在我面前的蒋树武，温文尔雅，思维缜密。从他坚毅的眼神里，一种自然和真诚扑面而来，言语间不时流露出的亲和与温善，让人倍感亲切，彼此间的距离也越来越近。当我聊到他的家人时，他拿起茶杯喝了一口水。看得出，这些才是他最在乎，最感兴趣的。

他说，因为工作繁忙，家中的事情管得很少，中午基本上在食堂吃饭，有时候吃完饭就去了现场。尽管上有年迈的父母、下有未成年的孩子，但为了工作，他都无暇顾及，最愧疚的是对不起妻子和小孩。

2009年，企业分离破产后，随着生产任务的逐年增加，现有生产线能力不足的问题逐渐凸显，再加上资金缺口较大、原料供应不平衡等因素的影响，生产工作遭遇了前所未有的困难。作为主管生产的领导，如何完成生产任务，成了蒋树武面临的首要难题。

为了扭转被动局面，蒋树武会同相关职能部门动脑筋、想办法，进行了长时间的不懈努力，通过外争政策、内抓管理、盘活存量资源等措施，严把生产管理关，充分发挥生产管理部门的组织、指挥、协调、控制和服务职能，一举打破了内外交困的艰难局面。

2010年以来，公司连续8年在保质保量按期完成生产任务的同时，主要原材料消耗均有不同程度的下降，取得了骄人的成绩。

蒋树武有股面对困难勇往直前的拼劲。从生产处处长到建设管理处处长，再到公司副总经理，他常常受命于危难之时，使得各类棘手事件迎刃而解。

如今的蒋树武依然战斗在安全生产最前线，依然在为公司生产经营和技术改进工作出谋划策，兢兢业业地忘我工作。他说，要用自己的不懈追求和艰苦努力，为企业继续贡献力量。

献身地浸事业的功臣

在古韵萦绕的通州城里，在清波荡漾的大运河畔，坐落着中国铀矿选冶研究机构——核工业北京化工冶金研究院。这里庭院深深，杨柳依依，在参天古木的掩映之下，几栋青砖黛瓦的小楼里聚集着一批青年才俊。他们为新中国提炼出了第一块铀锭、第一块钍锭，研制了第一克镭，生产出了第一批二氧化铀和四氟化铀产品，为我国第一次核试验成功立下了汗马功劳。

在核化冶院60余年的发展进程中，发生了很多可歌可泣、感人至深的故事，下面讲的是刘乃忠的故事。

地浸采铀　离不开内心的淡定

1963年8月，刘乃忠出生于湖南省临澧县的一个普通工薪家庭。1986年刚刚大学毕业的刘乃忠便加入了地浸采铀科研团队。30多年来，他与地浸采铀科研团队一起，从西南边陲转战到天山脚下，再到科尔沁草原，直到2016年才真正回到核化冶院。他的一生与地浸采铀结下了不解之缘，为我国地浸采铀技术的发展做出了杰出贡

刘乃忠在新疆留影

献。不幸的是，他生命的辉煌定格在了 2018 年 2 月 1 日，年仅 54 岁。

每一行都有每一行的特点，地浸采铀最大的特点就是“野外”。地浸采铀人风餐露宿是常态，聚少离多是常态，同事相互之间不认识是常态，因为他们一年中经常出差在外 300 天以上。

2005 年杜志明第一次来到新疆伊宁 512 矿床翼部矿区时，加入了刘乃忠的项目组。进新疆之前，刘乃忠像兄长一样为他准备了棉鞋棉袜，到了驻地后，他亲手交到杜志明的手中，对他说：“寒从脚起，我们地浸采铀人得保护好自己的一双脚。”

刘乃忠也和其他地浸采铀人一样，婚后与家人聚少离多。甚至是妻子患重病，弟弟妹妹上学等家中发生的大事情，他都不在身边。

同事杜志明谈起往事说：“刘乃忠言语不多，是一个非常爱钻研和总结的人，他有一个习惯，每天晚上要把一天的工作记录全部整理出来。有时，凌晨两三点钟，还能看到他的房间亮着灯。”

当杜志明走进刘乃忠办公室兼宿舍时，留给他的印象非常深刻。那是一间十余平方米的土坯房，小小的窗户上没有玻璃，只有一层塑料膜钉在几根窗框上。房间内靠墙的位置是一张单人床，床前摆放着一张桌子，上面码满了各种资料和书籍，正对着房门的另一面墙上贴着 8 个大字“以苦为乐，以苦为荣”。这 8 个大字令杜志明至今难忘。

在新疆工作的日日夜夜，刘乃忠作为项目负责人，他与项目组成员在数千平方公里的工作区域内开展地浸采铀技术研究，在保持地表地形原有的状态下，抽出的浸出液，经处理回收铀后有 99.5% 的尾液经重新配制成浸出剂，再注入井下，循环使用，只有 0.5%

的尾液排入蒸发池蒸发处理，无废水排入自然水系。从而保护了环境，提高了铀回收率。

敬业奉献　事业才有成就

2006年8月8日，刘乃忠带领几名地浸采铀人来到了距离内蒙古通辽市60多公里的高林屯。在过来的路上，汽车被陷到泥潭里去了，他们请了一个老乡骑着摩托做向导，因为根本找不到一条可以行车的道路。幸好当地老乡非常热心，主动找来各种工具救援，他们才走出泥潭，这几个人后来成为了通辽铀业的创始人。

也是从这一天开始，通辽项目地浸试验队成立。以苏学斌、刘乃忠、沈红伟、程宗芳为代表。他们在距离现场6公里外的一个种畜场租下了一间平房，作为办公室兼宿舍，还有人就近租住在当地老乡家。他们接到的第一项任务就是要在20天内拿出地浸试验方案，其中，刘乃忠负责确定水冶工艺路线和水冶厂的设计建设。

回想起当年的创业历程，地浸队队长郭忠德兴奋地说："那是我职业生涯中最快乐的一段时光，我们分别来自不同单位，也可以说是来自五湖四海，每个人都有自己的一身绝活儿，又都处在最好的年龄段，只是为了一个单纯的工作目标，大家走到了一起，干起活来浑身是劲。"

工作开展得非常顺利，他们用了不到20天时间就完成了地浸试验方案，并报上级论证批准；用了不到1个月的时间，就完成了一组5眼废弃工艺钻孔的洗井和井管、潜水泵、加氧装置等设备的更换与调试；同时又在旁边不远处打了另外一组5眼工艺钻孔，并且完成了相关设备的安装与调试。10月初已经具备了两组抽注试验条件，抽注试验随即开始。

由于水冶厂是在一座废旧的厂房基础上改建的，为了节省费用，尽量利用原来厂房里的设备。刘乃忠等人一方面要验证各种参数，为确定水冶工艺流程做着各种试验；另一方面还要负责水冶厂的设计和施工。大概用了一个半月时间，条件试验各种参数均已达到理想状态，但刘乃忠对理想工艺参数的追求可以说到了近乎极致的程度。从扩大试验第一天开始，刘乃忠除了吃饭上厕所几乎没有离开过工位一步。装填石英砂要按照粒径一层一层地装填，每一层装填都有严格的标准要求。为了确保达标，刘乃忠就守在现场指导。25 公斤一袋的离子交换树脂，刘乃忠带领工人们一袋一袋地装入并反复测算。大家都下班回宿舍休息了，他也困得实在熬不住了，就在水冶车间里随便裹上个保暖的东西，在树脂堆上睡了一觉。

当时配合刘乃忠工作的工程师杜志明回忆说，在筹备工业建设项目阶段，仅淋洗贫液体积大、合格液浓度低等问题，刘乃忠就带领大家进行了长达 181 天的室内和现场联动条件试验，不断优化水冶工艺。有他在的一天，大家就有了主心骨，工作起来很开心。他身上体现了满满的正能量。

随后刘乃忠又根据尾液离子成分特点，研发了尾液反冲转型工艺，实现了转型和反冲的一体化。在减少工业废水、提高树脂吸附容量；降低母液铀浓度、加快浆体沉降等问题上，刘乃忠带领大家攻克了一道又一道难关。

几十年来，地浸采铀人实现了我国地浸采铀技术从无到有的跨越，这一伟大壮举是地浸人的光荣，也是整个核行业的光荣。刘乃忠就是他们当中优秀的一员，为我国地浸采铀技术的发展做出了卓越贡献。在通辽铀业十年间，刘乃忠带领科研团队编制提交了20余项国家、国防发明专利、实用新型专利。提出了6项关键技术创新，解决了工艺流程的瓶颈问题；提出了4项浸出液处理关键技术，突破了制约CO_2和O_2浸出液处理的技术难题，奠定了CO_2和O_2浸出液工业化处理的技术体系，成为我国铀矿地浸专业领域的总设计师，享受国务院政府特殊津贴的高级专家，并获得了无数科研奖项，其中不乏国家科技进步二等奖、国防科学技术进步一等奖、中核集团科学技术进步特等奖等大奖。

身患重病　坦然面对生死

2017年6月，刘乃忠被查出患上了肠癌并且已发展到了晚期，核化冶院立即安排人员为他联系医院入院治疗，而他却担心手头尚未完成的工作。无论医务人员还是同事亲人都不忍心把真实的病情告诉他。可他毕竟是个科技工作者，没用多久他就弄明白了全部病情。起初，朋友和家人都不知怎样面对这件事情，妻子苏翔鹰更不知所措，常以泪洗面。可他本人却始终是一副乐观面对的心态，还常宽慰夫人要相信医学能够治好他的病。

刘乃忠乐观地对医生说：“我是做科学试验的，一辈子跟天然铀打交道，这天然铀啊，老是躺在地层深处跟我们玩捉迷藏，而我们就是要想方设法把它们从地下抓出来。我的病情我知道，你们可以把我当作‘试验鼠’，大胆用药，大胆试验，不要怕。”弄得医生心里酸酸的。

在治疗后期，刘乃忠非常痛苦，体重由160多斤迅速降到不足

100斤，而且腹水把肚子胀得像口大锅，躺也躺不下，坐也坐不稳，身上插着各种抢救用的管子，呼吸也变得非常困难。即使是这样，刘乃忠仍然是个乐天派，同事们看到他消瘦的样子心里难过，他却笑呵呵地说："消瘦了好啊，这下不就不用减肥了，你们是不知道，胖人多么想减肥呀。"在治疗间隙，刘乃忠经常与课题组同事交流项目进展情况，指导现场试验，帮助年轻同志学习。腹水太多时就需要抽出来一些，在这样痛苦的情况下，他还在与周围的人玩笑打趣："这真是'覆水'难收啊！"就在临终前不足一个月的元旦假期，他还从医院溜出来，来到办公室整理那些科研资料。生命的最后一个晚上，他唤着妻子的小名说："霞玲啊，为了给我治病，你可一定要记着同事凑的钱，替我还上呀，大家都不容易……"

从刘乃忠生病入院到离世只有8个月时间，每天都有人从家里为他做好吃的饭菜，然后送到20公里外的肿瘤医院。人们以这种方式鼓励他同癌症作斗争。人们更是以这种方式表达着对一个默默奉献的科技工作者的敬意。

都说：生于忧患，死于安乐。湖湘男儿，气盖山河；壮志凌云，慷慨悲歌。

2018年2月1日，刘乃忠走了，年仅54岁。

2月3日，为刘乃忠送葬的队伍排成了长龙。家属亲人们来了、晚生后辈们来了、他辅导过的学生们也来了，老领导来了、老同学来了、老同事来了、老朋友也来了……他们只为再送刘乃忠最后一程。在亲友、同事和他的妻儿心中，刘乃忠好像又一次背着行囊出发了，只是这一次走得更远，不知要去多久……他的妻子苏翔鹰仍然在等他回家。

我与企业一同成长

“阳光洒在杨树上，风吹来，闪银光……”我[1]很喜欢朴树这首歌，喜欢歌中那淡淡的唱腔及所描绘的场景，那种场景仿佛自带音响，哗啦啦的。

夏日的伊犁，夏天的七三七，长长的道路两旁，20 多年前拓荒人亲手植下的小白杨，高耸挺拔，簌簌迎风，慰藉着边陲空旷的土地。仿若哨兵日夜坚守，深情凝视着这片核工业的热土，也反哺这里的人们。

原新疆矿冶局七三七地浸队厂区大门

① 指作者徐永华。

天山铀业总经理阳弈汉说："扎根边疆，根就是这么扎的。"

七三七厂在库捷尔泰的山沟中，一代代人从挖矿到地浸，硬生生地在荒原上植出了片片绿植。

记得小时候听过的小蝌蚪找妈妈的故事吗？我的成长故事同小蝌蚪一样，不同阶段有不同的变化，不同时期有不同的名字。今天我很自豪地与大家分享我的成长故事。

我的名字叫分析检测中心，生活在西北边陲美丽伊犁的新疆中核天山铀业有限公司。我的成长可以用翻天覆地、判若两人来形容。

我参加工作在化验室，出生在新疆矿冶局七三七厂的一个地窝子。那是间不足 10 平方米的房间，外面用塑料布围起来，屋内仅有一个小工作台、几个玻璃三角瓶、两个铁架台和微量滴定管、一张办公桌、一把椅子，处理样品得搬到外面去操作，分析工两三人，简陋的房间，简单的设备却要完成需要的分析任务。

在师傅们的精心培养下，我成长很快。不知不觉 4 年过去了，转眼到了 1992 年，我们搬出了地窝子，搬进了一个土砖房，这时，有了 5 位分析人员，分析项目也在不断增加。

给我印象最深的是一位姓何的大姐，上班时，除了及时准确做好样品，还说一些逗我们开心的话：谁家生孩子了，谁家孩子结婚了，谁的父母又病了……我记得有一段时间，小组有人请假生小孩，有人去医院照顾父母，现场就我一人当班。为了保证样品分析，领导叫人在现场支了个小床，我就 24 小时待在那儿，样品来了就做，没样品就打一盹，就这样坚持了半个月。

两年后，半工业生产厂房建成。我们在厂房旁边分了一间 30 平米的房间。随后又建立了 50 吨厂房，因生产的需要，样品数量不断增加，分析项目也在增多，购置了天平、光度计、酸度计等常用分析设备。1997 年，从内地各大院校引进了一大批大学生。这些技术人员充实了员工队伍，开始了分析方法的研究。

2000 年，100 吨厂房建成，工厂给我们单独建了一栋大楼，有几百平方米，并更名为分析中心，分析检测项目扩展到了二三十项，涵盖了树脂、矿石、水样等多种类样品。

2003 年，分析中心开始了标准化实验工作，购买了等离子体发射光谱分析仪、碳硫分析仪、紫外可见分光光度计等十几台设备，实验分析研究的硬件设施进一步充实和提高。

经过几年的人才培养，探索和技术创新，我的分析水平得到了很大程度提高，家庭成员成倍增加。为了拓展业务，提高技能，2010 年，开始着手实验室认可的准备工作。全体成员共同努力，采取了不断试验、外出取经、引进技术等措施，于 2015 年通过了 CNAS 认可，认可项目达 5 大类 20 项。同时更名为分析检测中心，直属新疆中核天山铀业有限公司管辖。2017 年又取得了 CMA 资质认证证书，认证项目 4 大类 68 项。

厂子经过改造升级而变得年轻，我们却慢慢变老了。

如今，我带领着近 20 名家庭成员，在 500 平方米的小二层楼内，进行检测，年轻的家庭成员均为大学生，大部分在 35 周岁以内，是一支年轻化、高素质的人才队伍。

我们拥有原子吸收光谱仪、四路低本底分析仪、γ 能谱仪等大型设备 50 台/套。具备了拓展市场，承揽相关业务，创造延伸的条件。

岁月过往，不只是春夏秋笑着的更迭，奉献和担当，才是当下所为。“栽下梧桐树，引来金凤凰”，核工业精神将代代相传。

成长是一种痛，青春会远去，希望在明天。心情不老，岁月如流。初心不改，情怀依旧！

“老八路”

繁忙的车间里，他穿着满是油污的工作服，低头在修理设备；喧闹的礼堂中，他组织大家唱起红歌，还亲自当指挥；静谧的病房里，他拉着老人的手，轻声细语地有说有笑……

他就是被七一三矿人亲切地称为“老八路”的路振升同志。

路振升同志早先从煤炭系统来到核工业时，正是建矿初期。他是七一三矿的元老，一直以来，他在工作上以身作则，生活中关心群众，退休后仍心系工作。他担任过七一三矿矿长、党委书记，为矿区的筹建、生产、转民等工作作出了突出贡献。

建矿初期，各种条件异常艰苦，人才、设备、技术都大量缺乏。当时有大量的重型设备和材料运到枫岭头和坑口火车站，由于缺乏交通运输工具，无法运到厂区安装，全矿上下都急得团团转。见此情景，路振升主动请战。他挑选了一帮青壮年劳动力，组成了一个突击队，以保证按时完成任务。在他的领导鼓励下，大家的力量拧成了一股绳。小型材料手提肩扛，稍重一点的用担子挑。几十里的路程，全靠大家的双脚一步步丈量。工作结束，他们的手掌勒出了一道道深深的痕迹，肩膀上磨破了皮，渗出的血结成了痂，和衣服粘到了一起。有时，体积大、重量重的大型设备，根本没有合适的工具可以运输。路振升和战友们要琢磨好几天，然后在矿区用废弃的钢材自制了一个巨大的铁架，十几个人推、拉、抬、举，硬是把这些个大家伙运到了矿区，按时完成了水冶厂厂房的安装任务。每次回到矿区，工人们像迎接凯旋的英雄，欢呼和掌声毫不吝啬地送给他们，而突击队队员们，洒满汗珠的脸上露出了胜利的微笑。

路振升同志曾担任机修车间主任。机修车间主要承担着七一三矿的设备安装、维修、备品配件的加工等。当时设备简陋，人员少，但是为了确保设备的完好和生产的正常，他经常放弃节假日休息，加班加点抢修设备，从未因此而影响了生产。多少次，回到家中已是深夜，街上空无一人，昏黄的灯光照着他疲惫的身子，却也映照出他坚定的眼神。

1994 年路振升同志从领导岗位上退下来，主要从事党的思想和组织工作。2003 年，生活区从枫岭头搬到上饶市电厂小区，小区按居住划片成立离退休干部党支部。路振升同志又被选为支部书记。他对每月一次的支部活动，会前都认真做准备，尽量丰富活动内容，提高活动质量。但总有少数人不参加，路振升同志找这些人当面交谈，劝其不要忘了入党誓言，要身体退下思想不休，安排好时间，参加组织活动好处多多等。老书记循循善诱的劝导和表率作用的影响，参加组织活动的人逐渐增多，直到后来因故不能参加活动的人也主动请假。在路振升同志的带动下，大家踊跃参加支部组织的各项活动并取得好成绩。如组织文艺演练，成立门球队等，在参加上饶市的比赛中取得前三名的好成绩；支部获得上饶市委授予 2006 年先进党支部，2007 年红旗党支部称号；江西矿冶局授予 2010 年先进党支部，2011 年四强党支部称号；路振升同志荣获

2006 年上饶市委授予优秀共产党员称号，江西省委授予 2011 年四好党员称号。荣誉来之不易，榜样的力量是无穷的，活动的蓬勃发展，活跃了小区氛围，和谐了人际关系，凝聚了党的团结力量。

路振升同志在家庭成员教育方面更是严格，他以自身的一身正气影响引导他们。在七一三矿政策性关闭破产以后，他耐心地做好孩子的思想工作，鼓励他们自谋职业，努力创业，为国家减轻就业负担。他精心照顾身体羸弱的妻子，处理好家务，让孩子们没有后顾之忧，安心工作。

路振升还热心帮助及关心老同志，坚持“生老病死”探望走访制度。每逢老同志生病住院或去世，他都能及时进行探望或问候，送去组织的关心和帮助，温暖了人心。2007 年大年三十晚，退休干部张洋在家洗澡，突然休克。路振升同志得到消息后，立即打电话通知 120 急救，组织人员送上救护车。因抢救及时，该同志脱离了生命危险。人们常说，在需要帮助的时候，在需要帮助的地方，都能见到我们的“老八路”——路振升同志。

2013 年 6 月，我们的“老八路”永远离开了我们！他就像一支熊熊燃烧的火把，照亮了周围的人，也完全地燃烧了自己！路振升同志在七一三矿人的心里，成了一座丰碑，他的事迹将永远镌刻在七一三的历史上。

伊犁盆地的寻“宝”行家

伊犁盆地的寻“宝”行家有很多，核工业二一六大队地质副总工程师、铀矿勘查院院长张占峰是“行家”中的里手。他身材消瘦，笑容腼腆，言语朴实，很难让人看出他是一位寻“宝”行家。由于他在伊犁盆地铀矿勘查工作中取得的骄人业绩，近年来张占峰荣获了“中央企业先进职工”称号、国土资源部“最美地质队员”称号、中核集团“劳动模范”等荣誉、自治区授予“开发建设新疆奖章”。

在伊犁盆地铀矿勘查工作中的地质队员

1963 年二一六大队成立于辽宁营口，1967 年迁至甘肃徽县，1984 年进新疆，主要承担铀矿资源勘查和评价任务。2014 年，中核集团依托大队在乌鲁木齐市成立“中核集团新疆联络部”，负责新疆地区的联络工作。

大队现有职工四百余人，自 1984 年进疆以来，秉承“铀矿报国，服务社会”的企业宗旨，在伊犁盆地提交我国首个地浸砂岩型铀矿床，填补了国内铀矿勘查的多项技术空白，丰富了我国金属成矿理论。截至目前，大队先后在伊犁盆地提交了五个铀矿床，其中特大型矿床一个，为我国首个千吨级铀矿大基地建设提供了资源保障。

20世纪90年代初，张占峰从华东地质学院毕业后，来到二一六大队成为一名铀矿地质队员。走上工作岗位的张占峰，第一年被安排到钻机上锻炼，工友们见他文弱瘦小、身单力薄，都想着照顾他干点轻活儿。他总是用腼腆的微笑谢绝大家的好意，坚持留在自己的岗位上。

对野外地质工作有着好奇心的张占峰，以为自己也会像其他技术人员一样在地质一线大展拳脚，没想到自己却被安排在科研队干了整整一年的资料整理登记工作。失望之余，他慢慢地发现这个工作并不像人们所想象的那样枯燥乏味，他虚心向老师傅请教，将一沓一沓的卡片仔细地进行整理登记，还经常为自己能悟出点儿“门道”而欣喜。几年后他感慨地说：“那时的卡片整理登记工作使我受益匪浅，从中熟悉了大量铀矿信息资料。”

从基层到机关张占峰成长很快，组织上把他安排在一分队参与“新疆伊犁盆地洪海沟——乌库尔其地区铀矿普查”工作。当时，项目工作无指导理论、无勘查技术、无规范标准，唯一能作为“指导”的就是从前苏联翻译过来的零散的技术文献，他深感自己需要学习的东西太多了。为此，他一方面虚心向师傅们请教学习，另一方面利用业余时间认真阅读大量资料，很快熟悉了可地浸砂岩型工作方法，次年便成为项目技术骨干。我国第一份可地浸砂岩型铀矿普查报告——《新疆伊犁盆地洪海沟—乌库尔其地区铀矿普查报告》、第一份可地浸砂岩型铀矿勘探报告——《新疆察布查尔县库捷尔太铀矿床第Ⅴ旋回3-70线地段地质勘探报告》都凝聚着他的汗水和智慧。

“十一五”以来，随着国家对能源结构的优化调整，伊犁盆地战略性核资源大型矿产基地勘查与评价工作迅速展开。

2006年，有着丰富的铀矿资源勘查评价工作经验和对铀矿地质事业执着追求的张占峰被大队任命为“伊犁盆地巩留凹陷1：25万铀资源区域评价”项目负责人。他与项目组成员在数千平方公里的工作区域内开展了大面积的调查工作，详细分析了不同地质构造单元的铀成矿潜力。经过两年的艰苦工作，共提交了三个铀成矿远景区段。他精心分析、大胆论证，在郎卡地区部署的钻孔工程中，不但突破伊犁盆地以往的找矿施工深度，而且证实了蒙其古尔地区铀成矿带的东扩迹象；同时在苏阿苏向斜发现了工业铀矿化，为伊犁盆地南缘东段铀矿找矿勘查立项提供了重要依据。

2008年，张占峰主持了“新疆察布查尔县郎卡地区铼（铀）矿预查”和“新疆察布查尔县蒙其古尔铀矿床P0-P31线详查”两个项目，圈定了三条重要的铀矿化带，估算了可观的铀、铼资源量，取得了显著的找矿成果。

2009年，伊犁盆地铀矿勘查任务进一步加大，张占峰担任“新疆伊犁盆地可地浸砂岩型铀矿资源勘查”项目总负责人，他提出了“区域分析、统筹兼顾、理性部署、深挖细找”的伊犁盆地铀矿找矿勘查工作思路。在蒙其古尔铀矿床P0-P31线详查项目又发现了一条具有良好成矿潜力的铀矿带，通过进一步工作，铀矿床规模进一步扩大，填补了国内可地浸砂岩型铀矿床单矿床资源量超万吨的空白。

为了铀矿勘查事业的发展，一心扑在工作上的张占峰对家人的照顾很少。常常感到对妻子对父母有深深的愧疚。妻子生孩子时，他正在野外作业，孩子降生的第二天，他才匆匆赶回乌鲁木齐的家。

2009年8月，年过花甲的父亲生病住院，作为独生子的张占峰，很想在父亲的病床前尽孝道，但他主持的伊犁盆地的四个项目正处于生产大忙季节，根本无法脱身，他只能把这份感情深深地埋在心底，默默地为亲人祝福。

面对自己获得的一项项荣誉，张占峰总是淡然一笑："活儿是大家一起干的，成绩是属于集体的，把荣誉放在我一个人身上，我实在感到不好意思，也使我感到了压力。"这种压力也激励着他在伊犁盆地书写更多寻"宝"故事。

矿井专家的追求

核四院在前三十多年间，共设计了26座铀矿山（包括63个矿点），田欲学亲自主持设计了其中的大部分矿井。1960年苏联专家撤走以后，他同设计、基建和生产有关人员，认真总结过去矿山设计、基建施工、生产的经验和教训，并于1963年在部第一次设计工作会议上，通过制定了《铀矿山、水冶厂设计若干问题规定》。从此，我国铀矿山、水冶厂建设有了自己的建设标准。

四院矿井专家井下工作场景

田欲学是核四院老专家，1942年毕业于哈尔滨工业大学采矿系，1962年10月由沈阳煤矿设计研究院调院工作，任院副总工程师，高级工程师（研究员级），是享受国务院政府特殊津贴的我国著名矿井专家。

合理确定矿山生产规模和开拓方式是矿井建设的核心，田欲学并不满足已有的建设标准，而是以这个标准为基准，继续在矿山设计中对生产规模和开拓方式进行深入的探讨与改进。

在确定矿井生产规模方面，因我国铀矿床的赋存条件比较复杂，矿体的形态变化大，地质勘探部门提供的地质勘探储量报告中，A、B级的储量又少，在10%～20%，而误差为±45%的C1级储量和作为远景储量的C2级储量却占80%～90%，这就给确定矿井生产规模带来很大困难。为了解决这个问题，他经过反复探索与计算，终于找到按原有的地质储量乘回收率再除以合理服务年限来计算矿井年产量的公式。

他的这套科学方法包括：将储量不大、勘探程度低、不能由本矿井经济的开采的边远矿块剔除；将按100%的A、B级储量、按50%～80%的C1级储量、按20%～30%的C2级储量三者的和作为设计储量来确定矿井的生产规模；按照一个中段准备、一个中段开拓的两个中段采矿方法和各矿井均衡生产的年限来确定矿井生产规模；在主要机械设备选型上预留20%的余地作为矿井增产用。通过这些举措避免矿井生产规模的偏大或偏小、主要机械设备和设施的偏大或不足，进而造成达不到设计产量和采掘失调等问题。

在选择开拓方式方面，针对我国铀矿床赋存条件比较复杂和边探边采的特点，根据竖井提升能力大、运距短、井筒断面面积大、人员上下井方便、维修量小和斜井可以分段掘进的优点，综合确定矿井开拓方式。根据矿床赋存深浅条件，对地上或埋藏浅的矿床优先选择露天开采，对地上矿床有平硐开拓条件的选择平硐开拓，对有露头的地下矿床选择斜井开拓，对既有地上又有地下的矿床选用平硐盲斜井等综合开拓方式。

这些改进都是在田欲学专家长期对设计、施工、生产各方面不断总结经验、不断改进的结果，渗透着老专家的心血与汗水，这种实事求是、开拓进取、勇于创新的科学精神值得发扬光大。

挑战极限

挑战极限，人们一定会想到各种极限运动。文中的故事发生在青藏高原。

时间以长焦距的镜头推到20世纪90年代，核工业航测遥感中心组织的“西藏航测队”，在当地驻军的竭力配合下，奉命开进雪域高原。人们对西藏的认识，还是从“一座座山，一座座山川，一座座山川紧紧相连……”这些美妙动听的歌曲中开始的。

航测中心　现场校准试验

核工业航测遥感中心自1963年成立以来，通过50多年改革发展，形成了集“航天、航空、地面、地下”四位一体的国际先进水平的立体勘查与空间地理信息技术方法与体系，共承担近千项国家重点项目，完成我国重点地区航空物探测量面积460多万平方千米，全国80%的大中型铀矿床是航测首先发现的。拥有的7项研究成果达到国际先进水平，10项技术成果填补了国内空白，并获“全国地质勘查功勋单位”荣誉称号。

当核工业航测遥感中心一个大胆的构想一经提出，与中国石油天然气总公司一拍即合。向青藏高原进军，向旷世高原挑战。挑战超低空航测的极限！挑战人类生存的极限！

一份支援航测的请求函，摆在了中国人民解放军总参谋部首长面前。藏北无人区，平均海拔5000米以上，氧气含量不足内地一半，全年大风日数超过150多天，气候恶劣，重峦叠嶂，临界低空飞行极限……身经百战的将军们陷入了沉思。

很快，总参作字第387号令通过无线电波和指挥网络迅速到达各相关部队，进军高原的号角吹响了！

晨曦中，两架空军标志的伊尔76运输机腾空而起，航测保障部队和航测技术人员踏上了征途。静卧在长江之源的格拉丹东雪山被惊醒了。一阵阵发动机轰鸣声凌空掠过，一支“黑鹰”直升机航空物探编队打破了亘古高原的宁静，沉寂千年的冰川目睹了这一重要的历史画面。

唐古拉山口，沱沱河兵站。电台收到气象报告，即将来临一个适飞气象。“抓住这个机会！”各路人马各就各位。躺在病床上的也挣扎着站了起来，吸着氧气袋，站到了自己的岗位上。高原小镇立刻多了一道壮丽的风景线，那风景中屹立着坚强的航测队员和不倒的绿色长城。

又是一个晴朗的黎明，星星还在眨着眼睛。两架直升机就像两只矫健的雄鹰直扑可可西里，他们与地面始终保持着140米的有效测量高度，在群峰峡谷之间穿梭。进入峡谷之后，与地面联系突然中断。此时，奔袭而来的乌云笼罩着沱沱河基地，雷雨冰雹顷刻而下。“01，01，05，05，沱沱河呼叫，返航！返航！”基地急切地呼叫着，然而电台除了呲呲的电流声，毫无回音。担任地面指挥的某军区作战部副部长，有着丰富经验的特级飞行员，此刻也露出了焦虑的神色。据估算，飞机的油料只能坚持一个小时，而飞机要在雷雨冰雹中降落，难度极大，危险极大。

远处隐约传来飞机的轰鸣声，雷雨冰雹仍在继续，能见度不到10米，所剩油料不多了，必须强行着陆。副部长一个箭步冲了出去，果断有力地发出指令让地面“引导着陆”，飞机终于冲出乌云安全降落。

藏北地区气候变化无常，飞行统计表显示：30天内有过5次冰雹，10次雷暴，21次雷阵雨。飞行进度十分缓慢，航测领导小组又一次做出让人惊讶的抉择：飞机按重量限度加满油，临界极限飞行。“高原雄鹰”再一次发出使大地震颤的吼声冲上蓝天。

执行任务的地面作业队员，顶风冒雪进入航测区实地勘测。记不清多少次，汽车陷入了茫茫的草原沼泽；记不清多少次，硬把汽车抬了出来；记不清多少次，露宿在荒无人烟的山谷；记不清多少次，赶走月黑风高狼嚎的恐惧。

在这次行动中，有两人被迫转送内地医院手术治疗，调用各种汽车40多辆，出动飞机数百架次，部队派出200多人，有7名青年队员因进藏而推迟婚期。就是这群年轻的科技人员，填补了西藏腹地航空物探的空白，首创青藏高原超低空航测的壮举！实现了几代人的高原航测梦。

心灵守望的家园

在我国长江以南，五岭以北的温带地区，有核工业功勋之都和魅力铀城。地处湘、鄂、赣三省交界的江西省修水县境内，有著名的江西四矿。

九江市修水县气候适宜，山水环绕，物华天宝，人杰地灵。遥望日月沉浮，俯窥红尘变迁。青砖白瓦石板巷，诉说着曾经过往的岁月历史，记载着一代又一代核工业人的回忆。

2019 年 7 月，我们[①]去了一趟修水县，走在那幽静的古巷里，多少往事涌上心头。

七二四矿的前身江西六矿，江西六矿在民办矿的热潮中于 1958 年 10 月成立，是江西省原子能委员会下属企业，1961 年 10 月停办交给二机部。从成立至撤销的 3 年多时间里，为早日向国家提供核原料，在两位苏联专家的指导下，采取土法上马，人拉肩挑，锄头挖矿，筛子选矿，水缸浸泡等土办法，争取时间，生产出 20 多吨重铀酸铵，为我国第一颗原子弹试验提供了原料。

1963 年二机部成立七二四矿，1965 年一工区和简易水冶厂建成投产。生产能力为 2 万吨，以后逐年扩大。1969 年至 1973 年先后开采了 101、103、301 三个矿点，1979 年一工区开采结束。1982

① 指作者何瑜、何中华。

年简易水冶厂拆除，新水冶厂开始建设，1985 年二工区和新水冶厂建成投产。

寻根七二四矿，还得从 1 号露天矿说起。1963 年春节刚过，于生龙、王治平和彭奇智三人接到上级命令，迅速赶到北京，接受筹建江西四矿的紧急任务。当时，部、局批准建设一个年产 2 万吨的矿区和一个简易的小型水冶厂。按照部里的规定，尽快建一个花钱少、上马快的矿山，树立一个典型。会后，他们立即拟定了一个初步计划，向部局申报了人力配制、基建经费和材料设备等清单。

从北京回来之后，他们三人率领干部工人匆忙起到修水县原江西六矿旧址，开始矿山筹建。江西六矿仅办了三年就下马了，在此基础上创建四矿，几乎是在“废墟”上重建家园。1963 年年底，四矿建设拉开序幕，从全国各地抽调了 270 名建设者，次年福州军区 500 名转业军人汇成一支建设大军，在矿山开始打眼放炮，开始了七二四的艰苦创业。

七二四矿总工程师张世海回忆，他到矿时，正值矿山基础建设，矿里不仅生活、住宿条件艰苦，就连起码的生产工具也是十分简陋，都是土箕、扒子、人力推车等。由于形势紧迫，从领导、技术人员到每一个工人，他们对建设核工业充满了豪情壮志。他们在基建施工中发扬了连续作战，一不怕苦、二不怕死的精神，攻克了一个又一个难关，创造了一个又一个奇迹。到 1964 年基建剥离超额完成年计划 56%，1965 年就可以从采场 D 矿体采矿供简易水冶厂试生产了。1966 年 8 月，南采场 BC 矿体的基建任务完成，形成了生产外运矿石的能力。9 月 1 日这一天，数十辆崭新的解放翻斗汽车从外运矿仓装满矿石像一串珍珠，奔驰在去杨家岭转运站的公路上。

师世海站在采矿场的山头上，久久地凝视着这奔驰在公路上的汽车，心潮激荡，他仿佛看到了矿山的未来发展前景，顿时心情无比兴奋。随着矿山的发展，人员的增多，技术的进步，矿工们开始使用装载机、挖掘机、凿岩机、风钻打眼机和大型潜孔钻。七二四培养了一大批操作技术能手和维修技术人员，从而提高了采矿能力，适应了水冶生产发展和增加外运矿石的需要。

1970 年至 1972 年间，采矿能力达 3 万吨以上，超过原设计的 50%，开采成本逐年下降，使七二四矿取得了较好的经济效益，多次受到部、局的表扬。

由于矿山资源枯竭，七二四矿于 2003 年 12 月实施关闭破产终结。因享受职工异地安置政策，社区管理机构随离退休人员和家属搬迁至南昌市新建区，原核工业七二〇社区管理委员会。

当我们离开七二四社区时，社区副主任谢永珠告诉我们，这个社区住着七一九、七二〇和七二四三个矿 2000 多户安置职工。

60 年里，江西铀矿经历了大起大落的历史变迁，他们深爱着自己的矿山，第二代、第三代矿山人，在接过先辈们交给的重担后，又在矿山成家立业。

60 年里，涛走云飞，花开花落，他们重铸辉煌，追求梦想。怀揣着一份温暖，走向四方，把往昔的美好珍藏在心里。以至于我回到北京，他们的面孔还在脑海里忽隐忽现，那些不甘于沉寂的人，在理想与现实中，思想有过强烈的碰撞。

我知道，社区移交地方之后，他们会面临着再次失业。

历史的车轮滚滚向前，青山遮不住，毕竟东流去。这些为梦想而疲于奔波的铀都人，他们拥有一个共同的名字——矿里人。

乡音，是不变的情怀；乡愁，是永久的挚爱。

“老马”的故事

在大兴安岭的茫茫林海里，在冀北高原的广袤草原中，在蒙冀交界的高山陡崖上，在松辽平原一望无垠的滩涂上，有一匹为核地质事业奔跑了三十多年的“老马”。

二四三大队的马国祥

“老马”的名字马国祥，出生在辽宁朝阳，1985 年 7 月他大学毕业，响应祖国号召支援大西部，来到内蒙古高原便踏上了为核地质事业奋斗的道路，三十多年来，从未停止过他奔跑的脚步。也从当年的“骏马”变成了“老骥”。

九十年代初期，地勘行业大萧条时，他为大队在外跑市场联系业务足迹踏遍大江南北，为大队挣得了保障，使大队得以喘息、渡过难关，为大队立下赫赫战功。

“守得云开见月明”十几年前他终于盼来了地质行业的又一个春天，老马又回到属于自己的田野，尽情地奔跑。还是熟悉的三大件，还是那匹老马，但是奔跑的田野已经十分广阔了，老马依旧像从前那样执着地坚守岗位，踏实地干着属于自己的工作。无论单位效益好坏，老马总是会出现在单位需要他的岗位上，无论酸甜苦辣，老马总是能以优异的成绩来完成项目。

为了全面发展核地质事业走多元化发展之路，大筹建区调分队，参与中国地质调查局区调项目。在这个全新的领域，核地质人知之甚少，在第一个项目经历了半年曲折后，老马勇挑重任来探索数字化区调这一全新领域。为了突破铀矿地质工作思维对区调工作的思想束缚，他积极带领区调分队勇于探索，为了使区调分队尽快成长，他鼓励区调分队“走出去，学回来”，依靠勤思考、广查阅、多实践，逐渐掌握了区调工作的精髓。正是在老马的带领下，历时三载，二四三大队第一个区调项目取得了优异的成绩。从一无所知到轻车熟路，只有他知道这三年经历了什么。无论原始森林或泥泞的沼泽，无论高山峻岭或戈壁滩涂；老马没有停下前进的脚步。正是这种勤奋刻苦、迎难而上的干劲才使二四三大队区调事业脱胎换骨、旧貌换新颜。

三年复三年，他带领他的团队一次又一次证明了自己，向党、向大队也向自己提交了一份份满意的答卷。他所带领的团队先后荣获大队优秀党员、科技标兵、文明职工、文明单位等优秀称号，他本人也得到了上级肯定，获得数次优秀共产党员称号，老马没有因为成绩而沾沾自喜，而是努力学习，不断进步，继续奔跑。

近年来地质行业不景气，这匹“老马”又踏上了他的奔跑之路，曾经的一段时间里沈阳与赤峰，沈阳与呼市的列车上总能看见一个瘦弱但不时坚毅的老者翻阅资料的身影，几经努力，老马的诚挚打动了项目办的工作人员，终于，一个又一个区调项目成功拿下，为二四三争取来了近千万元的产值。

长年的奔跑，如今的“老马”已由当年的“帅气俊朗”变成了“老骥伏枥”，身体里还深藏着两个心脏支架，不服老的他依然和年轻人一样奔跑在野外生产找矿一线。

大队领导考虑到他的身体状况，几次找他谈话准备将他调到机关工作，他笑呵呵地说，我这个人天生就是搞地质的命，只要我还有一口气，只要我还能跑得动，我就要在野外一直干下去。

在晴朗的夏秋之夜，天上繁星闪耀，和爱人执手散步是一件多么浪漫的事，可是这匹老马不能，他注定要远离繁华的都市，奔跑在崇山峻岭。长年累月的野外生活在他身上留下了许多感人的故事，只有远离家人走进荆棘满布的崇山峻岭才会发现他的寻梦之旅，是离不开野外作业。

地质工作是艰辛的，艰辛的人生里似乎有一丝苦涩的甜蜜，那些看似游山玩水的经历，都是一份责任与担当。野外生活的乏味，大地的苍茫寂寥，唯有地质人才能清晰明了，疆土上的不偏不离；在荆棘满布的崇山峻岭，唯有地质人才能找到希望；人生如歌，岁月无痕。唯一不变的是这背着行囊跋山涉水的背影，就是这镌刻着岁月痕迹的背影，才能感悟浩瀚的森林和造物的神奇。山巍峨，水潺潺，壮美的自然世界里，地质人永远在偏僻的岗位上用汗水浇灌成果，在深山追逐着梦想。

回家之旅

一个秋天的早晨，我[1]背上行囊，开始了怀旧之旅。从追赶长途汽车开始，一路的颠簸虽然让人感到很累，但是想着离矿上越来越近，心情的愉悦冲淡了我所有的疲惫。经过一天的旅途劳顿，天黑时，我终于到了赣州崇义县丰州镇。

丰州是江西崇义的一个小公社，距湘赣边界不足 5 公里，连通向外地的公路都没有，闭塞的让人惊愕。

老朋友老同学相聚七一九

① 指作者徐军。

1969 年 2 月初，原二机部决定，由七一一矿筹建七一九矿，并于同年 3 月成立筹建组，同年 5 月由于振铎同志带着二机部的指示同筹建组的同志正式进入矿区。

1970 年，第一批赣南籍退伍军人 800 余人奔赴这片神秘与神奇的红色土地上，汇聚到崇义县的古亭、丰州这片崇山峻岭的山沟里，用火热的激情唤醒了这片沉睡的群山。

此后几年，全国各地支援的工程技术人员和成百上千的知识青年加入到这支矿山建设的队伍之中。从此，古亭、大河背、小河背、兑子下响起了一串串的欢声笑语，山路中、井巷里回荡着一首首激昂有力的战歌！

为了共同的理想，他们风餐露宿，披荆斩棘，搭木为棚，锯墩为桌；多少个日日夜夜，他们手拉手，肩并肩，筑道路、建厂房、架电线；山洪暴发了，大批建材被冲散，他们顶着暴雨，冒着被洪水冲走的危险与洪水抗争，奋力抢救国家财产；大型设备来了，进入厂房和井巷的道路不通，他们肩扛人拉，顶烈日踏月光，保证设备顺利安装；挖坑道的机械设备有限，他们手锤打眼，锹挖肩挑，一点点拉运矿石和废料；为了早日建成尾矿坝，由抽调人员组成的 912 工程队，连续日夜加班奋战，几日不眠不休！在革命之火燃起的这片红土地上，他们不喊苦不喊累，尽情地挥洒着如火的青春和如雨的汗水。厂房里布满了他们日夜忙碌的身影，井巷中印满了他们多拉快跑的足迹。辛勤奉献、无私付出是创业先驱们的精神主旋律。

20 世纪 70 年代，还处于西方敌对势力包围的中国，经济形势依然严峻。原国防科工办在给七一九矿的工程项目批复中批示：生活设施从简，生活福利建筑面积要尽量缩减，以集中力量将矿山建成投产。在艰苦的创业环境中，创业先驱们还要面对生活条件艰苦、生活资源匮乏的挑战：营养不够，他们组建了“五七连”，养猪种菜，自给自足；住房不够，他们几十个人挤在一起睡地面通铺；业余生活设施不足，他们自行平整场地，自焊篮球筐，打造了第一个简易“半边式”篮球场。革命的乐观主义精神让开拓者们不畏艰辛，把一切困难踩在脚下。

时光如流，岁月如歌。十四年的光阴弹指一挥间。在党和国家的高度重视下、在核工业部及核工部十二局的坚强领导和悉心指导下、在广大创业先驱们的艰苦卓绝奋斗中，一条条通向远方的公路从山沟里延伸而出，一道道井巷也从山林的地下交错贯通，水冶厂、竖井、食堂、宿舍、中小学校、职工医院、发电站、供电线路也如画卷般在赣湘交界的深山里呈现，一座凝聚了广大创业先驱们无数心血和汗水的铀矿山正悄然成型。

到 1983 年 6 月，七一九矿工程通过核工业部验收，被核工业部评为“部级优秀工程设计”，并获国家银质奖章。低品位逼出万吨级铀矿地表堆浸技术，七一九矿进入试产阶段。但在即将正式投产之际，正值国家产业结构调整，加之国际铀价低迷，产量供大于求。我国关闭了一批铀矿，未关闭的矿山也被限产，使原本就因矿石品位低、又采用生产成本高的常规水冶工艺的七一九矿陷入了“进退维谷”的尴尬境地，形势非常严峻。

七一九人当年怀揣梦想和信念，洒下青春汗水打造的一方热土，面临一场艰难的抉择。大批干部职工、生产骨干，无奈之下调离，另谋生路。

为保住这份创业的心血，他们千方百计为自己所热爱的核工事业积极寻找出路。经历了共和国经济大潮的洗礼，渡过了重重难关，随着国际、国内形势转好，受种种不利因素影响的七一九矿最终挺过来了！实实在在为祖国的核工事业做出了巨大的贡献，成就了一段七一九历史上的辉煌！

如今这儿已没有了当年的模样，不是变更好了，而是因为种种原因逐渐没落了。看到眼前的一切，我哭了，有种说不上来的心酸。虽然我对丰州的记忆十分有限，凭着有限的记忆，我开始搜寻丰州的往事。

1969 年中秋，欧阳振智伯伯开车，载着母亲和 5 岁的我，从郴州到汝城，沿集龙河边的鹅卵石水道，艰难地颠簸到了丰州，与几个月前就到这里的父亲会合。

印象中母亲教我的诗词里，地名带“州”的都是城市，比如我家原居住地郴州，故乡永州，还有苏州、杭州、扬州、广州等。兴许是童年的天真无邪，丰州的乡野气息和清纯河水，以及原始秀丽的丛林风光，倒也让我对这里产生了别样的情趣。

我家暂住在丰州小河畔，七一九最早搭建的临时简易工棚家属区，棚区里的娃娃们大部分我都认识，他们的父亲和我父亲一样都是从七一一来七一九的第一批拓荒者。不久又有几十个衡阳矿院大学生搬到这里，知识青年们的活力与激情，为简陋的棚区增添了热闹。

住进棚区没多久，一天深夜，忽听到附近有老虎的吼叫声，许多人都被吓醒了。后来据说几名保卫干部和基干民兵，持枪埋伏在棚区周围，通宵等待老虎来袭，结果老虎一直没来，让大家虚惊一场。

如今的七一九，走过了近半个世纪的历程，在国家统筹安排下，完成了历史使命，现已全面停产封井。老一代的开拓者如今被统一安排在风景秀丽的赣州市七一九矿社区安度着晚年。不管过去了多少岁月，不管七一九人走到哪里，在那火红年代给他们留下的历历往事，都会成为他们今生难以磨灭的印记 。

天山脚下的“蓝色娘子军”

核工业地浸行业给人冷冰冰的感觉，常年坚守野外与外界沟通少，被他人戏称为“山里人”，能留下来的绝大多数是男人，女人选择此行业需要更多的勇气。女人选择了这个行业，还得工作上不落下风，家庭上承担更多责任，想想是非常不容易的事。

天山脚下中核天山铀业有限公司的铀矿山中，有一个分析班全部为女员工，几十年的野外生活，留下岁月划过的痕迹，造就严谨细致、勤劳奋斗、感恩乐观的品质。上班途中，她们身着蓝色工作服，时而哼着小调，时而哈哈大笑，是众人眼中的“蓝色娘子军”。

言传身教，传承严谨细致作风

当年，“蓝色娘子军”班班长何晓梅，上班时常常手中拿着一本绿色封面书《矿石及有色金属分析手册》，里面讲述的是很多金属的实用分析方法。这本书其实就是她们分析工作的指南。因为何晓梅帮助姐妹们工作有方，大家都亲切地称呼她为何阿姨。何阿姨退休时，又把这本书传给了周意如。周意如像过去的何晓梅一样，用书本知识和大家一起干工作……这意味着一种传承。

听说这本书也是何晓梅的前任班长退休时传给她的，目前市面上很难购买到。当时师祖赠书时并附言：希望何晓梅同志能将书中的知识活学活用，为分析工作贡献自己应有的力量。何阿姨真的做到师傅的期望，严格要求自己，快速成长为一名分析能手，对于新入职的分析人员，都由她进行一对一培训。当前，80%的分析人员都是她的徒弟。

何阿姨对待工作认真，分析过程注重每个细节，反对粗心大意，尤其是“差不多”的分析言论。分析是一项精细活，某一步出现失误，必须重新再来。而对于刚从事分析工作的新人，操作不熟练，失误频繁，对分析结果没有把握，重新取样再分析又嫌费时费力，因此“差不多”言论就出现了，认为这样就差不多了。对于这种态度和行为，一向好脾气的何阿姨会严厉地批评，要求必须重新取样再做。她说：“对于没有底的分析结果，多做几遍心里会踏实，绝不能敷衍了事。”在她的言传身教下，分析人员养成良好习惯，分析过程严谨、细致、熟练。

抓狠一点，单面手变多面手

随着企业改革步伐不断向前，作为最小生产单元的班也进行了调整，人员出现调动，不再固定在某一岗位。当配制岗位人手紧张时，分析人员杨庆玲进入配制岗位，成为天山铀业有史以来的第一位女配制人员。她从事配制工作一直踏实认真，未出现任何差错。私底下问她怎样才能适应如此大的转变，她笑着说：“对自己再狠一点，就能把新岗位干下来。”

人员退休，岗位调整，单一的技能没法满足现实的需要，分析人员必须快速转身，主动出击掌握多项技能。班对专门的试剂标定了人员，当退休或者休假时，分析人员主动出击，将所有分析项归整，做到全部掌握，人人都会分析。对于掌握程度慢的，利用休息时间反反复复地练习，直到学会为止，彻底由以前的单面手转向多面手。对自己狠一点，自己成长得就快一点，面对竞争就会有底气一点。

树立榜样，站好最后一班岗

郑玉荣是分析班的一员，前不久刚退休。平常人快退休时，情绪上会出现波动，工作上会有所松懈，但在郑阿姨身上丝毫未出现这样的情况。她依然热爱着自己的工作，甚至争取比其他人做得更好，生活上她乐观向上，满满的正能量。有人问她："老郑，你马上离开天山铀业七三七厂了，啥感受?"她沉默几秒，深情地说道："这里的一切是那么的熟悉，曾经种下的小树苗已长成参天大树，离开这儿内心会失落，这是我人生唯一的一份工作，这里承载着太多美好回忆……"

即将退休，她更加珍惜自己的工作，珍惜与同事相处的每一个瞬间，站好最后一班岗，让自己的职业生涯不留遗憾。

这支"蓝色娘子军"对待工作毫不含糊，但对家庭充满亏欠。当孩子生病哭闹着找妈妈时，她们无法陪伴在身边，内心百感交集；当年老的父母需要在身边照顾时，她们无法出现在身边，满怀愧疚。当全家人都期盼团聚在一起过节时，她们总是缺席，留有遗憾。假如人生可以重新来过，尽管与家人聚少离多，长年驻扎在天山脚下，但她们依旧会选择自己热爱的分析工作。

钻探先锋

从春到冬，从北疆到南疆，在近20年的钻探生涯中，核工业二一六大队工程勘察院副院长范晓东和“全国五一劳动奖章”获得者王强，他们的足迹遍布新疆这片广袤的土地，取得了可喜的钻探成绩。

钻探勇将范晓东

1994年6月，范晓东从核工业西安技校毕业，分配在核工业二一六大队从事钻探工作。由于工作成绩突出，1999年，年仅25岁的他走上了机长的岗位。

都说“初生牛犊不怕虎”。作为机长的范晓东带领机台的兄弟们，从那以后长年累月忙碌在北疆伊犁、东疆三塘湖、南疆和田乌恰等工作区。烈日酷暑，严寒风雪，练就了过硬的本领。

2001年，伊犁盆地乌库尔齐矿床第Ⅶ旋回普查工作展开。地质技术部门推测，这里可能存在富大矿体，于是设计了一个钻孔进行验证。范晓东的机台承担了该孔的施工任务，但当钻孔施工到含矿含水层时，由于承压水头过高、地下水涌出地表而难以施工，接连报废好几个钻孔。范晓东顶着压力，咬紧牙关，带领机台人员克服困难，最终成功钻穿含矿含水层，并取得可靠数据，验证了该地段存在富大矿体的推测，为乌库尔齐矿床普查成果突破立下了汗马功劳。此后，在乌库尔齐矿床普查区，他的机台创下月施工9个钻孔、进尺2000多米的惊人业绩。

2004年至2005年，范晓东的机台在新疆若羌县阿尔金山脚下进行钻孔施工任务。11月的新疆已是冰封雪地，可就在准备收队修整之时，范晓东又接到大队再施工一个孔的通知。此时的工作区白茫茫一片，大雪将天地间连成一体，寒风刺骨，滴水成冰。接到命令后，范晓东带领机台人员振作精神，冒着零下20摄氏度的严寒，立即开展钻探工作，并出色地完成了任务。

之后，范晓东的机台一直辗转于乌恰、和田和三塘湖等工作区。乌恰高寒缺氧、和田风沙肆虐、三塘湖酷热难耐……尽管面对种种恶劣的环境，但他每年都带领机台人员出色完成工作任务，尤其是在海拔3000多米的乌恰工作区，他的机台创造了机台月进2300余米、当年完成钻探工作量8800余米的最高纪录。

工作取得了骄人的业绩，但谈起家人，范晓东常常感到愧疚。从参加工作的那天起，除了短暂的冬季休息，他一直辗转于天山南北的钻探工作区，相伴左右的是空旷的原野和钻机的轰鸣。

2003年春季，范晓东的机台刚出队不久，妻子便临产住院。此时，他正组织机台人员准备立塔开钻，忙碌的工作让他难以抽身。等他把一切安排妥当赶回去时，儿子已经出生三天。看着病床上没有丝毫埋怨的妻子和刚出生的儿子，范晓东的心里酸酸的。

2011年5月，伊泰伊犁煤田勘查项目启动，6台钻机全部进入现场，修路、青苗赔偿、对外联系等大量工作都落在范晓东一人肩上。当时他母亲要做心脏搭桥手术，家人怕影响他的工作，没有将此事告知他，等他得知母亲做手术抽空回家看望时，老人已完成手术多日。

因为工作，范晓东错失了许多与家人共享天伦之乐的机会。但在他看来，失去个人小家暂时的温馨，换来了二一六这个大家的繁荣，虽有遗憾，却也值得。

钻探先锋王强

说起二一六大队副大队长王强，大家都会竖起大拇指。

他本人连续三年获大队突出贡献奖，2009 年获“中国核工业集团公司劳动模范”，2012 年被中华全国总工会授予“全国五一劳动奖章”，2013 年享受国务院津贴。

1988 年 6 月，王强从西安地质技工学校毕业，分到二一六大队当了一名钻工。凭借着吃苦耐劳、积极肯干、善于学习的工作态度，1991 年，年仅 21 岁的他被提拔为钻机班长，成为当时大队年龄最小的钻机班长。后因业绩突出且善于管理，王强又先后被任命为副机长、机长、施工队队长。

1996 年，被任命为库捷尔太工区副主任的王强，为了保证我国第一份可地浸砂岩型铀矿勘探报告按时提交，他带领钻机人员冒着严寒，抢在了洪水期之后与大雪封山之前的间隙完成了位于洪海沟的钻孔工程。2000 年，王强被任命为勘探二队队长。2009 年，大队整合钻探资源成立了工程勘察院，王强先后任常务副院长、院长。

在王强的成长中，他和他的团队走过了一段艰难之路。为了能尽快进入市场，他们最初承揽到的都是别人不愿意干的苦活、险活、累活。但王强坚信，只要能咬紧牙关挺过来，干出几个像样的活，就会得到业主的认可，就会有更大的机会。

2008年，当时的勘探一公司承揽了新疆地质九大队的煤田钻孔施工任务，公司一号钻机创出了工作区年施工8000米的最高纪录，而且钻孔质量在业主的100多台钻机中遥遥领先，被业主树立为唯一的标杆机台，供上级领导观摩和其他机台学习交流。

2009年，工勘院承担了中煤集团伊犁盆地煤炭勘查项目的钻探施工任务。进入冬季后，其他施工单位钻机因天气寒冷都撤离了现场，中煤集团面临着不能按时完成年度任务的严峻局面。当时工勘院聘用的农民工钻工也都已回乡，钻工严重不足。在大队的支持下，王强组织召开工勘院职工动员会，号召大家一定要啃下这块硬骨头。时值12月份，工勘院院长当机长、机长当班长、班长当钻工，组织了多台钻机，冒着零下20摄氏度的严寒，在当月下旬完成了甲方的年度全部施工任务。甲方对二一六大队充满了感激和信任，从此与大队建立了长期的合作关系。

随着市场钻探施工任务不断增加，工勘院整合的社会钻探力量逐步壮大，王强敏锐的目光又发现了一个商机——钻探配件材料供销。于是，工勘院在机械加工厂的基础上成立了钻探物资经销部，除了自己生产的材料外，又与内地供货商建立起供销关系。得益于二一六大队的市场信誉，厂商无成本向经销部供货，阶段性以销售量结账的方式收回货款。这种零成本代销厂家钻探物资材料的方式既满足了机台材料配件的随时供货，大大提高了生产效率，又做成了不占用任何资金而赚取利润的无本生意，达到了与供货商的双赢。据了解，仅钻探物资经销每年产值就达3000万元以上。

工勘院就像一个家。在王强这个“家长”的带领下，工勘院全体职工不是一家人却胜似一家人。不久前，一位职工妻子患肾病透析治疗花去了家里所有的积蓄，院里职工得知情况后自发向他捐款2万多元。

2011年工勘院获“全国工人先锋号”荣誉称号，大队奖励工勘院集体10万元，王强与几位副院长决定再从其他奖金里拿出3万元，组织工勘院所有出野外的职工家属到喀纳斯旅游。一位家在伊犁的职工家属激动地说：“这还是我第一次坐火车啊!”但王强听后心里却一阵酸楚：“工勘院职工家属做出了很大的牺牲，她们在家赡养老人抚养孩子，默默地支持丈夫的工作，同时也是支持我的工作。”

王强带领的团队创造了二一六大队钻探史上的一个个奇迹，同时为提升“中核集团”“中核地矿”品牌在新疆的影响力和知名度发挥了重要作用。

地浸采铀之花

姚益轩是北京化工冶金研究院铀矿地浸所专家，一直从事地浸采铀科研和设计工作。在他的心中一直有一个梦想——用青春和汗水浇开地浸采铀之花。

我国地浸开采的砂岩铀矿大都分布在偏远落后的边疆地区，自然环境极其恶劣，并且试验起步阶段条件艰苦。姚益轩同志长期在现场试验，几十年如一日，他住过“地窝子”、寝车、帐篷甚至是老乡的猪圈，喝过雪水和煤矿坑里的苦咸水，在高温酷暑、天寒地冻和遮天蔽日大风沙的气候条件下战天斗地，只要工作需要，就无怨无悔。

在现场期间，身为教授的他和工人同吃同住，一同挖沟、拔泵、拉管子。冬季，现场零下 20 多摄氏度，风吹得他双手裂满了风口子，甚至不停地渗血，他从没有叫累叫苦。他也从不讲究吃和穿，在现场穿的最多的就是工作服，工人也常常和他开玩笑，称他为“民工般的教授”。

2010 年，姚益轩主持核能开发项目——低渗透砂岩铀矿地浸采冶关键技术及扩大试验项目。期间，现场浸出液出现异常现象，他从地研院去内蒙古沙沙圪台现场。当时正值内蒙古旅游旺季，三天内的机票、火车卧铺与坐票已经全部售光，于是他决定买当天晚上的站票走。就这样，年近五十的他整整站了一夜到东胜。到现场后，眼睛充满血丝的他一刻也没休息就直奔试验井场。

2012年中秋、十一长假期间，内蒙古巴彦乌拉现场扩大试验钻孔开工，项目负责人姚益轩同志带领大家坚守在扩大试验钻孔现场第一线。记得施工方核工业二〇八大队打第一个钻孔时，沉砂管、过滤器及套管的安装结束后已是傍晚，为了防止井下出现塌壁等异常现象，要求施工方尽快进行投砾和注浆工序。由于是扩大试验的第一口钻井，监督成井过程的意义非同小可。进行投砾、注浆操作时已是深夜，姚益轩带领大家一直坚守在井场，对出现的问题及时解决，注浆结束已是凌晨3点多钟，此时的他连续工作已经超过了10个小时。

在科研试验任务繁忙的时候，他经常通宵达旦，节假日也不休息，加班加点更是“家常便饭”。

2012年11月18日，星期天上午，他像往常一样利用周末时间加班，一直到中午他感觉疲倦回家的时候，由于劳累过度，他晕倒在办公楼的大厅里。周一去医院检查完身体后，办公室里又出现了他忙碌的身影。他的夫人担心他的身体状况，劝他休息几天，领导和同事们也都劝他休个年假好好检查下身体，考虑到年底手头多个项目要进行总结汇报，他都笑着回绝了。

2013年4月，内蒙古巴彦乌拉扩大试验现场进行水文试验，姚益轩同志创新性地引入一项新的测井技术，为了取得科学、准确的测量结果，他安排测井技术人员和他一起进行抽水、测井、数据分析、报告撰写，功夫不负有心人，这项技术在地浸工程中的应用取得了突破性的进展。

在科研和实践中，姚益轩同志既敢于给年轻人压担子，培养年轻人承担更多科研任务，又经常和他们一起探讨问题，言传身教，悉心指导。其中一部分优秀的年轻人已经成为地浸科研的骨干力量。

为了梦想和理想，他孜孜不倦地追求着，把自己的青春默默地奉献给了中国的核工业事业。

几十年来，姚益轩先后主持或参与了尼日尔、印度尼西亚等国外多个项目地浸采铀工程的设计和施工，完成了云南腾冲、新疆伊犁、吐哈，内蒙古通辽、鄂尔多斯、二连盆地等地多个矿床的地浸采铀现场试验，为我国地浸技术的进步和工程建设做出了突出贡献。

守望大山

我[①]乘着公司的班车，窗外掠过巍巍群山，顺着竹间细密的光线，数着一个又一个弯道，班车它载着我像要扶摇直上九万里。在我迷糊着到底有几个弯道之后，它带着我来到中核韶关锦原铀业有限公司（简称锦原铀业）的大门口。

我是新来锦原铀业的员工。几个月的学习和熟悉，我终于对自己的公司有了一定的认识。

锦原铀业前身是中核集团公司七四五矿（简称七四五矿）。它位于三江交汇的广东省韶关市境内，北毗湖南的南大门——郴州，东邻红色旅游区——赣州，为铀矿采冶联合企业。始建于1969年3月，原为中国人民解放军基建工程兵部队编制。1984年部队整改为国营企业建制。2002年，政策性军民分立破产后，对企业资产进行了重组，将原来的七四五矿组建成立了中核韶关锦原铀业有限公司，为国有独资的大型军工企业。

人工“掏”出来的宝藏

七四五矿是在国家抓紧三线建设这个大环境的氛围里建起来

① 指作者陈少丹。

的，2002年以前中国的地图上还没有明确的标注，只有一个保密代号“七四五矿”。在选址时充分考虑了地质条件和备战的需要，藏身在大山腹中的七四五矿，完全是由人工“掏”出来的。群山连绵，荒草莽莽，渺无人烟，奔向七四五矿的前辈们，来自祖国的三山五岳，讲着五湖四海的方言，内心装着建设祖国的一腔热情，在交通不畅、信息不灵的年代，伴着飞禽走兽上下班，耐得住寂寞、守得住初心，用自己的双手将高山变成平地，在平地上建起高楼，在那巍巍群山底下俯身弓腰顺着大山的气息将一块块矿石凿下来、运出去，相继建成了棉花坑矿井、斜州矿井及小桃园矿点等，为祖国的核事业输送源源不断的基础材料，做隐姓埋名人，干惊天动地事。在那个机械不发达的年代，七四五矿的前辈们凭借着自己的一双手和一颗热忱的心，用十字镐凿出地下宏伟工程，他们迎着晨曦伴着晚霞，在无言中将自己的青春、身心和血脉同这座大山融为了一体。

地下150米的坚守

“第一次下井，感觉井下巷道像迷宫，虽然有矿灯，但还是比较昏暗，心里有点害怕，而且在井下需要时刻佩戴口罩，总感觉自己被口罩勒住。”锦原铀业爆破班班长匡凯笑着描述自己第一次下矿井时的心情。这位“90后”年轻小伙子，2013年来到锦原铀业工作，每个月要下井15～20次，每次都要穿过长达450米的竖井下到地下150米处。虽然井下作业设有相应的通风设备，但每次下井都会变成一个湿漉漉的“雨人”，这是每个常驻锦原铀业棉花坑矿井地下150米处矿山人的生活常态。

最难熬的并不是身体上的不适，除了定时巡检，以及日常采掘、维修维护工作之外，每个人都需要对抗矿井底下的寂寞。长时间看不到头顶的天空，时间在流动中变得模糊，人会莫名烦躁。地下 150 米处的作业，到处伴随着轰隆隆的机械声，在隔音间说话都得靠吼，新来的人不适应，就戴上耳塞。井下作业人员彼此难以交流，只能自己跟自己耳语，或者干脆哼起歌来缓解内心的孤寂，面对周身的矿岩石壁只能自己给自己找乐呵。日复日，月连月，度过难熬的实习期，选择留下来的矿山人在滚滚往前的年轮中，静默倾听大山的呼吸，触摸它的脉搏，在地下 150 米处无声地完成他们心中的传承和坚守。

心中的亲情

“孩子因为上学的原因，没办法带在身边教导，缺席了她的少年时代，对孩子是内心有愧的。家长群里发孩子的试卷，我连自己孩子的笔迹都认不出来，类似这样的事情还有很多。”在机关办公的谢姐苦笑着说。

“父母之爱子，则为之计深远”，为了孩子拥有更好的教育，将孩子送到市区上学，与自己孩子长久的别离，是每个守望在矿山的父母必须经历的人生旅程，他们比龙应台更早地“目送”孩子的离开。

进出矿山的路途遥远而颠簸，只能周末才可以和孩子相聚，周日有时因为陪伴孩子的时间久一点而错过公司的班车，没有私家车的人就只能赶在下午 4 点前搭乘当地的班车，到达仁化汽车客运站后换乘另外一趟班车，绕过弯曲起伏的山路抵达相应地点后再步行一个小时回到矿里。

“以前想念孩子想得紧也只能憋着，现在好了一些，可以和孩子面对面视频通话了，看看孩子的脸庞缓解内心的牵挂。寒假和暑假是孩子最开心的时候，虽然工作时间不能陪伴他们，但是晚上回家能彼此见面也很满足。”旁边的何姐笑着补充道。频繁的分离让相聚显得更弥足珍贵，思念难捱，然而使命在前，容不得人半点的退缩和怯懦，守望矿山的人只能将心中的亲情打包压缩进心房，以更加认真昂扬的姿态投身到工作中，只有将工作做好才能回馈那个守望在心间，夜里魂牵梦绕的幼小身影。

薪火相传

“我们这代人是吃苦的一代，那时候打眼放炮，除了运矿的工序是机械化运输外，其余的工序几乎都要肩扛手抬，那全是力气活，一个班下来累得浑身跟散了架似的。现在的年轻人是体会不到那种咬牙切齿、使出吃奶的劲进行采掘作业的状态了，新时代就是好啊。”老一辈的矿工孔刘师傅感慨道。

矿井下的年轻人时不时能从老一辈的矿山前辈口中回望过去那些艰难的井下岁月，脑海中闪过久远的矿山记忆：那个通风条件差，一放炮就满脸烟尘，出井时大家的脸都是黑乎乎的，谁也不用笑话谁，谁也不认得谁的矿山岁月。

新一代的矿山人在老一辈的记忆诉说中对比现在的机械时代，在其中咂摸出幸福的味道。有的矿山年轻人也在暗暗计算新时代的效率问题：以前打孔需要 6 分钟，现在 6 分钟可以打 6 个孔。打钻用的是老一辈矿山人都喊不出具体名字的新设备：阿特拉斯

Boomer 104 型，凿岩台车钻掘炮孔，摆脱人工和供风，掘进效率显著提高，而出矿又采用铲运机，基本实现机械化开采，精简一半的矿山人同样按时完成国家指定任务，现在的井下矿工完全可以称得上技术型人才了，这是跃进的矿山一代。

不管是吃苦的矿山一代还是跃进的矿山一代，锦原铀业只因有了先人的开拓才能有后来者的跃进，绿色矿山的建设是一场持久的接力跑，是薪火相传，他们都在时代的洪流中立稳脚跟，迈步向前。

美丽家园，绿色矿山

行走在锦原铀业矿区里，青山环绕，绿树丛荫，白云在蔚蓝天空的映衬下宛若悬挂的纯白羊毛。傍晚夕阳掩映，结束了一天工作的锦原职工在职工饭堂就餐后回到员工福利楼稍作休息，换下工作服，开始锦原的晚间生活。

三五成群的年轻小伙子在篮球场上肆意挥洒汗水，旁边的阿姨们正跟着音乐踏出自信的舞步，几个活泼可爱的小朋友跟着摇头晃脑，惹人怜爱。矿山的绿色发展，坚持“边生产、边建设、边复垦”，让人在与自然和谐共处中幸福生活。

环保工作的完善，让人安心居住。“本来听说是那这种放射性铀还挺害怕的，后来我儿子给我解释在生产过程中采用的各种科学方法，什么拆除、去污挖除、覆盖等方法啊，具体名词我记不清了，还有发的那些防护劳保用品，每两年公司组织的身体安全检查，让我放心地把儿子交给公司，安心居住在这里。”锦原铀业五〇一矿区职工家属李阿姨边摘菜边笑着说，她手中的菜还是在自家员工宿舍楼前菜地上摘来的。

节能减排，绿色矿山建设，让山更绿水更蓝，经济效益、工作效率更进一步，人的生活更加安心舒适。矿山从生产开发的各个环节入手，浸堆技术对低品位矿石的回收处理、根据用风量开停空压机台数，每年节约电21万千瓦时，水冶厂对工艺废水重复利用率高达92.8%……在我们看得到的地方，想不到的细微之处，美丽家园、绿色矿山建设在持续行进中。

锦原铀业建矿50年来，先后获得国家绿色矿山单位、军工系统安全生产标准化一级单位、广东省安全文化示范单位、韶关市文明单位、管理提升先进单位等荣誉称号，是唯一保留的天然铀硬岩矿山企业。锦原铀业这座由人工“掏”出来的宝藏和它所取得的这些成就，是每个守望在大山深处的矿山人用青春的汗水和流淌的年岁换来的。

时代在进步，藏于林深之处的锦原铀业一点也没有落下该完成的功课，它致力于采用自动化监测与自控技术，不断实现技术的突破和升级，对井下通风、排水系统等进行升级改造，全面实现自动化，提高科学管理水平；注重安全质量标准化建设，通过科学管理、系统优化、新技术创新等，推动矿井走向安全高效之路；在时代发展潮流中抓住机遇，努力实现转型升级，以“四新三化”推动硬岩铀矿山建设。新时代的锦原铀业宛若充满干劲的年轻人，正以出色的答卷和平稳向前的步伐回馈每一个守望着它的矿山人。

桂花的香气飘洒在锦原铀业这座矿山里，路两旁的小河道里溪水褪尽，铺着一层又一层金黄相间的枫叶，微风一起，林间回响着竹叶的沙沙声，宛若情人的耳语，呢喃般诉说着这座矿山的故事。

动人以行不以言

赤子之心

1997 年夏，核工业二四〇研究所迎来了新一届毕业生。毕业于长春科技大学（原长春地质学院）地球物理系的张旭光当年 22 岁，他踏进研究所的大门，同无数毕业生一样，对即将步入的工作岗位充满了期待。他想："这就是我向往的地方。"凭着所学物探专业知识，他进入了研究所科研任务较重的物探室，成为一名普通的一线工作者。

内蒙古金宝屯是迎接这个刚毕业年轻人的第一站，工作三天，尚未来得及整理行囊，他被紧急调往那里加入地震剖面测量项目组。字面上看，物探是一项并不复杂的工作，可事实上却比想象中困难得多。想起刚毕业那会儿，他总是说："吃上热饭就是一种幸运。""干物探那会儿，日行几十公里是家常便饭。"功夫不负有心人，经过 4 个月时间他同项目组完成了浅震剖面 20 千米测量，初步建立了浅震测量系统，在东北区域首次将浅震技术应用于可地浸铀矿勘探。由于岗位技能出色，1998—2004 年，他从各项国家课题的参与者，转变角色成为负责人。他说，他喜欢这样的人——他们说起话来热情洋溢，他们身上能迸发出一种力量。正是因为他有一颗滚烫的赤子心，才推动了他在工作中的成就。

家人的支持，也是他的愧疚

矿藏蕴藏在人迹罕至的地方，越是荒凉，越有可能蕴藏着丰富的资源，也正因如此，决定了物探人是一个容易被外界遗忘的群体，他便成了被遗忘的人中的一员，也成了一个“忘记家庭的人”。就在2004年他负责吉林省铀资源远景评价项目的攻坚阶段，他的女儿出生了，在家人最需要他的时候，他却依然站在工作岗位上，直到项目完美收官。当同事们问他：“家人就不觉得委屈吗?”问及此，他便说，“项目的许多事情都是我牵头，很多事情交接起来很不方便，还是坚持一下。”对于这些，他的家人却说：“困难都是暂时的，我们都会尽力克服，让他安心地工作。”这样的理解和支持，每每让他感到动容又愧疚。但是，肩负使命，他又每每热血沸腾，他说：“作为项目负责人，关键时刻必须到位，我的项目，要做就要做得更好。”

他是开拓者

2005年，研究所成立环境评价中心，需要业务能力出色的人一同加入，他便成了第一个被选中的人。那时，他在物探组已崭露头角，面对完全跨专业的领域，他一头雾水，不知道这个朝阳行业未来如何，可他相信，在这个行业，他定能快速学习掌握要领。初到环评中心，恰逢环境保护部出台《建设项目环境影响评价资质管理办法》，明确从事环境影响评价工作的单位必须配备至少3名注册环境影响评价工程师。为了确保环评业务正常开展，他与环评中心的同事们便开启了环评考试之路，他们凭借坚定的信念，使环评中心最终顺利获得环评单位资质，他便成了环评中心开拓者之一。2006年他担任起环评中心副主任的工作，带领环评中心一往无前走向新的领域。历经2006—2012年六年，他带领全体同事完成辽宁省环保厅审批项目120余项，使核工业二四〇研究所在辽宁省环评市场上站稳了脚跟。

迎难而上，开拓市场

“我们从事的是一个不能吃老本的行业，市场瞬息万变，只有不断改革，不断超越自我，方能生存下去。”2012年，他挑起了环评中心的大梁，承担起环评中心主任的工作。那时，环评市场竞争激烈，研究所环评中心业务单一，其主要业绩来源主要依靠辐射环境影响评价、辐射环境监测和放射性地质调查工作。为了环评中心未来发展之路平稳顺畅，他认为必须以改革推动转型，这期间，他带领环评中心的同事们跑单位、进工厂、出院所，开展业务洽谈。2014年非放射性环境影响评价市场初步开拓成型，由最初的0产值突破到300万元产值；2016年成立研究所驻贵州办事处，开展输变电及广电通讯环境影响评价，创造产值1000余万元；2018年成立研究所驻吉林办事处，开展污染场地调查评价，2018年年底顺利完成了吉林恒盛毛纺厂地块调查评价。他说：“这样，我们的脚就已经迈出去了一大步，我们距离完成转型不远了。”每当跑完一处项目现场，完成一次项目洽谈，他回到办公室便安静地坐在那里，开始思考下一步往哪里走，怎么走，如何走得漂亮。他常说：“我们迈出去的第一步，哪怕接近零利润，也要先把研究所的名声打出去!”千里之行，始于足下。只要敢于走出去，胜利之花便得以绽放，他带领环评中心筹办资质，引进人才，带领环评中心从技术服务型向环保工程型转变。2019 年 9 月，签订环保工程项目 3 项；同月，环评中心中标吉林市土地与矿业权收购储备交易中心 2019 年度拟收储地块场地调查评价服务项目，中标金额 2000 万元；2019 年 10 月，环评中心中标吉化总厂地块环境调查项目，中标金额 524 万元。

踏实做事，绽放动人华章

二十余年，张旭光踏踏实实地在岗位上工作着，2013—2018 年度环评中心在他的带领下，连续获得研究所先进集体、安全集体荣誉称号，其个人被评为 2015 年度沈阳市央企经济发展工作先进个人、2016 年度沈阳市优秀共产党员标兵。面对成绩，张旭光没有骄傲；面对荣誉，张旭光没有沉沦；他有的，只有那份淡定，那份认真对待工作的执着。他总是说：“我没有长远的规划，我所想的是近三年我要完成什么？我该怎么去完成？人不能总看到过去所取得的成绩，人要往前看，过去取得的成绩再优异也是过往，我们要看到的是未来的几年。”2019 年 5 月，张旭光成为沈阳市五一劳动奖章获得者，他说：“我只是一名从事环保工作的普通员工，荣誉不是我一个人的，我是代表我全科室的兄弟姐妹们来领这个荣誉的。”回首二十载，他说：“我的初心应该就是实现自我人生价值，使命是为研究所发展贡献自己的全部力量。我的团队是我的坚强后备军，研究所成就了今天的我，我必将不忘初心，牢记使命，脚踏实地，继续前行……”

草原铁军

在苍茫的内蒙古高原活跃着一支铁军，他们为国寻铀，车轮如铁骑，风雪阻挡不了他们前进的步伐。他们的信念坚如磐石，足迹早已融入祖国的山川冰河。

彭卫国就是支铁军中的领头雁。他 1981 年参加工作，36 年的如歌岁月回答了坚守事业的雄心。彭卫国是二〇八大队一名杰出的机长，多次被评为大队“先进生产者”“先进机长”。2012 年，被内蒙古国防邮电工会授予“金牌工人”荣誉称号；2016 年被中核集团授予“劳动模范”称号。

事无巨细 事必躬亲

金秋已过，草木渐黄，草原上的冬季似乎比城里来得更早，二连草原凉风习习。

临近晌午，阳光温煦地照在二〇八大队 E-825 钻机上，53 岁的机长彭卫国系好安全带，熟稔有力地踩着钻塔塔架，爬向了离地面 8 米高的钻杆护栏。一天之内，这已经是他第三次检查钻机护栏了。

每一次钻机搬家，需要牵引车拖挂钻机到指定的位置，架好钻塔后，他都会要求当班班长必须爬上钻塔仔细检查钻杆护栏是否有裂痕，以免发生危险。班长查过之后，他还得亲自检查一遍。

钻机搬家后，已经临近中午。兄弟们的脸上略显疲惫。今天是开孔前一次特殊的安全会，代替手中安全记录本的是碗中热腾腾的米饭。“这次咱们的钻机就在公路边上作业，钻杆护栏绝对不能出问题。”

机长彭卫国利用吃午饭小聚的机会，抓紧时间开了个班前会。

“小李吃完饭，你爬上去再仔细检查检查，大家都说我是婆婆嘴，安全事故出不得，钻杆一旦砸向公路，那可是大事故……追悔莫及!”

大家一边吃饭，一边听老彭布置任务。

直爽的老彭坦诚地说：“在我干机长的一天，我就得想事，多操心，否则，就别干机长!”他的脸上露出了笑容，却透出岁月留下的沧桑。

十分钟后，他又上去检查了一次，在确保安全措施到位的情况下，他迈着稳健的步伐走向柴油发电机，一边自言自语：柴油机的机油，滤芯也该更换了。在保养机器这个大问题上，老彭深知，在维护保养设备上绝不能吝啬材料，我们是靠机器吃饭的，发电机如果出问题了，什么都干不成。

为此，老彭当着大伙的面，算过一笔账：如果一台钻机设备护养不当而导致停产，人员开支等各项费用一天就要白白拿出三千多元。那么，定期保养便是工作的重中之重。

柴油机运行多少小时需更换机油和机油滤芯；空气滤芯隔多少天要吹洗干净，这些钻机里里外外的细节，老彭都深谙于心。他的脑子，就像是整台钻机的体检记录本。从 2003 年至今，14 年间老彭所使用的钻机历尽荒漠草原的严寒酷暑，却从来都没有出现大故障。

业精于勤　大道至简

塔木素，位于内蒙古阿拉善盟巴音戈壁盆地深处，蒙古语意为

“丰硕的泉水”，沙丘、天空、芨芨草——荒凉是这里唯一的颜色。在地质人眼中，这里是人与自然对话和搏斗的地方。

在塔木素的一次施工中，一台钻机的水文孔打完后，由于孔小，需要重新扩孔。下钻扩孔的过程中，钻杆被蹩断。所有人都慌了神，孔径大，钻杆细，捞出钻杆的难度不亚于百米穿针。谁都知道使用公锥提捞钻杆，可是公锥口细，钻孔口径又很大，到哪儿锥钻杆呢？附近机台的工友议论：这个钻孔肯定是报废了。

彭卫国沉思片刻，说：“建议在公锥口前面加上一个喇叭罩子试一试，罩子收拢面积大，下钻的时候利用罩子笼罩住钻杆，估计会好使，你们赶紧试试。”工人们按照这个土法子下钻，一下对住了钻杆，牢牢地将断杆抓提了出来。

其实，彭卫国身上的绝技远不止这些。

2015 年 12 月，彭卫国的钻机队在巴音戈壁盆地塔木素地区经受了近一年强风沙和戈壁极冷极热气候的洗礼，临近岁尾，老彭心疼离家远行的“娃娃”班员，让他们提早回家过年。

彭卫国知道，等待他的是眼前面对复杂地层的最后一个深孔，钻探深度 600 米。彭卫国心里明白，600 米的进尺，意味着提下钻时间长，施工难度高。同时，深钻使钻机的负荷加大，对钻具的要求很高。一旦出现断钻杆等事故，打捞风险和难度会大大增加。

项目经理找到老彭说：“这天寒地冻的，你把年轻的队员都放走了。这钻孔，打还不是打呢？”

“打！我们会打好！”彭卫国坚定地回答了项目经理。

开钻的时候，老彭就坐在钻机棚子里，微闭着眼睛。

一位班员心疼老彭，“师傅您要实在困了就去寝车里睡会儿，这有我们盯着，出不了事儿。”

此时，钻机的轰鸣声响彻了四野和天际。轰鸣颤抖的工棚里，老彭脚下的茶杯微微摇晃。月亮已经升到了中天，伴随着钻机声、鸣虫声，等待着清晨第一缕曙光的来临。

彭卫国下意识地听着钻机，猛地站起身来，声音盖过了机器的轰鸣声，大喊：“小张，马上把钻杆提上来！快！”

“怎么了师傅？一切正常！”

“听我的！赶快提钻！是假循环！”

来不及过多解释，彭卫国指挥四位队员以最快的速度提起作业中的钻杆——钻杆提上来时，岩心管被污泥皮厚厚地包裹着，所有人都庆幸：若再晚一步，一旦烧钻，后果不堪设想。

隐患排除了，小张望着坐在工棚里倾斜身子半眯着眼睛的师傅，小心翼翼地问：“师傅，原来您不是困了啊。”

“怎么会困，你们在干活，我在认真听钻机的声音，声音一旦不对，赶紧叫你们提钻！”

彭卫国和他的工友只用了 20 天就顺利完成了 600 米的深钻任务。后来老彭回忆说，其实那 600 米遇到过四次假循环。危急时刻，每一次都是因为预判正确，尽早提钻才避免了事故发生。

有人说，理想的地方就没有荒凉。

彭卫国说，脚下是路，诗和梦在远方。

一个人若专注做一件事，成功便指日可待。彭卫国用 36 年的坚守，诠释了一个核地质人对理想信念的执着追求。

爱在地质中传承

传说中有一种鸟，它用尽一生去寻找属于自己的荆棘树，唱出心中最美的歌。

这是一个讲核三代的故事，核工业二四〇所一位姑娘，核地质梦在她身上传承，她愿自己是一只荆棘鸟，追寻最纯洁、最永恒的爱。

25年前，小姑娘5岁，童年的记忆里有三样物品——地质锤、罗盘、放大镜，这三个神奇的物品曾经陪伴一位老人走过数十载。

几年前的一天，古稀老人偷偷地“离家出走”，当他回来的时候，老人激动地说，他去了西藏，去完成一个未了的心愿。因为有人告诉他，他年轻时候工作的地方找到了矿。当他听到这个消息的时候，心情非常激动，他夜不能寐，第二天清早便带着他的三大件和速效救心丸匆匆地走了。这是老人的一份坚持，一份热爱，一份信念，才使他不顾一切去找寻年轻时的梦。

二四〇所在黑水

这位老人，就是姑娘的祖父，

他曾经把青春献给了地质事业。

姑娘 15 岁那年，她收到一块刻有她名字的石头。而送她石头的人，从数不清的铀矿点到干不完的远景区，从长白山到兴安岭，从科尔沁草原到松辽盆地，都留有他的足迹，有父亲洒下的汗水，这个人是姑娘的父亲。

他告诉姑娘，石头是他的宝贝，他用一块石头换回了美丽的新娘。姑娘小的时候总是用怯怯的眼神看着很少回家的父亲，每一次父亲的不辞而别，姑娘的铅笔盒里都会排满削好的铅笔，练习本里也会多上几页可以让她临摹的铅笔字或是枕头下面多出几本孩子最爱的《画报》。

父亲话不多，女儿是他的小棉袄。小姑娘曾胆怯地问："爸，干地质苦吗?"

"苦。"

"搞地质累吗?"

"累。"

"那你干吗不换个工作呢?"

"嗯，干了这么多年，还真没想过要转行！从最初第一次到野外作业，两眼一抹黑，课堂上学过的知识，似乎毫无施展空间，于是干脆什么都不去想，只管谦虚请教，就这样，日复一日，年复一年地逐渐掌握了各种技术和方法……"

父亲娓娓道来：记得初次进入项目组时，面对变质岩地层区，钻探揭露的岩石类型多种多样，揭示的地质现象也十分复杂，为了准确、客观地描述各种地质现象，要每天坚持着拿放大镜、地质锤仔细研究，反复斟酌，才能准确判断岩石的种类……搞技术的人，必须严字当头。

姑娘歪着脑袋问："为啥要严呢?"

父亲喃喃自语："严的是工作态度，严出了成绩，严出了高徒，严出了传承!"

父亲的形象在小姑娘的眼中变得高大了，从小生活在研究所大院的女孩，被爷爷、爸爸的光环笼罩着，血脉里流淌的是地质人的血液，懵懂的小姑娘渐渐也对核地质事业有了向往。

6 年前，小姑娘出落得亭亭玉立，长成了大姑娘，带着祖父送给她的两个字"珍惜"和父亲潇潇洒洒写的八个字"不忘初心，方得始终"，也进入了核地质工作岗位。

在这里她遇见了他，一个个性开朗，诚实正直，积极乐观，有理想，有担当的年轻人。之后，这个人成了他的爱人。

8 年的核地质工作，他爬过险山，入过丛林，也曾与大山为伴，经历过千难万险，但这些都未曾动摇过他对核地质梦的追求。

如今，她的爱人正带领着一群年轻人奋战在松辽盆地的大战场上，松辽盆地的土地上留着他深深浅浅的足迹，足迹里延续姑娘祖父和爸爸的梦想。

今年，姑娘的祖父 85 岁，工作 40 年；父亲 55 岁，工作 35 年；爱人 31 岁，工作 8 年；她 30 岁，工作 6 年，他们都是普通的核地质工作者，有的是平凡的岗位、平凡的工作、平凡的故事，但是他们的小家却为核地质的发展注入了自己全部的力量。

祖孙三代的爱，在核地质事业中生根发芽、茁壮成长，也让千千万万个核地质梦在爱中传承。

把青春的绿色铺满征途

1998年7月，蒋小辉成为核工业一名光荣的地矿人。

大学刚毕业的他原本遇到了双向选择、自主择业的好机遇，但他义无反顾毅然选择了返回新疆从事地浸采铀事业的人生道路。作为核二代，他从小受到了红色的模块教育，更能够深切体会第一代核工业人是如何在艰苦卓绝的环境中，在茫茫戈壁、荒无人烟的地方，隐姓埋名，艰苦创业，用智慧、汗水乃至生命浇铸着心中最神圣而伟大的强国梦。他希望自己也能像父辈们一样，用自己所学专业，发挥专长，为“中核梦”贡献一份力量。从那以后，蒋小辉在野外工作整整19年。

蒋小辉工作场景

19年在古代仿佛是很久的事情。“桃李春风一杯酒，江湖夜雨十年灯。”“去国十年老尽、少年心。”在我们人生的刻度上，有多少个19年？屈指可数。我们曾经想校对时间，到最后才会发现，在所有的批评当中，最正确、最伟大、最天才的是时间。一代又一代中核人，一个又一个十年，铺就了核工业今天的“黄金时代”。

野外工作的坚守是孤独的，同样需要强大的内心力量。

蒋小辉从一名实习生开始，就立足技术岗位，不断取得进步，先后担任了技术员、主任、副厂长、厂长，时任中核内蒙矿业有限公司（简称“内蒙矿业”）副总经理、总工程师。工作以来，蒋小辉只陪父母度过了四个春节，多数时候将回家过年的机会让给了其他同事。结婚后连婚假也没休就一头扎进了工作……他用实际行动感染和带动着身边的人们，得到了大家的一致好评。

2013 年 10 月，蒋小辉积极响应上级组织安排，从新疆来到内蒙古，投身到内蒙古铀矿大基地建设中。内蒙古铀矿大基地是中核集团所属地矿板块规划的天然铀生产加工项目，致力于打造安全、绿色、优质的现代化地浸矿山。

巴彦乌拉地浸采铀工程项目作为核工业集团公司在内蒙古部署的地浸采铀项目具有重大的战略意义。身为建设工程项目总指挥，蒋小辉肩上的责任更重了。他将全部精力都投入到了项目建设之中，无论严寒酷暑、暴风雨雪还是黄沙漫天，他都身体力行、坚守一线，与现场全体员工吃住在一起，最长时间连续五个月未离开现场。

由于长期奔波，蒋小辉的左膝患上了滑膜炎，严重积液导致膝关节肿痛无比，以至于左腿不能屈伸，着地时如刀割般剧烈疼痛。公司领导和同事们都劝他住院治疗，但他担心影响项目建设进度，倔强地用双拐拖着肿胀的腿，在烈日炎炎、尘土飞扬的建设现场坐镇指挥。最终，在内蒙矿业全体员工上下一心的努力下，巴彦乌拉地浸采铀工程项目以其“优质、速成”的亮点创造了铀矿冶建设史上的新奇迹，为实现中核集团和地矿事业部建设内蒙铀矿大基地的战略构想迈出了可喜的第一步。

牧区牧民工作是项目建设的一大难点。为了拉近与牧民的关系，蒋小辉身先士卒，带领指挥部的同志们深入牧区，了解当地民情民风，尊重少数民族习俗信仰，对周边牧民开展扶贫帮扶送温暖活动，及时帮助处理牧民亟待解决的诸如生活饮用水和日常用电等问题。因指挥部对外协调工作得到当地牧民的普遍认同和赞赏，项目取得了当地政府和牧民的认可，为顺利推进项目建设起到了积极作用。

在十几年工作中，蒋小辉以过硬的技术能力在不同的工作岗位、不同的技术领域开拓进取，取得实效。

在管理上，蒋小辉大胆尝试，勇于创新，被提拔为天山铀业七三一厂厂长的第一年，他就提出了“十二项改变”，使七三一厂面貌焕然一新。

在任巴彦乌拉项目建设总指挥期间，他提前谋划巴彦乌拉工程，着力项目建设的顶层设计，突出管理上的创新。面对巴彦乌拉项目建设期短、资金短缺、手续繁杂难办、外围关系复杂等特殊性，蒋小辉根据工程特点，对整个工程进行了提前部署，细化项目投资到每个子项，倒排建设进度到每一天，做到每项投资清楚明晰，并按计划要求严格管理。同时，蒋小辉上下配合打好外协工作组合拳，在施工期短的情况下，合理安排交叉作业，不到两年的时间里，就使巴彦乌拉项目形成产能。由于项目建设质量好，进度快，自动化程度高，生产效率处于国内一流，公司被业界誉为标杆企业，也因此获得中核集团及地矿事业部大基地建设突出贡献单位荣誉称号。

在新疆工作期间，蒋小辉参与了铀铼综合回收、微生物地浸采铀等多项地浸采铀技术研究，提出了十余项技术改进，创建了首个地浸矿山溶浸实验室，为提供地浸现场试验技术参数打下了基础。在 513 矿床平米铀量低，矿体分散，开采难度大的情况下，作为主管技术副厂长的蒋小辉在仔细研究存在的问题以及矿床矿石组分特点之后，提出了采用碱法开采的技术方案，经过反复研究和论证后组织试验取得成功，使 513 矿床 4 号、5 号采区开采得以顺利实施。

多年来，蒋小辉凭着极大的热情和钻劲，与他所在单位的员工一起积极研究生产技术，与高校合作，先后组织并亲身参与了多项课题研究，在核心期刊上发表地浸采铀专业论文十余篇，多次获得优秀国防科技报告（GF）和专利。

付出终将有收获，他在 2015 年被授予“中核集团劳动模范”光荣称号。荣誉固然来之不易，对于蒋小辉来说，从新疆到内蒙，从基层技术员到项目总指挥，从提合理化建议到取得发明专利，他一路汗水、一路耕耘，默默奉献自己的青春，也就在这奉献中获得了最大满足。

父爱如山

长的是苦难，短的是人生。我挨着父亲，时间不停倒退。

——题记

离开父亲的身边，已经有一万二千多个日子了，而我[①]总觉得他就在我身边，正向我走来。

1982 年 12 月，我顶职进了二七二厂，父亲回到了车江镇养老，一晃过去了 34 年。

一个月前，妹妹打来电话，说："父亲腹腔痛。"

我们把父亲接到城里检查，查出了四个字"肝癌晚期"。

医生说："别治了，带老人家回去，好好疗养吧！"

初冬的阳光冰冷刺骨，人影开始恍惚，我们站在医院的过道里，泪如泉涌。

父亲似乎知道自己的病情，但是并没有揭穿我们的谎言，他顺从地吃药。他长时间地凝望着生他养他的

① 指作者何中华。

土地，顺着那条狭窄弯曲的山路等待他的孙儿孙女回家。妹妹变得很怕父亲，她害怕在父亲日渐消失的生命面前忍不住会放声大哭。我们眼睁睁地看着父亲渐行渐远却又无能为力，仿佛什么都是不可逆转和更改的，无法挽留的痛让人窒息和绝望。

父亲时而清醒，时而迷糊。

他早上七点钟就让我们把他推到房前那株桂花树下，他躺下之后，总是重复着过去的事情，说得最多的是他在二七二厂创业时的情景。

我的脑海里如长焦距的镜头，映过父亲光辉的一生。

父亲说，1958 年他从大山之巅走出，一辆解放牌汽车把他送进了衡南县招待所。晚上，与衡阳从各地招来的几十名新工人集结后，便从衡阳市出发，穿过湘江老桥步行 20 公里，来到了二七二厂。

来厂后，参加了土方大会战，参加过“青年突击队”。1960 年的冬天，似乎格外寒冷，工地上的学徒工都没有毛线衣，外面穿着厂里配发的薄棉衣，里面穿着一件薄衬衣。北风从胸口吹进去，贴身转了一圈，又钻了出来……发的水鞋不经用，发的草鞋不够穿，没有夜班费，所有的加班都是义务劳动。然而，工地上，从厂长到工人没有人喊休息。

父亲说到动情处，眼角挂上了泪。

我们安慰着，请父亲回到屋里休息。

父亲说：“再不说，恐怕就没机会了，你们得仔仔细细听，好好记住我说的每一句话。”

下午 3 点，父亲还是照常躺在桂花树下的竹椅里讲故事。

我们兄妹一个人也不能离开。

事实上父亲的故事，已经说了好多年，也讲了好多回，孙儿孙女都能背出来了。

1959 年夏末，由起重工、电工、钳工和干部等 14 人组成的搬运队，用无缝钢管，采用“老鼠搬家”的办法，4 天 4 夜，吃在路上，睡在路上，从三公里以外的东阳渡车站搬运两台数吨重的变压器到厂；纯化生产线采用 114 块不锈钢板拼凑萃取塔；核产品试生产时，煅烧炉转反了，不出产品，让电工把电机线换了过来；沉淀槽泵出口被物料堵塞了，工人用手掏物料。1962 年 9 月 14 日，核产品试生产成功时，当时厂部为鼓励参与试车的有功人员，杀了一头 100 多斤重的猪……

阳光从大树的叶缝里透射过来，把路面染成金黄的色调，仿佛一种可以流动的液体向四处不断地漫延。他看着水库前面那条小路，半个世纪前父亲就是从村子里走出大山的，影子很长，时光仿佛静止，只有回忆是鲜活的。

后来，父亲瘦得只有骨架了，他躺在床上不痛的时候说：“生病能让你们这样经常回来其实也很好。”他舍不得离去，但是越来越密集的剧烈疼痛又让他生不如死。父亲十分坚强，有时疼痛使得汗如雨点般大，他只是用手压着肝区，从不喊叫。我们在彼此的眼泪里开始替父亲准备后事。父亲躺在那儿，他的眼睛不再像以前那样经常转动，瞳孔上的蒙翳在扩散，慢慢驱走光明。他有时候对着儿孙微笑，然而我们却感觉他正在一步一步地往后退。父亲偶尔也会精神好一些，他会对我们说：“儿子，过年了，杀猪，杀猪。”

弟弟答应着：“好，杀猪，过年。”

父亲伸手打了弟弟一记耳光，愤激地说："谁让你杀猪啊！我是说 1959 年那年三十，徒工连在工地过年时，大年初一，指导员说，给我们杀一头猪，打牙祭。"

弟弟眼里泪光点点，我站在旁边，心好痛！

后来，父亲又说我："你陪着我做什么，快回厂里去上班！"

在我的记忆里，从小到大父亲从来没有打过我们，这次，父亲是真的急了。

父亲的语言越来越少，他深陷在大床里，在白色的被子下，等着某个时刻靠近他。我们与他触手可及却又远得无边无际，在越来越寒冷的季节里悲痛无语。我们兄弟守着他，就像父亲当初守着我们那个家一样，我开始担心这样守护的时刻会越来越宝贵，又害怕父亲在某个时刻突然走了。

单位有事，我临行时，一再嘱咐弟妹，照顾好父亲，我会尽快赶回。

从厂子返回时，已是下午五点。雪，越下越大，山路崎岖，寒风刺骨……我踏着雪，腿却迈不动。

妹妹在电话里哽咽地说："哥，你快来，父亲在等你。"

我和妻子飞奔而去，回家的路好漫长哟，怎么跑也跑不到头……

我想起了，1982 年 12 月，父亲送我第一次去上班，也是这样的大雪天，他站在结了冰的车站，裹着黄色的军大衣说："崽，我走了。"过了一会儿，父亲又说："儿子，我真走了……"如今，他也许在我看不到的世界跟我说同样的话。

妹妹终于可以在父亲面前无所顾忌地放声大哭了，弟弟坐在父亲的床头。父亲睁着眼，望着天花板，就像睁着眼睛睡觉一样，长时间的一动不动。我走过去，伸手握着他的手，父亲的手很凉，青筋暴露，骨瘦如柴。我说："爸……您想说什么？"

父亲的嘴唇嚅动了一下，一滴泪从父亲眼角滑落下来，滴在我的手上，他慢慢地闭上眼睛，从此，永远与我们分开了。

父亲走了，把我领进二七二厂的那个人走了。

父亲走了，世界上那个为我们遮风挡雨的人走了。

都说："长的是苦难，短的是人生。"

我挨着父亲，时间不停地倒退。年轻时的父亲高大英俊，神采奕奕，躬腰把我抱起举过头，让我骑在他的肩上："儿子，骑大马了啦！"

弟妹从父亲的枕头下拿出一封信，这是他有生以来写的第一封信。原来父亲在厂里读过书，只是那字有些歪歪扭扭，虽有几个错字，但言简意赅，用词达意。父亲对我交代三件事：第一，你是党员，要做表率，好好工作，清白做人；第二，厂子好，家才会好，你得爱它；第三，不要麻烦领导，人若有本领在哪个岗位都能做出成绩。

这封信，我把它当作珍宝收藏，并常默念于心，视为人生警句！

第五章　继往开来

从工作的场景中走出一份从容，一种责任与担当。

在这里，我们有最好的发展平台，因为这份执着，才会变得坚强。

我们努力做到最好。是的，做到最好。

让有限的生命，发挥无限的价值。我们相信，成功永远在路上。

这个时代，总有一种力量，让我们潸然泪下。

这个时代，总有一种情怀，让我们砥砺前行。

为什么会岁月静好呢？是因为有人在替我们负重前行。

六十年来，为了原子能事业，踏踏实实、忘我付出的地矿人，比比皆是。他们心有精诚，手有精艺；他们技高胆大，巧夺天工；他们守护经典，攻坚创新。

今天，我们站在前辈们成功的肩膀上，成功只是万里长征走完第一步。这一步是基石，这一步是春天。中国创造、中国速度、中国梦想、中国发展的步伐，永远不会因任何鼓噪和干扰而停下来。爱国奋斗，自力更生，大力协同，永远都是“两弹一星”精神最浓烈的底色！永远都是地矿人最执着的坚守！

魅力铀城　沧桑巨变

坐落于湘江南岸的二七二厂，始建于1958年，由中共中央批复选定厂址，是核工业“五厂三矿”之一。

被称为“龙头”的二七二厂穿着草鞋起步，仅用5年时间建成了中国第一座大型铀水冶纯化厂，生产出合格的铀原料，为中国第一颗原子弹、氢弹爆炸成功立下了汗马功劳。

改革开放40年来，走过艰辛而又创造辉煌业绩的二七二厂，以其独特的魅力屹立于湘江河畔，成为雁城一颗璀璨的明珠。

二七二厂新貌

二次创业　保军转民

20 世纪 80 年代，随着国家对国民经济的战略调整，二七二厂积极贯彻“保军转民”“军民结合”的方针。

1986 年铀矿石处理量已降到历史最高水平的 15%。企业的经济效益大幅度下降，连续 6 年亏损。由于军品限产，设备闲置近半，人员富余过半，全厂上上下下在思索，二七二厂军转民的进程已是不可逆转，沉重的脚步到底迈向哪里？

在生活区繁华的十字路口，有人搭起了早餐店，有人摆出了夜宵摊，打算从锅台边抓“民品收入”。女职工办起了毛衣厂、绣花厂，期盼着从那一针一线中找到一条转民的路。机关的同志办起了饲料厂、涂料厂；车间的职工办起了印刷厂；科技人员造出了犁田机；铀分厂的推土机开出了工厂；运输处的火车皮开始了对外租赁业务……

诸子百家，仁者见仁，智者见智。

这些小打小闹的项目，当时在二七二厂有 30 多个，但是加起来没有多少利润，终究不是企业发展的长久之计。厂长刘敬裘在召开全体中层干部会议时，对二七二厂的经济形势进行了全面分析，要求大家想办法、出点子。

1984 年，厂研究所从铀生产废液中成功回收了钼，研制了生产钼酸铵的工艺流程，转民的路子依稀可见。1985 年，二七二厂的科技人员和工人，以卤水和硝酸铵为原料，采用离子交换法生产出硝酸钠，给决策者们提供了一条发展的新思路。企业在转民的道路上，不能再小打小闹了，二七二厂必须利用自身的优势，走化工冶金道路，开发大的民品项目。醒悟的二七二人，用澎湃的激情和热情，用艰苦创业的精神开始了“二次创业”。

在“保军转民”22年中，二七二厂先后开发了民品“纯碱、钛白粉、蛋白酶、聚合硫酸铁和硫磺制酸”等多种产品。钛白粉厂厉兵秣马，越隘闯关，用10年时间打造成巨型航母，成为衡阳市“十大纳税用户”之一。2009年，企业改制将优质资产“天友化工”资产总额近十亿划转给“中盐集团”，完成企业“分立破产”工作。

在军品限产的十余年间，根据国家安排，从事军品生产的人员利用军工技术和人才优势，对铀生产工艺做出相应调整，生产出“八氧化三铀”产品，累计为国家出口创汇3.85亿美元。1991年，二七二厂成功生产出核电“二氧化铀”产品，填补了中国核电产品空白，为企业“寓军于民”奠定了坚实基础。

企业改制 爬坡过坎

2009年9月二七二厂“分立破产”，成立了中核二七二铀业有限责任公司（简称：二七二铀业），以谢凌峰为总经理的新一届领导班子走马上任，经历了“凤凰涅槃，浴火重生”的二七二铀业开始轻装上阵。然而，大部分干部员工的思想观念与市场脱节，仍然停留在过去计划经济“等、靠、要”的阶段。一些基层干部把亏损的原因都推给历史，还有一种“有福同享”“利益均沾”的心态仍在基层滋生、蔓延。正如谢凌峰所说：“二七二‘身子’已经是现代企业，可‘脑袋’还停留在改制之前，必须痛定思痛，拔除落后的思想毒瘤。”

冰冻三尺，非一日之寒。

当时，公司面临着七个不同利益的群体诉求，他们享受不同改制政策，其中就包括保军人员。2010年，公司的任何薪酬分配工作都难以进行，只要调整一部分人的待遇，就会遭到来自几个群体的围攻，有的到办公楼冲击会场，更有甚者穿着放射性工作服冲出公司大门。

改制之前，二七二厂已经经历了从1999年到2009年，整整10年的不稳定期。曾经在二七二厂发生过很多极端事件，退休工人谩骂围攻厂领导，上级领导坐车来视察工作，结果被他们掀翻；闹事拉闸导致全厂停水停电等。当时，从国家部委到中核集团，再到地方政府，对二七二厂都感到非常头疼。政策改制刚刚结束时，公司内部生产任务少，企业连年亏损，现金流多次断链，没有发展前景，安全环保事故不断，三违现象司空见惯。职工的待遇在中核集团所有单位里是最低的，干群关系极其紧张。3000多名离退休老同志因统筹外费用等问题在观望等待，近1000名改制后没有工作岗位每月只靠400多元生活费的提前退休退养人员闹着要上班，改制后分到民品公司的群体也经常来找公司领导，同时周边自然村/组的农民也常来阻工围攻，紧张的气氛一触即发。

面对复杂的问题、混乱的局面，他们认定只要企业高层改进工作作风，思路清晰，决策正确，员工会齐心协力跟着干。班子有了共识之后，分头做工作，让干部多与员工、与老同志沟通，给员工一些关爱和救助，为员工解决一些力所能及的实际问题。由于他们始终坚持群众利益无小事这个工作方针，干群关系渐渐融洽了，心与员工贴近了，再大的困难都能克服了。

转型升级 奠定基石

企业改制后，中核二七二铀业有限责任公司从母体中分立出来，保留了番号，传承了历史与文化。公司员工由35～45岁以下的人员组成，人员精减、年龄结构的变化给公司带来了新的生机。新的组织、新的机构、新的起点、新的形势如喷薄的朝阳，激励着员工思想的变化，促进了员工观念的快速转变。

2011年，公司提出了新的发展理念。即：外部争取资源，做大做强；内部规范管理，做强做优。

在这个思路的指引下，公司对二级单位实行六项重点工作，以最简单和通俗易懂的方式告诉全体员工：一是生产经营；二是项目建设；三是风险管控；四是产业发展；五是改造环境；六是人才队伍建设与培养。

事实证明，越是重压之下，越是困难面前，二七二人越是能战斗！

2011年，纯化新线一次性试车成功，产能达到了“十一五”期间的3倍。这一年，二七二铀业彻底扭转了多年亏损的局面，创利1000余万元。

从2014年开始，企业发生了显著的变化。生产从能力不足到产能翻番；经营从资源匮乏到基础夯实；项目从发展缓慢到前景广阔；技术从封闭落后到创新发展；风险从形势严峻到大局可控；管理从机制不活到改革创新。尤其是二七二自主研发的铀纯化生产线获得多项专利。铀转化生产线试车成功，实现了产业延伸；锆铪中试拿出合格海绵锆，打破了国外技术垄断，实现了科技成果产业化。公司形成了三足鼎立的新局面，为二七二的发展奠定了基石。

军民融合　扬帆起航

二七二是一部老电影，但不失时代芳华。党的十八大以后，依托“一带一路”倡议和长江经济带发展战略，加速了铀城全方位、多领域、高效益的军民融合发展格局。

湖南白沙绿岛军民融合产业园在国家部委、中核集团以及省市党政的亲切关怀和正确领导下，在周边群众的大力支持下，在湘江之畔成功打造！

湖南白沙绿岛军民融合产业园位于衡阳市东南郊，三面湘江环绕，形成天然半岛，规划区面积 47 平方公里，地理位置得天独厚，是衡阳城区“东扩南移”的咽喉地带。衡阳 800 万人民正在实现 1 小时到武汉，2 小时到广州，3 小时到上海，4 小时到北京的“黄金经济圈”。园区建设践行习近平总书记“绿水青山，就是金山银山”的发展原则。秉承“以产兴城，以城带产，产城融合”的先进理念，着力打造产业高度集聚、城市功能智慧、生态环境优美的产业新城。

湖南白沙绿岛军民融合产业园统筹两个布局：一是整体布局，以二七二为中心，基础设施交通干道按“四纵三横”规划，建设经济型特色化的沿江风光带、公园、广场星罗棋布；二是产业布局，以二七二现有产业为核心，重点布局核材料、核制造、核环保、核科技等五大支柱产业。以高端制造及智能服务为发展重点，以绿色安全为发展原则，打造国家级核产业军民融合示范基地。

二七二铀业党委书记姚泽军在谈到军民融合产业园建设时说：

“五大支柱产业落户园区后，我们的核产能、天然铀商用储备库、现代物流、稀土、先进装备制造、航天电子等项目，争取一年一个台阶，实现跨越式发展。从目前年产几个亿的产值，到几十个亿、几百个亿……终极目标是打造千亿级园区，打造湘水之滨的陆家嘴。”

湖南白沙绿岛军民融合产业园符合中核集团建设世界一流核工业集团的目标要求，符合湖南省人民政府推动全省经济跨越式发展的要求，打造产业新城开发的航母和旗舰，是央地共建共赢的典范。“十三五”期间计划总投资 77 亿元，实现年总产值 217 亿元，年利润 30 亿元，年税收 30 亿元，容纳近 10 万人，形成产城融合。“十四五”年产值目标 400 亿元。

栽得梧桐树，引得凤凰来。随着白沙绿岛军民融合产业园的建设步伐加快，已有一大批企业入驻园区。期待地方政府创造一个最优的发展环境，将“中核家园”打造成军民融合发展的一张靓丽的名片。

二七二，一个创造奇迹的工厂，在中国核工业起步与发展中，篆刻辉煌！二七二，一个播撒希望的工厂，在核能核电的乐章里，释放精彩！二七二，一个充满自豪的工厂，在军民融合的波澜壮阔中，立下功勋！

成　长

成长在生命中，是一种不可避免的痛。因此，无论好与坏，这都是一场最美的旅行。

2012 年 7 月，朱剑锋大学毕业来到了核工业二七〇研究所工作，那时的部门还叫环境保护中心，是核工业二七〇研究所走向市场的前沿部门，主要从事各类项目的环境影响评价和环境影响监测。初次见到小朱，清爽硬朗的短发，浓浓的高挑眉下有一双锐利的眼睛，给人一种干练、执着、坚韧的感觉。

作为刚入职的小年轻，一般都是先从监测工作做起。在监测过程中发现，他特喜欢琢磨事儿，只要碰到了新事物就两眼发光，非要里里外外搞得一清二楚才肯罢休。一般情况下，部门的新人需要两三年的时间才能培养出来独自写报告。但他不同，在监测的时候除了按规范监测外，还搞清了为什么监测规范这样要求，依据是什么，碰到特殊情况如何处理才符合要求，被监测对象对环境有何种影响，影响的方式是哪种，影响范围有多大，危害有多严重等等。有时候，对一个项目的见解让一些比他年长的同事都自愧不如。鉴于他刻苦的钻研精神，每次有啥难项目，新类型项目，都让他参与或主导，关键是他都完成得非常完美。转眼一晃六年，当年的那位青春少年已经成长为经验非常丰富的环保专家。

在这两年，随着国家环保政策的变化，环评业务量急剧减少，市场形势更为严峻。部门在所里的统筹下扩大平台，改名为环境工程院，有实力承接土壤治理、环保工程、实验室分析等类型的项目。朱剑锋同志被安排在了院里二处室工作，作为二处室中啃硬骨头的代表，全过程协调管理了环工院第一个核子秤拆除工程。这个项目地处江西省南昌市方大特钢科技股份有限公司厂区内，在项目启动前，甲方随时一个电话打过来："喂，朱工，这个……""喂，朱工，那个……"每次接完电话，能用电话协调的他立马就协调好，那段时间，他的电话基本没断过；不能电话协调的他就立即和项目技术负责人李恒一起去现场协调，有时候一个人跑去。因为早去晚归或是错过饭点的次数多了，他不好意思再让所里安排车跑现场，就自己开车来回。当他把来回几个小时的路程闭着眼都能走一遍时，项目终于启动了。

后来，实际施工时甲方将原计划工期缩短了三分之一，项目工期变得非常紧。为了不影响项目进度，每天很早就开工，收工很晚，他就随同技术人员一同住在了项目所在地边的宾馆。

在施工中，甲方与安装施工单位的沟通不当，导致安装工作进展不下去。朱剑锋帮忙紧急协调了安装单位，同时变动了自己的施工作业方式，给安装单位腾出了一定的施工平台，保证了正常备煤。甲方和安装单位都对他竖起了大拇指！

核子秤的拆除过程需近距离去关闭放射源出束孔，这是一个专业性较强的工序。朱剑锋在实施前一起和技术人员查阅了大量的资料，咨询了单位里和建设单位里的有关专家，按规范要求组织了岗前安全、技术培训，提前准备好了技术人员使用的铅衣、铅眼镜、个人剂量片、辐射监测仪器等，确保在最短时间内关闭了放射源出束口阀门，将核辐射影响降到了最低。拆除后，他将放射源及时妥善地交接好，并做好了详细的相关记录。

他不仅仅是一个环保工作者，也是一个体贴的丈夫，称职的老爸。在繁忙的工作之余，他也要和家人嬉笑一番。核子秤拆除项目进入了关键时刻，白天的忙碌使他无暇他顾，夜晚在回宾馆的路上，他抬头一看，惊道："今天的月亮怎么又圆又亮，拍下来，真漂亮！"同行的人告诉他，今天是中秋节。他沉默了……沉默过后，眼圈湿润了。岁月极美，在于它必然的流逝；生活极美，在于彼此的关爱与包容。他得给女儿、妻子发一个视频！

制药行业的佼佼者——大成制药

筑梦北国

2017 年 10 月 13 日，在蒙东广袤的西辽河平原腹地上，随着一声声欢腾的礼炮，内蒙古圣雪大成制药有限公司高端医药基地项目开工奠基仪式在通辽市开鲁县工业园区隆重举行。此次奠基仪式的成功，标志着内蒙古圣雪大成制药有限公司（简称：圣雪大成或大成制药）向产业转型升级，建设现代化企业迈出了坚实的一步。

内蒙古圣雪大成制药有限公司高端医药基地是圣雪大成发展壮大地矿延伸产业的重要项目之一，占地 1000 亩，计划投资 2.2 亿元，建成后将成为国内北方重要的生物医药基地，并拥有配套年产 30 MW 的热电联产项目。

内蒙基地项目建设的顺利推进，汇聚了圣雪大成二十多年艰苦创业的奋斗成果，是一代代大成人勠力同心、不屈不挠，追求卓越精神的集中体现。

遥想圣雪大成成立之初，白手起家的圣雪大成人，在敢于奋力拼搏、敢于迎难而上的领导班子的带领下奋发图强，在全力恢复生产的同时，坚持深化改革，强化企业管理，闯出了一条自强不息的发展振兴之路。

白手起家

1997年1月，中核金原铀业有限责任公司（简称：金原铀业）抓住国家经济结构战略调整和企业改组改造的契机，在当地政府的大力支持下，投资4188万元收购了已经破产的县属企业——康华制药厂和大成制药厂，分别注册成立了由金原铀业绝对控股的河北圣雪大成制药有限公司、河北圣雪康华制药有限公司，2001年7月，通过吸收合并的方式合二为一，成立河北圣雪大成制药有限责任公司，刘铁军任总经理。

为尽快恢复生产，圣雪大成先后投入了2100万元技改和流动资金，进行技术改造，检修设备，迅速盘活了资产，1997年4月和5月陆续成功生产出了合格的硫酸链霉素和土霉素碱产品。不到一年时间，使这两家企业“死而复生”，产品盈利能力大幅提升。

在恢复发展生产的同时，公司努力做好环保体系建设与“三废”治理工作。2000年至2002年，公司两个污水站先后竣工并分别通过石家庄市环保局验收。

时任公司总经理刘铁军，带领大成职工按照现代企业管理制度，健全法人治理结构，实行职工出资持股，建立健全绩效考核制度，建立起“人员能进能出，收入能升能降，职位能上能下”灵活机制。公司坚持以人为本，从内部管理入手，大力提升人力资源的价值等，经过不懈的努力，大成制药1999年基本实现收支平衡；2000年，实现利润226.5万元；2001年快速提升至900万，公司整体经营状况发生了翻天覆地的变化。

收购扩张

随着企业生产经营的发展和经济实力的增强，为进一步做大做强现代化药业、迈向国际市场，大成制药领导班子抓住国际客户需求，积极实施技术改造，扩大生产规模，丰富产品序列；同时开始进行资本运作，实现低成本扩张，使大成制药迎来了飞跃发展。

2003 年 6 月，公司土霉素扩产 1700 吨项目启动，增加土霉素盐新产品。2007 年 3 月，改扩建年产 30 万十亿硫酸链霉素项目投产，各项技术指标优于设计要求，产生了显著经济效益。同时，公司投入大量资金对两个污水处理站进行改扩，为实现稳定生产提供了坚实保障。

2006 年，公司研发中心正式成立，持续加大技术创新与研发经费的投入。除自主创新以外，研发中心还通过产学研联合，广泛与各大院校、科研机构合作，实现共同发展。

2006 年 7 月，大成制药以 3350 万元资金收购了唐山华青生化药业有限公司，2006 年 8 月，成立全资子公司河北圣雪大成唐山制药有限责任公司；从 2006 年 9 月至 2007 年 6 月，唐山公司进行了大规模的技改工程，陆续实施了三期硫酸粘菌素技改项目，项目试车成功，极大提高了公司经济效益。

2011 年，公司根据上级单位要求，通过增资扩股方式开展调整改革工作，引入浙江升华拜克生物股份有限公司为战略投资者，对公司进行增资。2012 年 6 月，浙江升华拜克生物股份有限公司注资 1.35 亿元，成为公司第二大股东。股权结构调整为：中核金原铀业有限责任公司持股 51%，升华拜克持股 49%。大成制药和升华拜克将开启双赢局面，在产品研发、市场销售等方面进行全面合作。

建设新基地

2012年以来，国家环保政策调整，行业监管逐步加强，制药行业面临巨大的生存和发展压力，产能受限、成本升高、盈利骤减，给企业发展带来了巨大挑战。

不服输是大成人的特性，一方面，积极挖掘老产品潜力，优化技术参数和生产工艺，提高污水处理能力，降低单位产品成本。另一方面加大研发创新力度，陆续投产了土霉素钙预混剂、核黄素、新霉素、双氢链霉素、盐酸大观霉素等新产品，带来新的经济增长点。2019年公司研发多年的磺粘菌素再次突破技术垄断，顺利产出符合新标准的产品，增加了新的重量级品种。

2017年10月，在中国铀业有限责任公司及当地政府各级领导的关心和支持下，公司新基地项目落户开鲁大地，项目建设工作进展顺利。2019年3月，高端医药基地项目主工艺车间竣工，工艺设备安装就位，热电联产项目锅炉主体基本完成安装，各项工作按照项目计划稳步推进，新基地预计2019年三季度进行试产，四季度正式投产。达产后年均营业收入达到3.7亿元，实现年利润5000万元。

历经制药行业20多年的风风雨雨、起起伏伏，大成公司一路披荆斩棘，闯过重重难关。截至2018年底，大成公司资产总额超8.08亿元，拥有员工1100余人，其中专业技术人才240余人，高级以上职称27人，占地总面积约20万平方米。目前产品主要包括土霉素、盐酸土霉素、硫酸链霉素、硫酸粘菌素，盐酸大观霉素、硫酸大观霉素、硫酸新霉素、土霉素钙预混剂、硫酸粘菌素预混剂以及饲料添加

剂维生素 B_2，生产规模居同行业前列，是国内外重要的硫酸粘菌素、硫酸链霉素生产商。公司主要产品均已通过国家 GMP 认证以及欧盟 CEP 认证，硫酸粘菌素通过了德国 EU-GMP 认证，土霉素系列产品通过了美国 FDA 认证。公司产品畅销全国各地，并出口到欧美、东南亚、中东、印度、北非、南美等数十个国家和地区。

未来五年，大成公司作为中国铀业有限责任公司地矿延伸产业中主导生物医药板块发展的重要力量，坚持以市场为导向，秉承做强品种、做强技术、做优结构和做大规模的发展思想，加快转型升级步伐，逐步形成以特色化学原料药和制剂为主，兼顾热电供给、大健康产业、生物制品以及医药流通贸易等产业的经营格局，坚持产品创新、技术创新，坚持开发合作，促进研发成果转化和产业化，着力培育具有较高品牌度和较强竞争力的优势产品，打造于成为国内领先、国际知名的特色原料药、高端生物添加剂和高端制剂的生产企业，力争到 2023 年实现收入 15 亿元、利润 1.5 亿元。

在沙漠里种爱

天地昏黄。沙粒携着尘埃在风中呼啸。

认识和理解二〇八大队水文地质工程师门宏的工作，要从他用双脚丈量过的巴音戈壁盆地深处的塔木素沙漠开始。

项目开始后的每天早晨六点钟，遮阳帽、防晒服和围巾是门宏即将要面对茫茫大漠准备的几样防晒用品。也正是靠这几样简单的防晒装备，才能完成在沙漠烈日的灼烧下每天10公里的跑线工作。

“跑线”是一项基本的地质工作，对于水文地质工作者而言，一个工作区内包括民井、泉眼、机井等地下水出露的地点都需要步行采集样品、分析成分，查明该点的水文环境。即便到了使用无人机航测勘查的时代，跑线这一最原始最扎实的田野研究方法在地质工作中依然无可替代。

炎炎烈日与脚下浩瀚无垠的沙地是门宏每天必须要见面的老朋友，他的这位“老朋友”脾气并不和蔼温顺。而今天，门宏和他的队友在跑线途中又遇到了沙地陷车。一旦出现沙坑陷车的情况，如不尽早解决，就会耽误当天跑线时间和项目进程。稔熟的铲沙技术，有力的推车手法是门宏和他的队友除地质技术之外必须掌握的沙漠“生存技能”。

“最炎热的时候，你是不敢坐在松软的沙地上休息的，地表非常炎热，会接近 50 ℃。沙漠中像刀子一样锋利的风化岩石，还有坚硬的骆驼刺，会刺穿你的厚底登山鞋。”门宏向笔者提起他独特的沙漠经历时，仿佛是享受在一个个故事之间跳跃的过程。2018 年已是门宏在塔木素地区工作的第七个年头。

2011 年初夏，因水文地质技术人员的稀缺，在二连工作区刚刚品尝到地质队进城滋味不久的门宏被大队安排赴塔木素地区工作。学水文地质专业出身的门宏深知自己被分配到塔木素地区工作的意义。在整个铀矿勘查过程中，水文地质工作都发挥着关键作用，同时也是十分关键的组成部分——通过对地下水的成因和补给、径流、排泄条件的研究，为铀成矿条件分析提供必要依据，同时也为找矿标志的确定提供重要线索。

“从二连盆地调往塔木素工作心里确实有落差，”门宏向笔者坦言，“以前只是听前辈说过塔木素地区自然环境恶劣，到了工作地才真的有体会。”沙漠、烈日、狂风、空旷、寂寞，是门宏首先需要面对的——他从来到塔木素的那一天起心里就明白，恶劣的环境、无常的天气、单调的颜色、孤独与寂寞，这一切都将是一场与自我的战争。平沙莽莽黄入天，他进入沙漠工作的那一年只有 30 岁。

“既然来到这片沙漠工作了，那就踏实地干下去，别人住在这里能习惯，我也一样。”门宏说。与沙漠搏击的过程就是与内心搏击的过程，适应沙漠的过程就是一个人成长的过程。

门宏在初到塔木素的几年里便被分队委以重任，先后担任水文地质组长和项目负责人，参与完成了《内蒙古阿拉善右旗塔木素铀矿床 H8—H72 线普查项目》和《巴音戈壁盆地因格井坳陷北缘铀矿资源调查评价项目》，为查明塔木素地区的水文地质条件和矿床的开采技术条件作出了自己应有的贡献。也正是在这个时候，门宏与这片大漠结下了深厚的友谊与默契。

巴丹吉林沙漠的浩瀚与庄严、沙暴与狂怒，会让人内心产生巨大的冲击，除了敬畏便只有恐惧。塔木素地区常年干旱少雨，蒸发量是降水量的 30 倍。干旱绝望的沙漠，是温柔地球性格的另一面。可在门宏眼中，塔木素却是另一番图景：那是奔腾的激流，是暗涌的波涛，是激荡的音符，是辽阔的江河！谁能想到，地表极度干旱的不毛之地，地下却有着丰硕的泉水——矿床深部蕴藏着丰富的水资源，那是奔流充沛的地下湖海世界。

如果将塔木素区域内水文地质情况比作一个流淌的地下军阵，那门宏无疑就是坐镇的军师。七年的磨炼，让他对塔木素地区的水文地质条件如数家珍。“他做事很踏实，专业技术功底扎实，丁是丁、卯是卯，真的一丝不苟。”核四院水文专家王合祥这样评价门宏。

成为“坐镇军师”的背后，是门宏对于水文地质工作的准确把握和对实验结果的科学判断。这样的功力无疑来自千百次的科学实验。在门宏担任水文组长的 7 年时间里，他几乎参与了塔木素矿床所有水文孔的设计施工工作。门宏明白，打水文孔成本高，难度大，一旦设计有所偏差，就会导致获得的水文参数不准确，甚至影响整个铀矿资源储量的评估。“这就要求施工设计者必须要对整个矿床的水文地质结构有充分的了解，做到成竹在胸。”为了保证钻孔施工质量，门宏与钻探施工人员反复沟通，及时了解工程进度和可能遇到的突发情况。在这个过程中，他记不清去过多少趟钻机，叮嘱过多少处施工细节点，回答了多少个施工问题，数不清多少个白天与夜晚，多少趟工地与寝室。

门宏心里思考的，还远不止于此。在长期的水文地质工作实践中，让他养成了一种思维习惯——不囿于常规。针对塔木素矿床的岩石致密坚硬的特点，门宏在总结前人水文孔施工工序的基础上，提出了一个大胆的构想：抛弃原来的单径结构，采用变径结构，同时精简没有必要的复杂工序，让水文孔施工工序变得简单实用、因地制宜。“其实就相当于看天气情况决定穿衣多少，道理就这么简单。”门宏说，“人们总是囿于常规理论和既定程序，却不敢尝试跨越一小步。”在他的坚持下，原有的水文孔施工工序得到简化。实验数据表明，这在相同施工质量的前提下，极大地提高了水文孔施工效率，降低了施工成本，也缩短了工作周期。

“很多人对水文地质工作的理解多少有些偏差，认为我们的工作不那么重要，我们的工作说到底是为铀矿找矿服务的，找矿需要从水文地质的角度分析成矿条件，找出有利的成矿地段，帮助地质技术人员圈定找矿靶区。在后续的普查工作中，为下步的矿山开采提供可靠的依据。”门宏深谙自己所做的水文地质工作的价值和意义。

塔木素的夜是安静寂寥的，由于苏木电力资源的匮乏，白天和深夜不供电。伴随着自备柴油小发电机的轰鸣声响彻驻地小院，门宏思索着如何设计好下一个水文孔施工方案。仰望漫天星空，是如此清澈，亦如他心中的地下甘泉。

“学水文地质的人，是看过最多风景的人，品尝过山林深处的清冽山泉，探寻过喀纳斯和泸沽湖的神秘变幻，见识过百川汇海的奔流不羁”。门宏知道，最美的风景就是大自然赐予的原生态味道。

近年来，二〇八大队践行了“绿色勘查”的施工理念，旨在将生态环境建设与铀矿地质勘查工作结合起来，促进人类生产活动与自然环境的和谐共生。“绿色钻探”也给水文地质工作提出了更为严格的要求。门宏心里清楚，为了保护好这片沙漠脆弱的地下水环境，他的责任会更为重大。

在地表之下，随着钻探工作的深入和各含水层间界线的打通，对施工处的地下环境造成了巨大的影响和改变。在每一个水文孔即将收尾时，门宏都要配合和监督钻探人员完成封孔和封孔质量检查工作，同时他还要监督现场钻探人员做好钻机退场清理和地表环境恢复工作。

门宏为现场环保操心的事情太多了，用他的话说，“在现场沟通的次数远比回家看小孩的次数多。”由于施工地点往往在戈壁滩深处，路况复杂，封孔所需材料价格和运输费高，这无形中增加了现场环境保护的成本。“绿色勘查不是说说而已，需要我们在现场盯紧每一个环节。”在做好钻孔施工设计之外，门宏要求钻机克服封孔成本高的困难，必须按照设计要求将现场环保工作做到位。“你要求得这么细致，钻机不嫌弃你烦吗？”“没办法，只要是对的事情，必须要让他们按规定做，一个步骤都不能简化。”门宏这样回答笔者。

这七年，门宏觉得自己让沙漠改变了很多。他曾想过离开这片沙漠，让青春消费在城市的喧闹与繁华；也曾想过用水文地质知识和一腔青春热血征服这片浩瀚沙漠。而现在，他内心深处更多感受到的是对塔木素地下环境的保护、敬畏、理解和尊重。

七年的沙漠戈壁时光，已经让他同这片地下湖海产生了难以割舍的感情联系。近年来，随着塔木素特大型矿床开采技术条件研究项目的不断深入，已取得了重要阶段性成果。“我坚信通过扎实研究，塔木素特大型铀矿床一定会拨云见日，变得清晰而明朗，让宝贵的铀资源能够顺利开采，为祖国贡献优质的铀资源。”谈到塔木素铀矿床未来的开采前景，门宏充满了信心和希望。

首个千吨级绿色铀矿大基地

新疆蒙其古尔矿是我国绿色铀矿大基地，也是单个设计规模最大的铀矿山，产能占据国内天然铀生产的半壁江山。它采用的是获得了国家科技进步二等奖的二氧化碳＋氧气地浸技术，这种技术对地表环境污染少，不破坏农田、土地和山林，无需将矿石采出，无矿渣、尾矿。

我国首个千吨级铀矿大基地建设现场

从新疆伊宁来到了蒙其古尔铀矿生产现场。一路上，乌孙山巍峨起伏，据说这里是古代西域诸国中的乌孙国所在地，距离哈萨克斯坦只有不到100公里，是名副其实的边陲之地。但就是在这片广衮荒芜的土地下面，全自动的原地浸出采铀工艺正在分秒不停地生产着被誉为“核电粮食”的铀。

从 1985 年开始，新疆中核天山铀业有限公司（天山铀业）就已经在这里开展原地浸出采铀试验研究、项目建设和生产，于 20 世纪 90 年代中期建成地浸采铀工业试验基地。2000 年年底建成国内第一条地浸采铀工业生产线，在 2016 年建成了我国第一个绿色、高效千吨级铀矿大基地，成为国内“地浸采铀梦”的放飞之地。

突破瓶颈盘活“呆矿”资源

天山铀业地浸采铀每一次的产能提升，每一个成功的矿山开发，都是一次地浸采铀技术的进步和创新，天山铀业发展的历史既是一部地浸采铀的艰苦创业史，更是一部地浸采铀技术的进步史。

天山铀业践行第三代采冶技术：以二氧化碳＋氧气为代表的浸出工艺，是采冶技术的又一次深刻革命，使我国成为全球第二个掌握二氧化碳＋氧气地浸采铀技术并成功工业化应用的国家。

“十二五”以来，为突破复杂砂岩型铀资源开发利用效率，达到提高国内铀资源供给能力的目标，天山铀业通过与化冶院等兄弟单位合作，重点围绕制约复杂砂岩铀矿开发的技术瓶颈及环境保护等问题，开创了一系列地浸采铀新思维、新理念，实现了地浸采铀技术由“照搬、效仿”到自主创新和“引领”的根本性转变。一系列地浸关键技术及工艺的突破，使原先不可开发的低品位、大矿量的“呆矿”成为可规模开发的经济资源。

提高资源回收率

天山铀业建立了密实移动床与密实固定床结合的新工艺以及分

布式异类饱和树脂铀回收体系，研究出满足低浓度大流量地浸矿山的高通量高效浸出液处理工艺及设备，以及适用于零星、散、小矿体开发的分布式浸出液综合处理工艺及设备，提高了铀回收工艺的效率，解决了同一流程处理两类饱和树脂的难题，建成国内首座地浸采铀卫星厂。

密实移动床与密实固定床结合的新型铀水冶工艺为国内外首次提出并成功在工业化生产中应用，工艺技术水平达到国际先进水平，实现了地浸铀水冶技术升级，具有较好的推广价值。而分布式异类饱和树脂铀回收体系实现了同一区域不同类型铀资源的协同开采和零星、贫散铀矿体的经济回收，填补了我国在此项目研究领域的空白。

打造高效数字化矿山

从 2013 年开始，天山铀业全面开展信息化建设，建立了 ERP（企业资源计划）管理系统，运用 Rockworks、RDS（地浸资源储量动态评价）软件，提升了地浸资源管理、生产技术水平；进一步完善了井场自动化控制系统、水冶自动化控制系统，实现了生产过程自动化控制和井场采区无人化运行；在安全管理方面建立覆盖生产厂全区域的视频监控系统和安全管理系统，实现了对生产全过程、全方位的视频监控。

通过信息化建设，地浸生产工艺参数达到精准控制，主要原材料消耗、生产成本、水冶回收率、资源回采率全面优于设计指标，极大地提高了铀矿资源利用率，有效地提高了工作效率、工作质量，劳动生产率达到国际先进水平，经营管理实现了整体协调优化。天山铀业已成为国内铀矿行业第一个实现区域网络化、管理信息化、生产自动化的矿山企业。

改革提升管理

不谋万世者，不足谋一时。天山铀业在积极开展科技创新的同时也不忘提升科研管理水平，结合自身特点自主创立了一整套涵盖地浸科研和生产等各方面技术标准体系，为公司改革发展和科学管理奠定了坚实的技术基础。

近年来，天山铀业构建地浸科研、地浸生产和地浸技术应用三者之间的桥梁；完善科研项目管理制度和建立地浸科研工作的标准化管理体系；制定科研工作管理人员定期到科研项目工作现场的管理制度和工作计划；建立地浸研发中心、分析检测中心等研发机构，专门从事公司内部重大科研课题的研究、样品测试、岩矿样的室内试验工作，为地浸科研工作提供了良好的技术保证。

依托完善的科研体制以及不断提升的管理模式，经过多年的科技创新和技术研发，使天山铀业着力突破了一批具有创新性、标志性的关键技术，其中《疏干砂岩铀矿床地浸采铀技术》《高碳酸盐中性浸出技术》等 4 项科技成果分别获得国防科技成果奖、中核集团公司科技成果奖。并完成 67 项专利申请，52 项企业内部规范编制。

协同联合培养人才

天山铀业始终注重产学研协同创新、人才培养和储备，在获取众多科研技术成果的同时，不断地培养和锻造地浸技术人才队伍，努力为创新提供源源不断的驱动力。

在打造“四新型”天然铀企业的进程中，天山铀业以科研项目为平台，积极与高校、科研院所合作，协同攻关，协同创新，致使地浸砂岩铀矿开发技术的先进性和有效性超过美国、哈萨克斯坦等国家，得到国际原子能机构的充分认可。这既是引进、消化、吸收创新的结果，更是自力更生、产学研协同发展的结果。

天山铀业积极在青年技术人员中开展创新团队的建设工作，实现了科研与生产的对接，有效地解决了生产的实际问题，培养了青年技术人员开展课题研究的能力和经验；打造了技术人员晋升的“绿色通道”，充分调动了技术人员从事科研工作的积极性。

2018年是核工业第一批厂矿创建60周年，也是改革开放40周年，“两弹一星”精神与“四个一切”的核工业精神始终激励着天山铀业牢牢秉承和践行着“扎根边疆，兴核报国”的企业精神，坚持创新驱动发展，坚持“走出去”，将更多“中铀方案”推广到有色金属开发领域及海外铀资源开发中，不断助力“核电粮仓”使命的实现，努力为新时代核强国梦想作出更大贡献。

放飞梦想

2018 年 9 月 21 日，埃塞俄比亚欧加登盆地航空物探重磁项目原始资料在石家庄通过了甲方组织的验收，这是继 2017 年肯尼亚无人机航空物探项目、沙特阿拉伯地面磁测及测绘项目之后，核工业航测遥感中心响应国家“一带一路”倡议，“走出去”在海外进行地质勘查工作的又一重大成果。

核工业航测遥感中心组建于 1963 年 4 月，是我国最大的航空放射性地球物理勘探单位。半个多世纪以来，他们牢记“铀矿报国”的初心，发挥人才、技术和设备优势，研发出了我国航放、航磁综合测量系统，在祖国 960 多万平方千米的大地上，完成了重点地区航空物探 460 多万平方千米，完成多卫星数据的遥感地质调查 490 多万平方千米，发现航空放射性异常 4600 多个，发现航空磁异常 15 000 多个。经地面工作，有 44 个航空放射性异常发展成为铀矿床，占全国已知铀矿床总数的 20%，占全国已知铀矿总矿量的 40%，为我国铀矿地质事业发展作出了突出贡献，1991 年被中国核工业总公司授予“核工业功勋地质队”荣誉称号，被国务院授予“全国地质勘查功勋单位”荣誉称号，在铀矿地质勘查史上，写下了骄人的业绩！

进入新世纪后，特别是党的十八大以来，航测遥感中心没有躺在过去的功劳簿上睡大觉，而是以开拓、创新的精神，在“铀矿报国”的道路上，谱写出了新的篇章。

当今中国，找矿难度越来越大，攻深找盲，找大矿、富矿，为建设现代化强国作贡献，成了地勘行业不遗余力的努力方向，而航空电磁法找矿，是目前攻深找盲的探索手段之一。

在世界航空电磁领域，加拿大 Geotech 公司是先进技术的代表之一，该公司开发的航空时间域电磁法（VTEM）和航空天然场源电磁法（ZTEM）引起了各国同行的关注。

要知道，在海拔 5000 米以上的地区，许多地方还是找矿的空白。航空电磁找矿技术能否在中国特别是在中国的高海拔地区取得突破性进展呢？敏锐的机遇意识，使航测遥感中心决定与 Geotech 公司合作，尝试在中国“吃螃蟹”的味道。

2013 年，核工业航测遥感中心与加拿大 Geotech 公司签订了五年合作合同，商定在中国境内合作开展航空电磁法找矿的探索试验与研究。

2014 年 2 月 3 日，一架由外国人驾驶、机下挂着巨大线圈的小型直升机在青海省石头坑德—五龙沟地区飞行，奇特的外形引起了人们的好奇和猜疑，那巨大的线圈、小小的飞机，究竟在空中干什么呢？

原来，这是核工业航测遥感中心在执行青海省地调局下达的“青海省石头坑德—五龙沟地区 1∶1 万航空电磁法测量”找矿试验研究。

广袤的青藏高原，平均海拔多在 4000 米以上，因海拔高、山体陡、切割深、空气稀薄，一直没有进行航空电磁测量找矿，但谁能保证那巨大的线圈下不能探测到大而富的矿体呢?

他们首先采用的是航空时间域电磁测量(VTEM)。

2 月份最低气温可以达到零下 20 ℃左右。按照常规,野外地质工作早已停止,但这却是 VTEM 测量的最佳时机。远处的鞭炮声不断提醒人们,已经是春节了,而浓浓的年味更为项目组平添了不少乡愁。

试验结果令人兴奋。共完成 1∶10 000 VTEM 测量 3005.4 千米。数据处理结果表明,航空电磁异常与已知矿区具有较高的吻合度,同时新发现了数十处具有找矿意义的航电异常。

随后他们又在同一地区进行了航空天然场源电磁法测量(ZTEM),并重复了 VTEM 的部分测区。试验结果表明,在 500 米以浅范围内,VTEM 和 ZTEM 测量探测结果高度一致,同时 ZTEM 探测深度达到了 2000 米,提供了较 VTEM 更为详细的异常体空间状态和延伸等信息。

青藏高原的试验飞行引起了国内同行的高度关注,他们纷纷对这一探测情况进行报道,这一结果,填补了我国在高海拔地区航空电测测量的技术空白,标志着我国找矿技术进入了一个大深度、高精度、快速、高效的新时代。

航空地球物理勘探必须使用飞机。在过去的 55 年中,核工业航测遥感中心使用过多种型号的固定翼飞机,但无论哪种型号的固定翼飞机,都必须靠人驾驶。1967 年和 1977 年,核工业航测遥感中心发生了两次机毁人亡的惨痛事故,血的教训使他们对无人机情有独钟。

2012 年,他们与中国地质科学院地球物理地球化学勘查研究所、中国航天空气动力技术研究院合作，开展了无人机航空物探技术联合攻关。

核工业航测遥感中心的技术优势是航放、航磁、航电综合测量系统，而要将在固定翼飞机上使用的航放、航磁、航电综合测量系统安装在无人机上，首先必须将其小型化。经过不懈努力，他们解决了无人机磁干扰补偿校正等技术难题，研制出了一套适用于中型无人机的航放、航磁综合测量系统，开发出了具备远程测控能力的航空伽马能谱仪、航空放射性测控软件，集成了一套具备长航时、超低空、全自主飞行、可全天候作业、远程监控能力强的无人机航空物探（磁、放、电）综合站，并与合作单位一道，完成了无人机改装与系统集成，实现了无人机与探测系统的完美结合。

2013 年，在中国地质调查局的支持下，他们承担了“基于无人机的航空物探（磁、放、电）综合站测量技术研发与应用示范”项目，在黑龙江省嫩江县多宝山地区进行了 200 平方千米的 1∶5 万航空伽马能谱测量试验飞行。飞行总测线 756 测线千米，数据质量符合规范要求，试验飞行取得圆满成功。该项目获得了中国地质学会 2013 年度十大地质科技进展奖、中国地质科学院 2013 年度十大科技进展奖和中国地质调查局 2013 年度十大进展奖三项大奖，并获国家知识产权局实用新型专利授权。

经过 2014—2016 年的发展，无人机航放、航磁、航电测量技术日趋成熟，并正式登陆海外航空地球物理勘探市场。

早在 1991 年，核工业航测遥感中心就向其上级主管部门报告，建议通过国家外贸部，争取承揽国外航空物探遥感市场，并与苏联地质部地质勘探康采恩松林地质生产联合体，就苏联近贝加尔及后贝加尔地区卫星图片解译及蒙古—额尔古纳火山岩成矿带矿产预测等事项进行了合作。2008 年，他们挺进柬埔寨、印度尼西亚等东南亚国家航空物探市场，成为我国在海外进行航空地球物理勘探的先行军，特别是在老挝，还采用了直升机航空电磁测量技术。10 年后的今天，他们践行“一带一路”倡议，挺进中东、非洲市场，并出色完成任务。

当中国逐步走进世界舞台中央的时候，他们需要在更高层次、更宽广的视野上，向世界寻求机遇。守望初心，一路向前。

山无言　爱有声

在粤北南岭的群山深处，有一群人：常年漂泊在外，驻扎在荒山之间，世人都称“漂泊浪子”。他们舍弃优越的城市，“流落”到偏远山区，隐没于乡野之间，一待就是好几个月，甚至有些在野外一待就是一年，村民说他们是讲普通话的外地人。

这群“漂泊浪子”，学识渊博，上知天文、下知地理；天地星辰、草木山川，任他们踏遍。他们与村民生活习惯不同，每天上山取样，都会带回各种各样的石块，并对岩心进行分析，路过的乡民都不知道他们是做啥的，在宿营地太阳底下，悄悄地升起一面“中核地质”旗帜，似乎在向他们透露着身份。

有个叫刘文泉的年轻小伙子，从大学实习开始就加入了这群人中，在大山里一待就是十年。他沉默寡语，沉稳干练，干起工作就像“拼命三郎”，每年都评为“优秀党员”“先进工作者”。刘文泉的媳妇是他大学同学，毕业工作后，岳父父母，不同意这桩婚事。原因是：刘文泉是个地质郎，照顾不到家庭，但妻子奋不顾身，毅然决定嫁给他，跟随他来到新的城市工作，这让他万分感动。

由于野外地质工作性质比较特殊，一个罗盘，一个放大镜，一把地质锤，再加上一个磨损破旧的地质包，就是他的全部装备。就这样，他在南岭大山里看日出日落，赏春花秋月，踏千山万壑，一年四季在他足下变换。

每当做铀资源潜力评价项目时，他带着罗盘，背着仪器，在GPS的指引下，在村民的带领下，用砍刀劈开荆棘。山路时而平缓时而陡峭，有时甚至是垂直的峭壁；有时走进了山沟的尽头，累了，困了，饿了，吃一个馒头，捧几捧山泉水解渴，休息一会儿，便继续前行……日出而行，日落而归。

在做铀矿普查项目时，特别是寒冬，山顶上北风呼啸，坐在钻塔旁边进行测井编录，一蹲就是一天，有时甚至要通宵达旦；条件更恶劣的时候，还要下到地底下坑道好几百米的地方进行工作，这些年来，他无怨无悔，将自己的精力全部投入到了这份挚爱的事业。

刘文泉的媳妇，经常抱怨他不能回家陪她和孩子，嘴上常唠叨他是个无情的汉子。有时，几个月后刘文泉回到家里，妻子会逗着儿子，打趣地叫他刘叔叔。

刘文泉笑着说："儿子是亲生的，管他叫什么?"嘴上这么说，心里常感愧疚，特别是儿子出生时，他没能陪伴在旁。儿子还没等他赶回去就出生了，之后他也只在家里待了两天，第三天就奔向野外了。妻子坐月子没有照顾，被岳母抱怨。于是，岳母把他媳妇接回了娘家。事后，他几次回去，岳母都不让他进家门。

但是故事又峰回路转，刘文泉在野外工作得了急性胃炎，疼得直打滚，被送到医院抢救，昏迷了两天，却奇迹般地挺过来了，刘文泉媳妇守在床边两天两夜没合眼。他醒了第一句话便说："这个家，辛苦你了。"妻子好像理解了他的苦衷，回了句："你是这个家的顶梁柱，你在哪，家就在哪!"

这事之后，就像是雨过天晴，小两口的情感又和好如初。虽然妻子时有唠叨，但还是默默地操劳这个家。妻子理解他这份工作担当和责任，更明白他的不易。他热爱的那份地质事业，她爱他，更支持他。

刘文泉只是这群人中的一个缩影，做平凡的事情，做成不平凡就不简单。简单，也是担当。他们是铀业的基石，是核工业的希望。

一段艰辛的校史 一种不变的情怀

1958 年 8 月我高中毕业后考上中南矿冶学院，在中南矿冶学院度过了大学一年级阶段。

1959 年 8 月，随中南矿冶学院矿业工程系师生一起转入衡阳矿冶工程学院。1963 年 8 月毕业后留校任教至 2003 年 12 月退休。

我见证了学院从 1959 年创建、“文革”中停办、1980 年恢复到 2000 年 8 月合并为南华大学的全过程。我与南华大学一路走来，把足迹留在了教育的百花园。

衡阳矿冶工程学院从 1959 年创建至 1966 年，近八年的艰辛建校史和教学历程凸显了南华精神，在南华大学的校史上留下了芬香的一笔，永远带给我们的是自信、自豪！

最艰辛的四年

1959 年 8 月，我们原中南矿冶学院矿业工程系的师生从长沙迁到衡阳。呈现在师生面前的是一片荒地。学院正在动土建设三栋四层的楼房，我们入住一栋一、二层，顶层尚未封顶。另外两栋楼正在紧张施工，食堂是临时搭建的油毡盖的棚子。去食堂的路都没有修好，那真是晴天一身灰，雨天两脚泥。更不方便的是宿舍里的自来水尚未接通，洗脸及其他用水都得到工地上去接水。

9月1日，我们四个年级的学生照常上课，教室在三楼，四楼在进行封顶的施工。二节课下课，只见老师、同学的身上沾满了灰尘，师生们拍打着身上的灰尘，并相互勉励着：艰苦的环境是暂时的……

更可贵的是老师们的认真教与同学们的专心学融为一体，形成了师生之间一次次教与学的心灵对话。

苏联专家住在衡阳市交际处（现在的雁城宾馆），他们每周会给四、五年级的学生讲授专业课。

1959年10月上旬，有两栋宿舍楼基本完工时，当时招收的300多名64级新生来学院报到，有放射性地质、采矿、选矿、冶金、化学分析及电子等专业学生（原中南工学院副院长张帆是20664级的学生）。

南华大学校门

1959年10月15日，学院在简陋的工棚食堂里举行了开学典礼。我当时特别注意坐在主席台上的两位苏联专家，只见他们不时看看那头顶上的油毡。开学典礼虽十分简朴，但很温馨！10月16日，64级新生正式上课。

1959年底，三栋宿舍楼已基本建成。11月初，从二机部所属的山西太原一所学校转来了100多名63级学生。这样，学院的学生人数达到数百人（校史上统计数是818人），分别在五个年级六个放射性专业学习。

1960年，学院决定先建教学大楼。我见过教学大楼的设计图纸，十分宏伟，令人欣慰。因为当时学院的规划是按7500名学生的规模，要建成中国的原子能大学。现在的第二教学楼是当时设计图纸上的主楼，四角还设计有辅楼。后因当时正遇国家自然灾害等原因，辅楼被砍掉了。核燃料专业学生由清华大学等高校培养。学院的规模缩减为核原料专业人才的培养。

教学大楼的地址选在卧虎山东北面的一座山坡处，山的制高点相当于现第二教学大楼六楼的高度，且山坡荆棘丛生，岩石坚硬，需凿岩爆破，土石方量相当大。学院党委发出号召，动员全院师生员工为早日建成教学大楼贡献力量。师生们在教与学的同时，积极参加了大楼的基建开挖及土方搬运任务。我们班承担凿岩爆破的任务，在学院基建科工程师的指导下，用钢钎加钢锤凿岩，即打眼放炮。全院师生员工就这样日夜奋战，以“人定胜天”的精神铲平了山坡，为早日建成教学大楼争得了时间。

承担大楼施工的是湖南省第一建筑工程公司，工人师傅以多快好省的社会主义精神在1961年年底基本建成了教学大楼，大部分教室开始启用，并逐步满足了教室、图书馆及办公地点的急需。

特别是受人尊敬的老师们，他们在搞好教学的同时，除了积极参加建校劳动外，还自力更生，克服困难，开展了科研工作。我记得在学院的西北边的围墙边上搭建了一排小平房，用作放射性实验室。在极其简陋的平房内开展了铀、钍的科研工作。

1962 年 11 月学院修建田径运动场。场址选在卧虎山脚下，有大量的土石方量。学院党委动员我们学生用周六下午及周日的时间进行义务劳动，挥锄平土，修建田径运动场。

那个年代，每周六的下午是固定的劳动或大扫除的时间。全院师生都是雄姿英发，充分利用周六下午植树种花，美化校园。

学院从 1959 年 9 月开学至 1962 年底，说这四年是最艰辛的四年，是学院从零开始，遇到了不少的困难，其中最艰辛的是在这四年中，有三年正好遇上了国家连续三年的自然灾害！就是我们常说的三年困难时期。学院的教学必须正常进行，学院的建设必须加快，教育必须与生产劳动相结合，师生要积极参加生产劳动，并建设自己的校园……

可是大家的口粮不足，吃不饱肚子。不少同学严重营养不良，个别同学还得了水肿病。但师生们在如此的生活条件下却无怨无悔，没有人叫苦，反而勤奋学习，以报效祖国，以饱满的热情参加学院的建校劳动。

建院的大背景

建院初期，师生们议论着：学院为何上得如此之快！如此急！后来也看到学院的 60 级、61 级、62 级的毕业生几乎都是提前毕业分配工作了。我还记得：60 级一个班在 1959 年年底去北京五所（现在的核工业北京化工冶金研究院）实习，有的同学就地分配在该院工作。说明当时的二机部所属科研院所是多么的急需人才！通过多次听报告，参观 272 厂、711 矿，使大家逐步了解到衡阳矿冶工程学院创建的时代大背景。

1954 年，地质部开始了铀矿资源勘探。在衡阳大浦、郴州郴县许家洞发现了大型的铀矿。

1955 年元月 15 日，党中央作出发展原子能事业的战略决策。

1956 年 8 月 7 日，中苏两国签订了关于《苏联援助中国原子能事业的协定》。

1956 年 11 月，第一届全国人大常委会第 51 次会议通过决议：成立第三机械工业部（三机部）主管核工业建设。

1958 年 2 月，三机部改名为二机部。

航拍南华校景

1958年5月31日，中央批准了二机部上报的核工业第一批厂矿选点方案。并首先开工建设衡阳地区的272厂、712矿、711矿。并在272厂的附近建立710厂（机修厂）与415医院（现在的南华大学附属南华医院）。

1958年的教育革命确定了党的教育方针：教育为无产阶级服务，教育必须与生产劳动相结合。

根据核工业最早在衡阳地区建立的厂矿与医院，在衡阳创建一所培育铀矿冶方面的专业人才的大学，更有利于教育与生产劳动相结合。这就是当时把学院的院址选定在衡阳的最充分理由。

1958年6月21日，毛主席在中央军委扩大会议上说，“搞一点原子弹、氢弹、洲际导弹，我看十年工夫完全可能。”

1959年5月12日，经国家教育部批准，成立衡阳矿冶工程学院。

党中央的战略决策及发展原子能事业的一系列部署，促进了衡阳矿冶工程学院的加快创建与发展。这就是让我们深感自豪的衡阳矿冶工程学院创建的时代大背景。

全面建设学院

1963年8月，我毕业后留校任教，见证了学院在1963—1966年这四年时间各项工作取得了全面发展。

一、完善了学院的党政领导班子

原广西南宁市委副书记徐霁远调学院任党委书记，原党委书记张克俭改任院长，改变了四年来由副院长魏忠信主持行政工作的局面。红军老干部徐其昌任党委副书记，进一步建立与完善了党委领导下的党群机构。

在院长的主持下，成立了院务委员会。进行了系、专业的调整，由原来的三个系调整为两个系，核电子专业划归一系成为103专业，原地质专业转到杭州地质专科学校。此外，还进一步完善了教学机构及相应的管理部门。

二、加强了教师队伍建设

学院在已形成一支德才兼备的教师队伍的同时，引进了一批从苏联留学归来的铀矿冶方面的人才，担任专业课教学。如我所在的102教研室，几门主要专业课均由从苏联留学回国的老师担任。为改变当时各教研室以年轻教师为主的教师队伍结构，1963年从北京大学等一些高校调进了一批老教授，如担任教务处处长的兰慰丰教授。

三、全面建设教学实践基地

核工业的厂矿及科研院所是建立最早的教学实践基地。如：二七二厂、七一一矿、七一二矿、七一三矿、二〇二厂、五〇四厂等。并陆续在冶金工业部所属的厂矿及科研院所建立了一批教学实习基地。我们班就曾在广西新路锡矿、东北锦西杨家杖子镇钼矿、河北宣化铁矿、湖南锡矿山等进行了课程教学实习、专业实习及毕业实习。

四、教学科研及图书情报工作得到发展

1963年10月，学院举行了首届教学科研大会，提出了全面进行教学建设，积极开展科研工作的方案；并确定了各个专业开展的近50个科研项目以及铀矿冶专业教材的编写工作，均取得了一定的

成果。

将在教学大楼的东头一、二层作为学院的图书馆，面积约两千多平方米，学院的图书情报工作步入了正常运行。

五、全面完成了基础建设任务，实现了育人目标

三栋学生宿舍、教学大楼、田径运动场、学生食堂、学生浴室、实习工厂、通风实验楼、实验大楼、五栋家属宿舍、单身宿舍楼、教工食堂、子弟小学及幼儿园等均已全面完成建设任务。"文革"前学院已有六届毕业生分配在核工业单位工作。无论在海拔达3500米的海晏盆地，还是在地处戈壁滩的基地；无论在深山老林的铀矿地质勘查队，还是铀矿山；无论是在核科研院所，还是各省的矿冶局，都能见到我们这几年学院培养的学生的身影，都能听到对我院培养的学生的赞扬！他们在我国核工业的创建、"两弹一星"的研制、铀矿冶技术的开发等领域做着贡献。我院早期培养的铀矿冶技术人才用他们特有的放射性专业优势，有幸参加了当时国家的一些"第一次任务"的完成，用他们的才华和执着为中国核工业的辉煌增了光、涂了彩。同时，也实现了学院培养核工业人才的建设目标。

永不变的情怀

在学院八年的教学历程中，我度过了艰苦又富有诗意的大学阶段，毕业留校又是我最难忘的一段青春岁月。

我怀揣着奋发求学的愿望来到学校，经受了艰难的考验，留下了我许多思索与追寻；留下了说不完的师生情；留下了数不尽的无私奉献。

我选择了衡阳矿冶工程学院，尽管当时学院方方面面的条件不完善，我没有后悔。我用双手为学院建设出了一点力，身心受到了锻炼，使我的人生积累了一笔财富，心灵得到升华，人格得到了塑造。

我深深地记忆着：我们的老师是那么受人尊敬，他们一心一意扑在教学上，实打实地教好每一堂课。师生之间凝聚着诚相托、爱相随，托起了师生之间的关爱与和谐，构成了浓厚的校园人文环境。在那样艰辛的建校过程中，感人的场景实在太多太多，可惜当时没有影像资料留下。但教学大楼及其毗邻的田径运动场见证了那段艰辛校史。因为这栋教学大楼及毗邻的运动场谱写了奉献的乐章，在我们心中更是一种力量的象征！

我退休后，寄居上海。每年我都会回校看看，与原矿院的老同事共同憧憬学校的发展，重温那段难忘的岁月。那段艰辛的建校史在我的心中刻下了厚重的纹理，记录了每位师生员工为学校作出的努力。每当我走到第二教学楼时，我会久久凝视着这块地盘，因为在这块土地上有太多太多的陈迹供我去寻觅！在这块地盘上的第二教学大楼与毗邻的运动场因岁月的磨洗愈见光辉！

那段艰辛的校史，真实地体现了南华精神：勤勉务实，甘于奉献，刚健自强，敢为人先。八年历程厚重而独有的建校史中包含的人文精神，需要我们用心去感受，用爱去传承！

中国核地学人才的摇篮

1955 年 10 月，我[①]从南京大学地质系毕业后被分配到地质部三局地质处做地质技术人员，在“找矿培训班”上了三个月放射性物探基础方面的课，为“俄语翻译地质培训班”的俄语翻译讲授铀矿地质基本理论 2 周。1956 年 6 月，我接到上级指示，太谷县要办一个物探技术人员培训班，派我出任太谷地质学校地质教研组组长，并兼任铀矿地质教师。作为 20 岁出头的毛头小伙，我第一次感受到了肩负使命的重量。

听党召唤，闻令而动。面对偏远的太谷县，我没有讨价还价，没有瞻前顾后，有的是不负党对自己的信任，有的是能为祖国做贡献的自豪感，有的是对未来的无限憧憬。七天后，办完相关手续，带上简单的行李，我踏上了西行的征途。从此，我的一生便和东华理工大学的命运紧密相连，见证了学校为核成立，因核成名，以核成势的历史，经历了学校三迁校址，七易校名的过程，深刻体会到东华理工大学办学 60 多年积淀形成的核军工精神——“核心意识，家国情怀；军人特质，担当奉献；工匠神韵，勇于创新”。

---

① 本文由原东华理工大学教授朱颖口述，贺明银整理。

为核成立，初心不忘

63 年来，东华理工大学在办学治校过程中从来未忘记自己从哪里来，为什么而生，肩负什么使命。

1955 年 1 月，为打破帝国主义的核垄断、核讹诈，毛主席、党中央高瞻远瞩，审时度势，毅然作出了发展我国核事业的伟大战略决策，开始创建我国的核工业。“我们有丰富的矿物资源，我们国家也要发展原子能!”这是党的决策，也是整个民族的期望!

1955 年的 4 月，中国铀矿地质工作的专门管理机构——地质部第三局在北京宣告成立。

1956 年，地质部第三局决定建立中国第一所铀矿地质学校——太谷地质学校。山西太谷，凭借它依山傍水、易于保密的独特条件，成为共和国铀矿地质人才培养的第一站。我也就是在这一年 6 月来到这里的。

在我之前来的是首批从北京来的王涛、严九洲、徐源、郑斌、王正清、张奇刚、谷永年等 7 位干部，在他们的努力筹建下，“地质部太谷地质学校”正式挂牌成立。随后，100 多名来自核军工系统的优秀儿女纷纷走进太行，共同开启了中国放射性地学教育事业的历史性起步。

学校新建，上无寸瓦，下无寸地，一切都要白手起家。因上马急，校舍来不及兴建，于是因陋就简，租用太谷县城小沙河一带的民房作为校舍。大大小小的教室、实验室、办公室、宿舍分布在太谷城中的 10 条街、51 个院落，约占整个太谷县城的四分之一。“四大家族”之一的孔祥熙宅院，位于城内无边寺西侧，这个东西贯通

91 米、南北纵横 69 米、总面积 6325 平方米的宅院，成了太谷地质学校的校址之一。

学校最早的教师主要来自上级调来的一些刚刚毕业的大学生，全校只有 17 名教师，其中只有 4 名地质教师，6 名物探教师。没有化学教师，就请山西农学院副教授讲课，地质教师辅导；没有测量教师，由地质教师兼课。高等数学、物理学、电子学等课程由物探专业教师兼授，为提高教学质量，还聘请苏联地质和物探专家来校讲学、指导教学工作。

办学之初，教学仪器设备、图书资料和矿石标本都十分缺乏。学校教师员工发扬了“自力更生，艰苦奋斗”的延安抗大精神，虽苦不言。没有图书资料和仪器设备，便组织干部、教师四处收集和采购；没有标本，师生们便不辞辛苦地到矿区、野外，翻山越岭进行采集，从而使实验课、实习课都能逐步开课。还有的实验课一时没有条件开课，便与兄弟院校联系，到山西农学院去上。

任何困难都难不倒胸怀远大理想的师生们。困难把人的意志锻炼得更加坚强，艰苦激起了创业人的英雄气概。由于各野外铀矿地质普查队急需人才，首次招收的原定学制三年的 623 名学生，有 122 人到 1957 年下半年在学完主要课程后提前毕业了，其中 121 人服从分配到了祖国最需要的铀矿地质普查队工作。1958 年上半年，有 467 名学生完成两年学业后也提前毕业，全部服从分配服务国家原子能事业。

1964 年 10 月 16 日，就是在学校首届开学典礼 8 年后的这一天，中国第一次将原子核裂变的巨大火球和蘑菇云升上了戈壁荒漠，第一颗原子弹爆炸成功。那一刻，我的心情就像《我和我的祖国·相遇》中，高远在街上的报纸上看到我国原子弹爆炸成功的消息时那样，我们的初心和努力都得到了回报。现在想来，仍然激动不已。

因核成名，壮心不已

63年来，东华理工一路披荆斩棘，筚路蓝缕，经历了筹建创办、调整发展、撤销复办、拨乱反正、深化改革、振兴腾飞的不同阶段，克服重重困难，满腔热忱地投身核地学教育事业，为国家核工业培养了大批优秀人才，为我国第一颗原子弹的核燃料供给作出了不可磨灭的贡献，成为“世界原子能事业的宝贵财富”“中国核地学人才的摇篮”。学校水文分析测试研究中心被国际原子能机构指定为参比（仲裁）实验室；科研团队攻克了高钛铀矿常温下难以化学浸出的世界性难题。

20世纪50年代后半叶，国际形势趋于紧张。一方面，中苏关系恶化，苏联从1957年开始逐步撤走在华专家，使我国核事业面临高级技术人才严重短缺危机，特别是使刚起步的铀矿地质事业发展遭到严重挫折。另一方面，以美国为首的帝国主义国家，奉行敌视中国政策，以原子弹相威胁，企图武力征服新中国。毛主席指出：“要有原子弹，在今天的世界上，我们要不受人家欺负，就不能没有这个东西。”为加紧培养自己的铀矿地质专家，创办一所专门培养铀矿地质高级技术人才的学校已是刻不容缓的大事。

1958年6月16日，经教育部批准，在原二机部太谷地质学校基础上，建立太原地质专科学校，校址由太谷移至山西省会太原市的二营盘，借用西北182地质大队的房屋办学，招收四年制本科生。

从此，学校谱写了一曲独立自主、自力更生培养铀矿地质高级技术人才的颂歌。

1959年2月，二机部在北京召开有关会议。由于学校对核工业的贡献，学校负责人王涛、学生代表李玉华、陈光荣、兰凯等光荣出席，我作为学校教师代表也参加了此次大会。会议期间，周恩来总理、朱德总司令和中央其他领导人在中南海怀仁堂接见了我们。

1958年10月，二机部决定，将太原地质专科学校迁往江西抚州，理由是抚州邻近发现某特大型铀矿床，周围又有很多支规模较大的地质普查队，便于教学实习和生产实习，更好地体现“教育与生产劳动相结合”的教育方针。新校址选在抚州市西南隅的古城墙脚下，是一片坟山加稻田，叫后湖田。总面积为247亩。其时正值国家三年自然灾害的困难时期，师生员工硬是凭着对党和人民的教育事业，凭着对原子能事业的赤胆忠心和高度责任感，以顽强拼搏的大无畏精神而工作着、学习着、劳动着。1959年6月，全校教职工已从太原迁到了抚州，大家立即参加建校劳动，挖大礼堂的地基。在抚州市基建力量的帮助下，我们在一个月内就建成了1600平方米的食堂兼礼堂，创下了抚州基建史上的奇迹。到1959年9月，学校完成从太原迁校抚州的任务，校名改为抚州地质专科学校，这是学校第二次改校名。

1966年“文化大革命”爆发，学校正常教学科研活动受影响，1969年5月，二机部军管会发函至学校，决定停办，8月25日，江西省八面山汽车制造厂进驻学校，学校完全停办。直到1972年10月，二机部三局经过与江西省协商，抽调干部调查看有没有恢复学校的可能性，我从下放的二六一地质大队抽调回来开展调查。我和从江西省二机局组织部部长霍志恒同志开展了几个月的调查，我们撰写了一份报告，并及时向二机部的领导做了汇报。1973 年 4 月 1 日，二机部经与江西省协商，由江西省革委会下文要求占用学校校舍的单位将校舍交还学校，同时一并归还占有的设施、仪器和图书资料。1973 年 7 月 1 日，学校正式回到原址办公，校名更改为“抚州地质学校”，开办找矿员训练班，办中专，直到 1980 年 3 月，77 级学生毕业离校，学校历史上培养中专生的任务才结束。

1978 年 4 月 1 日，经国务院批准，学校正式恢复为大学，校名为抚州地质学院，学制 4 年，在校生规模定为 2000 人，设放射性地质普查、地质勘探、物理勘探、水文地质、岩矿鉴定等 11 个专业。学院领导体制由二机部与江西省双重领导，以二机部为主。1981 年 6 月，二机部刘伟部长、牛书申副部长一行来学院视察，刘部长宣布了学校更名的重大消息，并确定学院将正式对外开放。1981 年 10 月 13 日，经国务院批准，学院正式对外开放。自 1982 年 1 月起，抚州地质学院正式更名为华东地质学院。经国务院学位委员会批准，学院为全国恢复学位制度后首批学士学位授予单位。

从制定“七五”规划开始，校党委确立了在保持核特色的前提下，走以工为主，文、理、管、法兼备的多学科、多门类发展的办学思路，拓宽专业面，开办若干通用专业，进行第二次创业。

1990 年，学校办学有了重要突破，10 月 5 日，经国务院学位委员会批准，学校获得硕士学位授予权。

以核成势，“核”心不变

世纪之交，隶属改变，学校更名，办学结构调整，由单一地学工科类型大学，向理工为主，经、管、文、法、教、艺兼备的多学科性大学转变，学校发展面临新的机遇与挑战。学校开始扩招，并在南昌拓展新的办学空间，积极开展国际合作与交流，努力提升办学层次，着力改善学校办学条件。在学校跨越式发展过程中，“核”心不变，始终高举“核”“地”两杆大旗，始终坚守国家利益为重的情怀和民族大义至上的信念，始终与国家核工业同心合力，建立起了中国独一无二的核燃料循环工业需要的工程技术四大环节中的三大环节九个特色学科群，为国家核事业贡献了扛鼎之力，同时也成就了现在的东华理工大学。

1999 年 4 月，江西省人民政府与国防科工委共建学校，2001 年举行共建签字仪式，标志着学校发展进入一个新的历史阶段，学校办学面向从原来的“一个面向”（只面向服务国防建设）转为“两个面向”（同时面向服务国防科技工业和江西经济社会建设）。2002 年 1 月 15 日，江西省国防科技工业学校并入华东地质学院暨华东地质学院南昌校区挂牌仪式在南昌经开区隆重举行，标志着学校发展布局迈出战略性调整的重要一步，进一步扩大了学校的办学空间，提升了学校办学区位优势。

2002 年 5 月 8 日，经教育部同意，江西省政府批准，学校由“华东地质学院”正式更名为“东华理工学院”，从校名上确认了学校办学结构，使学校“多学科”办学性质名副其实，这也是学校第 6 次变更校名。关于这一次更名，学校有很多师生最初不理解，认为原来“华东地质学院”的金字招牌被换了，不划算。改成“东华理工学院”后，听起来有点像民办学院。但事实上，为了突破“地质”二字单一类型专业的办学局限，学校领导班子早在 1995 年就已达成尽快更名的共识，并多次向中核总（当时学校隶属于中核总）和江西省人民政府提交了更名的请示报告，但皆因对变更后的校名意见不一致而未果。学校曾经想更名为华东科技大学，但教育部相关部门领导认为以学校科技实力用此名不合适，且该名已有6所高校在申请。他们的意见是冠以“理工学院”之名，但“华东”二字不能用，因为上海已有“华东理工大学”。所以他们建议将“华东”改为“东华”，为以后学校升格为东华理工大学开辟道路。学校领导班子经认真研究后一致认同。正是这一更名，既使学校校名与办学结构性质吻合，又为学校办学层次提升，升格为大学奠定了基础。

2003年12月30日，为适应国家和江西省高教改革发展新形势，同时也为了解决学校办学因发展较快，公共课、基础课教师数量不足以及“多学科”办学性质缺项的问题，抚州师专并入东华理工学院，抚州市政府将抚州市人民公园和原抚州师专整个教学用地划入东华理工学院，学校办学经费由省、市两级财政按规定划转东华理工学院，学校办学实力有了较大的提升。

2005年5月25日，东华理工学院与中国人民解放军海军合作培养军队干部协议签字仪式正式举行，标志着学校从此跻身全国百所军队依托培养国防生的高校行列，成为海军部队依托高校培养海军国防生的第13所院校，并以“核”学、“地”学为依托，总结形成了独具特色的“三核一体”的国防生培养模式，谱写了学校情系国防、人才拥军的新篇章。2015年1月，学校秉承为国防和军队建设服务的宗旨，依托自身在涉地学科、区域地质调查及矿产普查、地球物理勘查技术等领域的优势，与武警黄金指挥部正式签订共同培养军队干部协议，翻开了学校为武警黄金部队定向培养人才的崭新篇章。

2007年5月，学校更名为东华理工大学，这是学校第7次更名，标志着学校开始进入由教学型向教学研究型大学转变的新的历史阶段。此后，积极开展国际合作与交流，加大引才引智力度和师资队伍建设，启动一流学科建设，突出发展地学优势和核科学特色，并于2012年获国务院批准立项"铀资源勘查开发与核废物地质处置"服务国家特殊需求博士人才培养项目，标志着学校在办学层次上实现了新的重大突破，开创了学校培养博士层次人才的新纪元。

这一时期，学校的科研团队和科研平台建设也稳步推进，成效明显，科研项目和经费大幅增长，科研成果再创学校历史新高。近年来，学校荣获的江西省科学技术奖项名列省内高校前茅，其中"直接质谱分子电离原理与方法研究"和"铀资源勘查与环境监测中的核辐射探测技术及系列仪器"成果在国内外都产生了较大影响。学校建有全国唯一的核资源与环境国家重点实验室；建立了院士科研工作站、博士后科研流动站和博士后科研工作站；荣获教育部首批"全国高校黄大年式教师团队"，入选国家自然资源部高层次创新型科技人才培养工程；通过工程教育认证专业5个；入选2017年度"高等学校学科创新引智计划"（111计划）项目。学校科研成果2016年获国家科技进步二等奖，学校服务核事业和地方区域经济社会发展的学科水平得到大幅提升。

我虽然1993年就退休了，但仍然住在学校，每年学校都会有领导来看望我，并向我说起学校发展情况。我深深地感到学校虽经历了这么多的艰辛，但“艰苦奋斗，为国奉献”的东华理工精神没有丢，核军工精神也在不断传承与发扬。学校在其发展过程中拓展新兴学科的同时力保传统的“核”特色与“地”优势，培养了一大批在核、地行业“下得去、留得住、立得起、干得好”的人才。

正如原国土资源部副部长张少农说的那样：“东华理工大学是伴随我国核地质事业发展而成长起来的一所地质院校，自1956年创办以来，形成了以地学为优势，核科学为特色的学科群，培养了大批‘铀资源与环境’领域的专门人才，地质、物探等专业毕业生90%以上输送到地矿行业各企事业单位，为我国地矿行业人才培养和科学研究作出了突出贡献。”

学校63年的办学，初心不忘，壮心不已，“核”心不变，使东华理工大学成为了一所“积淀厚重、值得敬重、可被倚重”，核学科特色鲜明、地学优势突出的多科性大学。

可可西里——行路难

可可西里无人区，是中国最大海拔最高最神秘的“死亡地带”。它位于青藏高原腹地，平均海拔5000米左右，气候干燥寒冷，严重缺氧、缺水，环境险恶，令人望而生畏，人送绰号“生命的禁区”。

2004年10月由陆川导演，多布杰、张正阳、奇道主演的电影《可可西里》上演后给世人上了一堂生动的敬畏自然、保护藏羚羊的课。电影里神奇的场景仍历历在目，美丽寂寥的可可西里正安睡在宁静中，突然出现的枪声打破了这片宁静。藏羚羊保护站上的巡山队员被盗猎者杀害。沉陷的流沙，执着的巡山人，亡命的偷猎者，反映了恶劣条件下的保护藏羚羊的艰辛与磨难。

8年后，我[①]有幸成为青海沱沱河项目组一员，前往可可西里开展1∶50 000地质调查工作。

项目组建后，上级在队伍培训、后勤保障、动员大会、物资采购等方面高度重视，上下一心，迅速完成筹备工作。

2012年正月十六，春节已尽尾声，年味依在，我们便接到了去可可西里的勘探任务。

从成都平原到青藏高原，横跨四省，耗十日，行三千公里。

---

① 指作者李贵亭。

从海拔四百米到五千米，队员们高原反应严重，还要克服极寒之地的狂风暴雪。

驶入工区前夕，驻扎沱沱河镇，正是“可可西里三名地质队员失踪事件”时段，队员们随时关注新闻动态，默默祈祷同行平安的同时也相互告诫注重安全，在这种看似惶恐的日子里，队员们却毫无退缩，团结一致，谋略预案，新编多种安全注意事项和应急方案。

清晨6时，队员们整装待发，正式进入可可西里无人区。车队沿沱沱河上游缓慢驶入，行约百米，已无信号，车辆之间，唯用对讲机联系。车队始终保持“一”字队形，各司其职，保证队伍安安全全到达目的地，可是，在可可西里一切都充满变数。

第一难点就是道路。可可西里乃无人区，无一条真正意思上的“路”，路面起伏，坑洼不止，一路颠簸，东倒西歪。坐在轻型越野里面的我一点点刮掉车窗上的寒冰，从空隙中看到的是一片荒凉，蔚蓝的天空，贫瘠的大地覆盖着惨白的积雪，没有道路，没有路标，只能跟着前车慢慢前进，所以头车任务艰巨，不但带路指挥，而且充当探路者。

前进不到一小时遭遇第一次陷车，在翻一个缓坡的地段，头车碾着积雪驶过，后排牵引车跟进，车重导致车轮在雪坳里翻转深陷，油门声响彻整个可可西里，车轮却依然深陷。项目负责人一声令下，队员们立刻行动，在野外零下20℃情况下实施救援，分工明确，挂钩、刨雪、指挥、拉车，齐心协力，共同出力。因缺氧明显感觉力量减弱，呼吸不畅，队员们相互鼓励，在救出陷车那一刻，大家兴奋地欢呼。记得项目负责人气喘吁吁地说了一句，刨几下雪咋这么累。是的，缺氧极寒环境，扛着 5 级大风，体力劳动可想而知，来之前一直流传着“高原走五十米，平原跑千米”的说法，这次救援确实深有体会。回到车上大家缓解调理身体，休息片刻，继续出发。

此次陷车，锻炼了大家在荒无人烟的环境下自救的能力。当日午时又发突发事件——运油车漏油，大家再次下车实施救援，运油车是货车装载桶装油，负责人当机立断，下令关掉所有对讲机，断绝所有可引发火灾的物品接近运油车，上车观察情况，分析是高原低气压导致油桶膨胀，经烂路颠簸，桶底出现磨损缝隙，故有漏油现象，项目负责人召集队员，要求把漏油油桶翻个底，这可不是一件轻松的事。年轻队员抢在前辈前面率先爬上货车，仔细检查每个油桶，装满 200 公升油的标准油桶，重约 400 斤，须 2～3 人合力才能把油桶颠倒。

风雪劲吹，吹透了手套，刮痛了双眼，零下 20 ℃双手已没有知觉，油浸在衣裤、鞋上，刺鼻难闻，苦不堪言，却没有任何一名队友退缩。你没力气了换我，我没力气了换你，就这样相互交替出力，互相给予心理支持。任务完成，队员们拖着疲惫的身体回到车上，尽管油桶不再漏油，但接下来还会有其他的挑战等着我们。

偌大而残酷的可可西里，诠释着适者生存之道。一路上可见雄鹰盘旋低飞，它们俯视着草地鼠兔的活动情况，随时准备捕食；狼群尾随车队，神出鬼没，不多时便能看见它们已在另一处展开对野牦牛的捕杀。如此近距离接触野生动物，除了《动物世界》也就属这可可西里之行了。叹于可可西里之神圣，畏于可可西里之残酷。

傍晚，车内就寝，坐了一天，下车舒展身体，活动筋骨，才发现身体已经很疲倦了，除了早饭是热食，一切都是干粮、干粮。那种靠意志为食、靠信念为饮的过程，考验着我们新一代的核地质人，也顿时想到红军长征的艰难，想到地质前辈的无畏奉献，望着天空一轮明月，崇敬之心油然而生。

乌蒙山探险记

核工业二九〇研究所组建于1979年1月，位于广东省韶关市武江区，是一所综合性地勘事业单位。为我国南方硬岩型铀矿的勘探作出了积极的贡献。以花岗岩型铀矿找矿理论为指导，二九〇研究所以前人地质、矿山资料为依托进行资料二次开发，以前期总结的成矿规律和找矿模式为基础，总结和完善区内铀成矿特征和控矿规律，选择铀成矿地质条件优越、控矿规律明显、矿化线索良好的地段为突破口，以钻探揭露为主要技术手段进行铀矿找矿。

2017年7月，二九〇研究所为了进一步打开地勘市场提升工业产值，成功接下成都地质调查中心“四川省金阳县洛觉灯厂3幅1∶5万矿产地质调查钻探”项目。

该项目地处四川金阳县彝族山区，位于金沙江西畔，海拔2000米左右，与地面高差1400米。7月3日二九〇所工程师吕文军与成都地质调查中心崔晓亮博士、曾礼、吴科一行四人前往乌蒙山区进行野外踏勘。

清晨，吕文军被清脆的手机铃声催醒。“吕工，起床吃早餐啦”电话里传来崔博士激昂的声音。吃完早餐，吴科疑惑地问：“今天这个天气也要进山吗?”崔博士说：“天气预报说是小雨，没事的。”

天空雾气蒙蒙，伴随着呼啸的北风开始了行程，上午 9：30 他们四人驱车来到山脚下，抬头望去，已是云雾锁山，看不见山顶，半山的雾气遮住了这座名叫阿吉期德格则的大山。

崔博士手持 GPS 看着钻孔位置，开心地说道："很近的，直线距离就 100 米，一两个小时就可以搞定。"听到他这句话后，大家轻装上阵，水、干粮都放到了车上，于是大家唱着歌开始爬山。

"啊——"在爬山的过程中听见曾礼大叫一声，回头一看吓得吕文军直冒冷汗，只见曾礼双手抓住一棵小树，腰部以下已经悬在崖边。他们剩余三人小心翼翼地像拔河姿势一般将曾礼拉上山坡。

吕文军望着崔晓亮说："博士，我们还继续走吗？"

崔晓亮不假思索地回答："走吧，不然今天的任务完不成。"说后，他一个人继续往上爬。

中午 12：30 分，大家爬到了半山坡，坐在云朵之上，望着对面云南的大山唱起了《勘探队员之歌》，山脚下的金沙江在眼里变成了一条银丝带。

下午 15：00 时，他们克服艰难险阻和对环境的恐惧以及对大自然的敬畏心理，开始在四周寻找钻孔位置，来到了雷波县与金阳县交界处，在一个山沟中，他们停止前进。崔晓亮说："大概就在这附近，我们再找找。"

四周山林矗立，一片寂静。钻孔周围无水无电无信号，几座房子显得格外显眼，在那几座房子的中间，发现了一个钻孔。

看完第一个孔位后，崔晓亮喜悦地说："去看看第二个孔位吧，应该不远了。"

听到崔晓亮这句话后大家点了点头。说好的 1 个小时，竟然走了 6 个小时。

在即将接近第二个孔位时，听到身后扑通一声，回头一看，吴科晕倒了。大家心里都慌了，于是采取掐人中、心脏复苏等一系列急救措施，刚要准备人工呼吸时。吴科慢慢地睁开了眼睛小声地说：“我们回去吧，我走不动了，不行了。”

都说：“上山容易下山难。”

“怎么办呢？上山的路太陡了，不可能原路返回，要是有个直升机就好了。”吕文军嘀咕着。

于是大家分头查高德地图、看 GPS 定位，将地质人员的潜力发挥到极致，在发现第二个钻孔之后，又寻找着最佳的返程路，最终发现一条小路，这是一条通往雷波县的泥巴路。

返程路上，大家如释重负，虽然摔过跤、受过伤、走过“空心马路”、经过塌方区，也吃到了苦涩的野果、喝到了肉眼看到虫子的山泉水。

下午 18：00，终于遇到了一辆愿意拉他们的摩托车。摩托车往返几次将他们送到驻地。

乌蒙山探险历程九个小时，过程艰辛、危险，但是他们如期完成了所里安排的任务，为二九〇所进入成都地质调查迈出了坚实的一步。

乌蒙山探险记只是一段插曲，插曲的背后彰显了二九〇人不忘初心，砥砺前行的奋斗精神。

2006 年起至今，二九〇研究所累计开展了多个普查项目和地质科研项目。工作区累计完成钻探工作量约20万米，工业矿段累计视厚度远超过千米，估算资源量近万吨，落实一处大型铀矿床，提交中型铀矿床以上资源量两处，为矿山开采铀矿提供了后备资源量保障。

核工业二九〇所以实现铀矿大矿的找矿突破和大基地建设为目标和追求，稳定提高铀矿勘探能力，把奉献找矿为责任与使命担当，为铀矿地质和基础地质研究画上浓厚的一笔。

追梦人

“背起了我们的行装，攀上了层层的山峰……”每一个核地质人嘴上唱着《勘探队之歌》，心里都有一个大大的找矿梦。李大雁作为找铀矿国家队的一员，在为国家做贡献感到自豪的同时，感受更深的是放在心里的“责任”二字。找矿工作并不是一蹴而就，在崇山峻岭间，每年长达7～9个月的野外生活，他从不低头，肯吃苦，积极乐观，把枯燥的野外生活当成自身的修炼，在平凡的岗位上谱写着积极向上的青春赞歌，因为他知道，只有这样才能实现心中找大矿、找富矿的“地矿梦”。

2019年，作为刚毕业不久的新大学生，李大雁的野外地质工作经验基本为零，从理论到实践最开始让他觉得无从下手，但他没有就此放弃。从基本的电脑绘图、物探野外实际操作做起，认真钻研，发挥自身主观能动性，遇到难题和困难，向有经验的同事和前辈请教学习或查阅文献资料，举一反三，分析问题原因，找准解决方法。正因为李大雁的好学，让他很快进入角色，并在最短的时间里快速地积累了野外工作经验，并为后面的工作打下了良好的基础。2007年湖南芥菜坪铀矿普查项目刚刚上马，由于工作区地处湘桂交界处，山高林密，项目所需的交通、吃住、通信以及民工情况均比较艰苦，当时他二话没说，主动请缨充当先锋部队，团结其他同事，不怕艰难，负重 30 公斤以上，徒步几公里自行运输生活物资，就这样靠着双腿把生活所需的物资背上了项目验地，并组织安排好项目组前期生活住宿问题，为项目正式开展打下了坚实的基础。工作开展中，所在山区人烟稀少，几乎请不到民工，为保障项目顺利开展，他协同项目组其他同事，团结一心，每次都背负重达 15 公斤以上的物探仪器设备翻山越岭进行测井测斜工作。由于山高坡陡，路程较远，往往爬山就得用掉一个上午的时间，而每次衣服都是被汗水全部浸湿，当天工作结束还得将仪器设备背回驻地，以防仪器损坏，几乎一上山就得到下午四五点才能回到驻地。中午有时因为工作紧张就随便吃点饼干作为充饥。就这样，一干就是 3 年。

2010 年由于工作安排，人员调动，他参与了湖南斋公坪地区铀矿普查项目，但由于当时单位物探人员紧缺，整个项目组只有他一个物探人员，一人承担了 6000 m 测井、测斜及物探编录工作、他保质保量，圆满地完成了上级下达的工作任务，野外项目验收被评为优秀。还记得有一次年底，项目马上结束，但由于钻机因处理事故延误了工期，必须留有物探人员进行测井测斜工作，他为了照顾刚来项目组不久的年轻同志能回去陪家人，自愿留下坚守岗位。面对皑皑大雪的大山，顶着刺骨的寒风，踩着滑溜的路面，依然坚持完成工作。他永远都是项目完成后最后一批离开野外的工作人员。正是这种大局观以及无私奉献的精神，让我们深深地感受到“两弹一星”精神和“四个一切”核工业精神在他身上传承发扬着。

2012 年，203 所地勘工作开始走向市场。面对新的环境，新的领域，他不怕困难，敢于迎接挑战，承担了市场物探测量任务。虽然第一次作为项目负责人主持工作，工作区条件艰苦，但他没有畏缩，敢于担当。交通不便，联系马和骆驼运输生活物资；没有住房，自行购买彩条布，搭建竹屋，使用石灰对竹屋周围进行消毒，保障人员安全。在实际野外工作中他身先士卒，每天完成的工作量是其他同事的两倍，把艰难的地方留给自己，以身作则。在这种乐于奉献，不计较个人得失的精神带领下，圆满地完成了甲方下达的工作任务。

2014 年工作业绩突出的他被聘为地矿一室副主任。作为一名管理人员，面对新的工作岗位，新的工作任务，既有压力，又有同事对自己认可的动力，他明白只有继续发扬老一辈地勘人员敢于探索、乐于奉献、努力学习的精神才能胜任这个岗位，用自己的行动去答复领导与同事对自己的肯定。

2011 年当他小孩出生时，他仍工作在野外一线，未能及时赶回家陪老婆度过分娩期，每每回想起这事，他都一直很愧疚，觉得对不起自己的家人。但他的家人给予了充分的理解和包容，知道他作为一名核地质工作者，青山绿水是他们常驻的工作地方，家庭有时照顾得少，但这份事业需要有人去做，需要有人去奉献，国家和社会的发展离不开核地矿的发展，地勘人员就要有这种无私奉献的精神，承接老一辈地勘同志吃苦耐劳、乐于奉献的优良传统，即使在平凡的岗位也能成就一番不平凡的事业。

在努力工作的同时，他还积极参与社会公益事业，作为中共党员，2008 年汶川大地震，他向党组织递交了一份特殊党费，用于灾区公益事业；作为单位工会委员，他积极参与各种公益活动，自学自演说相声，参加合唱、舞蹈等文艺节目，给在职以及离退休职工带来欢声笑语，给家庭带来温暖与祝福。

从“零”开始　一战成功

“十三五”期间，中核二七二铀业有限责任公司（简称“二七二铀业”）与湖南省合力打造湖南白沙绿岛军民融合产业示范区，以军民融合产业为发展重点、以绿色环保为发展原则，全面发展铀核生产、核能配套、现代物流、节能环保、创新开发五大支柱产业，实现核工业与地方经济高度融合发展的“双赢”，促进湖南省核工业产业转型升级，带动地方区域经济转型发展。目前，五大支柱产业逐步落地实施，取得重大进展。

二七二铀业转化分公司厂房一角

2014年3月，二七二铀业转化生产线建设启动，历时3年，铀转化生产线建成。2017年2月27日开始带料试车，经过18天联动试车，于3月16日生产合格产品，从而使二七二铀业实现了纯化转化一体化目标。

作为近年来积极提升产能、延伸产业链，二七二铀业转化项目具有非同寻常的意义。而对于这家有着60年铀纯化历史的企业来说，铀转化意味着全新的考验：新技术、新工艺、新设备，一切都得从零开始。

运筹帷幄 点火一次成功

“我宣布，铀转化生产线投料试车现在开始。”2017年2月27日11时18分，二七二铀业转化厂中控室内，随着总经理谢凌峰一声令下，所有人的眼光都聚焦到中控大屏。行车缓缓载着第一桶四氟化铀产品到达立式氟化炉进料口，现场对讲机中传出声音：“报告，电解制氟运行电流已达到4万安，可以点火!”历时3年建设和调试的铀转化生产线开始了首次联动投料试车。中控室和生产现场响起了期盼而兴奋的雷鸣般掌声。11时25分，中控室监控画面显示第一桶四氟化铀产品全部投入氟化炉中，供料螺旋旋转正常，现场DCS显示各项参数运行平稳。铀转化生产线首次投料试车一次点火成功，全面试车攻坚战正式打响。

“核安全是核工业的生命线。”试车前，公司严格遵循“三不开车”的原则，多次对影响开车安全的各类问题进行梳理和整改，并对设备设施进行了一次又一次的“体检”，员工对操作流程进行了一次又一次模拟操作，为的就是确保试车安全环保。中核四〇四公司、红华公司等兄弟单位专家也在应急、安全等方面帮助开展培训并提出多项建议，为保障铀转化生产线投料试车给予了积极支持。

初见成效 收料液化完成

2017年3月4日7时14分，转化厂中控室内，连续忙碌了几昼夜的领导和员工们，目不转睛地盯着一级冷凝器称重器DCS。数据一点一点往上升，当DCS显示收集六氟化铀产品已达到第一阶段预定收料计划值时，中控室所有人员都兴奋地跳了起来，“到了到了，可以收料了!”大家布满血丝的眼里闪烁着兴奋的光芒。

在收料的这几天中，二七二人用实际行动诠释了“同为试车，不分你我共进退”的精神。员工坚持把在值班内发现的问题解决了才下班，上班早下班晚成了普遍现象；值长1天2个班，管理人员、转化厂班子成员1天3个班成为大家不约而同的默契；还有像铀转化试车现场总指挥胡锦明那样一周上3个班——第1个班16小时，第2个班36小时，回家休息几个小时又立马来上第3个班的公司领导们。就是在这种凝心聚力精神的共同感染和影响下，涌现了连上3个班“懒得回去”又“陪”上个班，眯一会儿又开始工作的小蔡；试车以来凌晨回家，清早上班，只能在下班后亲亲睡熟的10个月大儿子的“帅”主任；还有一直待在现场，直到小孩摔伤要送医院才请假把孩子送医院后，立刻又赶回来上班……

一波三折 产品分析合格

通过前期的生产和冷凝均质，转化试车迎来了关键节点——取样分析。看着样品从管道进入取样器，在场人员的内心激动万分。

取好样品，产品专运车进行运送，抵达转化产品验收实验室开始产品分析。等待让时间变得格外漫长。2017 年 3 月 7 日，第一次分析结果出来了——产品不合格。得到这个消息，公司立即召集技术骨干召开分析会。面对一张张强忍失落的面孔，党委书记姚泽军鼓励大伙："兄弟们，有问题不要泄气，我们要继续前行，向前冲!"一场地毯式排查随即展开。对于可能影响产品不合格的原因一一列出，再一一排除，细到每一根管线、每一个操作规程都严格检查分析，不放过丝毫的可能。

就这样在边查边改中，他们开始了第二次产品分析。3 月 16 日 17 时 28 分，分析员工填完产品数据的最后一笔，露出了喜悦的笑容——产品分析合格！这标志着铀转化试车成功生产出六氟化铀。

辛勤的汗水，通宵达旦的付出，最终收获了硕果。虽然还有更大的挑战在前方，二七二人的信心却更加饱满。

不负时光　我心飞翔

在紧抓铀矿主业不放松、积极开拓市场的发展思路下，二〇八所以艰苦奋斗为荣，以找矿立功为荣，积极投身于西南地区铀矿找矿以及“一带一路”建设中。

牢记时代赋予的使命，继续进行艰苦卓绝的探索，在这大好的时代续写新的篇章。2017 年 3 月 16 日，在中沙两国元首的共同见证下，中核集团与沙特地调局签署了合作谅解备忘录。中国铀业承担了沙特多个地区的矿产资源地质调查项目，该项目作为“一带一路”第一个落地的地矿项目，意义深远。

我[①]有幸参与到沙特项目。沙特项目野外地面温度 65 ℃以上，每天顶着炎炎烈日，每人至少需要喝下 4 升多的水，全身包裹得严严实实，厚重的登山鞋里从早上开工到黄昏收线都是湿漉漉的。二十几天下来，提仪器、握地质锤的双手晒黑了、蜕了皮，双脚却泡得白花花的，脚趾之间也泡烂了。在地质路线调查过程中，曾观察到一只蚂蚱，在滚烫的岩石上不停地交换着六条腿以降低自身的温度。

沙特的天气大多都是晴朗的，万里无云，天空蓝得让人不忍心

① 指作者王战永。

收起目光，风儿在金黄色沙丘上留下的那一道道足迹也令人留恋。但是，这依然“暗藏杀机”，一不小心车就会陷进沙中。在酷热的气温下，在滚烫的沙石上，数次寻求自救，经过一番折腾终于“脱险”。

偶尔也会“欣赏”到由夹杂着冰雹的暴风雨和沙尘暴上演的一场视觉盛宴。有一次工作时，当地时间下午 4 点，看着远处的风沙渐起，我们赶快往公路上撤。刚上公路，沙尘暴就吞噬了汽车，吹得汽车有些左右晃动。随之而来的就是暴雨和冰雹了，雨刮器急速的摆动也无济于事，刚才还灰头土脸的汽车瞬间就被洗得一尘不染，弹珠大小的冰雹砸在车子上发出“嘣嘣嘣”的撞击声，可以看到砸在挡风玻璃上的冰雹随之碎裂四处迸溅。汽车驶出这片雨区之后视线也变得宽阔起来，远处一股股龙卷风托起的黄沙如同一条条黄龙在翻腾、摇摆，也像极了古代战场的烽火狼烟，为这壮观的景象再增添另一种味道。这种场景并不常见，当地司机在车中激动得大吼大叫，这种情绪也感染了我们，一天的疲惫也在不知不觉中消散了，更像是来了一次探险之旅。随后我提醒司机安全驾驶。

进入 11 月份下旬，天气变得早晚温差越来越大，上午经常刮大风，风力有 5～6 级，草帽可被风吹得就像纸片一样任意飞来折去，到中午时气温又会上升。但这依然没有阻挡我们小组寻找铀矿的脚步，终于发现了一处规模尚可的异常区，得到了李子颖院长和范洪海总指挥的肯定，认定为优级靶区。

国外的伙食总感觉是那么温和平淡，再不整顿火锅，味觉恐怕要退化了，来自四川的小伙子开起了玩笑。于是，我们利用一周仅有的一天休息时间，大家分工合作，摘菜、洗菜、熬牛骨汤、切肉、切菜等，一包国内带来的火锅底料竟让七个小伙子围着一口电饭煲坐了两个多小时，别样的欢乐，冲淡了乡愁。当我看到 CNNC 的标志在迪拜机场、吉达机场的人群中穿梭，当沙特朋友爱上“老干妈”，当沙特专家对 CNNC 竖起大拇指，那份喜悦溢于言表。

创新托起“沽铀梦”

2019年，恰逢中华人民共和国成立70周年之际，对于核工业厂矿中比较年轻的中核沽源铀业有限责任公司（简称“沽源铀业”）来说，却是一个特殊的年份：这一年，要完成氧压浸出技改项目的建设、投产及掌握核心技术、扭转公司生产经营困局、年新增利润2800万元以上，为公司“十四五”的开篇发展奠定坚实基础。

有人问：“一个技改项目，有什么特殊的身份吗？”

这要从建厂后即实施技改等情况说起。

沽源铀业青年突击队员清理酸沉母液老化槽

沽源铀业位于河北省张家口沽源县，为适应核电大发展需要，于2007年开始建设，2009年建成并进行试生产，但存在严重的先天不足等问题。因此，公司成立初期可以说是困难重重，工艺不畅通、设备不匹配、员工操作不熟练、回收率低下，沽源铀业一度面临无法继续生存的考验。

2012年开始采用常压浸出的

湿法冶金工艺流程，但生产过程中发现矿石性质随埋藏深度发生较大变化，总体表现为资源利用率低、生产成本居高不下。尤其是从2018年开始，新采出矿石的浸出率较往年平均水平下跌近50%，企业长此以往将再次面临亏损甚至关停。

逆水行舟不进则退，生存和发展的难题倒逼沽源铀业必须通过创新发展、吸收消化等方式，不断地技改，找到一条具有广泛适应性的绿色、高效综合回收矿冶新技术。

沽源的夏季主要由三种颜色组成，蓝色、白色和绿色。天空的蓝是纯净的蓝，像蓝花瓷瓶一样，倒扣在天上。大朵的云层铺满天空，如同海上风云变幻，别有一番情趣。绿色，一万无际的植被，中间点缀着黄白小花，漫步在山坡上，大口呼吸着清新的空气，那是天然的绿色氧吧，那是人心灵向往的自由，令人心旷神怡。除了冬天的寒冷和夏天的惬意，更多的是对公司一路走来的感慨！沽铀人不怕困难，不怕挑战，再严酷的寒冬都承受过，还有什么不能坚持，沽铀人凭借着不畏严寒的精神一路向前。

总经理万俊自豪地说："也许前方还有更加寒冷的冬天在等着我们，但是我们不怕，我们知道隆冬过后就是盛夏。"

这些年，沽源铀业在创新发展的道路上先后进行了多次尝试。

2009年试生产初期，在选矿方面与多家国内知名科研院所合作，深入开展了浮选、重选、磁选、混合选矿等多种方案的探索研究。但是，因矿石矿性复杂、矿泥含量高、目的矿物嵌布极其微细，得到的精矿产品富集比和回收率均较低。最终证明，沽源铀业的矿产资源通过选矿技术无法保证矿石的高效综合回收。

2011年，试生产已经4年，困扰沽源铀业发展的铀钼分离、油水分离和设备防腐等关键技术相继攻克，但提升产能的固液分离却一直没有进展，连续多年的亏损，企业已不堪重负。这一年，是生死存亡的关键时刻。在这种背景下，企业成立专家组，通过“走出去”“请进来”等形式，广泛开展技术合作，相继实施了中性矿浆浓密、浸后矿浆改性和压滤机自动化改造等项目。通过调整矿浆浓度，改变浸后矿性，终于，全线贯通了生产工艺，并达产达标。2013 年，沽源铀业实现经营现金流持平，2014 年，现金流持平，2015 年，首次实现盈利，此后 3 年虽然均实现盈利，但质量不高仍是制约沽源铀业发展的瓶颈。

技术创新，永无止境。2012 年，沽源铀业与核工业北京化工冶金研究院（以下简称“化冶院”）共同合作研究火法冶金工艺流程：氧化焙烧—浸出新工艺。经过 3 年的攻关，完成了氧化焙烧—浸出新工艺的小试和中试研究，提出氧化焙烧—浸出工艺处理铀钼矿的技术方案。2015 年初该方案完成了可行性研究报告的专家评审。但是，由于 2015 年钼酸铵市场急转直下，项目建设存在巨大风险。经董事会议案审查会决定，鉴于当时钼酸铵价格处于低谷，为降低项目建设风险，暂缓项目建设，待钼酸铵价格回暖至可行性研究边界价格后再启动建设。2016 年随着北京—张家口联合举办 2022 年冬奥会消息的传出，在日趋严格的环保政策下，尽管氧化焙烧—浸出工艺处理铀钼矿的技术、经济均可行，但是由于国家政策导向，已不再具备实施的可能。

走出系统，寻求创新谋发展的原动力。随着矿山的不断深采，各项成本明显上涨，沽源铀业迫切需要技术创新来提升经营业绩。2017 年初，沽源铀业突破行业界限，与北京矿冶研究总院（以下简称“北矿院”）共同开展了在铀钼矿氧压浸出工艺的验证及研究。历时两年，通过小试和中试验证试验得出结论，在不改变沽源铀业现有湿法冶金工艺主流程的前提下，钼的浸出率较现有常压浸出工艺可提高一倍以上。至此，困扰沽源铀业多年的资源利用率技术难题，得到了彻底解决，企业重新看到了生存的希望。

在“两弹一星”精神和“四个一切”核工业精神的照耀下，通过近两年的项目前期准备，沽源铀业氧压浸出技改项目完成了核心技术攻关及储备，通过了专家技术评审，取得了立项、可研（代初设）、环评等相关批复。该项目已经成为了沽源铀业2019年的头号工程，公司坚定年底建成、试车、投产的目标不动摇。经测算，项目建成后，根据目前一期露天矿山的矿产资源情况，可以保证15年的稳定生产期，而且经济效益非常可观，可以完成前期五个多亿股东借款的偿还。如果按照现有常压浸出工艺，只能再维持3～4年的生产期，而且每年都会面临严重亏损。

正如开篇所说，不断的技术创新是托起“沽铀梦”的关键所在，尤其是氧压浸出技改项目对于沽源铀业来说是“凤凰涅槃”，它让企业脱困重生，为沽源铀业的发展赢得了机遇。

金牌突击队

核工业二四三大队的编制里曾经有着一支年轻的队伍。成立于2014年9月底的“青年突击队”，有队员12人，其中党员2人，团员10人，本科以上学历11人，平均年龄30岁。这是一个由年轻人组成的有着蓬勃朝气的集体，是一个团结向上的集体。自组建后，在大队党委、团委的领导下，在队长的带领下，这个集体取得了一个又一个辉煌的成绩，圆满地完成了各项技术攻关任务，得到全大队领导同事的一致好评。

突击队队员是大队范围内选拔的优秀青年知识分子。全部参与过大队多个项目，工作经验丰富，工作成绩突出。突击队是一支特别能战斗的队伍。

突击队承担多个基础工作量大、覆盖面积广、工期紧迫的项目。胜利之花需要勤奋的汗水去浇灌，成功之路需要执着的努力去开拓。

青年突击队奉行“拿来主义”，尽可能集各种优秀的工作方法等于一身，积极倡导“在学中干，在干中学”的理念，通过座谈会、交流会、现场观摩学习、交流培训等多种形式创造学习平台，营造学习氛围，相互交流经验。另外鼓励队员共同参与方案制定，召开专题方案讨论会，并结合工作中遇到的问题召开分析会。通过以上活动，所有青年突击队员均能胜任本职工作，在各方面均能独当一面。

突击队队员们每天天不亮就出发，傍晚擦黑才回到基站。就这样，突击队在每年冬季到来之前就圆满地完成了全部的野外任务。

为使广大青年不断提高自身业务水平、促进青年岗位成才，发挥青年在企业管理中的应有作用，达到突击队出成果、出人才、出精神的目的，野外突击队分别从工作进度、工作质量、安全目标、文明施工等四个方面进行考核，并对各个工期节点进行考核打分评比，制成表格上墙，形成了内部相互监督、相互促进的竞争态势。突击队成立仅三个月，工作进度实现了飞跃，人员得到很好培养，各青年突击队员进一步明确了目标，增添了信心，鼓足了干劲。

突击队工作中严把质量关，在实际工作中严格贯彻《质量管理和质量保证》系列标准，做到自检互检100%，组检绝对高于30%，队检绝对高于10%。突击队始终把安全工作放在首位，强调以人为本，把“安全第一，预防为主”的方针落到实处，提高人员的安全意识。在保证工作质量和效率的同时，还建立了完善的安全文明施工制度，制定翔实的安全制度，加强了安全文明管理。

青年突击队紧紧围绕生产这个中心，不断加强政治理论学习，强化自律意识，激励队员们奋进向上，青年突击队员在施工生产及各项工作中都发挥了生力军的作用，带领全体团员青年活跃在各条战线上。突击队始终以“和衷共济、追求卓越”为宗旨，以项目管理为核心，科学管理，以“质量、效率”为重点，高举青年突击队大旗。

青年突击队多次被评为大队“先进集体”，涌现了一批大队级先进个人。如今的突击队员都已走向了成熟，在不同的岗位上锻炼成长，成为各个岗位上的优秀分子。突击队体现了二四三大队当代青年的风采，使青春旗帜在一线高高飘扬，在全大队青年中树立了学习榜样。

难忘的钱Ⅳ试验队

钱Ⅳ试验队创业者为了初步评价钱Ⅳ块铀矿床地浸开采技术经济可行性，探索“卫星厂”生产模式，为“十二五”末将钱Ⅳ块铀矿床建成一定规模的地浸采冶厂，满怀革命乐观主义精神，以坚强的毅力战胜困难，不畏艰苦，攻克了一个又一个的难题。虽然 6 年已经过去了，回首往事，仍历历在目。

板房里筑“新巢”

通辽钱Ⅳ试验队

2013 年春天，正是通辽市寒风肆虐、风沙侵袭的季节。钱Ⅳ试验队草创 8 个月了，这段时间里，队员们不畏艰苦，坚持总部、现场两地跑，完成了方案制定、征地和供电等工作。为了更好地开展井场钻孔施工、水冶厂区基建等工作，钱Ⅳ试验队将钱Ⅱ试验阶段用的板房迁至钱 IV 试验现场。队员们将家居用品搬入板房，一张床上下两层，一张简易电脑桌和办公椅，队员们筑起了自己的“新巢”。白天到现场学习指导基础建设工作，晚上就在“新巢”里总结白天的工作，构思明天的工作方案。就这样，队员们在“新巢”里住了 3 个月，直到新宿舍建成，才从“新巢”移居。

“下管子”新解

2013 年 8 月 6 日，正是井场钻孔施工完成后，进入下一步井场安装的时候。这日早晨 5：00，队长马连春在宿舍内喊一嗓子：“大家伙们，我带你们‘下管子’去。”大家不解地问：“大清早的，二龙山村的饭店还没开门呢，咱们去哪里‘下馆子’?”马队长哈哈一笑，带着我们来到井场现场，指着盖着井盖的抽出井说：“你们看，今天早上我们把 PE 管下到 SZ-0101、SZ-0104 等 4 口井里并和地表管连上，这就是我们要下的管子。等试验项目建设完，我再带大家‘下馆子’，大家说好不好?”听着马队长“下管子”的妙语，大家都会心一笑，开始齐心协力地把 PE 管从井口下到井下 200 米处。

后来，试验运行阶段，由于注入井流量下降，钱 IV 试验队开展了洗井工作，需要将洗井风管下到井内过滤器的位置，于是“下管子”有了新的注解。

齐心协力攻坚克难

2013 年 9 月 6 日，钱 IV 试验工程试运行取得成功，开始正式运行。试验队在马队长的带领下，团结奋进，克服了许多困难。记得当时维修注液泵和树脂装卸两项工作是试验队最耗时耗力的，而且频次比较高，而每次马队长都带领大家一起作业，齐心协力完成。

注液泵维修本身并不复杂，即更换轴承后加注黄油。但由于注液泵是利旧设备，2007 年投入钱 II 试验运行，试验结束后封存了 5 年时间，启封运行后轴承频繁损坏。每次维修注液泵需将 320 千克的 Y225M-4 三相异步电动机卸下撬开，完成维修后再安装上，撬动时需要 2 人以上同时发力。直到 2016 年更换新泵后，维修变得不再频繁。

2013 年 1 月 4 日，当钱 IV 试验队第一车饱和树脂启运时，至今怀想仍激动不已，它开启了通辽铀业第一次“卫星厂”生产模式的实践。取得成果的背后是钱 IV 试验队员的辛勤的汗水。犹记得当时装卸时所使用的是 QBY-100 型的气动隔膜泵，在作业时它明显有些“气虚”，且装卸树脂时频繁停止运行。每次作业时一旦管道内的树脂受阻，就必须停止运行，将钢丝管内的树脂倒出，倒树脂需要 2 人以上同时发力。直到 2015 年更换为 DBY-100 的电动隔膜泵后，装卸工作才变得较为轻松。

冬日里的创意娱乐

2016 年 12 月 7 日，正是寒冬时节，试验队水冶厂区南边的草甸子低洼处的积水已结成冰面。试验队平日受条件限制，没有娱乐活动，生活比较沉闷，此时队员们看到草甸子上的冰面，计上心来，自发开展了滑冰活动。队员们先是利用包装格兰富潜水泵剩下的木材以及树枝、长钉等材料，自制了两块冰橇；然后来到草甸子的冰面上，或两人一组，或一人一组，围绕冰面竞相角逐，欢乐愉快的氛围铺面开来，队员们心中的沉闷一扫而空。活动过后，队员们还评选了“羚羊奖”和“蜗牛奖”，互相玩笑不提。

同事们，当我们在享受一个一个成果带给我们的荣誉时，当我们在享受经验带给我们工作便利时，你可曾记得6年前，一群热血青年，肩负着公司的希望，领导的重托，在寒风刺骨的冬天，风沙肆虐的春天，筚路蓝缕，辛勤奋斗，探索新的工作经验和工作方法。你是否意识到今天的荣誉和便利也有他们的一份功劳呢？请记住钱IV试验开拓者的业绩，热爱工作，珍惜工作。

南疆扶贫 不负韶华

“床板硬了，距离近了；汗水多了，心贴近了；住村一阵子，受用一辈子。”这是核工业二一六大队派驻新疆喀什莎车县荒地镇7村驻村工作队副队长苏轮的深切感受。“80后”的苏轮，此前一直在二一六大队办公室工作，兢兢业业、勤勤恳恳，多次荣获大队“双文明先进生产者”称号。2016年11月，他主动报名参加新疆维吾尔自治区“访惠聚”驻村工作，成为一名驻村干部。

舍小家，顾大家 踏上南疆驻村路

2017年1月31日，大年初三，告别了不到4个月的女儿和3岁未开蒙的儿子，以及年迈的母亲，苏轮踏上了南疆驻村之路。由于妻子上班离家远，年迈的母亲不得不照顾两个年幼的孩子。而为了维护南疆稳定和打赢脱贫攻坚战，苏轮选择了舍弃自己小家的欢乐，以换来更多家庭的幸福。一年里，由于工作紧张，基本无法保障正常轮休回家。平时他很少主动与妻子孩子视频，一是村里事情多，所有工作队人员，几乎没有凌晨3点之前能休息的；二是看到家人，自己却什么都做不了，每次都只说一切都好，因为他不能告诉家人工作的艰巨和风险……

破坚冰，融隔阂 建服务群众的“连心桥”

7村是一个典型的贫困村，农业发展滞后、生活水平普遍偏低等问题像大山压在工作队身上。面对环境陌生、村民文化水平低的情况，语言又不通，初到当地的苏轮有一种无所适从感。怎样才能与当地百姓沟通，怎样才能建立最基本的共同点，进而找到突破点、逐步开展工作，成了工作队的第一难点，也成为苏轮想要最先突破的难点。“拉网式入户”，他每日走访入户5户，“挖穷根找病因”，梳理每户信息档案，建立信息平台。白天去走访，晚上回来整理数据，几乎每天都得干到凌晨4点；睡上几个小时，天亮了，再继续工作。逐渐地，每家每户的教育情况、婚姻情况、收入情况都变得一目了然。在普遍走访的基础上，他必问农民，“现在正在准备春耕了，家里还有什么困难吗?”这样的突破口让几十户贫困户燃起了希望，也让工作队破开了隔阂的坚冰。在核工业二一六大队的积极支持下，40户村民春耗所需的种子、化肥、地膜等物资，得到按期购置并及时发放到贫困户手中。这一举措既解决了农民燃眉之急，也是赢得百姓信任的开始。

2017年3月，二一六大队13位领导干部来村，率先与贫困户开展结对认亲民族团结一家亲活动，让百姓的心逐渐热乎起来。工作队还有序开展丰富多彩的文化活动，澄清错误认识。与此同时，修路、修渠、安装路灯等基础设施建设项目逐步落地，各项惠民政策得以公平、公正、公开落实，历史遗留问题逐步解决。据统计，驻村队帮助申请并落实惠民资金超1000万元。

真情帮扶，为民解难 做困难群众的“引路人”

驻村以来，苏轮始终认为：“只要多想，办法总比困难多；只要对群众有利，就得想尽办法去干，老百姓的事情不能拖。”

抽水机井坏了，一时又维修不好，30 多户农民的 100 余亩土地因为浇不上水而受灾。他积极协调，终于找到本村村民的一口水井，丈量位置，购置水管，保障了水源，确保了收成。

村里贫困户吐尔孙·亚森 2017 年 7 月查出肝癌晚期，家中妻子靠务农担负全家的生活，母亲已经年迈，弟弟是精神二级残疾，生活不能自理。10 月底，吐尔孙·亚森去世，全家陷入绝望。苏轮不禁想到，自己的父亲也是在自己 6 岁时离开了人世，一种无形中的信念告诉自己，一定要解决他们家的困难。当时安居房还未建好，只砌了四面墙，他一面找来其亲戚、村民帮忙，从上房顶到刷墙，从接自来水到安装电路都亲力亲为，终于在入冬时，让这家人顺利地从破旧土房子搬入了安置房。吐尔孙·亚森生前 5 万元银行贷款已经在治病中花费殆尽，苏轮联系镇农村信用社，得知贷款的同时银行为贷款人购买了人身意外免还款的保险，于是即刻行动起来，经过一个多月的奔波，终于解决了最大的经济问题。之后，他又联系到县精神病医院，把患有精神残疾的弟弟送到医院免费康复治疗，再次减轻其家庭负担。现在无论在哪里遇到亚森的妻子，她都主动迎过来紧握苏轮的手打招呼。每当看到帮扶过的村民一双双感激的眼睛，他心里总会默下决心，无论遇到多大困难，一定要倾尽全力为老百姓排忧解难。

脚踏实地，创新思路　做驻村工作的排头兵

2019年4月20日，新疆喀什地区地委委员、莎车县委书记带领莎车县所有乡镇领导干部组成150人观摩团，来到二一六大队所驻7村召开脱贫攻坚现场观摩指导会。当天，苏轮作为二一六工作队代表发言，深入分析本村致贫原因及历史根源、贫困现状、贫困户脱贫“两不愁三保障”、贫困村“三通七有”等情况，重点简介了脱贫攻坚方案，即通过“六个精准”“三个加大力度”“七个一批”制定一户一策脱贫路径，以“五大增收措施”为抓手，精确实施土地流转收益再分配“七个资金”，确保2019年整村脱贫。与会者对二一六工作队的工作给予了高度肯定。

面对全村115家贫困户428人，工作队经过深入研究，确定转移就业是最符合本村脱贫实际并行之有效的方法。经过不断努力，一遍一遍给不愿意外出就业的有劳动能力的贫困人员做思想工作。其中对于思想顽固的“90后”青年如孜·木萨，工作队先后十几次入户，对本人、其父母和妻子全方面做思想引导，终于使其同意外出前往克拉玛依务工就业，全家从此走上了脱贫致富道路。本村各类就业达50余户60多人，除整户无劳动力和有劳动力不具备外出就业条件的贫困户，其余贫困户基本达到一户一就业，为2019年全村整村脱贫打下了基础。

苏轮作为在新疆南疆“访惠聚”驻村工作队中的青年骨干力量，在基层为各族群众办实事、做好事，挥洒汗水，奉献青春，赢得了百姓的称赞。这就是他的青春绽放出的最美芳华。

十年攻关 打造自主知识产权

2017 年 1 月 29 日夜晚，早已过了下班时间，二七二铀业有限责任公司（简称：二七二铀业）锆铪中试厂厂房内却灯火通明，一群人不断地来回走动，焦灼地等待着。此时，中核集团“龙腾 2020”计划之一的“核级海绵锆铪制备技术中试验证”正在进行关键时刻的产品数据分析。

二七二锆铪分公司厂房一角

23 点 18 分，分析室的门打开了，78 岁的老专家周密快步走了出来，手里拿着检测报告兴奋地宣布："成功了！经过三次取样分析，得到的核级二氧化铪、二氧化锆数据合格！"这标志着二七二铀业锆铪中试厂拥有自主知识产权的锆铪分离技术验证成功。顿时，厂房内掌声、欢呼声交织在一起……

无论花多大代价，也要分离"双胞胎"

"核级锆（铪）是核电站不可或缺的关键材料。但自然界中，锆常与铪共生，而核级锆的指标是不能含铪的。"锆铪中试厂厂长任新辉向笔者介绍。我国在建核电机组数量居世界第一，但核级锆却长期依赖国外进口。锆基合金因与核燃料的兼容性优良，且耐腐蚀性和加工性能优异，被应用于反应堆核燃料的包壳、格栅、端塞和其他堆芯材料上。核电站每年要更换三分之一核燃料，这使锆基合金成为经常性消耗材料，而我国现在尚无大规模生产核级海绵锆的企业。目前在南通有一家引进美国萃取分离工艺建设的合资企业，但其采用的工艺早已过时，且一直存在生产废水处理的难题。此外，这家企业所有分离生产出的铪都要运回美国。

"铪和锆的共生就如同自然界里的双胞胎，由于它们的物理、化学性质相似相近，所以很难把它们分离，这已成为具有挑战性的世界难题。"锆铪中试厂高级工程师龚道坤说道。

面对国外技术封锁、价格打压，核材料只能依赖进口的情况，掌握核级锆（铪）生产关键技术、建立自主原材料供应体系，已迫在眉睫，核级海绵锆铪项目研究势在必行。

时任二七二铀业总经理谢凌峰曾表示，锆铪分离项目对二七二铀业来说是头等大事，无论花多大的代价，投入多少人力、物力，也要把它研究出来。

十年攻关 成长印记

“当时感到项目难度很大，但是考虑到国家的需要，我们毅然组成了研发团队，并吸收了一些专家共同战斗。这个项目从2007年下半年开始，到现在为止，已经攻关10年了。”老专家周密当年为了这个项目，在刚完成事关二七二铀业生存的铀生产线改造、办理了退休手续后，又回到了工作岗位上。

考虑到当时锆铪分离技术不够成熟，对环境有污染，而且核心技术被外国垄断，因此研发全新的流程成为二七二铀业的必然选择。可是新路又在何方？经过反复试验，二七二铀业最终决定使用低酸体系来萃取分离。周密介绍道：“一开始项目组就考虑到环保问题，创造了一条跟美国、日本等完全不同的新的技术路线，对环境没有影响，没有废物排出。全流程未使用氨基氮硫化合物、有毒试剂等污染较重的工业原料。”

40多岁的刘瑾林现在是萃取分离值长，也是项目组最早的成员之一。最初接触锆铪分离这个项目时，他还是二七二铀业研发中心的一名普通的技术员，虽然那时还只是小规模实验，但他已经对这个项目产生了浓厚的兴趣，不断地查阅资料、向前辈学习、反复摸索……2008年湖南遭遇了百年难遇的雪灾，生活上停水、停电，实验室里严寒、低温、物资缺乏，但为了追赶实验进度，刘瑾林与同事们依旧坚持在实验室里。为了一个关键实验，他和同事们连续坚持了8个月，没有周末，没有节假日，每天守在实验室，分析、求证，不断实验再实验。如今，刘瑾林的家里堆放了10余个写得满满的笔记本，这是他和项目组人员与该项目一步步成长的共同印记。

随后的日子里，团队积极开展小型实验，当实验的两个产品均检测合格时，周密在现场欣慰地笑了："感觉比自己被清华录取了都开心。"实验的成果初步显效，并申请了3项国家研发专利。2014年底，该项目入选中核集团"龙腾2020"计划，同时获批扩大试验，建设锆铪中试厂。

撸起袖子加油干

虽然实验室小型实验已经成功，但锆铪分离项目组却没有丝毫松懈，因为紧张复杂的中试厂建设与调试工作接踵而来。

2016年11月7日，湿法正式带料试车，11月27日，核级二氧化锆产出；2017年1月19日，核级四氯化锆产出，9月6日，海绵锆产出，12月13日，铪线最关键的流程补萃一次性试车成功；2018年，一次性制备出合格的核级二氧化锆和核级二氧化铪产品，取得历史性突破。

锆铪中试厂直属党支部书记张恒说："锆铪中试厂的全体员工，将特别能吃苦、特别能奉献、特别能战斗的精神发挥到了每条生产线上。"

因为是新工艺又是自主知识产权，项目出现问题只能全凭自己钻研。二七二铀业领导们集体下基层，中试厂在哪里遇到困难，现场协调会就开在哪里，亲自督促解决困难。中试厂的领导班子更是从2016年11月7日带料运行之日起，除正常白班外，轮流值守夜班。当值人员也会把每天观察的情况写成"跟踪日记"，确保问题

“归零”，出现问题立刻研究解决对策。

锆铪中试厂是青年员工最多的工作现场，每天在中试厂微信群里，最新的工作动态与照片，传递出现场的点点滴滴。“忘我拼搏、撸袖子实干”成为青年员工的奋发常态：其中，有通宵对混合澄清器有机相填槽、一晚配置多达 4 吨有机相的青工达人祝和彪；有在 5 层楼高的锆铪湿法厂房中每天上下奔跑 20 多趟的呼强辉；有在闷热的罐式过滤机中清理物料将近 3 个小时的李银……当李银从过滤机中爬出来时，全身沾满了白色的物料变成了“雪人”，脱下防护服，里面的衣服都湿透了，值长让他回家换衣服。“现在还没到下班时间，罐式过滤机还没清洗干净。里面空气不好，老同志受不了。我把衣服吹干，再进去。”李银歇了会儿后，又爬进罐式过滤机继续清理……

“核工业精神是一脉相承的。我们在技术攻关上始终秉承着这样的精神，就是对事业高度负责，为事业奉献终身。有了这种精神，我们一定能获得成功。”谢凌峰和他的团队对项目未来的发展信心满满。

坚韧寻突破　担当见曙光

广袤的新疆大地，蕴藏着丰富的铀资源。伊犁盆地南缘就是这样一个蕴藏丰富铀矿的地方，这里也是我国地浸砂岩型铀矿的发祥地。近三十年来，在这里一直活跃着一群扎根边疆、埋头实干、艰苦奋斗、建功立业的二一六人身影，大型特大型铀矿在他们坚实的足迹之下破土而出。师志龙就是其中的典型代表。

作为我国地浸砂岩型铀矿的发祥地，伊犁盆地南缘在不同时期已被二一六大队及兄弟单位开展了多轮成矿规律研究和预测选区，成矿条件有利地段已经提交了矿床，或已经有了相对突破，且见矿层位均为朱罗系第Ⅴ－Ⅷ旋回，其他层位还未发现工业铀矿体。换句话说，就是这里的矿产资源已不再被看好，找矿工作也早已没有了新突破。

伊犁盆地南缘铀矿找矿工作去向何处？伊犁盆地南缘真的像专家认为的没有矿了吗？邻国哈萨克斯坦的葛尔扎特铀矿床丰富的矿产近在咫尺，难道仅仅是因一条国境线相隔，一样的构造背景、同样的地层我们的洪海沟地区就没有了吗？一连串的疑问困扰着二一六人……

2005年春节前，二一六大队为此召开了“专题铀矿项目设计思路研讨会”，确定工作区为库捷尔太矿床的西部（洪海沟以西至国境线，以下称洪海沟）。在当天的会上，师志龙临危授命，担任五分队队长、项目负责人，专门负责伊犁盆地南缘铀矿预查工作。

当时，洪海沟的立项报告已经由在伊犁盆地南缘工作过的老同志编写并通过了中国核工业地质局立项论证。而该地区从 1991 至 1995 年开展过钻探查证，因没有发现好的线索，不被同行看好。“怎么样才能有所突破？突破不了，二一六大队以后该怎么办？”重重的担子压在师志龙肩上。

面对时间紧、任务重的局面，师志龙要做的就是尽快熟悉项目情况，了解前辈们留下的宝贵资料和研究成果，期待在学习了解中发现与前人不同的认识和想法。

当时正值春节假期，为了安全，大队规定野外分队的办公楼要暂封，资料也不准外带。无奈之下，师志龙借了总工办办公室钥匙，又从档案室借来了工作区近些年所有的钻孔原始资料，堆放在办公室。从大年初二开始一直到初十上班前，师志龙每天早饭后便独自前往办公室查阅资料，面对 100 多个钻孔原始资料，师志龙坚持从最基础看起，他一边查一边记，不断地记录整理，不错过任何一个有价值的信息。

短短的一周时间，师志龙将原始资料整体过了一遍，但因为时间仓促，他并没有形成系统的思路，只好暂且以立项为蓝本，编写了项目设计。基于勘探工作的客观需要，勘探工作者必须具备严谨求实、追求真理的精神品质。“怎么样在老矿区有新发现？”“沿着老思路走等于没出路，但是新思路在哪儿？”爱“较真”的师志龙从没想过轻易放弃，他思来想去，最终决定带着十几名队员从原始资料入手，从零开始，扎扎实实打好基础。

说干就干。师志龙立即组织项目人员，从钻孔原始柱状图开始，综合原始编录与测井资料，重新编制勘探线剖面图。

“这些工作以前都做过了，为什么要重新做，有什么意义?”不少曾经在此工作的老同志开始有了抵触情绪。

“沿着老路就等于没出路，为了大队的未来，咱们必须齐心合力，相信我们一定会有收获，一定会有突破!”在师志龙的鼓励下，队员们一个个捡起了信心，一同行动了起来。每天除了带领队员重新编制勘探线剖面图外，师志龙自己还选择了一条最有可能突破的勘探线，开始重新对其分层重新绘制剖面图，并对照原始资料一点一点地寻找突破口。

功夫不负有心人，在编制过程中师志龙发现，在矿床西部边界70号勘探线最北段有3个钻孔，由于距离矿床勘探区较远，勘探过程中对含矿层位连接出现了错位，把原本Ⅶ旋回当作Ⅴ旋回。

“库捷尔太矿床的主要含矿层位是Ⅴ旋回，矿体在南部，北部的Ⅴ旋回肯定没有矿了，这合情合理。”为了进一步证明自己的观点，师志龙决定实地考察，夏热酷暑，他头顶烈日每天步行超过30公里，穿行于沟壑之间，观察、记录、分析……正是凭借这种坚韧精神，其余几处连接错误的矿层也陆续被他发现，加之通过对测井曲线特征分析判断，师志龙认为，此地绝不像专家说的那样，这里一定还有矿。

然而眼看即将要有所突破，师志龙又遇到了瓶颈。

因为洪海沟以西一带1991年已经按照100米孔距在70号线打了3个钻孔，并没有发现工业铀矿体。要想证明此地有矿，最好的办法也是成本最低的办法，就是在原有钻孔中间加密至50米再施工一个钻孔。

施工的过程中，师志龙几乎天天守在现场观察岩心，自己还亲自开展物探编录，生怕漏过一丝线索。100米、200米、300米……越是接近设计目的层，他的心里越是忐忑不安。398米有点矿化，413.2米又见了矿化……师志龙的心几乎提到了嗓子眼。

功夫不负有心人。师志龙清楚地记得，那是一天早晨，他上山编录，一到井场，还没有下车，他便看到黄色的砂岩旁边是灰黑色的砂岩，这是产富矿的标志啊！兴奋的他急忙拿起放射性岩心测量仪，放在灰黑色砂体上测量，一秒钟不到，脉冲数就飙升到2400多。

“有了有了！我们成功了！”站在钻塔下，师志龙兴奋地喊到，内心瞬间升腾起岩浆一样的热流，激动的心情难以形容。他一边极力掩饰着激动和兴奋的情绪，一边叮嘱地质、物探编录人员要仔细的记录各种现象。最终，经终孔的测井确认该矿段平米铀量18.43千克，平均品位千分之三点二五二，该孔累计平米铀量20.23千克，属于极其富裕矿区。

这个小小钻孔的突破，不仅是验证了师志龙的观点，更重要的是首次在Ⅶ旋回发现层间氧化带和工业铀矿体，突破了该层位无矿的认识，也扩大了找矿层位，为后来提交洪海沟大型砂岩型铀矿床奠定了坚实的基础和理论依据。随后，师志龙及时调整了工作部署，以Ⅶ旋回为主攻层位，在其他勘探线开展查证，并取得了重大进展。

在师志龙的坚持下，五分队全体成员凭借坚韧不拔的精神和敢于突破的勇气，在这个别人望而却步的疑难地带不断攻坚克难，正式吹响了前进的号角。截至2009年师志龙离开项目时，该矿床规模已有所突破。此后，地质工作者们接过了师志龙手中的“接力棒”，继续精耕细作，完成详查工作，目前该矿已达到大型矿床规模，实现了伊犁盆地南缘找矿的又一重大突破，而且矿床规模目前不断在扩大。师志龙的坚韧和勇气充分彰显了二一六职工不畏艰难、充满自信、勇于拼搏、奋发进取的顽强意志和良好作风，为大队赢得了赞誉、增添了光彩。

“全国十大地质找矿成果奖”“国土资源科学技术一等奖”“中核集团科技进步特等奖”“中核集团优秀党员”这一个个沉甸甸的荣誉，正是对师志龙充满血性、狼性、忠性的“铁人精神”的充分肯定。

如今，二一六人也正以这种坚韧不拔、不断进取、永不服输的开拓精神一步一个脚印地“开辟新大陆”，同时他们也在以更加昂扬的姿态，在地质找矿的天地里，为“中国梦”的早日实现不懈努力！

壮哉，粤北核工业人

沧海白云，深谷崇山，一声长啸，梅关孤傲地站立。风在流动，山在屹立，一种声音在跨世纪的梅林深处传出，我[①]听到了，看到了……我怀着深情走向这片土地，向庄严肃穆的梅关致敬。

秋天，是韶关最美的季节。在平和的秋阳下，熏风飘荡在旷野空谷，催开了漫山遍野的杜鹃，鸟鸣虫啼，竹涛松声，拨响了来自天籁的声音，穿过这天籁的声音仿佛穿越到了50年前。

七四五矿位于广东省韶关市仁化县以北46公里的锦江上游。系基建工程兵00253部队即二〇三师六二五团驻地，距韶关市百里之遥。七四五矿整编后成立第203师第625团（后改为第269大队〔团〕）。矿区分布在东郊广东省南雄县。七四五矿是一个大中型铀采冶联合企业，是我国核原料的重要开发基地，也是国家重点建设项目之一。七四五矿于1969年3月开始筹建，1970年1月正式破土动工。原规划设计五个矿点（745-1、745-2、745-3、745-4、745-5），一座铀水冶厂（745-8）。矿点设计规模为年产铀矿石29万吨；水冶厂设计规模为年处理铀矿石40万吨。矿山采用边勘探、边设计、边施工、边生产办法，1971年4月至1972年底建成了设计年产2.5万

① 指作者何中华。

吨矿石的745-3工程，1973年3月至1978年底建成了设计生产矿石4万吨的745-4工程，1970年初至1977年底建成了我国又一座大型水冶厂——745-8工程。至此，一座大型、现代化的铀矿采冶联合企业在粤北大地矗立起来，为我国核原料工业增添了新的生力军。历史总是在曲折地向前推进，昔日辉煌灿烂的南方硬质岩石矿山，至今，就留下了金原铀业这一家（745），这不得不引起我们的重视。

2019年9月22日，中核韶关金原铀业有限公司总经理廖得攀，502矿副矿长马超、副总工程师吴国开等人陪同我下到了502矿500米中段。

吴国开说："502矿又叫棉花坑，有50年的开采历史了。"

我抬头看着矿井上入口处"棉花坑"三个字，仍然留有历史的痕迹。棉花坑铀矿床是长江矿区规模最大的矿床，也是我国花岗岩型铀矿床中单个矿床规模最大的一个。

廖得攀说："棉花坑不是传说，有太多的故事，50年来厚重的履历闪闪发光。"

马超说："无轨设备维修组，是棉花坑的先进典范。"

一个高效的团队　让矿山焕发生机

2019年锦原铀业实施"机械化"开采模式后，组建了一支全新的无轨设备维修保障团队，班组现有成员5人。团队建立的目标就是确保完成棉花坑矿井"机械化"开采的顺利转型，保障无轨设备的正常高效运行。

2018年10月锦原铀业组织对铲运机维修人员进行选拔，并择优前往铲运机厂家培训，最终在 2019 年 5 月确定人员完成团队初建。对这个新生的团队而言困难重重，人员经验缺乏，时间紧任务重，采场要无轨化改造，无轨设备要先行下井。棉花坑矿井没有地表直通一150 米中段的斜坡道，只有一套罐笼尺寸为 4.5 米×1.3 米×2.2 米，限重 4.5 吨的竖井提升系统，单台 10 多吨的无轨设备要下井就必须得拆散了在井下重新组装。团队坚信办法总比困难多，面对时间紧任务重，团队就加班加点，对着资料边拆解边学习积累经验，车间没有地磅没办法称重那，团队就用电子吊秤计量散件重量。在这样的情况下，团队用 7 天时间完成了第一台阿特拉斯 BOOMER 104 凿岩台车的拆解工作。虽然都是拆下的散件，但是载散也不轻，几百斤的散件很多，井下没有行车没法吊装，只能是搭锚杆固定手拉葫芦一点一点组装，就在这样简陋的条件下仅用 8 天时间完成了第一台阿特拉斯 BOOMER 104 凿岩台车组装试机。随后无轨设备维修保障班在 3 个月内完成了 2 台 WJ-1 铲运机，1 台阿特拉斯 ST2K 铲运机，1 台阿特拉斯 BOOMER 104 凿岩台车，1 台阿特拉斯 BOOMER K41 凿岩台车，共计 5 台无轨设备的拆解，运输下井，重新组装，试机的工作。在最短时间内保障了无轨设备井下运行。

2019 年 8 月 26 日阿特拉斯 BOOMER 104 凿岩台车凿岩推进压力低，进钎自动退钎，凿岩台车无法作业，此时井下就这一台凿岩台车，凿岩台车无法作业也就意味着停生产，而整个团队都没有维修凿岩台车的经验，这台凿岩台车是已经存放了 10 年未使用的，故障查找难度大。为了在最短的时间内修复，整个团队对着图纸查找故障，在井下一待就是十多个小时，废寝忘食排故障找原因，找到原因后采购配件，在这样的情况下，团队成员顾不上休息，立即着手组装 BOOMER K41 凿岩台车，增加 2 人分 2 班 24 小时轮流作业在短短 3 天时间完成了 BOOMER K41 凿岩台车组装并投入正常使用，保障生产工作的正常进行。在团队的努力下这 3 台无轨设备重新焕发了勃勃生机。

无轨开采技术　改变传统模式

无轨技术开采，实施了棉花坑矿井提升改造升级。2018 年 11 月锦原铀业对棉花坑矿井提升改造方案进行论证，研究解决采场凿岩爆破设备、无轨铲运设备、充填方式等落后的工艺技术和设备选型方案，该项目得到了国防科工局、中核集团公司和中国铀业的支持。2019 年 1 月开始严格按照安全标准化高标准要求，引进铲运机、凿岩台车等“无轨”设备，增加斜坡道工程，采矿方式由小型风钻凿岩改为凿岩台车凿岩，出矿方式由电耙出矿改为铲运机出矿，实现机械化开采，提高矿山本质安全度和工作效率。

2019 年 3 月开始对斜坡道进行施工，采用铲运机出渣，提高了作业效率。2019 年 6 月－150 米中段各采场已达到无轨开采条件，6 月 11 日，棉花坑矿井 12-0 采场开始使用凿岩台车进行凿岩，标志着锦原公司重大变革，改变了传统的采矿工艺。采矿技术水平和装备水平得到极大提高。

经过 3 个月的试生产，采用凿岩台车采矿和铲运车运输，提高了工效，由传统的小班组作业改为集中管理流程化作业，作业人员由 65 人降低到 35 人，各工种分工明确，技能精干，降低了劳动强度，提高了本质安全度。无轨开采具有机动、灵活、高效等特点。

在改造过程中，锻炼了一大批采矿安全技术人员、设备管理人员和维修人员，充分发挥了部门的职能作用，坚持以人为本，培养具备良好职业道德和较好素质的人才。

物探检测提高工作效率

2018年锦原铀业开始了无人值守检测系统改造，采用了先进的微计算机技术，高灵敏NaI（TI）晶体探测器。整套系统由采集控制主机、双探头、双铅室、双光电传感器、品位超限报警器、计算机、称重系统、自动感应仪，软件系统采用服务器和客户端，能够自动识别矿石来源、矿石量、矿石品位、金属、作业人员等信息。仪器探测灵敏度高，具有矿车运动方向检测、非矿车不记录、动态测量、实时报警、操作简单、使用方便等优点。物探检查站无人值守检测系统建立后，原物探检查站由5人作业班组变为无人值守作业，可为企业直接降低人工成本50万元/年。

通风、水泵自动化控制，改善工作环境

锦原铀业2018年完成棉花坑矿井井下主通风机变频装置和远程控制系统，通过对主通风机的监测监控，实现远程控制和监测。棉花坑矿井南部（132千瓦）和北部（110千瓦）两台风机加装变频装置，实现远程控制，根据井下作业人员和作业环节对两台风机进行变频控制，在满足井下风量需求的前提下，降低风机频率，从而实现风机节能。为公司年度节省电量70万千瓦小时，可直接节省直接生产成本44万元/年。同时可节省风机巡视人员2人。确保井下排水系统安全、高效、低耗运行。棉花坑井下排水是两级排水

（－150米和50米），每天四台水泵（－150米和50米各2台，功率110千瓦/台）运行时间约10个小时。2018年实现了井下排水系统进行自动化控制升级改造，排水系统无人作业。通过系统设置，可利用用电峰谷平电价政策，将棉花坑矿井井下排水集中安排在电价谷期进行抽水，实现排水电量不减电费减，采用系统自动化控制后，可节省水泵工2人，可为公司节省电费40余万元/年。

我们在矿道上缓缓地行走，一丝清风扑面而过，让人感到十分惬意。如同大自然一样，历史也有其自身的景象，古老而年轻的矿山，经常使人欣喜若狂，中国南方硬质岩石多数矿山已关闭，唯独留下了锦原铀业一家，这种超越历史的博大情怀，在我的心中泛起高低起伏的波涛。我感受到在粤北这块神奇而悠久的土地上，蕴藏着一种文化历史的思潮，让人目不暇接，心醉神迷。如今，通过对棉花坑矿井改造提升，矿井－150米中段采场已经成功实施了无轨机械化开采；矿井排水系统实现了自动化排水；矿井南北主通风机实现了远程变频控制；地表物探检查站实现了自动检测；水冶生产工艺线基本上实现自动化控制。极大地提高了劳动生产率，为“四新三化”铀矿山的建设打下了坚实的基础。

通过棉花坑安全条件改造建设项目，彻底改变了传统的生产模式，大力推进公司转型升级，为我国天然铀地下矿山的开发提供人才、技术和管理保障的一流示范地下开采铀矿山。

锦原铀业承担着建设我国地下开采铀矿山标杆矿井的历史使命，是我国天然铀开采的重要一级，是地下开采铀矿山科技研发新基地、人才输出蓄水池、管理创新试验田、四新铀矿示范区，将为中国铀业建成国际一流的科技型矿业公司贡献智慧和力量，是以铀为本，多元化发展的综合型矿业公司。

我站在高山之巅，看着奔腾不息的锦江蜿蜒地流淌，源远流长，百折不回，一往无前，像是核工业人的品德。

60 年里，粤北核工业人经历了多年的艰苦创业，改革调整。但他们自强不息，不辱使命。

壮哉，粤北核工业人！

后记

2019年，中国铀业组织出版《中铀故事》，以故事的形式真实讲述我国核工业地质、矿冶60多年的奋斗历程。

书稿从各单位报送的467篇故事中，经过半年时间，编辑人员通过采访、调研、修改、润色加工，最后《中铀故事》编入文章99篇。

在仔细阅读每一篇文章的时候，仿佛在时光隧道中穿梭，每一个跳动的文字，都是一瓣馨香的记忆，每一个精彩的论述，都在诠释着那段激情燃烧的过往，传承了核工业人的红色基因，她们凝聚着核地矿人无私奉献，大力协同的家国情怀。

我国核地矿创建以来，成千上万的创业者和建设者，为了祖国的强大，背井离乡，风餐露宿，在人迹罕至的荒漠戈壁、深山野岭，筚路蓝缕、以苦为乐，干着一个“上不告父母，下不传妻儿”的伟大事业。

在编撰《中铀故事》的过程中，得到了中国铀业各级领导的关心和成员单位的大力支持！特别感谢相关专家对本书编写进行具体指导并提出宝贵意见！

由于一些单位在改革中因战略调整而销号，一些故事无法还原，由于时间的仓促，由于我们的水平有限，还有很多不尽人意的地方，在此深表歉意。最后，向所有撰稿者和支持我们工作的成员单位表示真挚的感谢！

编　者

2019 年 12 月